Das Buch
Die kleine Familie des Journalisten Florian und seiner Frau Tinchen bekommt unerwarteten Zuwachs: die vier fast erwachsenen Kinder und das Haus von Florians Bruder Fabian müssen samt Hausdrachen gehütet werden. Außerdem stehen das Osterfest und Tante Claire vor der Tür, die diese schöne Zeit gerne im Kreise ihrer Lieben verbringen möchte. Und kaum ist das Gästezimmer geräumt, da kündigt sich die bereits vergessene französische Austauschschülerin an. Das Chaos schlägt hohe Wellen, doch all diese unerwarteten Klippen werden mehr oder weniger erfolgreich umschifft, da wird es nun wirklich sehr naß im Hause Fabian...

Die Autorin
Evelyn Sanders, Hausfrau und Mutter von fünf Kindern, gab für die große Familie ihre redaktionelle Tätigkeit auf. Das Schreiben ist dennoch ihre große Passion geblieben, und so versucht sie seit Jahren beharrlich, ihre Aufgaben und ihre schriftstellerische Tätigkeit unter einen Hut zu bringen. Unerschöpfliches Thema ihrer Romane ist das Leben mit vielen Kindern und was man so alles mitmacht, bis sie endlich erwachsen sind. Mit ihrem berühmten Buch »Mit Fünfen ist man kinderreich«, dem zahlreiche weitere Titel folgten, erreichte Evelyn Sanders ein Millionenpublikum. Seither zählt sie zu den erfolgreichsten Autorinnen heiterer Familienromane in Deutschland.
Im Wilhelm Heyne Verlag liegen vor: *Pellkartoffeln und Popcorn* (01/7892);
<u>Familie-Sanders-Romane</u>: *Radau im Reihenhaus* (01/8650), *Mit Fünfen ist man kinderreich* (01/9439), *Jeans und große Klappe* (01/8184), *Das hätt' ich vorher wissen müssen* (01/8277), *Werden sie denn nie erwachsen?* (01/8898), *Muß ich denn schon wieder verreisen?* (01/9844), *Schuld war nur die Badewanne* (01/10522);
<u>Tinchen-und-Florian-Romane</u>: *Bitte Einzelzimmer mit Bad* (01/6865), *Das mach' ich doch mit links* (01/7669), *Hühnerbus und Stoppelhopser* (01/8470), *Hotel Mama vorübergehend geschlossen* (01/13014).

EVELYN SANDERS

DAS MACH'ICH DOCH MIT LINKS

Heiterer Roman

WILHELM HEYNE VERLAG
MÜNCHEN

HEYNE ALLGEMEINE REIHE
Nr. 01/7669

Umwelthinweis:
Das Buch wurde auf chlor- und
säurefreiem Papier gedruckt.

25. Auflage

Copyright © 1986 by Hestia (Verlagsunion Pabel-Moewig KG, Rastatt)
Wilhelm Heyne Verlag GmbH & Co. KG, München
Printed in Germany 2002
Umschlagzeichnung: Atelier Blaumeiser, München
Umschlaggestaltung: Atelier Ingrid Schütz, München
Gesamtherstellung: Elsnerdruck, Berlin

ISBN 3-453-02529-6

http://www.heyne.de

Inhalt

Ein Brief mit Konsequenzen
Seite 7

Frau Antonie ist dagegen
Seite 25

Der Luxusschuppen
Seite 47

Florians Reformpläne
Seite 69

Malventee mit saurer Sahne
Seite 89

Der Hausdrachen
Seite 119

Pfefferminzlikör wirkt Wunder
Seite 147

Tante Klärchen
Seite 159

Osterspaziergang
Seite 183

Teures Suppengrün
Seite 207

Man wird nur einmal im Leben achtzehn
Seite 221

Was heißt Tante auf französisch?
Seite 239

Pfingsten, das liebliche Fest ...
Seite 257

Endlich Ferien
Seite 277

Je früher der Morgen, desto schlimmer die Gäste
Seite 297

»Wer? – Ich?«
Seite 315

Kehraus
Seite 337

Ein Brief
mit Konsequenzen

»Der Herr Professor hat geschrieben!«

»Dann ist entweder sein Telefon kaputt oder seine Sekretärin krank. Vermutlich beides.«

Mißtrauisch nahm Florian den Brief in Empfang. Die steile Handschrift auf dem Umschlag war unverkennbar die seines Bruders: raumfüllend, kaum leserlich und bezeichnenderweise mit Bleistift hingeschmiert.

»Da muß irgend etwas passiert sein, sonst hätte Fabian seine kostbare Zeit nicht für einen simplen Brief geopfert. Das letzte Mal hat er sich schriftlich gemeldet, als Julia geboren wurde. Und das ist immerhin fünf Jahre her.«

»Nun mach doch schon auf!« befahl Tinchen ungeduldig. Sie mochte ihren Schwager zwar nicht besonders, ihre Schwägerin noch weniger, beide waren genauso staubtrocken wie die Mumien, mit denen sie sich in ihrer Eigenschaft als Archäologen befaßten, aber Neugierde war nun einmal Tinchens hervorstechendste Eigenschaft, und wenn der überbeschäftigte Professor Bender seinem kleinen Bruder einen Brief schrieb, dann mußte es sich um etwas Wichtiges handeln.

Mit dem Finger schlitzte Florian den Umschlag auf und zog einen eng mit Maschine beschrifteten Bogen heraus.

»Hat ja doch seine Sekretärin getippt«, meinte Tinchen enttäuscht. »Wahrscheinlich ist es bloß wieder die Kopie seines nächsten Referats. Ewig dieses langweilige Geschwafel! Wer außer ihm interessiert sich schon für eingemachte Könige?«

Inzwischen hatte Florian die ersten Zeilen überflogen. »Diesmal ist es ein richtiger Brief.«

»Aber ein diktierter«, widersprach Tinchen. »Das MA da oben heißt ja wohl Mahlke und nicht Mittelalter, obwohl es auf diese vertrocknete alte Schachtel auch zutreffen würde, die sich Sekretärin nennt und nicht mal die Kommaregeln kennt. Siehste, hier hat sie schon wieder eins ausgelassen!« Tinchen tippte auf die fragliche Zeile.

»Wenn auf ›und‹ ein vollständiger Hauptsatz folgt, muß man ein Komma setzen.« Stirnrunzelnd las sie weiter. »Was soll das überhaupt heißen: ›Und deshalb haben wir ein Attentat auf Euch vor‹? Sollen wir etwa wieder diesen gräßlichen Papagei in Pflege nehmen? Kommt nicht in Frage! Das letzte Mal hat Tobias sein Repertoire an Kraftausdrücken verdoppelt, und ich wurde in die Schule zitiert, weil seine Lehrerin wissen wollte, wo er diese ganzen Schimpfwörter aufgegabelt hat.«

»Jetzt laß mich doch erst einmal zu Ende lesen, ich weiß ja selbst noch nicht, worum es geht. Du solltest lieber mal in der Küche nachsehen, ich glaube, das Wasser brennt an.« Schnuppernd zog er die Luft ein.

»Himmel, die Bratkartoffeln!« schrie Tinchen und stürzte zur Tür hinaus. Sekunden später ein neuer Aufschrei: »Bist du verrückt geworden, Tobias? Du kannst doch nicht eine ganze Kanne Wasser über den Herd gießen!«

»Aber es hat doch alles gequalmt, Mami, und da habe ich gedacht, es brennt.«

»Mach bloß, daß du rauskommst, sonst brennt es gleich hinter deinen Ohren!« Angewidert betrachtete Tinchen die verkohlten Kartoffelscheiben, die in einer nicht weniger schwarzen Brühe schwammen.

»Das Essen ist hin«, stellte sie lakonisch fest. »Mach mal die Klotür auf, Julia!«

Während sie die unappetitlichen Überreste in die Toilette kippte, überschlug sie in Gedanken ihre Vorräte. »Wollt ihr lieber Pizza oder Ravioli?«

»Ravioli«, entschied ihr Sohn. »Pizza gab es erst vorgestern, als die Bohnensuppe so salzig war.«

»Ich kann aber auch Eierkuchen machen«, bot seine Mutter als Alternative an, »und das mit der versalzenen Suppe ist bloß deshalb passiert, weil Papi mal wieder den Deckel vom Salzstreuer nicht richtig zugeschraubt hatte.«

»Vorher ist ja nichts rausgekommen.« Florian hatte sich in der Tür aufgebaut und betrachtete kopfschüttelnd das Stilleben in der Toilette. »Jetzt spül endlich die Kartoffeln runter, am besten schmeißt du die verbrannte Pfanne gleich hinterher. Dann erübrigen sich wenigstens die Eierkuchen, die bei dir ja doch immer nach gerösteter Wellpappe schmecken, und dann mach in Gottes Namen die Raviolibüchsen auf. Aber nicht wieder mit dem Hammer! Die weiße Farbe reicht nicht mehr für einen neuen Anstrich.«

Schuldbewußt stellte Tinchen die verkohlte Pfanne auf den Herd zurück. »Kochen ist nun mal nicht meine starke Seite. Bei meiner Mutter habe ich doch bloß Diätrezepte mitgekriegt, und damit bekomme ich euch nicht satt.«

»Dafür fütterst du uns jetzt mit künstlichem Aroma, Kaliumnitrat, Benzoesäure und Glutamin«, sagte Florian, nachdem er das Etikett der Konservendose studiert hatte. »Gib mal den Büchsenöffner her!«

»Der ist abgebrochen, und ich habe vergessen, einen neuen zu kaufen. Aber das ist nicht so schlimm. Du mußt erst mit dem Hammer und einem Nagel ein paar Löcher in den Rand schlagen, dann kann man den Deckel einfach mit der Kombizange hochziehen.«

»Ist das dein Patent?«

»Nein, das stammt aus Karstens Repertoire für Campingreisende.«

Florian machte sich an die Arbeit. Als er vor acht Jahren das Fräulein Ernestine Pabst zum Altar geführt und gelobt hatte, in guten wie in schlechten Tagen ein treusorgender Gatte zu sein, hatte er allerdings nicht geahnt, daß seine Sorge sich in erster Linie darin erschöpfen würde, seine kleine Familie vor dem Verhungern zu bewahren. Und das hatte nichts mit dem finanziellen Aspekt zu tun. Als Redakteur des Düsseldorfer Tageblatts verdiente er zwar keine Reichtümer, aber er hatte ein geregeltes Einkommen, das er durch gelegentliche Artikel über Kindererziehung für eine Fachzeitschrift noch aufstockte. Den Traum, ein ganzes Buch über dieses Thema zu schreiben und sich darin hauptsächlich mit der Psychologie von Teenagern zu befassen, mußte er notgedrungen noch etwas zurückstellen. Seine bevorzugten, weil einzigen Studienobjekte in Gestalt seiner beiden Nachkommen hatten das erforderliche Alter noch nicht erreicht, und eine Abhandlung über das Phänomen, weshalb Kinder niemals um eine Regenpfütze herumgehen können, würde bestenfalls ein Kapitel des geplanten Buches füllen können. Also war Florian bestrebt, seinen Nachwuchs zunächst einmal vor den Folgen unzulänglicher Ernährung zu bewahren und das häufige Konservenfutter durch eigene Kochkünste abzuwandeln. Die allerdings stammten noch aus seiner Junggesellenzeit und bestanden im wesentlichen aus Variationen in Ei oder sehr gehaltvollen Soßen auf der Basis von Rotwein und Sherry. Sie schmeckten auch den Kindern, waren aber von Tinchen mit dem Hinweis auf den zunehmenden Jugendalkoholismus vom Speisezettel gestrichen worden.

Florian hatte Kochbücher angeschleppt. Größtenteils hatte es sich hierbei um Rezensionsexemplare gehandelt, die er lobend besprochen und dann in der häuslichen Küche aufgereiht hatte, aber viel genützt hatten auch sie nicht. Einmal mußte er drei Tage hintereinander Risotto essen (»Da stand, daß man pro Person eine Tasse Reis nehmen soll, das hätte doch höchstens für zwei gereicht und nicht für vier«, hatte Tinchen hinterher behauptet.), ein anderes Mal hatte es eine halbe Woche lang täglich Nudelauflauf gegeben, weil sie die angegebenen Mengen großzügig aufgerundet hatte, und nun hatte Florian endlich beschlossen, seine Frau in einen Kochkurs für angehende Ehefrauen zu schicken. Der begann aber erst in zwei Wochen, außerdem fehlte noch Tinchens Einwilligung, die sich an der Bezeichnung »angehende Ehefrau« stieß, und bis der Kurs die ersten und hoffentlich genießbaren Ergebnisse zeitigen würde, kamen weiterhin Konserven oder kurz nach Ultimo auch mal tiefgefrorene Fertiggerichte auf den Tisch.

Natürlich hatte Florian damals gewußt, daß sein Tinchen vom Kochen keine Ahnung hatte. Woher denn auch? Sie hatte ihre Brötchen als Redaktionssekretärin verdient und später als Reiseleiterin in Italien, wohin er ihr im Urlaub nachgefahren war und sie noch rechtzeitig diesem eingebildeten Computermenschen ausgespannt hatte. Wie hatte der doch noch geheißen? Braun oder so ähnlich. Ach nein, Brandt war sein Name gewesen, Klaus Brandt aus Hannover. Ein geschniegelter Affe und eigentlich gar nicht der Typ Mann, auf den das damalige Tinchen Pabst geflogen wäre. Und trotzdem hätte sie sich beinahe mit diesem Menschen verlobt. Florian konnte das heute noch nicht begreifen. Zugegeben, er selbst war seinerzeit nur ein kleiner Lokalreporter gewesen, während dieser Brandt gerade seine Dissertation beendet hatte und sich wenig später den Doktorhut auf seine blonden Strähnen hätte stülpen können. Mehr verdient hatte er natürlich auch und eine Erbtante, die an der Riviera eine gutgehende Boutique besaß, aber deshalb heiratet man doch nicht gleich! Nun ja, er, Florian, hatte noch rechtzeitig dazwischenfunken und das Schlimmste verhindern können. Und damit Tinchen ihr spontanes Jawort auf dem Düsseldorfer Hauptbahnhof nicht doch wieder zurückziehen konnte – genaugenommen hätte Florian ihr das nicht einmal verdenken können –, hatte er auf einer möglichst baldigen Hochzeit bestanden. Noch vor Weihnachten, obwohl seine Schwiegermutter den Frühling für eine passendere Jahreszeit (»Das Kind erkältet sich ja in dem dünnen Tüllkleidchen!«) und die fünf Monate bis dahin für eine weitaus schicklichere Frist gehalten hatte.

»Das gibt doch in der Nachbarschaft nur Gerede. Am Ende glauben die Leute noch, ihr *müßt* so schnell heiraten. Oder müßt ihr wirklich?«

Obgleich Tobias am 11. Oktober und somit nach genau zehn Monaten und sechs Tagen geboren wurde, war Frau Antonie Pabst ihre Zweifel nie ganz losgeworden. »Es hat auch schon Fälle gegeben, in denen Kinder übertragen worden sind«, hatte sie behauptet und gleich das passende Beispiel aus ihrem weitläufigen Bekanntenkreis zur Hand gehabt.

Unter diesen Umständen war es Tinchen nicht möglich gewesen, sich unter fachkundiger Anleitung die notwendigen Kenntnisse in Haushaltsführung anzueignen. Einen Säuglingskurs hatte sie besucht und Schwangerschaftsgymnastik betrieben, hatte sich von ihrer Mutter gesundheitsbewußt ernähren lassen und Florian mittags in die Kantine vom Pressehaus geschickt, aber der hatte dafür volles Verständnis aufgebracht. Wenn das Baby erst einmal da und die ersten kritischen Wochen überstanden sein würden, dann würde sich der Alltag normalisieren, und statt zäher Schnitzel würde Florian Sauerbraten mit Klößen und Pfeffersteaks vorgesetzt bekommen. Immerhin war seine Schwiegermutter eine respektable Köchin, auch wenn sie viel zu häufig ihren Diätfimmel bekam und die Familie mit Rohkostsalaten und kalorienarmen Hefesuppen traktierte. Geholfen hatten diese spartanischen Menüs allerdings nur dem Inhaber des Reformhauses, bei dem Frau Pabst die Zutaten kaufte, denn die jedes Jahr neu geeichte Badezimmerwaage hatte sich irgendwo an der 80-Kilo-Marke eingependelt und zeigte niemals auch nur die geringste Tendenz, nach unten auszuschlagen. Im Gegenteil. Tinchens Bruder Karsten, der trotz seiner sechsundzwanzig Jahre noch genauso dünn und schlaksig war wie damals, als Florian ihn kennengelernt hatte, hatte erst unlängst ernüchternd festgestellt: »Da soll bloß einer behaupten, wir hätten keine Inflation. Was bei Mutti vor kurzem noch fünfundsiebzig Kilo waren, sind jetzt schon achtzig.«

Leider hatte Florian ziemlich schnell herausgefunden, daß Tinchen von den kulinarischen Talenten ihrer Mutter nicht das geringste geerbt hatte. Dafür besaß sie andere Vorzüge, die bei ihm weitaus höher zu Buch schlugen. Sie hatte Humor, nahm nur ganz selten mal etwas übel, akzeptierte die manchmal recht unorthodoxe Lebensauffassung ihres Mannes und lehnte die pedantische Ordnungsliebe ihrer Mutter rundweg ab. »Bei ihr sieht's immer aus wie in einem Möbelkatalog. Bei uns merkt man wenigstens, daß hier jemand wohnt«, behauptete sie jedesmal, wenn Florian sich erst einen Weg bahnen mußte durch Legosteine, Spielzeugautos, Hundeknochen und zerfledderte Zeitschriften.

»Kannst du das Zeug nicht trotzdem mal ein bißchen zusammensuchen?«

»Mach' ich, wenn du endlich deinen Schrank aufräumst.

Der ist so vollgestopft, daß die Motten darin niemals fliegen lernen werden.«

Nein, noch keine Sekunde hatte Florian bereut, daß er sein verrücktes, unpraktisches Tinchen geheiratet hatte, und das Kochen würde sie auch noch lernen. Mit ihren sechsunddreißig Jahren war sie schließlich noch keine alte Frau!

»Was hat der Fabian denn nun wirklich gewollt?« fragte Tinchen und rührte mit dem Finger die Eiswürfel in ihrem Campariglas um. Sie hatte sich auf ihrem Lieblingsplatz, einem schon etwas ramponierten Ohrensessel mit Plüschbezug, zusammengerollt und genoß die Stille nach dem Sturm. Die Kinder waren endlich im Bett, die Fliesen im Bad halbwegs trockengelegt, die Winterolympiade war vorbei, und Florian hatte keinen Grund mehr, auch heute wieder vor der Röhre zu hängen. Zwar hatte er als Lokalredakteur mit Sport auch im weitesten Sinne nichts zu tun, aber nach seiner Ansicht mußte er über aktuelle Ereignisse der übrigen Ressorts ebenfalls informiert sein, und welche andere Möglichkeit gab es da schon als den Fernsehapparat?

»Deine Zeitung«, hatte Tinchen geantwortet, aber Florian hatte abgewinkt. »Wer liest die denn schon? Ich bestimmt nicht.«

Statt dessen hockte er mit untergeschlagenen Beinen auf seinem Schreibtischstuhl und sortierte Belege. Neben ihm lag ein Taschenkalender.

»Ich weiß nicht, wie das kommt, aber die meisten Rechnungen stammen alle von Wochenenden. Der Jerschke kauft mir doch nie ab, daß ich bloß samstags und sonntags Spesen mache.«

»Und immer die gleichen! Zwei Bier und zwei Korn.«

Florian ließ seine Lesebrille auf die Nasenspitze rutschen und plierte zu Tinchen hinüber. »Du willst mir doch nicht etwa meinen Feierabendtrunk und meinen Frühschoppen ankreiden?«

»Nö, mir tut's nur leid um das schöne Geld. Du solltest es lieber in Steuern investieren. Die steigen bestimmt.«

Lachend knipste er die Schreibtischlampe aus und setzte sich auf Tinchens Sessellehne. »Du hast ja recht, Tine, alles wird teurer. Heute kann einer allein schon genauso billig leben wie früher zwei.«

»Mhmm, und wenn ein Kind kam, sprach man von Zuwachs. Jetzt redet man von Abzugsposten. Auf deinem Nachttisch liegt übrigens wieder ein Brief vom Finanzamt.« Plötzlich richtete sie sich kerzengerade auf. »Du hast mir noch immer nicht gesagt, was in Fabians Brief steht.«

Er zog den zerknitterten Umschlag aus der Hosentasche. »Weiß ich selber nicht. Bevor ich fertig lesen konnte, kam ja deine Katastrophenmeldung aus der Küche.«

»Nun mecker doch nicht immer, wenn mir mal was danebengeht. Es ist ja schließlich meine erste Ehe.«

Mit gerunzelter Stirn überflog Florian den Brief. Zwischendurch schüttelte er immer wieder den Kopf. »Der Junge spinnt!« verkündete er endlich, »Der will uns mieten.«

»Der will *was?*«

»Uns mieten! Mit Kind und Kegel. Und gleich für ein halbes Jahr.«

»Gib mal her!« Sie nahm ihm den Briefbogen aus der Hand, kuschelte sich wieder in ihre Ecke und begann halblaut zu lesen.

Lieber Florian,
wenn ich mich heute schriftlich und nicht nur telefonisch bei Dir melde, dann hat das einen sehr triftigen Grund, wie Du Dir denken kannst. Du brauchst Zeit, Dir meinen Vorschlag zu überlegen, und Ernestine muß ebenfalls einverstanden sein.

(Warum nennt der mich bloß immer Ernestine? dachte Tinchen erbost. Kann er nicht Tina sagen wie die anderen auch, dieser überkorrekte Holzkopf?)

Vor einigen Wochen habe ich die Einladung bekommen, für ein halbes Jahr als Wissenschaftler und Gastdozent nach Amerika zu gehen, und zwar an die renommierte Universität Princeton. Du wirst Dir denken können, daß mich diese Aufgabe reizt, zumal die Einladung auch meine Frau einbezieht. Gisela hat in den letzten beiden Jahren auf dem Gebiet der Massenspektrumsanalyse bzw. der Aktivitätsmessung große Fortschritte gemacht und wird mir bei meiner Arbeit eine wesentliche Hilfe sein können.

(Massenspektrumsanalyse, was ist das überhaupt? Ich kann das nicht mal ohne Stottern aussprechen. Muß er uns denn dauernd seine geistige Überlegenheit beweisen?)

Nun haben wir allerdings ein Problem, für das sich noch keine befriedigende Lösung gefunden hat, und deshalb haben wir ein Attentat auf Euch vor. Während unserer Abwesenheit sollte eine vertrauenswürdige Person (resp. deren mehrere) das Haus bewohnen, sich um den Garten kümmern und auf diese Weise u. a. potentielle Einbrecher von ihrem evtl. Vorhaben abbringen. Martha wird selbstverständlich auch hierbleiben, aber mit ihren nunmehr 71 Jah-

ren kann ich ihr die ganze Verantwortung nicht mehr zumuten.
Des weiteren sollten die Kinder nicht gänzlich ohne Aufsicht sein. Wir können sie leider nicht mitnehmen in die Staaten, obwohl ich die Möglichkeit, ihren Gesichtskreis zu erweitern, gern wahrgenommen hätte, aber dem stehen triftige Gründe entgegen: Clemens befindet sich mitten im Vorphysikum und kann seine Studien jetzt nicht unterbrechen. Urban hat noch zehn Monate Wehrdienst vor sich, deren Ableistung sich nicht verschieben läßt, und Rüdiger wird in anderthalb Jahren sein Abitur machen. Ließe ich ihn von der Schule beurlauben, dann ginge ihm ein Jahr verloren, und das möchten weder er noch ich. Bleibt noch Melanie, die wir durchaus mitnehmen könnten, aber unbegreiflicherweise weigert sie sich. Sie möchte nicht als einzige den Vorzug eines Auslandsaufenthalts genießen – eine Einstellung, die ihr soziales Verhalten unterstreicht und die ich deshalb nur akzeptieren kann.
Wie Du weißt, lieber Florian, leben wir in recht guten finanziellen Verhältnissen, die sich dank meiner Berufung nach Amerika in Zukunft noch wesentlich verbessern werden. Aus diesem Grunde wäre ich auch bereit und in der Lage, unserem »Hausbesorger« ein entsprechendes Gehalt bei freier Station zu bieten. Dabei habe ich in erster Linie an Dich gedacht. Aufgrund Deiner langjährigen Zugehörigkeit zum Redaktionsstab wird es Dir sicher möglich sein, Dich für sechs oder sieben Monate beurlauben zu lassen. Ich bin davon überzeugt, daß Du diese Zeit der Muße und bar der beruflichen Pflichten auf andere Weise produktiv nutzen könntest.
Sicher würde es auch für Deine Frau reizvoll sein, den Trubel der Großstadt vorübergehend gegen das ruhige und beschauliche Leben auf dem Land einzutauschen. Dar-

über hinaus hat Heidelberg, das mit dem Wagen in maximal zwanzig Minuten zu erreichen ist, kulturell nicht weniger zu bieten als etwa Düsseldorf. Ich muß wohl nicht erwähnen, daß unsere beiden Autos hierbleiben und selbstverständlich zu Eurer Verfügung stehen. Auch Euren Kindern würde ein längerer Aufenthalt mitten im Grünen gut bekommen. Besonders Julia erschien mir bei meinem Besuch etwas blaß, eine Tatsache, die wohl auf Mangel an frischer Luft zurückzuführen ist. Nun, darunter braucht sie bei uns nicht zu leiden, der große Garten ist speziell für die Kinder ein idealer Spielplatz.
Überlege Dir mein Angebot, Florian, aber Du müßtest Dich innerhalb der nächsten drei Wochen entscheiden. Wir sollen am 1. April unsere Arbeit in Princeton aufnehmen, möchten aber wenigstens vierzehn Tage vorher abreisen, um uns mit den dortigen Verhältnissen vertraut zu machen. Solltest Du wider Erwarten meinen Vorschlag ablehnen, so laß es mich baldmöglichst wissen, damit wir noch eine andere Lösung finden können.
Für heute verbleibe ich mit den besten Grüßen, auch an Ernestine und die Kinder,
Dein Bruder Fabian.

»Mangel an frischer Luft!« empörte sich Tinchen. »Ich möchte mal wissen, wie dein Bruder aussehen würde, wenn man ihm gerade die Mandeln rausgenommen hat! Aber der besitzt wahrscheinlich gar keine. Der ist ja schon ohne Fehl und Tadel auf die Welt gekommen.«

»Reg dich doch nicht über solche Kleinigkeiten auf! Sag mir lieber, was du von Fabians Vorschlag hältst.«

»Gar nichts!« fauchte sie wütend. »Dienstmädchen spielen für eine Horde verzogener Halbstarker, die bloß Pullover mit dem Krokodil drauf tragen und in den Sommerferien nach Kenia fahren. Papa bezahlt's ja!«

»Wenn du auf Clemens' Urlaubsreise anspielst, dann mußt du aber auch gerecht sein. Er ist von einem Freund eingeladen worden, weil dessen Vater dort unten ein deutsches Hotel leitet und den beiden ein Doppelzimmer kostenlos zur Verfügung gestellt hat. Den Flug hat er selber bezahlt und dafür drei Wochen auf dem Großmarkt gearbeitet.«

»Na schön. Aber Rüdiger hat sich seine unanständige Bräune auch nicht auf der heimischen Terrasse geholt. Der war in Portugal.«

»Dahin ist er getrampt. Und genächtigt hat er in einem Schlafsack am Strand. Ich weiß ja nicht, ob dir das vier Wochen lang gefallen würde.«

»Ich bin ja auch keine siebzehn mehr«, giftete sie zurück.

»Nein, du bist ein mißgünstiges altes Weib, das sich vor der Verantwortung drücken will, seine schutzlose und zum Teil noch minderjährige Verwandtschaft unter seine Fittiche zu nehmen. Dabei würden wir das doch mit links machen«, sagte Florian und ging vorsichtshalber hinter dem Schreibtisch in Deckung. Aber die sonst übliche Attacke mit allen erreichbaren und nicht immer unzerbrechlichen Wurfgeschossen blieb aus. Tinchen hatte sich wieder in den Brief vertieft. »Klausdieter ist gar nicht erwähnt. Dürfen wir den etwa nicht mitnehmen?«

»Für Fabian ist ein Hund kein Familienmitglied, sondern bestenfalls ein Gegenstand, und Gegenstände führt man nicht extra auf. Natürlich kommt Klausdieter mit. Wer soll denn sonst den Garten umgraben?«

Klausdieter, das Produkt eines illegalen Schäferstündchens zwischen der edlen Dackeldame Mona von der Waldheide und einem Pudelmischling niederer Herkunft, war vor einem halben Jahr von seinen Besitzern heimlich ins Tierasyl abgeschoben worden, weil dieser so sichtbare Fehltritt den ganzen Stammbaum derer von der Waldheide ruiniert hätte. Anläßlich einer Reportage über vierbeinige Findlinge hatte Florian das kleine Häufchen Unglück entdeckt und kurzerhand mit nach Hause genommen. Ein vollwertiger Ersatz für den verstorbenen Hund Bommel, ebenfalls ein Findling, wenn auch italienischen Geblüts, war er zwar noch nicht, zeigte aber die besten Ansätze. Genau wie sein Vorgänger lehnte Klausdieter die artgemäße Fertignahrung ab und trat in einen mehrstündigen Hungerstreik, wenn er nicht das bekam, was sein Frauchen auch aß. Daß die Auswahl nicht groß war und meistens auch aus der Dose kam, störte ihn nicht. Allerdings bevorzugte er Ravioli einer ganz bestimmten Marke und hockte mit vorwurfsvollem Blick vor seinem Freßnapf, sobald Tinchen ihm ein anderes Produkt zumutete. Der Tierarzt bemängelte zwar ständig die unsachgemäße Ernährung, mußte aber zugeben, daß der Hund kerngesund war, weder überfüttert noch neurotisch und deshalb keine nennenswerte Bereicherung seiner Patientenkartei darstellte.

Klausdieter liebte Mülleimer, Bettvorleger, saure Gurken, Kaninchenlöcher, wollene Pudelmützen, die er hingebungsvoll zerkaute, jede Art von Papier und Tee mit Rum; dagegen haßte er Staubsauger, den Tierarzt, Hundeleinen, Gewaschenwerden und Jeans.

»Da muß es irgendein Schlüsselerlebnis gegeben haben«, hatte Florian vermutet, nachdem Klausdieter das dritte Paar zerfetzt hatte. »Vielleicht hat er von seinem Peiniger immer bloß die Hosenbeine gesehen und assoziiert Jeans mit Prügel.« Worauf die Familie Bender dem Hund zuliebe auf Cordhosen und ähnliche pflegeleichte Materialien umstieg und Klausdieters Zerstörungswut in andere Bahnen lenkte. Zur Zeit bevorzugte er Pantoffeln und Tempotaschentücher.

»Ob er sich mit Willi verträgt?« grübelte Tinchen.

Willi war Urbans Papagei, ein blauer Amazonas-Ara und letztes Glied eines langen Tauschhandels, der mal mit zwei alten Fahrradfelgen angefangen hatte. Sein Sprachschatz war ebenso groß wie unanständig, aber Urban hatte glaubhaft versichert, daß Willi dieses Repertoire bereits mitgebracht und nicht etwa erst bei ihm gelernt habe.

»Sollte dein Interesse für Detailfragen etwa bedeuten, daß du Fabians Vorschlag annimmst?« fragte Florian hoffnungsvoll.

»Vorher müßte natürlich noch einiges geklärt werden, zum Beispiel, wie weit die Verantwortung geht. Du glaubst doch nicht im Ernst, daß Melanie nur aus Selbstlosigkeit zu Hause bleibt? Die wittert eine sturmfreie Bude, und ich kann ewig mit der Pille hinter ihr herrennen.«

»Das Kind ist erst sechzehn.«

»Das Kind ist *schon* sechzehn. Und weil die Halbwüchsigen außerdem zu alt sind für das, was die Kinder tun, aber zu jung für das, was die Erwachsenen tun, tun sie Dinge, die sonst niemand tut. Und die sind unberechenbar.« Tinchen rappelte sich aus ihrem Sessel hoch und hielt Florian das leere Glas entgegen. »Gib mir noch einen, und dann laß uns die ganze Geschichte mal durchrechnen.«

Sie ging zum Schreibtisch und fischte aus dem herumliegenden Durcheinander einen Zettel heraus. »Brauchst du den noch? Ist eine Quittung über drei Mark achtzig, also sowieso zu wenig. Außerdem hat sie zwei Fettflecke.«

»Das kann ich auch im Kopf«, behauptete Florian. »Die tausend Mark Haushaltsgeld pro Monat fallen weg, weil uns Fabian ernähren will. Das Auto wird geschont, wir brauchen keinen Strom und kein Heizöl zu bezahlen, und das

Bier in der Dorfkneipe wird bestimmt auch billiger sein als hier.« Er sah sehnsüchtig zu dem blauen Schnellhefter hinüber, der auf dem Bücherregal lag und in dicken schwarzen Buchstaben die Aufschrift trug: »Psychologie der Jugendlichen zwischen fünfzehn und fünfundzwanzig.«

»Hast du eigentlich schon daran gedacht, welche Möglichkeiten sich für mich eröffnen? Ein halbes Jahr lang kann ich mit vier Prachtexemplaren von Teens und Twens zusammenleben. Bessere Studienobjekte könnte ich mir gar nicht wünschen.«

»Das hört sich an, als ob du von weißen Mäusen sprichst.«

»Blödsinn! Überleg doch mal, Tinchen! Bis Tobias und Julia das richtige Alter erreicht haben, vergehen noch mindestens zehn Jahre. Da bin ich fünfzig, und ob ich dann noch die Nerven habe, ihr Verhalten unvoreingenommen zu beurteilen und zu interpretieren, weiß ich nicht. Außerdem steht man seinen eigenen Kindern sowieso nicht objektiv genug gegenüber.«

»Das stimmt!« bestätigte seine Frau. »Wenn Tobias mal mit einer Zwei im Diktat nach Hause kommt, hältst du ihn schon für ein Genie.«

»Die Intelligenz hat er ja auch von mir.«

»Ich glaube schon«, sagte Tinchen trocken, »meine habe ich nämlich noch.« Sie stand auf und räumte die Gläser in die Küche. Mit einem Blick auf den seit Tagen tropfenden Wasserhahn rief sie über die Schulter: »Hast du den Klempner erreicht?«

»Ja«, tönte es zurück. »Er kommt um elf.«

»Morgen?«

»Den Tag hat er nicht gesagt.« Florian zog seine Lederjacke an und pflückte die Hundeleine vom Schlüsselbrett. »Komm, Klausdieter, Pipi machen.«

Der Hund schob die Schnauze über den Rand seines

Körbchens und blinzelte schläfrig zu seinem Herrn empor, machte aber keine Anstalten, seine warme Behausung zu verlassen.

»Los, du Faultier, komm schon! Ich will auch ins Bett. Wenn du jetzt nicht deinen Stammbaum besuchst, pinkelst du heute nacht wieder den Philodendron an, und du weißt genau, daß ich dann von deinem Frauchen eins aufs Dach kriege.«

Im Schneckentempo schob sich Klausdieter über den Flur. Er hatte nicht die geringste Lust, bei dieser Kälte spazierenzugehen, nur weil Herrchen das so wollte. Bei solchem Wetter jagte man keinen Hund auf die Straße. Vorsichtig steckte er die Nase durch den Türspalt, zog sie aber sofort wieder zurück und stemmte sich mit allen vier Pfoten gegen die Zumutung, die warme Wohnung gegen die schneebedeckte Vorortstraße einzutauschen.

»Das ist gar kein richtiger Hund!« Florian schnappte sich das Tier und klemmte den sich heftig sträubenden Halbdackel unter seinen Arm. »Bommel ist ganz verrückt nach Schnee gewesen.«

»Der war auch größer und hing nicht immer mit dem Bauch im Kalten«, verteidigte Tinchen ihren geschmähten Liebling. »Und jetzt macht endlich, daß ihr rauskommt. Es zieht.«

Während Florian frierend im Hauseingang stand und darauf wartete, daß Klausdieter die ihm genehme Marschroute einschlug, überlegte er, daß ein Garten außer lästigem Rasenmähen auch unbestrittene Vorteile hatte. Fabians war sehr groß und hatte viele Büsche hinten am Zaun. Einer davon würde sich bestimmt als neuer Stammbaum eignen.

Frau Antonie ist dagegen

»Guten Morgen, Herr Bender«, sagte Fräulein Fröhlich, als Florian das Vorzimmer zum Allerheiligsten betrat. »Herr Dr. Vogel ist nicht im Hause und wird auch vor dem frühen Abend nicht zurück sein. Ich kann Sie für morgen vormittag vormerken, wenn es etwas Wichtiges ist.«

Im Gegensatz zu ihrem Namen zeigte Fräulein Fröhlich eine ausgesprochen sauertöpfische Miene, die durch das Pferdegesicht und die unkleidsame Frisur noch unterstrichen wurde. Portierszwiebel nannte Florian insgeheim den Dutt, um den das korrekte Fräulein Fröhlich stets ein dünnes Haarnetz trug, damit sich auch nicht ein Härchen selbständig machen konnte. Innerhalb der Redaktion ging das Gerücht, Frau Vogel selber habe seinerzeit die Sekretärin für ihren Mann ausgesucht und von vornherein alle Bewerberinnen abgelehnt, die Nagellack benutzten, Miniröcke trugen und unter dreißig waren. Nichts von dem konnte man Fräulein Fröhlich nachsagen. Sie war bereits auf der falschen Seite der Dreißiger angekommen, bevorzugte Jackenkleider mit dreiviertellangen Röcken und hatte stets kurzgeschnittene Fingernägel. Sie sah ungemein tüchtig aus und war es auch.

»Kein Wunder, daß der Chef so erfolgreich ist«, hatte Florian einem Kollegen gegenüber geäußert. »Er hat eine Frau, die ihm sagt, was er tun soll, und eine Sekretärin, die es tut.«

Nur beliebt war Fräulein Fröhlich nicht, aber das war ihr gleichgültig. Sie genoß das Vertrauen ihres Vorgesetzten, wurde von dessen Gattin regelmäßig am zweiten Sonntag im Dezember zum Adventskaffee eingeladen und bekam alle drei Jahre Gehaltserhöhung. Morgens war sie fast immer die erste im Büro und abends häufig die letzte, weil sie es für ihre Pflicht hielt, auch das pünktliche Kommen der Besenbrigade zu überwachen. Deshalb verwaltete sie neben vielem anderen auch noch die Schlüssel zur Gerätekammer.

»Ein Privatleben scheint die überhaupt nicht zu kennen«, hatte Gerlach, der Gerichtsreporter, vermutet, und Florian hatte geantwortet: »Was den meisten als Tugend erscheint, ist um die Vierzig herum nichts anderes als Mangel an Gelegenheit.«

Nein, beliebt war die Chefsekretärin keineswegs, aber eben sehr tüchtig und folglich unkündbar. So hämmerte sie auch jetzt minutenlang auf ihre Maschine ein, bevor sie wieder den Kopf hob und Florian fragend ansah. »Ich sagte Ihnen bereits, daß Herr Dr. Vogel nicht da ist.«

»Das habe ich auch zur Kenntnis genommen«, erwiderte Florian freundlich. »Sie sagten aber auch, er käme noch heute zurück, und dann hätte ich ihn gern gesprochen. Es handelt sich in der Tat um etwas sehr Wichtiges.«

»Was kann bei Ihnen schon wichtig sein!« Die Lokalredaktion rangierte bei Fräulein Fröhlich ganz unten, obwohl sie für die Leser des Tageblatts zu den wichtigsten Ressorts gehörte. Immerhin war sie für alle gesellschaftlichen Veranstaltungen zuständig, also für den Brieftaubenwettbewerb genauso wie für Rockkonzerte – Dr. Laritz hatte sich bisher immer geweigert, die dort verursachten Geräusche als Musik zu bezeichnen und ihnen einen angemessenen Platz in seinem Kulturteil einzuräumen –, aber da sich der Chefredakteur nur in Ausnahmefällen um die Lokalseiten seiner Zeitung kümmerte, interessierte sich auch Fräulein Fröhlich nicht dafür. Außerdem hatte die Lokalredaktion die meisten freien Mitarbeiter, von denen viele stundenlang im Schreibsaal herumhingen und ihre Zwölf-Zeilen-Meldungen zusammenschmierten, häufig unrasiert, aber immer sehr geräuschvoll und sehr vorlaut – nein, mit dieser Spezies Mensch wollte Fräulein Fröhlich so wenig wie möglich zu tun haben. Und mit dem Häuptling des ganzen Vereins schon überhaupt nicht.

»Was wichtig ist und was nicht, überlassen Sie bitte mir«, sagte Florian patzig. »Außerdem ist es privat.«

»Wenn Sie schon wieder Vorschuß brauchen, dann muß ich Sie enttäuschen. Herr Jerschke hat erst kürzlich die Anweisung gegeben, daß Vorschüsse von ihm selbst...«

»Ich habe in den letzten drei Monaten keinen Vorschuß gebraucht und werde auch in Zukunft keinen brauchen!« unterbrach Florian die Stimme seines Herrn. »Ich möchte lediglich den Sperling... äh, den Dr. Vogel sprechen, und zwar noch heute.«

Vorsorglich überhörte Fräulein Fröhlich den hausinternen Spitznamen ihres Chefs und blätterte gelangweilt im Terminkalender. »So gegen halb acht könnte ich Sie für ein paar Minuten einschieben«, gestattete sie gnädig und kritzelte eine entsprechende Notiz aufs Papier, »aber wahrscheinlich werden Sie warten müssen. Dr. Vogel hat vorher eine Besprechung mit dem Verleger.«

»Ich warte gern«, versicherte Florian, »ganz besonders in Ihrer Gesellschaft.«

Bevor sie überlegt hatte, ob es sich nun um eine Anzüglichkeit oder um eins der seltenen Komplimente handelte, die man ihr gönnte, war Florian schon zur Tür hinaus.

Vergnügt pfiff er vor sich hin, während er über den langen Flur stapfte. Er würde heute abend bestimmt nicht warten müssen. Es war allgemein bekannt, daß der Herr Verleger niemals später als neunzehn Uhr fünfzehn das Haus verließ, um pünktlich zum Beginn der Tagesschau in Meerbusch vor dem Bildschirm zu sitzen. Dort notierte er die ihm wichtig erscheinenden Meldungen und prüfte am nächsten Morgen, ob sie auch die gebührende Würdigung in seiner Zeitung gefunden hatten. Da das fast immer der Fall war, herrschte zwischen ihm, dem Chefredakteur und Herrn Dr. Mahlmann, seines Zeichens Leiter der Politik, bestes Einvernehmen. Allerdings ahnte er nicht, daß seine Frau jeden Abend das Notizblatt vom Schreibtisch nahm, von der Küche aus ein kurzes Telefongespräch mit der Redaktion führte und den Zettel anschließend wieder zurücklegte. So war der häusliche Friede gesichert, der ohnehin zu hohe Blutdruck ihres Mannes nicht zusätzlich gefährdet, und die Jungs im Pressehaus brauchten sich nicht unnütz den Kopf zu zerbrechen. Es waren doch alles so reizende Leute! Niemals vergaßen sie, zu ihrem Geburtstag Blumen zu schicken, und der Präsentkorb zum 40. Hochzeitstag im vergangenen Jahr mußte ein Vermögen gekostet haben.

Als er sein kleines und äußerst spartanisch eingerichtetes Büro betrat, konnte Florian vor lauter Rauchschwaden nichts erkennen – nur vermuten. »Jetzt habe ich dein Zeilenhonorar schon zum dritten Mal erhöht, und noch immer qualmst du diesen billigen Knaster. Der legendäre russische Machorka kann auch nicht schlimmer sein.« Er tastete sich zum Fenster durch und öffnete beide Flügel. »Du kriegst Hausverbot, wenn du weiterhin deine alten Matratzen in die Pfeife stopfst!«

»Die sind immer noch gesünder als deine namenlosen Glimmstengel«, verteidigte sich Peter Gerlach, klopfte aber dennoch seine Pfeife aus und steckte sie in die Tasche. »Wieso bist du schon hier? Du kommst doch sonst nie vor zehn. Und ich hatte geglaubt, hier in Ruhe meinen

Bericht fertig pinnen zu können. Nicht mal auf deine Unpünktlichkeit ist mehr Verlaß.«

Offiziell war Gerlach Gerichtsreporter, schrieb aber unter einem Pseudonym die wöchentliche Klatschspalte, wer wo mit wem und wann, kannte Gott und die Welt und kam Florian im Augenblick wie gerufen.

»Sag mal, Peter, weißt du nicht jemanden, der eine möblierte Wohnung mieten möchte?«

»Nee«, erklärte der rundheraus. Und dann: »Warum? Ist einer aus der Verwandtschaft gestorben?«

»Das nicht gerade, aber ich kenne jemanden, der seine Wohnung ein halbes Jahr lang nicht braucht und sie deshalb komplett vermieten will.«

»Muß der in den Knast?«

»Kannst du nicht ausnahmsweise in normalen Bahnen denken?« lachte Florian. »Es gibt doch auch noch andere Gründe, weshalb ein Mensch vorübergehend seine Wohnung nicht benutzt.«

»Und deshalb will er sie vermieten? Das muß ein schönes Kamel sein. Wer weiß, ob und in welchem Zustand der sein Mobiliar wiederfindet.«

»Das Kamel bin ich.«

Erstaunt drehte sich Gerlach um. »Du?? Ich habe zwar nie bezweifelt, daß du wirklich eins bist, aber du hast es noch niemals zugegeben. Wieso brauchst du deine Wohnung nicht mehr? Ist deine Frau endlich ausgezogen? Laßt ihr euch scheiden?« fragte er erwartungsvoll, denn seine heimliche Liebe zu Tinchen war ebenso ausdauernd wie hoffnungslos.

»Das kannst du mich in sechs Monaten noch mal fragen.« Florian setzte sich auf die Schreibtischkante und erzählte seinem Freund ausführlich, welche Pläne seit gestern in seinem Kopf herumspukten.

»Unter diesen Umständen wäre es doch blödsinnig, die Wohnung leerstehen zu lassen. Warum soll nicht ein anderer inzwischen die Miete bezahlen?« schloß er.

»Weshalb fragst du gerade mich? Du kennst doch meinen Umgang. Oder legst du wirklich Wert darauf, daß ich dir einen entlassenen Ganoven zwischen deine Kiefernschränke setze?«

»Quatsch! Aber du kannst dich doch mal umhören.«

»Mach' ich«, versprach Gerlach, »vielleicht finde ich jemanden von der High Snobiety, der seine momentane Gespielin nicht immer bloß im Hilton treffen will. Da zahlt der ja für drei Nächte so viel wie bei dir für den ganzen Monat.«

»Meine Wohnung als Absteige? Kommt nicht in Frage.«

»Du mußt das nicht so eng sehen. Außerdem heißt das heutzutage Zweitwohnung und ist allgemein üblich. Als du noch nicht verheiratet warst, hast du nicht so dämliche Fragen gestellt.«

»Eine Zweitwohnung habe ich nie gebraucht«, verteidigte sich Florian.

»Wäre aber manchmal besser gewesen. Ich erinnere mich noch an den Tag, an dem ich die Doro so lange in der Küche festhalten mußte, bis du die andere Tussie ins Wohnzimmer gebracht hast, und dann hast du mir dieses wirklich selten dusselige Geschöpf auch noch für den Rest des Abends aufgehalst.«

»Das sind doch längst olle Kamellen. Die werden auch nicht besser, wenn du sie immer wieder aufwärmst.«

Gerlach stand auf und sammelte seine Notizen ein. »Ich glaube, jetzt verziehe ich mich lieber, du mußt deinen Humor heute im Fahrstuhl vergessen haben. Gibt es sonst noch was Neues?«

»Ja, Hindenburg ist tot.«

»Weiß ich, deshalb sieht man ihn auch so selten. Also dann tschüs bis nachher.«

»Dämlicher Hund!« schimpfte Florian, aber das hatte Gerlach schon nicht mehr gehört.

Seufzend betrachtete Florian den Papierstapel auf seinem Schreibtisch: Agenturmeldungen, Berichte, Einladungen zu irgendwelchen, meist langweiligen Veranstaltungen, dazwischen Spesenabrechnungen der freien Mitarbeiter und natürlich Leserbriefe. Er griff nach dem ersten.

Werte Redaktion. Meine Tante Adelheid Schmitz, wohnhaft in Oberbilk, wird am 21. März 88 Jahre alt. Weil das eine Schnapszahl ist, würde sie sich bestimmt freuen, wenn die Zeitung ihr öffentlich gratuliert. Sie liest das Tageblatt schon seit es das gibt. Achtungsvoll, Ernst Schmitz.

Florian warf den Brief in den Papierkorb und fischte den nächsten heraus.

Am 1. April besteht unser Kochclub ›Männer vor!‹ fünf Jahre. Obwohl ich Ihnen als Vorsitzender schon mehrmals unsere besten Rezepte geschickt habe, hat der Club in Ihrer Zeitung noch keine Erwähnung gefunden. Sollten Sie auch unser Jubiläum übergehen, werden alle 14 Mitglieder das Tageblatt abbestellen. Mit immer noch freundlichen Grüßen, Herbert Lamprecht, 1. Vorsitzender.
PS. Ihr Reporter ist zu unserem Galaessen am 30. d. M. herzlich eingeladen.

Wenn die Brüder ihre Drohung wahrmachen und die Abonnements kündigen, kriege ich Ärger mit der Vertriebsabteilung, überlegte Florian, also müssen wir ein paar Zeilen bringen. Am besten schicke ich Müller Zwo hin, der ist Junggeselle und ernährt sich bloß von Hot dogs. Für eine anständige Mahlzeit schreibt der alles. –

Während Florian im Pressehaus die Brötchen verdiente, war Tinchen damit beschäftigt, sie aufzuessen. Ihre Mutter half dabei. Gerechterweise muß allerdings gesagt werden, daß Frau Antonie die Semmeln mitgebracht und auch bezahlt hatte. Für sich selbst hatte sie ein Croissant mitgenommen, frisch aus dem Ofen und noch ganz warm. Tinchen hatte Kaffee gekocht, koffeinfreien natürlich wegen der Nerven und weil Frau Antonie sonst in der Nacht kein Auge zumachen konnte, und nun saßen Mutter und Tochter am Küchentisch mit der rotgewürfelten Decke und der Porzellanschale voll künstlicher Früchte – auch ein Geschenk von Frau Antonie und ständiges Streitobjekt zwischen Tinchen und ihrem Mann, dem diese Plastikbananen ein Dorn im Auge waren.

»Jetzt erzähl mal ganz genau, Tinchen, ich hab' das vorhin am Telefon gar nicht richtig mitgekriegt. Was ist mit Professor Fabians Kindern los? Wieso sind das plötzlich Waisen? Ist den Eltern was passiert? Sind sie tot? Verunglückt? Gleich alle beide? Wie furchtbar! Und warum trägst du dann nicht Schwarz, schließlich sind es nahe Verwandte von dir, auch wenn du nicht auf besonders gutem Fuß mit ihnen gestanden hast. Ob wir auch zur Beerdigung fahren müssen? Ich werde nachher gleich einen Kranz best . . .«

»Ich bitte dich, Mutsch, hör endlich auf! Kein Mensch ist gestorben, ganz im Gegenteil. Gisela und Fabian gehen für ein halbes Jahr nach Amerika, und wir sollen so lange Haus, Hof und ihre Brut hüten.«

»Warum sagst du das nicht gleich?« Frau Antonie stärkte sich mit einer frischen Tasse Kaffee. »Du hast mir einen richtigen Schrecken eingejagt.«

»Selber schuld. Nie hörst du richtig zu!« Und dann erzählte Tinchen ganz ausführlich und geriet dabei richtig ins Schwärmen.

»Du kennst das Haus ja nicht, aber es ist phantastisch. Zwei Bäder gibt es und ganz unten noch eine Dusche, vier Toiletten, jedes Kind hat ein eigenes Zimmer mit durchgehendem Balkon, das Schlafzimmer ist anderthalbmal so groß wie unser Wohnzimmer, und die Küche solltest du erst sehen... Alles vollautomatisch mit blinkenden Lämpchen und so, genau wie bei den Carringtons in Denver. Hinterm Haus ist eine Riesenterrasse, und der Garten ist so groß wie ein Fußballfeld. – Na ja, vielleicht nicht ganz so groß, aber wie ein halbes bestimmt! Vorne alles Rasen mit Blumenbeeten und hinten am Zaun lauter Obststräucher. Und ganz ruhig, überhaupt kein Verkehr. Steinhausen ist nicht groß, vielleicht achttausend Einwohner oder auch ein paar mehr, aber zum Einkaufen fährt man sowieso nach Heidelberg, das ist auch nicht weiter als von hier bis in die Stadt. Florian hat gesagt...«

»Florian ist ein Mann und hat von nichts Ahnung«, unterbrach Frau Antonie. »Aber hast du dir schon einmal überlegt, wer dieses Haus und den Garten in Ordnung halten soll? Du etwa?« Mit dem Zeigefinger pickte sie die Brötchenkrümel von der Tischdecke und schob sie in den Mund. »Nein, mein Kind, das kannst du gar nicht, und deshalb bin ich auch entschieden dagegen, daß du dir solch eine Verantwortung auflädst.«

Tinchen wurde zusehends kleinlauter. »Darüber habe ich noch nicht nachgedacht.« Sie tat es und fuhr zögernd fort: »Irgendwer hat es doch bisher gemacht, also kann er es ja auch weiter machen. Sicher hat Gisela eine Putzfrau. Und Marthchen ist auch noch da.«

»Ist das nicht das frühere Kindermädchen von Benders?«

»Ja, sie kriegt jetzt das Gnadenbrot.«

»Das gibt man alten Pferden! Ich glaube kaum, daß

Frau Martha mit dieser Definition einverstanden wäre. Hast du mir nicht mal erzählt, daß sie die ganze Familie bekocht?«

»Und wie! Sie nimmt niemals Fertiggerichte, sogar den Kartoffelbrei stampft sie selber.«

»Das tu ich aber auch, Tinchen«, verteidigte sich Frau Antonie, »dieses Zeug aus der Tüte schmeckt eben doch nicht so wie hausgemacht.«

»Weiß ich ja, Mutti, du kochst mindestens genausogut wie Marthchen, Florian schmiert mir auch dauernd aufs Butterbrot, daß ich nicht genug bei dir gelernt habe. In Zukunft wird er wenigstens deshalb nichts mehr zu meckern haben.«

»Dann seid ihr also fest entschlossen, diese Aufgabe zu übernehmen? Traust du dir das denn zu? Vier fremde Kinder und dazu noch die beiden eigenen?«

»Erstens sind Fabians Ableger keine Kinder mehr, sondern zum Teil schon wahlberechtigt und somit vor dem Gesetz erwachsen, und zweitens vergißt du, daß ich ein Jahr lang als Reiseleiterin gearbeitet habe. Da können mich doch ein paar Halbstarke nicht erschüttern. Im übrigen ist Florian ja auch noch da.«

»Na, der ist dir bestimmt eine große Hilfe«, sagte Frau Antonie trocken.

»Immerhin weiß er eine Menge über die Psychologie Jugendlicher«, behauptete Tinchen und verschwieg vorsichtshalber, daß es sich hierbei um seine rein theoretischen Erkenntnisse handelte, deren praktische Anwendung vermutlich noch kein Mensch ausprobiert hatte. Am allerwenigsten er selbst. Deshalb bemühte sich Tinchen um einen raschen Themawechsel.

»Bevor du gehst, Mutti, würdest du mir wohl die Senfsoße für die verlorenen Eier machen? Bei mir sieht die immer aus wie Tapetenleim, und sehr viel anders schmeckt sie auch nicht.«

Frau Antonie war in ihrem Element. »Aber natürlich, Kind, das ist doch eine Kleinigkeit.« Sie stand auf und band sich die Küchenschürze um. »Jetzt paß aber mal ganz genau auf! Erst macht man eine richtige Mehlschwitze. Dazu brauchst du...«

Die Unterredung mit dem Sperling verlief kurz und erfolgreich. Ein bißchen zu kurz, fand Florian, denn er hatte sich etwas mehr Widerstand erhofft.

»Was Sie da vorhaben, ist sehr vernünftig«, hatte Dr. Vogel kopfnickend bestätigt, »sehr vernünftig. Abstand gewinnen, den Gesichtskreis erweitern – ja, ja, wirklich sehr vernünftig. Und Amerika ist uns da um einiges voraus. Vor allem im Pressewesen. Wohin werden Sie denn gehen?«

»Nach Stein... äh, das steht noch nicht genau fest«, hatte Florian gestottert, denn ganz offensichtlich hatte der Sperling mal wieder einiges mißverstanden. Egal, Hauptsache, er genehmigte den unbezahlten Urlaub und sicherte Florians Rückkehr auf dessen angestammten Platz zu. Vielleicht sogar eine Beförderung? Die Lokalredaktion hatte er nun acht Jahre lang verwaltet, als Beamter wäre er bestimmt schon bei der Innenpolitik gelandet, aber Journalisten sind nun mal keine Beamte und Chefredakteure selten an dem beruflichen Aufstieg ihrer Mitarbeiter interessiert. Sie wittern Konkurrenz.

»Wen soll ich jetzt als meinen vorübergehenden Nachfolger einarbeiten? Ich schlage Gerlach vor, der hat ja auch die letzten beiden Male die Urlaubsvertretung gemacht.«

Dr. Vogel winkte ab. »Zerbrechen Sie sich nicht meinen

Kopf. Es wird sich schon jemand finden. Wie lange ist Herr Vollmer eigentlich bei uns?«

Jürgen Vollmer war der Sohn eines süddeutschen Pressezaren und in einem Augenblick väterlicher Ungnade dem Tageblatt als Volontär aufgehalst worden, um das Gewerbe ›von der Pike auf‹ zu lernen. In der Druckerei hatte man ihn nach einer Woche rausgeschmissen, weil er in jeder freien Minute – und nicht nur dann! – mit den Arbeitern gepokert hatte. In der Anzeigenabteilung war er nur zwei Tage geblieben, denn er hatte die hereingegebenen Inseratentexte eigenmächtig geändert. Daraufhin verzichtete die Werbeabteilung von vornherein auf seine Mitarbeit, der Vertrieb lehnte ebenfalls dankend ab, weil er ein Chaos in der EDV-Anlage fürchtete, für die Vollmer ein brennendes Interesse gezeigt hatte, und so war er schließlich in der Redaktion gelandet. Da konnte er noch am wenigsten Unheil anrichten, zumal er sich bloß stundenweise sehen ließ und auch dann nur mit den Sekretärinnen flirtete. Gelernt hatte er noch nichts, aber »Die Leiter zum Erfolg ist wesentlich leichter zu erklimmen, wenn der Herr Papa die Sprossen macht«, hatte Florian gesagt und Vollmer zur Prunksitzung des Düsseldorfer Carneval-Vereins geschickt. Dort befand er sich unter seinesgleichen, und die Zehn-Zeilen-Notiz würde später irgendein anderer schreiben.

»Sie wollen den Vollmer doch nicht mit der Lokalredaktion betrauen?« hatte Florian erschrocken gefragt, »Das kann der doch gar nicht.«

»Das zu beurteilen überlassen Sie bitte mir«, hatte der Sperling geantwortet und versöhnlich hinzugefügt: »Er muß schließlich ein paar Erfahrungen sammeln.«

»Aber bitte nicht auf meinem Stuhl!«

»Eigentlich haben Sie recht, Bender«, hatte Dr. Vogel

überlegt. »In Anbetracht seiner späteren Position sollte man ihm doch etwas Verantwortungsvolleres übertragen.«

Worauf Florian gekränkt das Zimmer verlassen hatte. Wenn er erst mal weg war, würden die schon sehen, was sie an ihm gehabt haben. Die Tage bis zu seiner Rückkehr würden sie zählen! Die hatten ja alle keine Ahnung, um wieviel Kleinkram er sich täglich kümmern mußte, und wieviel Ärger er sich dabei einhandelte! Und ausgerechnet der Vollmer, dieser arrogante Zeitungsimperiumserbe, sollte die Lokalredaktion übernehmen! Der mokierte sich doch über jeden zweiten Leserbrief! Die schönsten davon, worunter er in erster Linie die orthographisch nicht ganz einwandfreien verstand, kopierte er heimlich und sammelte sie in einem Schnellhefter, den er später bei seinen ebenso borniertien Freunden herumreichen wollte. Gerade noch rechtzeitig hatte Florian ihm das Corpus delicti entreißen können, aber Vollmer hatte nur gelacht. »Macht nichts, der Vorrat ist ja unerschöpflich, und täglich kommen neue dazu.«

Weshalb sollte er sich eigentlich den Kopf darüber zerbrechen, was während seiner Abwesenheit passierte? Er mußte sich nur rechtzeitig darum kümmern, daß sein Name aus dem Impressum verschwand. Für die zu erwartende Katastrophe wollte Florian auf keinen Fall verantwortlich zeichnen.

In seinem Zimmer kontrollierte er noch kurz die beiden Korrekturbögen, fand nichts zu beanstanden, malte seinen Kringel drunter und legte sie in den Korb. Spätestens dann, wenn der Druckereileiter seinen allnächtlichen hysterischen Anfall bekam, würde man die Unterlagen vermissen und einen Lehrling in den siebenten Stock schicken, weil der Redaktionsbote mal wieder einen Bogen um die Tür des Lokalredakteurs gemacht hatte. Seitdem Florian ihm statt der erbetenen Karten für ein Gastspiel von Nena zwei Billetts für das Konzert der Oberkrainer in die Hand gedrückt hatte, verachtete Eberhard ihn zutiefst, obwohl es sich doch wirklich nur um ein Versehen gehandelt hatte.

Zu Hause wurde Florian von dem doppelstimmigen Indianergeschrei seiner Kinder empfangen und von dem nicht minder lauten Gebell seines Hundes. Alle drei sprangen an ihm hoch, wobei Klausdieter wie üblich den kürzeren zog. Er bekam Julias zappelnden Fuß ans Ohr und verzog sich beleidigt in seinen Korb. Florian küßte sich durch die Sippe, wobei er versuchte, Julias Schokoladenfinger von seinem Hals zu entfernen. »Warum bist du immer gerade dann so liebebedürftig, wenn du klebrige Hände hast?« Er schob seine Tochter zur Badezimmertür. »Wasch dich mal!«

»Ich hab' mich heute mittag erst gewaschen, und vor dem Schlafengehen muß ich wieder«, protestierte sie, »warum denn jetzt auch noch?«

»Weil Frauen viel schönere Hände haben als Männer. Deshalb gucken die Männer immer drauf, und deshalb sollten die Hände auch immer sauber sein.«

»Wie Mami vorhin den Herd geschrubbt hat, weil die Milch übergekocht ist, waren sie aber gar nicht sauber!« triumphierte Julia. »Jetzt gibt es fertigen Pudding. Der schmeckt auch viel besser.«

»Wenn du nicht sofort den Mund hältst, bekommst du überhaupt keinen!« Tinchen warf ihrer Tochter einen drohenden Blick zu.

»Die Milch ist auch gar nicht übergekocht, mir ist bloß der Topf umgekippt, weil ich das Brett mit den abgepellten Eiern draufgestellt hatte, und dann ist ein Ei reingefallen, und als ich das zweite gerade noch festhalten konnte, ist das Brett in den Topf gerutscht, und da hat er Übergewicht gekriegt. Angebrannt ist aber nichts«, versicherte sie eifrig,

»und die paar Milchtropfen in der Senfsoße schmeckt man gar nicht. Übrigens ist Karsten da.«

»Was will der denn?« Florian wunderte sich. »Der kriegt doch zu Hause viel besseres Essen.«

Sein Schwager guckte nur flüchtig hoch, als Florian das Wohnzimmer betrat, und vertiefte sich wieder in die Zeitung. »Womit würdest du bloß deine Seiten füllen, wenn es nicht jeden Tag mindestens drei Überfälle gäbe. Diesmal hat es die Pinte gegenüber vom Jan-Wellem-Denkmal erwischt. Da haben sie nicht nur den Safe geknackt, sondern darüber hinaus alle Bierfässer auslaufen lassen. Kann ich verstehen, da schmeckt das Altbier immer nach Seife. Von den Tätern fehlt natürlich jede Spur.«

»Vielleicht könnte man der Kriminalität besser Herr werden, wenn ein paar Polizisten vom Fernsehen abgezogen und in den Großstädten eingesetzt würden.« Florian ging zum Teewagen, auf dem vier nahezu leere Flaschen standen, und hielt sie nacheinander ins Licht.

»Ich kann dir noch einen halben Whisky anbieten oder einen Schluck Doppelkorn. Den Rest Kognak trinke ich jetzt nämlich selber.«

»Er sei dir gegönnt. Ich habe ihn ja extra für dich übriggelassen.«

Auf ein Glas verzichtete Florian. Er setzte die Flasche gleich an den Mund und stellte sie anschließend wieder zu den anderen. »Man sieht ja nicht, daß sie leer ist.« Dann musterte er seinen Schwager von den ausgelatschten Tretern bis zu dem dringend renovierungsbedürftigen Lockenkopf und fragte mißtrauisch: »Was verschafft uns eigentlich die Ehre deines Besuchs? Willst du etwa deine Schulden bezahlen?«

»Um Himmels willen, nicht so kurz vor Ultimo«, entrüstete sich Karsten. »Der alte Herr rückt doch keinen Pfennig

Vorschuß heraus. Neulich habe ich ihn um Geld gebeten für die Lehrbücher, die ich angeblich für diesen blödsinnigen Buchhaltungskurs brauche. Und was hat er mir gegeben? Die Bücher!«

Florian lachte schallend. »Was hast du denn anderes erwartet?« Er kannte seinen Schwiegervater, und der wiederum kannte seinen Sohn.

Karsten hatte das Abitur erst beim zweiten Anlauf geschafft, war danach ein dreiviertel Jahr lang durch Europa getrampt, um sich über seine Zukunftspläne klarzuwerden (»Wie soll ich wissen, was ich werden will? Vielleicht haben sie meinen Beruf noch gar nicht erfunden.«), und hatte schließlich das Studium der Volkswirtschaft begonnen. Nach zwei Semestern war er zu der Erkenntnis gekommen, daß ein Volkswirtschaftler jemand ist, der alle Lösungen für die Probleme des vergangenen Jahres weiß, mit seinen Zukunftsprognosen aber meistens schiefliegt, und diese Basis schien Karsten wenig ausbaufähig. Außerdem hatte er inzwischen eine feste Freundin, die als Zahnarzthelferin schon Geld verdiente, während er nur welches kostete. Es machte ihm zwar nichts aus, sich quer durch die Verwandtschaft zu schnorren, aber jeden Kinobesuch von seiner Freundin bezahlen zu lassen, ging ihm doch sehr gegen den Strich. Bevor er jedoch zu einem Entschluß gekommen war, auf welche Weise er sich nun endgültig in das Heer der Arbeitnehmer einreihen sollte, ereilte ihn der Ruf des Vaterlandes und enthob ihn für die nächsten 15 Monate allen Überlegungen. Der Grenadier Karsten Pabst war sehr schnell bei seinen Kameraden beliebt, bei seinen Vorgesetzten weniger. In ihren Augen war er vorlaut, wenn nicht gar renitent, er durchforschte die Dienstvorschrift nach den Rechten, die einem Soldaten zustanden, wobei er die Pflichten großzügig überlas, und machte sie geltend. Man hielt es für das beste, diesen aufmüpfigen jungen Mann weitgehend aus dem Verkehr zu ziehen, und beförderte ihn zum Sporthallenwart. Dort saß er abseits vom Schuß, sortierte Fußbälle und Badekappen und trug in die vorgesehenen Listen ein, wer wann wie viele Trillerpfeifen ausgeliehen hatte. Diese verantwortungsvolle Tätigkeit beanspruchte allerdings nur einen geringen Teil des Tages, und so benutzte er den übrigen zu sinnvolleren Beschäftigungen. Er schlief oder las. Meistens schlief er.

Da die Sporthalle zum Zwecke der Freizeitgestaltung bis zwanzig Uhr geöffnet blieb, die reguläre Dienstzeit für Bundeswehrsoldaten jedoch schon um siebzehn Uhr endete, machte er quasi Überstunden, die bei der Bundeswehr nicht vorgesehen sind. Jedenfalls nicht regelmäßig. Er beschwerte sich, bekam recht und von da an die doppelte Anzahl dienstfreier Tage. Diese Vergünstigung legte er so großzügig aus, daß er immer eine Woche lang Dienst schob und die folgende zu Hause blieb. Woraufhin ein zweiter Sporthallenwart nominiert wurde, mit dem sich Karsten, weil vom gleichen Kaliber, sofort bestens verstand. Je nach Bedarf tauschten sie ihre Dienststunden, verlängerten oder verkürzten sie, denn niemand kümmerte sich darum, solange die Vorschriften eingehalten wurden und die Turnhalle ordnungsgemäß unter Aufsicht stand.

Im Gegensatz zu den meisten Wehrpflichtigen, die das dienstfreie Wochenende überwiegend im Bett verbringen, wobei die Gründe verschiedener Natur sein können, war Karsten zu Hause immer ausgeschlafen und langweilte sich. Seine Freundin arbeitete tagsüber, seine Freunde taten das gleiche oder gaben es zumindest vor, indem sie morgens zur Uni gingen, und so begann er sich für das väterliche Geschäft zu interessieren. Nach seiner Ansicht war Uhrmacher zwar ein völlig unzeitgemäßer Beruf, aber er mußte immerhin zugeben, daß sein Vater recht gutes Geld damit verdiente, zumal er kaum noch Uhren reparierte, sondern in erster Linie welche verkaufte. Vor einigen Jahren hatte er angefangen, sein Sortiment durch Modeschmuck zu erweitern, und nun beschäftigte er sogar schon einen richtigen Goldschmied und würde wohl bald einen zweiten brauchen.

Mehr aus Langeweile denn aus Interesse trieb sich Karsten häufig in der Werkstatt herum, formte aus Silberdraht und bunten Glassteinen phantasievolle Gebilde und bekam allmählich Spaß an der Sache. Nachdem die Bundeswehr ihren Sporthallenwart im Rang eines Obergefreiten in allen Ehren entlassen hatte, begann Karsten eine Ausbildung als Goldschmied, die er zum großen Erstaunen seines Vaters auch beendete. Sogar mit Auszeichnung. Seine Prüfungsarbeit, eine asymmetrische Platinbrosche mit Diamantsplittern, wurde in der Handwerkskammer ausgestellt, bevor sie in Frau Antonies Schmuckschatulle verschwand und nur dann herausgeholt wurde, wenn seine Mutter das kleine Schwarze trug. Und Florian hatte einen Zweispalter ins Tageblatt gerückt mit den Namen der sechs Prüflinge und natürlich mit einem Foto von Karstens Gesellenstück. Leider war auf dem Bild nicht viel zu erkennen gewesen, aber Frau Antonie hatte es ausgeschnitten und ins Fotoalbum geklebt, gleich neben die Kopie der Prüfungsurkunde.

Karsten stieg in das väterliche Geschäft ein, erhielt übertariflichen Lohn und kam trotzdem nie mit seinem Geld aus. Allerdings fuhr er einen Porsche, den er immer noch abzahlte, und brauchte viel Benzin, weil seine neue Freundin Angela am entgegengesetzten Ende der Stadt wohnte. Er selbst lebte noch zu Hause bei seinen Eltern, das war bequemer und vor allem billiger, auf die Dauer aber auch nicht das

Wahre. Vater Pabst kümmerte sich zwar nicht um Damenbesuche, er hielt seinen Sohn für alt genug, Frau Antonie jedoch konnte sich spitze Bemerkungen nicht verkneifen, sobald ihr Angela im Morgenrock oder mit noch weniger an über den Weg lief. Eine eigene Wohnung hätte sich Karsten vielleicht leisten können, wenn er auf Wochenendreisen und Urlaub in Sri Lanka verzichtet hätte, aber selbst für das kleinste Apartment braucht man Möbel, und die würde sein Budget nun doch nicht mehr verkraften können. Freundin Angela, beamtete Grundschullehrerin mit entsprechendem Gehalt, hätte sich an der Gründung des gemeinsamen Haushalts ganz gern beteiligt, aber Karsten fürchtete naheliegende Konsequenzen und lehnte dankend ab.

»Eines Tages will sie dann doch heiraten, und ich habe keine Lust, mit einem Einkommen meine Familie und den Staat zu erhalten.«

»Wieso ein Einkommen«, hatte Tinchen eingeworfen. »Angela verdient doch auch nicht schlecht.«

»In dieser Hinsicht bin ich konservativ«, hatte ihr Bruder geantwortet. »Eine verheiratete Frau gehört ins Haus.«

»Und deshalb erwartest du auch, daß sie nach der Arbeit unverzüglich dorthin zurückkehrt, nicht wahr?«

Karsten hatte ihr einen bitterbösen Blick zugeworfen und war auf dieses Thema vorerst nicht mehr zurückgekommen. Er verstand sowieso nicht, weshalb alle Welt so erpicht war aufs Heiraten. Etwa nur, um gemeinsam all die Schwierigkeiten bewältigen zu können, die man niemals haben würde, wenn man nicht geheiratet hätte?

Trotzdem blieb eine eigene Wohnung sein momentan vorrangiges Ziel, nur sollte sie möglichst wenig kosten, zentral gelegen sein und einen gewissen Komfort bieten – also ganz genau das, was Florian und Tinchen bewohnten. Deshalb war er ja auch hier.

»Sag mal, Flox, was wird eigentlich aus eurem trauten Heim, wenn ihr in Professors Luxusschuppen übersiedelt?«

»Das will ich nach Möglichkeit vermieten.«

»Hast du schon jemanden?«

»Nein. Du vielleicht?«

»Ich wüßte schon wen. Mich.«

Nach einem Augenblick der Verblüffung brach Florian in lautes Gelächter aus. »Nee, alter Knabe, du bist nun wirklich nicht das, was ich mir unter einem seriösen Mieter vorstelle. Bei deiner miesen Zahlungsmoral bekomme ich nach spätestens zwei Monaten die Kündigung.«

»Jetzt hab dich nicht so wegen des Hunderters, den du noch von mir kriegst. Nächste Woche kannst du ihn haben.«

»Wer redet denn davon? Aber die Wohnung kostet das Fünffache, und das jeden Monat.«

»Weiß ich ja, und weil ich dein Mißtrauen kenne, würde ich Vater bitten, die Miete von meinem Gehalt abzuziehen und sofort auf dein Konto zu überweisen.«

»Von welchem Gehalt?« wollte Florian wissen. »Soviel ich weiß, lebst du doch ständig auf Vorschuß.«

»Du mußt nicht alles glauben, was dir meine alte Dame erzählt. Wenn ich mir von ihr vier Mark für den Zigarettenautomaten geben lasse, weil ich kein Kleingeld habe, dann vermutet sie beim nächsten Klingeln den Gerichtsvollzieher. Ich gebe ja zu, daß ich manchmal über meine Verhältnisse lebe, was bleibt mir denn anderes übrig? Bleibe ich mal einen Abend zu Hause, dann werde ich von Mutter behandelt wie ein Kleinkind und von Vater wie ein Halbwüchsiger, dem man wenigstens schon gewisse Privilegien einräumt, bekomme Leberwurstbrötchen vorgesetzt, garniert mit Gurkenscheibchen, und sobald ich mir ein Bier eingieße, erzählt Mutter sofort, daß Herr Ichweißnichtwer schon zum zweiten Mal eine Entziehungskur machen müsse und Pfefferminztee sowieso viel gesünder sei. Spätestens dann ergreife ich die Flucht und lande in der nächsten Kneipe oder bei Angela. Manchmal habe ich sogar Angst, daß ich sie in einem Anfall von Verzweiflung heirate, weil sie eine Wohnung hat.«

»Ehen sind schon aus viel nichtigeren Gründen geschlossen worden«, sagte Florian mitfühlend, »aber meistens waren sie auch danach. Wenn du also wirklich hier einziehen willst, soll's mir recht sein, vorausgesetzt natürlich, du zahlst pünktlich die Miete und läßt Herrn Schmitt zu Hause.«

»Was hast du gegen Herrn Schmitt?«

»Gar nichts, solange er in seinem Stall sitzt. Aber du läßt ihn ja dauernd herumlaufen, und Tinchen wäre bestimmt sauer, wenn er ihren botanischen Garten ausrottet und sämtliche Gardinen anknabbert.«

Bei Herrn Schmitt handelte es sich um ein Zwergkaninchen, das Karsten mal irgendwo gewonnen und mit dem festen Vorsatz in seinem Zimmer einquartiert hatte, ein folgsames Haustier aus ihm zu machen. Nachdem Herr Schmitt aber innerhalb weniger Tage dreimal die Telefonschnur durchgenagt und Frau Antonies Efeuaralie kahlgefressen hatte, wurde er zu Dauerhaft verurteilt mit täglich einer Stunde Freilauf, und selbst da richtete er noch genug Unheil an.

»Nehmt ihn doch mit! Der freut sich, wenn er endlich mal genug Gesellschaft hat, und Löwenzahn wächst da bestimmt vor der Haustür.«

»Gar keine so schlechte Idee«, überlegte Florian. »Kaninchen fressen doch auch Gras, nicht wahr?«

»Zentnerweise!« behauptete Karsten im Brustton der Überzeugung. Er kannte seinen Schwager und ahnte das Richtige.

»In Ordnung, ich stelle ihn als Rasenmäher ein.«

»Ich nehme doch stark an, daß Fabian schon einen hat, also brauchst du keinen mitzubringen. Wir haben ja auch gar keinen.« In der Tür stand Tinchen und blickte verständnislos in die lachenden Gesichter. »Habe ich was Falsches gesagt?« Und als niemand antwortete: »Interessiert mich auch gar nicht. Übrigens – das Essen ist fertig.«

Karsten rappelte sich aus dem Sessel hoch. »Ist es auch genießbar?« Er hatte zwar Hunger, nur nicht unbedingt auf die hausgemachten Produkte seiner Schwester. »Wann wirst du endlich so gut kochen wie Mutti?«

»Wenn Florian so viel Geld verdient wie Vati«, konterte Tinchen. »Deshalb gibt es heute auch nur Eier in Senfsoße und hinterher Schokoladenpudding.«

»Seit wann kriegt man Eier in Dosen?« wollte Florian wissen, inspizierte den Mülleimer und äußerte lebhaftes Erstaunen, als er nur die Schalen fand. Noch überraschter war er, nachdem er den ersten Bissen probiert hatte. »Tine, das schmeckt ja richtig gut!«

Bevor sie antworten konnte, knackte es zwischen seinen Zähnen. Er hörte sofort auf zu kauen. »Wasch isch dasch?«

»Wahrscheinlich das Dotter«, vermutete Karsten und aß ungerührt weiter. Florian fahndete nach dem Stein des Anstoßes und legte die Überreste auf den Teller.

»Da ist ja der Deckel von der Senftube«, frohlockte Tinchen, »und ich hatte ihn die ganze Zeit im Milchtopf gesucht.«

Der Luxusschuppen

Vier Tage später befand sich Florian auf dem Weg nach Steinhausen. Diesem wirklich nicht leichten Entschluß, freiwillig ein ganzes Wochenende in Gesellschaft seines Bruders und vor allem seiner Schwägerin zu verbringen, waren mehrere Telefongespräche vorausgegangen – selbstverständlich auf Fabians Rechnung –, in deren Verlauf alle Beteiligten hatten einsehen müssen, daß man zwecks Klärung diverser Details wohl doch nicht um eine mündliche Aussprache herumkäme.

Tinchen fuhr übrigens nicht mit. Natürlich hätte sie, wie bei anderen Gelegenheiten üblich, die Kinder zu ihren Eltern bringen können, aber das hatte sie diesmal nicht gewollt. »Wenn ich Gisela länger als eine halbe Stunde ertragen muß, geraten wir uns regelmäßig in die Haare. Ich weiß ja, daß sie die personifizierte Tüchtigkeit ist, aber muß sie einem das denn ständig demonstrieren? Dauernd ist sie mit irgendwas beschäftigt, aber leider nicht so beschäftigt, daß sie nicht Zeit genug hätte, mir immer wieder zu erzählen, wie sehr sie beschäftigt ist.«

Auch Florian hielt nicht viel von seiner Schwägerin. Mit seinem Bruder verstand er sich recht gut, hauptsächlich deshalb, weil sich höchstens ein- oder zweimal pro Jahr ihre Wege kreuzten. Sonst lebten sie in völlig verschiedenen Welten. Fabian war wesentlich älter und hatte den Benderschen Nachkömmling schon von klein auf mit der Weisheit seiner elf Jahre behandelt. Als Florian mit Ach und Krach die unterste Klasse des Gymnasiums erreicht hatte, studierte Fabian bereits im dritten Semester Archäologie, und genau an dem Tag, an dem Florian durchs Abitur gerasselt war, hatte Herr Dr. Fabian Bender den Professorentitel erhalten. Wenig später hatte er seine frühere Studienkollegin Gisela geheiratet und in regelmäßigen Abständen vier Kinder in die Welt gesetzt, die abwechselnd von Kindermädchen, Erziehern, Tanten, Internatsleitern und in den Ferien auch mal von den Eltern aufgezogen worden waren. Fabian war mit Leib und Seele Wissenschaftler, seine Frau ebenfalls und bereits mit 26 Jahren so emanzipiert, daß sie sich ein respektables Magengeschwür eingehandelt hatte und nie wieder losgeworden war. Öffentliche Anerkennung und sichtbarer Wohlstand waren in ihren Augen jedoch genug Entschädigung für salzlose Kost und Diätmarmelade.

Zu ihrem Leidwesen waren die meisten ihrer Nachkommen aus der Art geschlagen. Nur Clemens, mit 23 Jahren der Älteste, hatte die nötige Strebsamkeit gezeigt, ein Einser-Abitur zu bauen, um Medizin studieren zu können, was er nun auch im vierten Semester tat. Urban dagegen war in der zehnten Klasse sitzengeblieben, ausgerechnet wegen Latein, einer Sprache, für die man doch wirklich kein besonderes Talent brauchte, und sein Abiturzeugnis war auch nicht besonders gut ausgefallen, ein Durchschnitt von nur 2,2. Tierarzt wollte er werden, hatte natürlich den Numerus clausus nicht geschafft und stand jetzt auf der Warteliste. In der Zwischenzeit leistete er seinen Wehrdienst ab, völlig verschwendete Zeit, aber das hatte sich nun mal nicht ändern lassen.

Auch Rüdiger war so ein Problemkind. Jeglicher Ehrgeiz fehlte ihm, mit seinen fast 18 Jahren wußte er noch immer nicht, welchen Beruf er einmal ergreifen sollte, statt dessen spielte er Posaune in einer Band von Halbwüchsigen und vernachlässigte die Schule. Ob er unter diesen Voraussetzungen überhaupt sein Abitur schaffen würde, erschien seiner Mutter zweifelhaft.

Und Melanie? Über sie ließ sich noch nicht viel sagen. Sie war flatterhaft, aber das waren wohl die meisten Mädchen in diesem Alter, trieb sich in Discos und auf Partys herum, schminkte sich und hatte sich allen Ernstes mit ihrem Nachhilfelehrer verlobt. Natürlich hatte man sofort einen anderen gesucht und zum Glück auch gefunden, einen pensionierten Oberstudienrat und zweifachen Großvater, aber dieser Wechsel schloß ja nicht aus, daß sich das Kind immer noch heimlich mit dem jungen Mathematikstudenten traf. Die Jugendlichen hatten heutzutage einfach zu viel Freiheit, und man konnte ja nicht dauernd hinter ihnen herlaufen. Schon gar nicht, wenn man berufstätig war.

Doch das würde sich jetzt gottlob alles ändern. Wenn Gisela auch von ihrer Schwägerin nicht allzuviel hielt – zu naiv und der geistige Horizont nicht eben groß –, so mußte sie immerhin zugeben, daß Ernestine recht gut mit Menschen umgehen konnte und bei allen vier Kindern beliebt war. Genau wie Florian. Der konnte sich sogar Respekt verschaffen, was ihr, der leiblichen Mutter, nur selten gelang. Man betrachtete sie zwar als Autorität, aber manchmal hatte sie das Gefühl, ihre Kinder tolerierten sie nur und behandelten sie mit der milden Nachsicht, die man im allgemeinen harmlosen Spinnern entgegenbringt. Die bevorstehende längere Trennung würde für alle Teile sicher vorteilhaft sein, und Florian könnte seine so oft gerühmten, allerdings noch nie bewiesenen pädagogischen Fähigkeiten unter Beweis stellen.

Der saß an der Autobahnausfahrt Wiesloch und studierte die Karte. Wie üblich hatte er sich am Frankfurter Kreuz verfranzt, und da er beim letzten Mal in Heidelberg herausgekommen und quer durch die Innenstadt nach Steinhausen gefahren war, mußte er sich diesmal umorientieren. Schließlich faltete er die Karte zusammen und verstaute sie im Handschuhfach. Er würde nicht die von Fabian empfohlene Abkürzung nehmen, sondern über Walldorf fahren, das bedeutete zwar mindestens zehn Kilometer Umweg, aber die Straße war breiter und bestimmt auch besser ausgeschildert. Demnächst würde er sich ohnehin mit der näheren Umgebung vertraut machen müssen, also konnte er auch gleich damit anfangen. Er drehte das Radio lauter, pfiff die anspruchslose Melodie mit, die er heute schon zum dritten Mal hörte, und machte sich erneut auf den Weg.

Nach wenigen Kilometern stand er vor einer Mülldeponie, wendete den Wagen, fuhr wieder in die entgegengesetzte Richtung, bog irgendwann links ab und entdeckte endlich ein Hinweisschild: »Seniorenstift Waldesruh 3 km.« Da er sich nicht erinnern konnte, in unmittelbarer Nachbarschaft des professoralen Hauses ein Altersheim gesehen zu haben, befand er sich offenbar immer noch auf dem falschen Weg. Als autofahrender Großstädter war er an gradlinige, gutbeschilderte Straßen gewöhnt und nicht an bessere Feldwege, die irgendwo im Nichts endeten.

Ein Seniorenstiftsbewohner, deutlich erkennbar an der gesunden Hautfarbe und dem geschulterten Spazierstock, erklärte ihm schließlich gestenreich, welchen Fehler er gemacht habe und wie er einen neuen vermeiden könne. Nachdem Florian sich endlich die beiden Abzweigungen eingeprägt hatte, die er auf keinen Fall verfehlen dürfte, kratzte sich der alte Herr am Kopf. »Sie können aber auch andersherum fahren. Wenn Sie jetzt rechts in Richtung Leimen abbiegen, kommen sie gleich nach...«

»Vielen Dank, aber das kann ich mir nicht auch noch merken.«

»Dann sollten Sie vielleicht doch geradeaus weiterfahren. Im Heim ist gerade ein Platz freigeworden, da ist heute nacht jemand gestorben.«

Solchermaßen moralisch aufgerüstet startete Florian den Wagen und bewältigte die letzte Etappe ohne weitere Schwierigkeiten. Als er vor dem frisch gestrichenen schmiedeeisernen Gartentor auf die Bremse trat, stand der Tageskilometerzähler auf 356, dabei hatte Fabian behauptet, die Entfernung von Tür zu Tür betrage nicht einmal ganz 300 Kilometer.

»Da bist du ja endlich! Wir hatten dich schon zum Mittagessen erwartet.«

»Ich habe im Stau gehangen – der übliche Wochenendverkehr«, log Florian unbekümmert, während er seinem Bruder die Hand schüttelte. »Schön, dich mal wiederzusehen. Du siehst blendend aus.«

Nein, mit dem weltfremden und leicht vertrottelten Professor aus zahlreichen Karikaturen hatte Fabian nicht die geringste Ähnlichkeit. Man hätte ihn eher für das Vorstandsmitglied eines Industriekonzerns halten können, hätte sein Gesicht nicht jene durchgeistigte Stubenhockerblässe gezeigt, die Manager durch regelmäßige Besuche von Tennisplätzen und Solarien zu vermeiden suchen. Fabians sportliche Ambitionen erschöpften sich jedoch in gelegentlichen Spaziergängen über den Golfplatz, meist in Gesellschaft von Kollegen, mit denen er an der frischen Luft all die Probleme erörtern konnte, die nicht eine sofortige Demonstration am Objekt nötig machten und darum auch nicht im Institut diskutiert werden mußten. Da die Herren vor lauter

Eifer oft vergaßen, zu welchem Zweck sie sich versammelt hatten, und mit ihren Wägelchen schon am vierten Grün herumzogen, während die Bälle noch in der Nähe des zweiten lagen, konnte von einer Golfpartie im eigentlichen Sinn nicht die Rede sein und von sportlicher Aktivität schon gar nicht.

»Nun komm erst mal ins Haus. Ich glaube, Martha hat dein Mittagessen warmgestellt.«

Florian trabte unverzüglich in die Küche, wo er zuerst den Herd inspizierte und dann sein altes Kindermädchen umhalste. Er mußte ihre Tränen trocknen, bevor er sie auf Armeslänge von sich schieben und gründlich betrachten konnte. Von den grauen, seit vierzig Jahren in adretten Treppchen ondulierten Haaren bis zur blütenweißen Schürze sah sie noch genauso aus, wie er sie beim letzten Besuch verlassen hatte. »Marthchen, du wirst von Mal zu Mal jünger!«

»Kann ich von dir nicht behaupten«, sagte sie mitleidlos. »Du siehst ziemlich mickrig aus, aber das kriegen wir schon wieder hin. Ißt du immer noch so gerne Thüringer Klöße?«

»Noch lieber. Und dazu so einen richtigen Schweinebraten mit Schwarte und Rotkohl.«

»Das gibt es morgen. Heute hatten wir bloß Eintopf. Gelbe Erbsen mit Räucherspeck und Spargel.«

»Das ist ja mein zweites Lieblingsessen«, jubelte Florian. »Ist noch was übriggeblieben?«

»Ein ganzer Topf voll. Ich mache ihn gleich warm.«

»Die Hälfte davon genügt. Inzwischen sage ich Gisela guten Tag.«

Auf der Treppe nach oben lief ihm Rüdiger über den Weg, ein hochaufgeschossener Jüngling mit Nickelbrille, die dunkle Mähne in Öl eingelegt, unterm Arm einen Instrumentenkasten, im Gesicht die leidgeprüfte Duldermiene des ewig Unverstandenen. »Tach, Florian.«

»Tach, Rüdiger. Was ist denn mit dir los? Du siehst aus wie der Mann auf der Reklame für Abführpillen. Vor dem Gebrauch!«

Er grinste nicht mal. »Die Regierung hat angeordnet, daß ich heute abend zu Hause bleibe. Jetzt muß ich die Jungs sitzenlassen, obwohl unsere Band einen Auftritt im Starlight hat. Ist 'ne prima Disco, ganz solide. Da kannste nicht mal Koks kriegen.«

»Und weshalb sollst du nicht hingehen? Heute ist doch Sonnabend, also kannst du morgen ausschlafen.«

»Deinetwegen.«

»Das nun ganz bestimmt nicht. In Zukunft werden wir uns ja häufiger sehen, so daß ich auf die vollzählige Versammlung der Sippe am Abendbrottisch gut verzichten kann.«

»Darum geht's doch gar nicht, das wäre ja noch zu verkraften. Aber hinterher will Vater dir die Urlaubsdias zeigen, und weil er mit dem Projektor nicht klarkommt, muß ich das machen.«

Es war nicht nur die Aussicht auf mindestens 300 Dias nebst belehrenden Texten, die Florian nach einem Ausweg suchen ließ, sondern in erster Linie der Wunsch, bei seinem Neffen nicht gleich in Ungnade zu fallen.

»Nachher werde ich beiläufig erwähnen, daß ich meine Brille vergessen habe. Auf diese Weise erspare ich mir sogar noch die sonst unerläßliche Lektüre von Fabians letzten Referaten. Ohne Brille keine Dias – ist doch logisch, nicht wahr? Also hau schon ab!«

Rüdiger strahlte. »Du bist ein dufter Typ, Florian. Ich freue mich riesig, daß du die Aufsicht über den Kindergarten hier übernommen hast. Vater wollte uns doch tatsächlich erst Tante Gertrud aufhalsen, diesem alten Fossil aus Kaiser Wilhelms Zeiten. Die ist doch vor lauter Kalk schon tot, es hat ihr bloß noch keiner gesagt! Zum Glück hat sie abgeschrieben, weil sie zur Zeit in Hindelang weilt und danach die Thermen von Ischia aufsuchen will.« Täuschend ähnlich ahmte er den gezierten Tonfall seiner Großtante nach. »Hoffentlich ersäuft sie!« wünschte er mitleidlos.

»Da sie euch erspart geblieben ist, kann sie doch ruhig noch ein bißchen weiterleben«, lachte Florian.

»Sei nicht so human«, warnte sein Neffe, »bisher ist sie nämlich jeden Sommer hier aufgekreuzt.« Mit einem Satz sprang er die letzten vier Stufen der Treppe hinunter und verschwand durch die Haustür. Krachend flog sie ins Schloß.

»Wer hat schon wieder diesen infernalischen Lärm gemacht?« Am oberen Treppenabsatz war eine große, schlanke Frau erschienen, die aschblonden Haare zu einem lockeren Knoten geschlungen, mit fragend hochgezogenen Augenbrauen und herabhängenden Mundwinkeln. Das hellgrüne Jackenkleid stammte von Cerruti, die soliden Treter mit flachem Absatz von Salamander.

Florian machte eine artige Verbeugung. »Deine Frage ist unlogisch, liebe Gisela. Wer auch immer die Tür zugeworfen hat, kann dir nicht mehr antworten, weil er längst weg ist.«

Die Mundwinkel gingen etwas nach oben und täuschten ein leichtes Lächeln vor. Gisela wartete, bis Florian die restlichen Stufen hinaufgelaufen war, und reichte ihm die Hand. »Guten Tag, Florian, ich habe gar nicht gewußt, daß du schon da bist.«

»Dein Mann war freundlicher. Er sagte nämlich etwas von ›erst jetzt?‹«

»Sein Gefühl für Pünktlichkeit ist nicht besonders gut ausgeprägt. Genaugenommen lebt er in einer eigenen Zeitzone.« Sie besann sich auf ihre Gastgeberpflichten. »Hast du schon gegessen?«

»Nein, aber Marthchen kümmert sich bereits darum.«

»Dann gehst du am besten gleich ins Eßzimmer. Fabian wird dir sicher Gesellschaft leisten. Mich mußt du leider noch eine Weile entschuldigen.« Sie wandte sich zum Gehen.

»Ich esse in der Küche. In eurem barocken Speisesaal komme ich mir immer vor wie auf Schloß Neuschwanstein. Bloß die Prozession der livrierten Diener fehlt noch.«

»Wie du willst«, sagte Gisela spitz. »Chacun à son goût. Du kennst es ja wohl nicht anders.«

»Stimmt! Ich muß mich auch erst wieder an Messer und Gabel gewöhnen.« Er drehte sich um, stiefelte die Treppe hinunter und verschwand in Richtung Küche. Hinter ihm schlug eine Tür zu.

Die Suppenterrine dampfte einladend, als er sich an dem gemütlichen runden Tisch niederließ.

»Bier oder Sprudel?« fragte Marthchen.

»Welche Frage! Heute muß ich ja nicht mehr Auto fahren. Außerdem hat mich die kurze Begegnung mit meiner verehrten Schwägerin davon überzeugt, daß ich den heutigen Abend nur in benebeltem Zustand durchhalten kann. Also fange ich am besten gleich damit an.«

Während er genießerisch seine Erbsensuppe löffelte, ließ er sich von Martha die Familieninterna der letzten Monate erzählen – selbstverständlich nur solche, die nicht an die große Glocke gehängt werden sollten und in Fabians gelegentlichen Telefongesprächen auch nie erwähnt wurden. So benutzte das Ehepaar Bender seit geraumer Zeit getrennte Schlafzimmer, während Melanie das ihre manchmal gar nicht benutzte, sondern auswärts schlief. Bei einer Freundin, wie Martha nachdrücklich betonte, und natürlich ohne Wissen der Eltern, was aber nicht weiter schwierig war, da es ein gemeinsames Abendessen selten und ein gemeinsames Frühstück schon längst nicht mehr gab. Überhaupt seien die Kinder wenig zu Hause, nur zu den Mahlzeiten und manchmal auch ein paar Minuten zwischendurch, aber das sei ja kein Wunder bei dieser unterkühlten Atmosphäre. Niemand habe Zeit für sie, und wenn sie, Martha, nicht wäre, gäbe es überhaupt keinen, bei dem sie ihre kleinen und großen Sorgen mal abladen könnten.

»Weißt du, Flori, ich bin ja bloß noch wegen der Kinder hier. Ich habe sie mit großgezogen und hänge an ihnen. Meine Schwester sagt schon lange, daß ich zu ihr ziehen soll. Seitdem sie Witwe ist, sitzt sie ganz allein in der schönen großen Wohnung, kriegt eine gute Pension und so, aber ich weiß nicht, ob das auf die Dauer gutgehen würde mit uns beiden. Ein Weilchen werde ich es hier schon noch aushalten, wenigstens so lange, bis Rüdiger und Melanie mit der Schule fertig sind. Die brauchen mich noch.«

»Nicht nur die Kinder, Fabian auch. Der ist doch hilflos ohne dich. Oder willst du mir erzählen, daß sich Gisela um seine Socken kümmert?«

»Die weiß gar nicht, wo sie welche finden würde«, sagte Martha verächtlich. »Sie kontrolliert zwar gewissenhaft mein Haushaltsbuch, aber ob der Herr Professor neue Oberhemden braucht, interessiert sie nicht.«

Erstaunt sah Florian hoch. »Seit wann nennst du Fabian denn Professor?«

Verlegen wischte sie über den Tisch. »Das ist mir nur so herausgerutscht. Man hört es ja oft genug.«

Florian stand auf und nahm die alte Frau in seinen Arm. »Hier stimmt doch was nicht, Marthchen. Du willst mir doch nicht weismachen, daß du einen Menschen ein halbes Jahrhundert lang duzt und plötzlich aus lauter Ehrfurcht Sie zu ihm sagst. Steckt Gisela dahinter?«

Sie druckste herum. »Nicht direkt. Sie hat nur mal angedeutet, daß es einen schlechten Eindruck macht, wenn das Personal zu vertraulich wird. Vor allem, wenn Besuch da ist.«

»Personal!« schimpfte Florian. »Diese borniette Gans! Seitdem ich denken kann, gehörst du zur Familie. Mit der Dame da oben werde ich nachher mal Tacheles reden! Was hat denn überhaupt Fabian dazu gesagt?«

»Ich glaube, der hat das noch gar nicht gemerkt.« Martha räumte den Tisch ab und holte aus dem Kühlschrank eine Schüssel Zitronenkrem. »Hier, Flori, iß! Denen da oben« – sie warf einen bezeichnenden Blick zur Decke – »war das zu kalorienreich. Da ist nämlich Sahne dran.«

Nachdem er auch noch zwei Portionen Pudding verdrückt hatte, schob er den Teller zur Seite, stand auf und gab Martha einen Kuß auf die Wange. »Hat prima geschmeckt, danke. Ich sehe schon, vier Wochen bei deiner Verpflegung, und ich gehe auf wie ein Hefekloß.«

»Macht nichts, du kannst es vertragen. Dein Tinchen ist ein lieber, netter Kerl, aber kochen kann sie wirklich nicht.«

»Weiß ich ja, deshalb hoffe ich auch, du wirst ihr ein bißchen was beibringen. Nötig wäre es.«

Er hatte die Tür schon geöffnet, als Martha ihn am Ärmel zurückhielt. »Sag dem Fabian bitte nichts. Mir ist es doch egal, ob ich nun du oder Professor zu ihm sage, und wenn die Frau Doktor erfährt, daß ich mich bei dir beklagt habe, redet sie tagelang kein Wort mit mir.«

»Das allein wäre schon ein Grund, ihr alles zu stecken«, grinste Florian, schüttelte aber sofort den Kopf, als er Marthas entsetztes Gesicht sah. »Keine Angst, ich halte den Mund, auch wenn es mir verdammt schwerfällt.«

Auf der Suche nach weiteren Mitgliedern dieser offenbar ständig irgendwohin flüchtenden Familie inspizierte Florian das obere Stockwerk. Nacheinander öffnete er die Türen, wobei er um Giselas Zimmer einen großen Bogen machte, entdeckte aber nur leere Räume, die in einem mehr oder weniger chaotischen Zustand verlassen worden waren. Nun ja, es war bekannt, daß Jugendliche keinen ausgeprägten Sinn für Ordnung haben, das pendelte sich in späteren Jahren schon irgendwie ein. Oder auch nicht. Bei Tinchen wartete er noch heute auf ein gewisses Maß an Ordnungsliebe. Erst neulich hatte er eine halbe Stunde lang seine dunkelblaue Krawatte gesucht und sie endlich – durch Erfahrung gewitzt – in der Küchenschublade zwischen Gurkenhobel und Holzlöffeln gefunden.

»Julia hatte sie ihrer Puppe umgebunden, da habe ich sie ihr natürlich sofort weggenommen«, hatte sich Tinchen verteidigt, worauf Florian gebrummt hatte: »Demnächst finde ich meine Schuhe im Brotkasten.«

»Bestimmt nicht«, hatte seine Frau ganz ernsthaft versichert, »da gehen sie nämlich gar nicht rein.«

Nachdem er auch noch die beiden Bäder besichtigt und ihre komfortable Ausstattung mit dem spärlichen Mobiliar seiner eigenen Naßzelle verglichen hatte, machte sich Florian wieder auf den Rückweg. Irgendwo in diesem Haus mußte es doch ein kommunikationsbereites Lebewesen geben. Urbans Papagei zählte er nicht dazu, obwohl ihn das Tier mit einem Schwall von Schimpfworten begrüßt hatte, und auf eine neuerliche Begegnung mit Gisela legte er im Augenblick noch keinen Wert. Schreibmaschinengeklapper tönte aus ihrem Zimmer, untermalt von Beethovens Fünfter. Und das am Samstagnachmittag!

Auf der Terrasse entdeckte er schließlich seinen Bruder. Fabian hatte den Stuhl mitten in die Sonnenstrahlen gerückt, die durch das zaghafte Grün der Birken fielen, sich selbst in eine Decke gewickelt und las. Auf dem Tisch neben ihm standen mehrere Leitzordner sowie ein Glas mit einem bis zur Unkenntlichkeit verdünnten Whisky. Offensichtlich arbeitete er mal wieder.

»Wächst hier Löwenzahn?« Florian begutachtete den kurzgeschnittenen Rasen, auf dem auch nicht ein einziges Gänseblümchen zu sehen war.

»Glaube ich nicht, das ließe der alte Biermann gar nicht zu.« Fabian schälte sich aus seiner Kamelhaarumhüllung und trat neben seinen Bruder. »Vor zwei Jahren ist das alles neu eingesät worden, und seitdem ist die Anlage unkrautfrei.«

»Schade. Herr Schmitt frißt nämlich am liebsten Löwenzahn.«

»Wer ist Herr Schmitt? Irgendeiner deiner Säulenheiligen mit einem Hang zur Naturkost?«

»Herr Schmitt ist ein Zwergkaninchen und gehört zur Familie. Wenigstens im weitesten Sinn«, stellte Florian richtig. »Und er kommt mit, wenn wir hier wirklich einziehen sollten. Genau wie Klausdieter, sofern du überhaupt noch weißt, wer das ist.«

»Doch, an diesen giftigen Handfeger erinnere ich mich noch recht gut. Er hatte das Konzept meiner Rede für den Archäologenkongreß zu Konfetti verarbeitet. Zum Glück besaß ich noch einen Durchschlag.«

»Er ist eben nicht daran gewöhnt, daß Notizen auf dem Fußboden herumliegen. Bei uns findet er da höchstens unbezahlte Rechnungen, und um die ist es nicht schade«, verteidigte Florian seinen vierbeinigen Hausgenossen.

Nach einem vorsichtigen Blick über die Schulter sagte Fabian leise:

»Am besten verheimlichst du die kommende Invasion, du weißt doch, wie Gisela zu Haustieren steht. Der gehen ja schon Melanies Goldfische auf die Nerven.«

Florian empfand Mitleid. »Wie hältst du es bloß mit dieser gräßlichen Emanze aus? Und das schon seit einem Vierteljahrhundert.«

»Weißt du, Flori, das ist nur die rauhe Schale. Tief im Innersten ist sie ein ganz anderer Mensch.«

»Dann solltest du sie mal wenden lassen«, empfahl sein Bruder, und mit einer Handbewegung zum noch unberührten Whiskyglas: »Hast du das Zeug auch irgendwo in seiner Urform? Ich könnte jetzt einen vertragen, aber ohne Wasser.«

»Im Wohnzimmer findest du alles.«

»Danke. Und wo finde ich mal einen deiner Nachkommen? Der liebe Onkel möchte endlich seine Neffen begrüßen.«

»Frag Martha, die weiß noch am ehesten, wer sich wo herumtreibt.«

Kopfschüttelnd entfernte sich Florian. Merkwürdige Familie, in der keiner vom anderen etwas zu wissen schien. Aber das würde sich jetzt ändern! Als Erziehungsberechtigter, und als solcher bezeichnete sich Florian ab sofort, hatte man nicht nur das Recht, sondern sogar die Pflicht, über jeden Schritt seiner Schutzbefohlenen informiert zu sein. Man mußte sie notfalls überall erreichen können, und vor allem mußte man wissen, welchen Umgang sie hatten.

Ihm fiel ein, daß er sich zunächst einmal äußerlich in jenen Kumpel verwandeln sollte, als der er seiner jungen Verwandtschaft gegenübertreten wollte. Deshalb hatte er auch seinen Jogginganzug mitgenommen, die nach seiner Meinung einzig richtige Wochenendfreizeitkleidung für Haus und Garten. Fabian bevorzugte zwar in allen Lebenslagen Oberhemd und Schlips, aber der zählte sowieso nicht, der war Wissenschaftler und bewegte sich auf einer anderen Ebene. Da ging es wohl nicht ohne Zweireiher.

Als er seine Reisetasche aus dem Wagen holen wollte, stolperte Florian über ein Paar Beine. Sie ragten unter einem reichlich baufälligen 2CV hervor, den sein Besitzer unmittelbar hinter Florians Kadett geparkt hatte.

»Paß doch auf, du Trampel!« klang es freundlich unter der Ente hervor.

»Selber eins! Schieb gefälligst deine Mühle ein Stück zurück, oder ist Rost nicht ansteckend?«

Mit einem Ruck tauchte die zu den Beinen gehörende Person auf. Sie steckte in einem ölbeschmierten Overall, der unzweifelhaft aus den Beständen der Bundeswehr stammte und zwei Nummern zu groß war. »Entschuldige, Florian, aber ich dachte, es sei Melanie.« Urban rappelte sich zu seiner vollen Länge von einssechsundneunzig auf und grinste seinen Onkel an. »Ich hab' dich schon überall gesucht! Prima, daß du da bist. Da können wir vor dem Abendessen noch einen Zug durch die Gemeinde machen. Lokalstudien betreiben. Du mußt doch das kulturelle Angebot von Steinhausen kennenlernen. Ist eine typische Kleinstadt, da gehen abends bloß die Lichter aus.« Er wischte die Hände an einem alten Socken ab.

»Ich gehe schnell duschen, und dann zittern wir los, einverstanden?«

Den verblüfften Florian ließ er stehen. An sich hatte der gar nichts gegen ein schönes kühles Bier, nur war er sich nicht ganz sicher, ob er mit seinen psychologischen Studien ausgerechnet in einer Kneipe beginnen sollte.

Eine Viertelstunde später saßen Onkel und Neffe einträchtig in der Waldschenke, einem etwas außerhalb des Ortes gelegenen Lokal, das wohl hauptsächlich von Ausflüglern lebte und um diese Jahreszeit fast leer war. Urban erzählte. Von der Bundeswehr und von seiner Freundin Sandra, von Skiurlaub in Tirol, von seinem Auto, das er für nur sechshundert Mark erstanden hatte, und von Dänemark, wohin er im Sommer fahren wollte – nur von sich selbst erzählte er nichts. Florian witterte Tiefgründiges und schwieg. Nur nicht fragen, Vertrauen gewinnen und abwarten. Die professionellen Psychologen machten das ja auch nicht anders. Allerdings saßen die nicht in einer Kneipe, sondern im Hintergrund eines zweckmäßig eingerichteten Zimmers, dessen Hauptbestandteil eine Couch war, auf der jemand lag. Florian hatte das in einem Film über Sigmund Freud gesehen. Der hatte auch keine Tannenbäume auf einen Bierfilz gemalt, sondern Stichworte auf seinem Block notiert. Florian hatte keinen dabei.

Inzwischen hatte Urban wieder das Thema gewechselt und erging sich in Zukunftsprognosen. »Wenn die Regierung getürmt ist, können wir endlich mal so richtig feten. Wozu haben wir denn den Partykeller? Vater geht bloß runter, wenn bei ihm mal wieder eine Glühbirne durchgeknallt ist und er keine neue findet, dann schraubt er nämlich da unten eine raus, und Mutter versammelt alle vierzehn Tage ihre Märchentanten im Keller, damit die Herrschaften nicht aus Versehen ein paar Sandkörnchen auf den hellgrauen Velours treten. Nicht auszudenken, wenn im Wohnzimmer mal eine Tasse Kaffee umkippen würde.«

»Welche Märchentanten?«

»Ach, das ist so ein Emanzenklüngel, der die Welt verbessern will und bei den eigenen Männern damit anfängt. Die meisten haben allerdings gar keinen mehr, weil es niemand bei ihnen ausgehalten hat.«

»Verständlich«, sagte Florian und orderte neues Bier. »Eine Frau, die sich für intelligent hält, verlangt die Gleichberechtigung mit dem Mann. Eine Frau, die intelligent *ist*, tut das nicht.«

»Dann ist Mutters Damenriege geistig unterbemittelt, aber das habe ich schon vorher gewußt.«

Das plötzliche Mitteilungsbedürfnis seines Neffen nahm Florian zum Anlaß, ein paar Erkundigungen einzuziehen, die ihm für die bevorstehende Aussprache mit seinem Bruder und vor allem mit seiner Schwägerin wichtig erschienen. Man kann schließlich ganz andere Forderungen stellen, wenn man weiß, was im einzelnen auf einen zukommt. Gisela würde ohnehin nur das Haus, den Garten sowie die schöne Umgebung anführen und damit zum Ausdruck bringen, daß Florian und Tinchen quasi kostenlose Ferien hätten, die man nicht auch noch zusätzlich honorieren müsse. Da war es schon besser, man hatte passende Gegenargumente zur Hand.

»Sag mal, Urban, wie läuft der Laden bei euch so ab? Wer kauft ein, wer ist regelmäßig zum Essen da, wer putzt die Kronleuchter, wer kümmert sich um eure Parkanlage, ich habe nämlich überhaupt keine Ahnung von Ackerbau, wer...«

»Woher soll ich denn das wissen? Ich bin doch bloß zum Wochenende da, wenn ich nicht Wache schieben muß oder gerade im Bau sitze. Ist nämlich schon zweimal vorgekommen«, betonte er stolz.

»Warum denn?«

»Das erste Mal bin ich mit dem Munitionstransporter – das ist ein Achttonner – nach Marburg reingedonnert und habe zwei Kästen Bier geholt. Auf dem Rückweg hat mich der Spieß erwischt. Und das zweite Mal war ich dran, als ich meinen NATO-Hut auf dem Flohmarkt verhökern wollte.«

»Deinen Stahlhelm?«

Urban nickte bestätigend. »Exakt! Das war an einem Sonntag. Am Abend vorher hatten wir mächtig einen gebechert, und irgendwann hab ich gewettet, daß ich den Helm verscherbeln würde. Hat ja auch geklappt.«

»Und dann?«

»Nichts und dann. Mein Pech war, daß der Kommandeur höchstpersönlich auf der Suche nach einer alten Kaffeekanne war. Ausgerechnet am Stand neben mir hatte er eine entdeckt. Vierundzwanzig Stunden später saß ich im Bau.« Urban trank sein Bier aus und bestellte neues.

»Sollten wir nicht langsam Schluß machen?«

»Wieso? Wir fangen doch gerade erst an.«

»Ich muß aber heute abend noch deinen Eltern gegenübertreten, und dazu brauche ich einen halbwegs klaren Kopf.«

»Na, wenn dich drei kleine Bierchen schon umhauen, dann weiß ich nicht, wie du bei uns eine Party durchstehen willst.«

»Wieso nicht? Was trinkt ihr denn da?«

»Cola mit Rum. Vor Mitternacht. Danach Rum mit Cola. Hast du mal 'ne Zigarette?«

Florian bedauerte. »Ich gewöhne es mir gerade ab.«

»Seit wann?«

»Seit ungefähr fünf Stunden.«

»Ach so, deshalb drückst du dauernd die Salzstangen im Aschenbecher aus! Na, laß mal, ich hole welche aus dem Automaten.«

Als er zurückkam, hatte Florian schon bezahlt. »Trink aus, und dann laß uns gehen.«

»Nur keine übertriebene Hast. Bei uns wird erst um 20.15 Uhr gegessen, nach der Tagesschau.« Urban ließ sich auf den Stuhl fallen und sah Florian fragend an. »Vorhin wolltest du doch noch irgendwas wissen, ich weiß bloß nicht mehr, was.«

Also setzte sich Florian wieder hin und spulte zum zweiten Mal seinen Fragenkatalog herunter.

»Gegessen wird so um zwei herum, wenn Rüdiger und Melanie aus der Schule kommen – vorausgesetzt, sie haben nicht auch noch am Nachmittag Unterricht. Oder Nachhilfe. Oder Arbeitsgemeinschaft. Oder Musikprobe. Oder Friseur. Oder –« er stutzte plötzlich. »Ich glaube, die sind mittags nie da. Deshalb hat Frau Hahneblank ja auch für den Mikrowellenherd plädiert, weil man darin das Essen so schnell aufwärmen kann.«

»Wer, bitte sehr, ist das nun wieder?«

»Frau Hahneblank? Eigentlich heißt sie Schliers und ist unsere Putzfrau. Sie selbst bezeichnet sich allerdings als Haushälterin. Ihre Leidenschaft sind auf Hochglanz polierte Wasserhähne, und darum hat ihr Rüdiger diesen Spitznamen verpaßt. Den kennt sie aber nicht.«

»Habt ihr die schon lange?«

»Seitdem wir unser gemütliches Reihenhaus aufgegeben und gegen diesen aufwendigen Schuppen eingetauscht haben, also seit sechs Jahren. Damals war sie ja noch ganz in Ordnung, aber jetzt kommt sie in die mittleren Jahre, wo sich ihre Haare langsam von schwarz zu grau wandeln, und nun wird sie unausstehlich. Am liebsten würde sie im Flur Filzpantoffeln aufreihen. Deshalb versteht sie sich auch mit Mutter so gut. Wenn es nach ihr allein ginge, hätte sie bei uns schon islamische Sitten eingeführt. Oder bist du noch nie in einer Moschee gewesen?«

Florian beteuerte sofort, mit den an diesen heiligen Stätten vorgeschriebenen Auflagen bestens vertraut zu sein, sie auch sehr hygienisch zu finden, für den europäischen Alltag jedoch ablehne.

»Schon aus optischen Gründen. Tinchen hat nämlich nie passendes Stopfgarn für meine Strümpfe.«

»Braucht sie auch nicht mehr, das hat Oma Gant. Die kommt schon seit Jahren zweimal in der Woche, bügelt die Klamotten und holt Flickwäsche ab. Wenn du dir bei ihr einen Stein ins Brett setzen willst, dann spendiere ihr ab und zu einen Pfefferminzlikör. Aber erst nach der Arbeit, sonst hast du doppelte Bügelfalten in der Hose.« Er machte einen langen Hals. »Was schreibst du denn da?«

Florian notierte bereits. Er hatte die zweite Mahnung für überfällige Kraftfahrzeugsteuer aus der Tasche gezogen und benutzte die Rückseite. 1. Putzfrau: Frau Schliers, genannt Hahneblank. 2. Bügeln und Wäsche: Frau Gant (Pfefferminzlikör). 3. Garten:

»Habt ihr auch jemanden für die Petersilie? Oder macht dein Vater das selber? Bei uns im Archiv gibt es eine ganze Menge Fotos bundesdeutscher Prominenz, die sich mit Vorliebe neben dem Rasenmäher aufbaut, eine Hand am Griff, und so dokumentiert, auf welch nützliche Weise sie ihre Freizeit verbringt. Bekanntlich ist Arbeit in frischer Luft sehr gesund.«

»Aber nicht für Vater. Der ist so arriviert, daß er sich jemanden zum Rasenmähen nimmt und dann Golf spielen geht, weil er ja auch mal Bewegung braucht.«

»Du bist ganz schön sarkastisch, mein Junge«, bemerkte Florian, aber Urban zuckte nur mit den Schultern. »Jede Gesellschaft pflegt ihren eigenen Spleen. Unserer heißt Anpassung an die gleiche Kaste. Das Ganze ist eine soziale Kreisbewegung, bei der jeder sich nach dem anderen richtet. Ich weiß bloß nicht, an wem sich der erste orientiert.«

»Wie heißt denn euer Gärtner?«

»Biermann. Mit Vornamen Paul. Ehemals Feldwebel bei der Wehrmacht. Davon schwärmt er noch heute. Ich gehe ihm schon immer aus dem Weg, weil wir uns sonst ständig in die Wolle kriegen. Nach seiner Ansicht ist die Bundeswehr ein verlotterter Haufen ohne Mumm in den Knochen, ohne Disziplin und ohne Härte. So eine Art Trachtenverein, der den bösen Feind bestenfalls so lange zum Lachen reizt, bis richtige Soldaten kommen. Worunter er die Amis versteht. Diese Erkenntnis verdankt er allerdings bloß den Kriegsfilmen Marke Hollywood. Laß dich nicht mit ihm ein, das ist einer von den Unverbesserlichen. Aber sein Handwerk versteht er. Warte mal ab, bis die Tulpen blühen. Die stehen in Doppelreihen, und nicht eine ragt aus dem Glied.«

Florian notierte also unter 3. Garten: Paul Biermann, Militarist.

»Sind das nun alle?«

»Was alle?«

»Na, alle Lohnempfänger, mit denen sich gelegentliche Tuchfühlung nicht vermeiden lassen wird. Oder habt ihr auch noch jemanden zum Schuheputzen?«

»Das macht Marthchen, weil's sonst sowieso keiner macht. Wozu auch, die werden ja doch gleich wieder dreckig.«

»Das ist nun aber wirklich übertrieben«, eiferte sich Florian. »In Neubaugebieten läßt sich Dreck nun mal nicht vermeiden, aber so allmählich wird die Gegend doch richtig zivilisiert. Bei meinem letzten Besuch war eure Straße noch nicht asphaltiert.«

»Was blieb denen denn auch anderes übrig?« knurrte Urban. »Entweder mähen oder teeren.«

Florian steckte seine Notizen in die Tasche und stand auf. »Jetzt komm endlich, alter Junge, wir müssen nach Hause. Ich habe nicht das geringste Bedürfnis, deiner Mutter zu begegnen, wenn ihr lallender Sohn an meinem Arm hängt.«

»Du hast vielleicht eine Ahnung von meiner Aufnahmekapazität! Alkohol, mäßig genossen, schadet auch in größeren Mengen nicht. Alte Bundeswehrweisheit!« Urban erhob sich und marschierte kerzengerade auf die Tür zu. Es war die zur Damentoilette.

Florians Reformpläne

Den Tag sollte man auf angenehmere Weise beginnen können als mit Aufstehen, ging es Florian durch den Kopf, als er seinen Brummschädel unter die Dusche hielt. Was auch immer ihm Urban eingetrichtert haben mochte, es mußte ein höllisches Gebräu gewesen sein! Tote Leiche hatte er diese Mischung aus Wodka, Gin, Blue Curaçao und Orangenlikör genannt, und genauso kam sich Florian jetzt vor. Ob es in diesem Haus irgendwo Alka-Seltzer gab? Bestimmt nicht, alkoholische Exzesse fanden hier nicht statt. Zum Abendessen trank man Tee und hinterher am Kaminfeuer ein Glas Wein, das war stilvoll und absolut ungefährlich, weil es meistens kein zweites mehr gab. Gisela pflegte in den späten Abendstunden noch zu arbeiten und brauchte einen klaren Kopf.

Zum Glück hatte sie sich auch gestern bald entschuldigt und war in ihr Zimmer gegangen. Fast automatisch hatte sie die noch halbvolle Weinflasche vom Tisch geräumt, nach kurzem Zögern aber doch wieder hingestellt. Und als die leer gewesen war, hatte Fabian sogar eine neue geholt, Trockenbeerenauslese mit einem halben Dutzend Siegeln auf dem Etikett. In dieser gemütlichen Atmosphäre waren dann beinahe nebenher alle Vereinbarungen getroffen und sogar schriftlich fixiert worden, die Florian als außerordentlich wichtig, Fabian dagegen als sekundär empfunden hatte. Er hatte sich viel mehr für die psychologischen Theorien seines Bruders interessiert und ihm für die praktische Anwendung viel Glück gewünscht. »Ich kann mir nicht helfen,

Florian, aber die moderne Erziehung macht die Verständigung mit der Jugend immer schwieriger. Nicht genug damit, daß man ihre Fragen nicht beantworten kann – man weiß oft nicht einmal, wovon überhaupt die Rede ist.«

Dem hatte Florian lachend beipflichten müssen. »In der ersten Hälfte unseres Lebens bemühen wir uns, die ältere Generation zu verstehen, in der zweiten die jüngere.«

Jedenfalls würden die kommenden Monate eine völlige Umstellung seines bisherigen Lebens bedeuten. Keine Sechstagewoche mehr in der Redaktion, statt dessen ein relativ beschauliches Dasein mit wenig Pflichten und viel Freizeit, intensive Hinwendung zu den Kindern, die eigenen natürlich eingeschlossen, Kontrolle über Haus, Garten und in erster Linie über die diversen Hilfskräfte, und nicht zuletzt regelmäßige Arbeit an seinem Buch. Das alles ohne finanzielle Sorgen, denn Fabian hatte ihm ein großzügiges Gehalt angeboten – mehr, als Florian zu hoffen gewagt hatte.

Überhaupt war die finanzielle Seite der ganzen Angelegenheit vorbildlich geregelt worden. Fabian hatte bei seiner Bank für seinen Bruder ein Konto eröffnet, auf das jeden Monat ein namhafter Betrag überwiesen werden sollte, mit dem die laufenden Haushaltskosten zu decken waren. Regelmäßig wiederkehrende Ausgaben wurden ohnehin durch Bankeinzug bezahlt, und für unvorhersehbare Notfälle würde es noch einen Extrafonds geben, über den Florian allerdings nur mit Marthas Einverständnis verfügen konnte. Diese Einschränkung hatte er seinem Bruder ein bißchen übelgenommen.

»Was rangiert denn bei dir unter Notfall? Lawine oder Hurrikan?«

»Handwerkerrechnungen erledigt die Bank«, hatte Fabian geantwortet. »Ich dachte eigentlich mehr an den plötzlichen Überfall irgendwelcher Verwandten. Gisela hat eine ganze Menge davon, die sporadisch bei uns auftauchen, meist in größerer Zahl. Wir haben sie natürlich immer hier im Haus beherbergen müssen, aber Einquartierung möchte ich dir nicht auch noch zumuten. Bring sie in der Linde unter, das ist ein sehr anständiges Gasthaus, allerdings ohne großen Komfort, und deshalb werden sich etwaige Besucher vermutlich weniger lange aufhalten als geplant.«

»Mach dir deshalb keine Sorgen«, hatte Florian geschmunzelt. »Tinchen ist eine hervorragende Gastgeberin. Sie beherrscht nämlich die Kunst, Besucher zum Bleiben zu veranlassen, ohne sie am Aufbrechen zu hindern.«

»Die wird sie auch brauchen«, hatte Fabian gemeint und sich wenig später zurückgezogen.

Als berufsbedingte Nachteule hatte Florian noch keine Lust verspürt, schlafen zu gehen, und war auf der Suche nach etwas Nahrhaftem in der Küche gelandet. Das Abendessen war zwar reichlich und auch sehr gut gewesen – Räucherlachs mit Sahnemeerrettich kannte er nur noch aus seinen Reportertagen, als er noch selbst zu langweiligen Empfängen gehen mußte und zum Dank für geduldiges Ausharren mit kleinen Appetithäppchen belohnt worden war –, aber es hatte natürlich im Eßzimmer stattgefunden, und die erdrückende Pracht von Silberleuchtern, Bleikristall und vermutlich kostbarem, nach Florians Ansicht aber reichlich überladenem Porzellan war ihm auf den Magen geschlagen. Kein Wunder, daß sich von den Junioren nur Rüdiger eingefunden hatte. Drei Scheiben Brot hatte er unter den tadelnden Blicken seiner Mutter heruntergeschlungen und war sofort wieder aufgestanden. »Der Kinoabend fällt ja wohl aus«, hatte er mit einem Augenzwinkern zu Florian festgestellt, »denn mein bejahrter Onkel hat seine Brille vergessen, und ohne die läuft bei ihm nichts mehr.«

Fabian hatte ihm seine angeboten, aber Florian hatte entsetzt abgewehrt. »Die ist viel zu schwach.«

»Das ist sehr schade. Mir sind diesmal wirklich gute Aufnahmen geglückt. Besonders auf Mykonos...«

»Mir tut's ja auch leid, aber was nützen denn die schönsten Bilder, wenn ich keine Einzelheiten erkennen kann?« Es war Florian sogar gelungen, aufrichtiges Bedauern in seine Stimme zu legen.

»Dann kann ich ja wohl gehen«, hatte Rüdiger gemeint. »Es wird sicher später werden, also wünsche ich jetzt allseits gute Nacht.«

»Wohin gehst du?«

»Aber Mutter, in die Disco natürlich. Wir haben doch heute unseren ersten Auftritt.«

»Bei dem Krach dort wirst du noch schwerhörig werden! Kein Wunder, daß deine Leistungen in der Schule permanent nachlassen. Vermutlich verstehst du nur noch die Hälfte.«

»Das ist doch Blödsinn«, hatte ihr Sohn protestiert. »Irgend so ein Wissenschaftler hat gerade festgestellt, daß laute Beatmusik manchmal sogar gut gegen Schwerhörigkeit ist.«

»Möglich. Aber wenn ich an dein Posaunengetute denke, möchte ich behaupten, daß Schwerhörigkeit gut ist gegen Beatmusik«, hatte Fabian erwidert, womit das Thema vom Tisch gewesen und Posaunist Rüdiger entlassen worden war.

In der Küche hatte Florian nicht nur Martha, sondern auch Urban vorgefunden, der sich fluchend mit einem Toaster beschäftigte.

»Früher konnte man diese Dinger total auseinandernehmen, jetzt werden sie so zusammengeschweißt, daß man nicht mehr ans Innenleben rankommt. Gib mal den roten Schraubenzieher rüber!«

Nachdem Florian zehn Minuten lang zugeschaut und Urbans Bemühungen mit Küchenmesser und schließlich Stemmeisen feixend kommentiert hatte, forderte er: »Laß mich mal ran!«

»Kommt nicht in Frage. Für Reparaturen bin ich seit jeher zuständig.« Verbissen werkelte er weiter. »Bisher habe ich noch alles wieder hingekriegt.«

»Bloß nicht den Wasserhahn«, sagte Martha trocken. »Den habe *ich* nämlich repariert. Ohne vier Flaschen Bier und ohne dreimal in die Eisenwarenhandlung zu fahren. Und ohne zu fluchen.«

»Aber auch nur, weil der Klempner nicht gekommen ist«, knurrte Urban, mit einer Pinzette Schräubchen festdrehend. »Ich hatte ja Dienst an dem Sonntag.«

»Montags kommt er nie, hat er gesagt. Da muß er immer alle Schäden reparieren, die am Wochenende von den Heimwerkern gemacht worden sind.«

Urban gönnte ihr nur einen giftigen Blick und zog die letzte Schraube an. »So, jetzt müßte es hinhauen.« Er drückte auf die Taste. Es tat sich gar nichts.

»Versuch's mal mit Strom«, riet Florian.

Wütend schloß Urban den Stecker an, und sofort begann die Heizspirale zu glühen und nach Gummi zu stinken. »Na also, funktioniert ja wieder. Der Geruch hört gleich auf, da verkohlt nur ein bißchen Isoliermaterial.«

Florian nahm das Gerät in die Hand und überprüfte es mißtrauisch.

»Wenn es auf Anhieb klappt, mußt du was falsch gemacht haben.« Wie auf Kommando sprühte der Toaster Funken, an der Seite schoß eine Stichflamme heraus, dann knallte es, und dann lag die Küche im Dunkeln.

»Schmeiß ihn weg, Marthchen, es war sowieso ein Vorjahresmodell.« Mit Hilfe seines Feuerzeugs suchte Urban auf dem Küchenschrank nach Kerzen. »Morgen früh brauchen wir das Ding nicht, ich mache Toast à la Bundeswehr.« Und als er Florians fragendes Gesicht sah: »Zwei Scheiben Weißbrot, Käse dazwischen, Alufolie drumrum und dann mit dem heißen Bügeleisen drauf. Geht prima.«

Nachdem die Sicherung ausgewechselt und der Toaster im Mülleimer gelandet war, hatte man mit dem gemütlicheren Teil des Abends begonnen. Martha hatte Brot und selbstgemachte Sülze auf den Tisch gestellt, Urban hatte aus dem Keller Bier geholt, dann war Marthchen schlafen gegangen, und Onkel und Neffe hatten bei zünftigen Männergesprächen jeweils drei Flaschen geleert und anschließend Urbans Tote Leiche ausprobiert. Gegen Mitternacht hatte sich noch Clemens eingefunden, und so gegen drei Uhr war man unter dem gedämpften Absingen unanständiger Lieder in die Betten geschwankt. Alles in allem war es doch noch ein sehr schöner Abend geworden.

In seinen Jogginganzug gewickelt, frisch rasiert und nach Giselas etwas süßlichem Toilettenwasser duftend, an dem er sich irrtümlich vergriffen hatte, war Florian nunmehr bereit, dem Sonntagmorgen ins Auge zu schauen. Seine eigenen hatte er hinter einer Sonnenbrille versteckt; es mußte ja nicht gleich jeder sehen, daß er bei dem Zusammenstoß mit der offenen Schranktür den kürzeren gezogen hatte.

Das Eßzimmer war makellos aufgeräumt und leer. Florian erinnerte sich Urbans Bemerkung, wonach das gemeinsame Frühstück abgeschafft worden war, und schlurfte, dem Instinkt hungriger Tiere folgend, treppabwärts. Auf halbem Weg stieg ihm Kaffeeduft in die Nase sowie der vertraute Geruch nach übergekochter Milch. Sofort fühlte er sich heimisch.

In der Küche wurde er mit großem Hallo empfangen. Der gesamte Bendersche Nachwuchs saß in sehr unzulänglicher Bekleidung um den Tisch und frühstückte. Übrigens ganz individuell. Clemens und Urban schaufelten Rührei in sich hinein und langten zwischendurch in das große Glas mit eingemachten Gurken. Rüdiger löffelte Müsli. Melanie knabberte an einem Knäckebrot, das sie mit einer hauchdünnen Schicht Quark bestrichen und mit Schnittlauchröllchen garniert hatte.

»Wieso seid ihr denn alle schon so unverschämt munter? Es ist doch erst kurz nach zehn.« Mit dem linken Fuß angelte sich Florian den noch freien Stuhl heran, setzte sich und griff nach dem Gurkenglas.

»Habt ihr auch Rollmöpse?«

»Nee, keine mehr da. Aber von der Toten Leiche ist noch was übriggeblieben.«

»Noch ein Wort, und du bist selber eine!« prophezeite Florian, bevor er wieder aufstand und seine Nichte herzlich umarmte. »Du bist aber...«

»...groß geworden, ich weiß. Warum fällt keinem mal was anderes ein?«

»Hübsch geworden, wollte ich sagen«, verbesserte Florian lächelnd.

»Mein Gott, du bist ja noch immer nicht nüchtern!« Abschätzend musterte Rüdiger seine Schwester. »Wie kannst du dieses dünne Gerippe als hübsch bezeichnen?«

Im Gegensatz zu ihren Brüdern war Melanie etwas klein geraten, knapp über einsfünfundsechzig, schätzte Florian.

Ihr Gesicht hatte noch ausgesprochen kindliche Züge, die durch die dunklen, halblangen Haare unterstrichen wurden, und es fiel Florian schwer, in seiner Nichte den frühreifen Vamp zu sehen, als den ihre Mutter sie hingestellt hatte. Das war doch ein ganz normaler Teenager mit Pickeln auf der Stirn, die sich trotz der reichlich aufgetragenen Tönungscreme nicht ganz vertuschen ließen. Nicht mal Nagellack benutzte sie, ganz im Gegenteil! Zwei Tintenflecke und eine nur oberflächlich entfernte Mickymaus auf dem Handrücken verrieten das verspielte Schulmädchen. Mit Melanie würde es bestimmt keine Probleme geben, sie brauchte nur Verständnis und Zuwendung.

»Florian, weißt du, warum die Störche immer in den Süden fliegen?« fragte Rüdiger kauend.

»Hältst du mich für dämlich?«

»Nein, im Ernst, warum tun sie das?«

Als er in die ergebenen Duldermienen der anderen sah, dämmerte ihm, daß er in irgendeiner Weise geleimt werden sollte. Vorsichtshalber schwieg er.

»Na, weil die im Süden auch Kinder haben wollen.«

»Sehr witzig!«

»Daran mußt du dich gewöhnen«, sagte Clemens gleichmütig. »Der einzige Grund, weshalb der Kerl überhaupt noch in die Schule geht, ist wohl der, daß er dort überall diese blöden Sprüche sammelt, mit denen er uns pausenlos nervt. Wir hören schon gar nicht mehr hin.«

»Ich kenne auch einen«, meinte Florian eifrig. »Wie kommt ein Elefant wieder vom Baum runter?«

»Er setzt sich auf ein Blatt und wartet, bis es Herbst wird. Ist ja uralt.«

»Na, dann eben nicht«, knurrte sein Onkel und sah sich nach etwas Handfesterem um. Das Gurkenglas war inzwischen leer, und auf Birchermüsli, das ihm Rüdiger wortlos hinschob, hatte er nun wirklich keinen Appetit. »Habt ihr noch Eier?«

»Ich mach dir welche«, bot Melanie an. »Gekocht oder gebraten?«

»Frag lieber, ob steinhart oder verkohlt«, verbesserte Urban.

»Und wer, glaubst du, hat deine Rühreier gemacht?«

»Marthchen, wer denn sonst?«

»Ich!«

»Also deshalb habe ich dauernd auf den Schalen herumgekaut. Weißt du nicht, daß man die nicht mit in die Pfanne schmeißt?«

»Vielleicht war es auch bloß der Schnabel vom Küken«, entgegnete seine Schwester patzig. »Ich glaube, das eine Ei ist nicht mehr ganz frisch gewesen.«

Bevor die Auseinandersetzung handgreifliche Formen annehmen konnte, kam Martha in die Küche. »Raus jetzt, ich muß mich ums Mittagessen kümmern, und dazu kann ich keine Horde halbnackter Zuschauer brauchen.« Tadelnd sah sie Melanie an, die nur eine Turnhose trug und darüber eine oberflächlich zusammengeknotete Frotteejacke.

»Ich wollte ja zuerst ins Bad, aber in dem einen gurgelte Florian, und im anderen arbeitet Vater.«

»Im Bad?« fragte Florian erschrocken.

»Genauer gesagt, in der Badewanne. Da entwirft er immer seine Vorträge, weil ihn niemand stören kann. Sagt er jedenfalls.«

»Stimmt ja gar nicht«, gluckste Rüdiger. »Ich bin mal reingeplatzt, als er vergessen hatte abzuschließen, und da schwammen lauter Papierschiffchen auf dem Wasser. Der Herr Professor war so vertieft, daß er mich nicht mal bemerkt hat.«

»Mark Twain hatte recht, als er behauptete, das Greisenalter sei eine zweite Kindheit minus Lebertran.«

»Dein Vater ist einundfünfzig, Clemens!« gab Florian zu bedenken.

»Aber er ist über seine Jahre hinaus gereift.«

Vor Marthas drohend erhobenem Schneebesen trat das Kleeblatt den Rückzug an. Nur Florian blieb sitzen. »Soll ich dir beim Kartoffelschälen helfen? Das kann ich prima.«

»Dafür haben wir eine Maschine. Wir haben für alles Maschinen! Kein Wunder, daß man langsam selbst zu einer wird.«

»Du nicht, Marthchen, du hast viel zuviel gesunden Menschenverstand.«

»Ja, ich weiß, unser Zeitalter ist stolz auf Maschinen, die denken können, aber mißtrauisch gegen Menschen, die das versuchen.«

Verblüfft ließ Florian die Gabel sinken. »Ist das von dir?«

»Nein, ich hab' das mal gelesen und mir gemerkt, weil es mir gefallen hat. Und weil es stimmt!« Sie zog die wütend um sich spritzende Bratpfanne von der Herdplatte und schlug zwei Eier hinein.

»Ich bin satt, Marthchen, vielen Dank.«

»Das ist nicht für dich, das ist für die gnädige Frau. Sonntags frühstückt sie immer im Bett.«

»Matratzen-Picknick? Hätte ich ihr gar nicht zugetraut. Na ja, wer nie sein Brot im Bette aß, weiß nicht, wie Krümel pieken.« Florian stand auf. »Ich glaube, jetzt werde ich mir erst mal ein paar Kubikmeter Ozon zuführen und bei dieser Gelegenheit den Garten inspizieren.«

»Ich wüßte nicht, was es da zu inspizieren gibt, aber geh' nur an die frische Luft, du siehst reichlich verschwiemelt aus. Weshalb trägst du überhaupt eine Sonnenbrille?«

»Damit mich niemand erkennt.«

Die große Schiebetür zur Terrasse war noch verriegelt. Florian probierte Hebel und Griffe, erreichte aber nur, daß ihn plötzlich ein langgezogener Heulton zusammenfahren ließ. Urban stürzte ins Zimmer, am Kinn Rasierschaum und in den Augen blanke Mordlust, drückte einen verborgenen Knopf neben der Heizung und stellte das nervtötende Gewinsel ab. »Paß mal auf, was hier gleich los ist!«

»Seit wann habt ihr denn eine Alarmanlage?« stotterte Florian hilflos.

»Seitdem in der Nachbarschaft zweimal eingebrochen worden ist. – Da, was habe ich gesagt? Die ersten kommen schon!« Er deutete auf die Ligusterhecke, durch die sich ein dürres Männlein zwängte, gefolgt von einer beinahe doppelt so breiten Frau, die noch im Laufen die Lockenwickler aus den Haaren zog. »Erwin, komm zurück!« befahl sie und raffte den geblümten Morgenrock. »Du kannst ja doch nichts tun! Du hast ja nicht einmal eine Waffe!«

Erwin hörte nicht. Er stolperte quer über die Rasenfläche auf das Haus zu. »Ich werde ihm –«, keuchte er, »mannhaft – entgegentreten. Alle – Einbrecher sind feige. Sieh mal, da steht er ja noch! Bestimmt will – er gerade fliehen.« Hinter der Scheibe hatte er Florians Gesicht entdeckt.

»Mach dich nicht lächerlich!« donnerte seine bessere Hälfte, die jetzt auch Urban erkannt hatte. »Das ist doch der junge Bender.«

»Unsinn, das ist ein Fremder«, widersprach Erwin, schien aber doch nicht ganz überzeugt zu sein, denn er verlangsamte seinen Schritt.

Urban öffnete die Tür und trat ins Freie. »Vielen Dank für Ihre schnelle Hilfe, Herr Kaiserling, aber mein Onkel wußte nichts von der Alarmanlage und hat sie versehentlich ausgelöst. Entschuldigen Sie bitte, daß wir Sie erschreckt haben.«

»Erschreckt ist gar kein Ausdruck!« Der geblümte Morgenrock hatte nun auch die Terrasse erreicht. »Einen Herzschlag hätte ich beinahe bekommen!« Drohend baute sich Frau Kaiserling vor Urban auf.

»Diebstahlsicherung ist *eine* Sache, ruhestörender Lärm eine andere! Man kann doch wohl erwarten, daß Sie vormittags um viertel nach elf Ihre Anlage abgeschaltet haben!«

»Kann man erwarten, jawohl!« bestätigte Urban kopfckend. »Wir haben es aber ganz einfach vergessen.«

»Ich werde mich bei dem Herrn Professor beschweren.«

Mit seinem verbindlichsten Lächeln trat Florian aus dem Hintergrund.

»Es tut mir wirklich leid, gnädige Frau, daß ich unwissentlich die Ursache Ihres gestörten Sonntagsfriedens geworden bin. Bitte, behelligen Sie nicht meinen Bruder, ich allein bin ja der Schuldige.« Suchend sah er sich um, entdeckte die gerade aufblühenden Narzissen neben dem Kiesweg, lief hin und pflückte drei davon ab, die er mit einer angedeuteten Verbeugung der geblümten Dame in die Hand drückte. »Nur ein kleines Zeichen meiner aufrichtigen Reue. Für Ihren Mut hätten Sie Rosen verdient.«

»Oh, vielen Dank, sehr aufmerksam. So ein Malheur kann schließlich jedem mal passieren. Und wenn Sie gar nichts gewußt haben ...« Sie reichte Florian die Hand, der sich auch erwartungsgemäß darüberbeugte. »Ich wünsche Ihnen noch einen angenehmen Sonntag, gnädige Frau. Auf Wiedersehn.«

»Auf Wiedersehn, Herr... ach, wie war doch gleich Ihr Name?«

»Auch Bender, gnädige Frau, Florian Bender.«

»Ach so, ja, natürlich. Also dann auf Wiedersehn, Herr Bender, und vielen Dank für die Blumen. – Komm, Erwin, steh nicht so dumm herum! Du hast doch gehört, es war falscher Alarm. Ich habe ja gleich gesagt, nur ein Trottel rennt sofort los und begibt sich in Lebensgefahr. Sieh dir bloß mal deinen guten Anzug an! Warum mußtest du denn auch unbedingt durch die Hecke? Jetzt kann ich ihn wieder in die Reinigung geben, aber du denkst...« Die Stimmen entfernten sich, und hinter Florians Rücken brach schallendes Gelächter los. Der gesamte Nachwuchs stand aufgereiht und schüttelte sich vor Vergnügen.

»Jetzt wäscht sie sich bestimmt tagelang nicht die Hände! Ich kann mir nämlich nicht vorstellen, daß sie schon mal einen Handkuß gekriegt hat«, kicherte Melanie, und Rüdiger prustete: »Gnädige Frau! Ausgerechnet die! Stammt aus einem Gemüsekeller, hat diesen Schwachkopf von Kaiserling geheiratet, als der eine Erbschaft gemacht hatte, und mimt jetzt die große Dame. Dabei ist sie strohdumm und zeichnet sich nur durch stadtbekannte Klatschsucht aus. Wir liegen dauernd im Clinch mit ihr.«

»Dann verstehe ich nicht, weshalb sie so heroisch auf Einbrecherjagd gegangen ist.«

»Neugier, pure Neugier. So dämlich, am hellen Vormittag an einen Überfall zu glauben, ist sie nun auch wieder nicht.«

Trotz Urbans düsterer Prophezeiung ließ sich kein interessierter Zuschauer mehr sehen, und Florian konnte nun doch seinen Rundgang antreten.

Das Mittagessen führte endlich einmal die ganze Familie zusammen. Insgeheim mußte Florian zugeben, daß der blankpolierte Mahagonitisch zwar ebenso wertvoll wie scheußlich war, in diesem Haushalt jedoch eine zwingende Notwendigkeit darstellte. Selbst wenn man die Leuchter, das platzraubende Blumengesteck, die Messerbänkchen und vor allem das Sortiment von Gläsern wegräumen würde, bliebe immer noch kaum Platz genug für Teller und Schüsseln. Deshalb also hatte er den Beistelltisch holen müssen, an dem Martha jetzt hantierte, bevor sie die Bratenplatte herumreichte.

»Danke, Martha, wir bedienen uns schon selber«, meinte Gisela mit einem herablassenden Kopfnicken, worauf Martha »Jawohl, Frau Doktor« sagte und sich zurückzog.

Da platzte Florian endgültig der Kragen. Wütend schrie er seinen Bruder an: »Wenn schon deine Frau zu wenig Fingerspitzengefühl hat, zwischen Dienstboten und Familienmitgliedern zu unterscheiden, dann solltest wenigstens du genug Takt besitzen, Marthchen nicht wie eine Angestellte zu behandeln! Immerhin hat sie dir lange genug den Hintern abgewischt!«

Peinlich berührt sah Gisela ihren Schwager an. »Könntest du nicht ein weniger drastisches Beispiel nennen, um mir zu verdeutlichen, daß Martha schon seit Jahrzehnten im Dienst der Benders steht?«

»Wenigstens hast du das begriffen. Solch eine treue Seele schiebt man nicht einfach beiseite, auch wenn du sie großzügig bezahlst, damit sie hier den Laden schmeißt. Was sie für euch alle tut, könnt ihr ja gar nicht mit Geld aufwiegen!«

»In gewisser Weise hast du recht, Florian«, sagte sein Bruder, »aber wir sind weit davon entfernt, Martha als Dienstboten zu betrachten. Nur – was erwartest du eigentlich?«

»Daß sie hier mit uns am Tisch ißt!« beharrte Florian störrisch.

»Das will sie aber nicht. Früher hat sie es immer getan, aber seitdem wir hierhergezogen sind, hat sie es abgelehnt. Sie wollte lieber in ihrer Küche bleiben. Und diesen Wunsch haben wir natürlich respektiert.«

»Nur zu gerne, nicht wahr? Oder irre ich mich da, liebe Gisela?«

»Du irrst dich nicht, lieber Florian. Solange die Kinder jünger waren und sich die Tischgespräche um Kindergartenfeste oder Schulprobleme drehten, war Marthas Anwesenheit ganz natürlich. Jetzt werden jedoch gelegentlich Themen erörtert, die innerhalb des engsten Familienkreises bleiben sollten.«

»Das ist nun wirklich der dämlichste Grund, den du vorschieben konntest!« Absichtlich übersah er das Vorlegebesteck und spießte mit seiner Gabel einen weiteren Kloß auf, den er vorsichtig zu seinem Teller balancierte. »Wenn unsere Eltern nur die Hälfte von dem gewußt hätten, was wir seinerzeit Marthchen anvertraut haben, dann hätten sie bereits mit vierzig einen Herzschlag bekommen und könnten jetzt nicht bei bester Gesundheit ihre staatliche Pension verjubeln. Stimmt's, Fabian?«

Der nickte bloß, mit vollem Mund spricht man eben nicht. Vielleicht wollte er auch gar nicht, zumal seine Frau bereits wieder das Wort ergriffen hatte. »Natürlich bleibt es dir unbenommen, während unserer Abwesenheit von den eingefahrenen Gleisen abzuweichen. Ich fürchte nur«, fügte sie mit einem Seufzer hinzu, »etwaige Änderungen werden sich nicht nur auf die Tischgewohnheiten beschränken.«

»Da könntest du durchaus recht haben«, bestätigte Florian kauend, »aber da du ja den Untergang des Abendlandes nicht als unmittelbarer Zeuge erleben wirst, kann es dir letztendlich egal sein. Ich verspreche dir jedenfalls, daß wir auch weiterhin Messer und Gabel benutzen werden.«

Mit dieser Feststellung war das Thema beendet, und da niemand Lust hatte, ein neues anzufangen, verlief der Rest der Mahlzeit schweigend. Wenn das immer so ist, dachte Florian, wundert es mich gar nicht, daß die Kinder die Speisekarte von McDonald's schon rückwärts können. Lieber Big Mac und freundliche Gesichter als Entrecôte garniert mit eingefrorenen Mienen. Das werden wir alles ändern, beschloß er, erhob sich und ging zur Tür. »Du entschuldigst, liebe Gisela, aber den Kaffee könnt ihr alleine trinken. Ich brauche jetzt einen doppelten Kognak!«

Florian fuhr wieder Autobahn. Diesmal nordwärts, und mit jedem zurückgelegten Kilometer hob sich seine Laune. Auf dem Rücksitz lagen die Mitbringsel. Die halbe Schwarzwälder Kirschtorte war schon gefährlich nahe an die Tür gerutscht, noch ein Stückchen weiter, und sie würde längst nicht mehr so appetitlich aussehen. Allerdings steckte noch der Kalbsknochen dazwischen, Marthas Gruß an Klausdieter. Die Schüssel mit der Sülze stand auf dem Boden, fest verankert mit zwei Streifen Klebeband, und die beiden Gläser mit Brombeermarmelade hatte Florian noch in der Tasche unterbringen können. Als ihm der Wagenheber draufgefallen war, hatte es zwar ein bißchen geklirrt, aber es würde schon nichts passiert sein. Einweckgläser sind dickwandig.

Er überlegte, wieviel er Tinchen von den hinter ihm liegenden Stunden erzählen und was er verschweigen sollte. Von der Toten Leiche würde er natürlich nichts erwähnen, Frauen mußten nicht alles wissen, und wenn sie erfuhr, daß ihre ältesten Neffen alle gängigen Cocktailrezepte nicht nur aus dem Leitfaden für Anfänger kannten, dann würde sie bestimmt den Schlüssel vom Barschrank abziehen. Den fälschlich ausgelösten Alarm würde er wohl beichten müssen; allerdings könnte er bei dieser Gelegenheit auch das Zusammentreffen mit Kaiserlings schildern, und dafür würde sich Tinchen viel mehr interessieren. Genaugenommen hatte er eine ganze Menge zu erzählen – von den Kindern, die ihm allesamt ans Herz gewachsen waren, von Marthchen, die sich schon sehr auf Tinchen freute, von den vielen Spielsachen, die Rüdiger in den nächsten Tagen vom Boden holen und die Urban, falls nötig, reparieren wollte, sogar ein Kinderfahrrad existierte noch – da konnte der peinliche Auftritt am Mittagstisch ruhig verschwiegen werden. Tinchen würde sich nur nachträglich aufregen und sagen, daß ihn, Florian, die ganze Sache eigentlich gar nichts anginge und er nicht immer in jedes Fettnäpfchen treten müsse.

Als er die Wohnungstür aufschloß, hörte er seine Frau schimpfen:

»Wie oft habe ich dir schon gesagt, Julia, daß du nicht immer sagen sollst: ›Es ist bloß Papi‹ – auch wenn es bloß Papi ist.«

»Was für eine reizende Begrüßung.« Er stellte seine Tasche ab und nahm Julia auf den Arm. »Wen hattest du denn erwartet?«

»Vielleicht den Tischler«, klang es aus dem Schlafzimmer. Florian linste durch die halbgeöffnete Tür und fand Tinchen auf dem Boden sitzend und in überall gestapelten Wäschebergen wühlend. »Was suchst du denn diesmal?«

»Gar nichts. Ich sehe nur nach, was wir mitnehmen müssen.« Sie schob eine Haarsträhne aus der Stirn und stand auf. »Die dritte Schublade klemmt immer noch, du wolltest sie doch schon längst mal in Ordnung bringen. Jetzt geht sie überhaupt nicht mehr auf.«

Stirnrunzelnd überblickte er das Chaos, bevor er Tinchen einen Kuß gab. »Daß du Antonies Bettjäckchen mitnehmen willst, könnte ich ja notfalls verstehen, obwohl du es meines Wissens noch nie getragen hast, aber warum du Handtücher und Topflappen einpackst, ist mir schleierhaft. Wir kommen in ein komplett eingerichtetes Haus und nicht in eine Holzfällerhütte im nördlichen Kanada.«

»Ich sortiere doch nur durch, was wir *nicht* mitnehmen.«

»Ach so. Deshalb räumst du also alle Schubladen aus?«

»Nicht alle, die dritte klemmt ja.«

Na gut, dann würde er sich das Ding nachher einmal ansehen. Immerhin hatte er seinem Schwager die Wohnung komplett vermietet, und das setzte wohl voraus, daß das Mobiliar funktionstüchtig war. »Wo ist Tobias?«

»Wo denn schon? Erst mit Klausdieter auf der Pipipromenade und dann bei Oma und Opa gelandet. Sie haben vorhin angerufen. Aber nun erzähl doch mal! Wie war's in Steinhausen?«

Florian erzählte. Und je mehr er erzählte, desto heftiger glühten Tinchens Wangen. »Die haben sogar eine Bügelfrau? Dann kann ich für Julia ja doch noch das Kleid mit den vielen Rüschen kaufen.«

»Vergiß nicht, daß wir in einem halben Jahr wieder auf derartige Annehmlichkeiten verzichten müssen.«

»Bis dahin ist sie längst wieder rausgewachsen. – Ach ja, was ich noch fragen wollte: Hast du Hunger?« Und als Florian verneinte:

»Ein Glück, es ist nämlich auch nichts da.«

Er erinnerte sich der milden Gaben, die Marthchen ihm zugesteckt hatte. »Im Wagen steht eine halbe Torte. Wenn du Appetit hast, kannst du sie raufholen.«

Wenig später war Tinchen zurück. In einer Hand jonglierte sie die leicht ramponierte Torte, von der anderen tropfte Blut. »Ich bin da in was reingetreten. Als ich es aufheben wollte, habe ich mich geschnitten.« Auf dem Weg ins Bad zog sie eine unübersehbare Spur von hausgemachter Sülze hinter sich her.

Florian leistete Erste Hilfe. Das Heftpflaster lehnte Tinchen ab, sie bestand auf einem richtigen Verband, weil der sie zumindest heute abend vom verhaßten Abwasch befreien würde. Sollte Florian doch auch mal etwas tun! Schließlich hatte er sich das ganze Wochenende bedienen lassen! Bei dem vielen Personal, das sich in Steinhausen offenbar gegenseitig auf die Füße trat, hatte ihr lieber Mann bestimmt keinen Finger gerührt. Oder wenn doch, dann nur, um sein Glas neu zu füllen. Wahrscheinlich hatte er sogar mit dem Cocktailshaker in der Hand aufs nächste Erdbeben gewartet. Sie zog Julia die Stiefel an, knöpfte sie in ihren Anorak und verkündete beiläufig: »Wir holen jetzt Tobias ab.«

Kaum war die Wohnungstür zu, als Florian ungewohnten Arbeitseifer entwickelte. Mit wenigen Griffen räumte er seine Reisetasche aus – die Marmeladengläser hatten die Attacke des Wagenhebers unbeschadet überstanden –, verstaute sie in der Besenkammer, hängte den Jogginganzug zum Lüften auf den Balkon, die nicht benutzte Krawatte zu den beiden anderen in den Schrank, schloß ihn ab und sah sich suchend um. Doch, zumindest seine Sachen hatte er weggeräumt und damit ein Beispiel für die künftige Lebensweise gegeben. In so einem großen Haushalt, wie er sie jetzt erwartete, ging es nicht ohne ein gewisses Maß an Ordnung. Das mußte auch Tinchen einsehen.

Was hatten zum Beispiel die gebügelten Servietten mitten auf dem Dielentischchen zu suchen? Sie gehörten zu den anderen in die Kommodenschublade.

Und die klemmte! Beide Knie stemmte Florian gegen das Möbel, rüttelte und zerrte an den Griffen und zog endlich mit einem Ruck das Schubfach heraus. Dann holte er eine Feile, das große Brotmesser, einen Hammer und einen Schraubenzieher – mehr Werkzeug hatte sich trotz längerer Suche nicht auftreiben lassen – und ging an die Arbeit. Er schnitzelte und feilte, raspelte hier ein bißchen ab, glättete dort eine Kante, rieb die solchermaßen mißhandelten Flächen noch gründlich mit Seife ein und triumphierte, als sich die Schublade nun mühelos hin und her schieben ließ. Na also, die hätte er wirklich schon viel eher reparieren können! Aber auch das sollte sich in Zukunft ändern. Er würde nichts mehr auf die lange Bank schieben, sondern alles sofort in Angriff nehmen. Als erstes würde er morgen früh die längst überfällige Kraftfahrzeugsteuer bezahlen.

Nach dem Abendessen, das von Frau Antonie stammte und aus Blätterteigpastetchen mit einer kalorienarmen Füllung bestand (kein Wunder, daß so viel übriggeblieben war, dachte Florian, während er die Zucchinischeibchen heraussuchte und den Tellerrand damit dekorierte), brachte Tinchen die Kinder ins Bett, und Florian trat seinen Küchendienst an. Natürlich war er für Gleichberechtigung, es machte ihm auch nichts aus, mal zum Staubsauger zu greifen oder Gardinen aufzuhängen, dazu brauchte er nicht mal eine Leiter, aber ausgerechnet Geschirrspülen?? Andererseits war es seine eigene Schuld. Hätte er die Sülze nicht auf den Wagenboden gestellt und hätte er den Kuchen selber geholt...

Aus dem Schlafzimmer hörte er plötzlich Krach, gefolgt von einer Reihe unfreundlicher Bemerkungen. Er stürzte hin und fand seine Frau auf dem Fußboden, die Beine von sich gestreckt und die Schublade auf dem Bauch. Der Inhalt war im Zimmer verstreut – Tischdecken, Servietten, Modeschmuck, Waschlappen, Gummiringe und Dutzende von Fotos. Mitten drin saß Tinchen und starrte Florian wortlos an.

»Funktioniert wieder einwandfrei, nicht wahr?« strahlte der und zog aus dem ganzen Durcheinander ein Heftchen. »Sieh mal, Tine, hier ist ja die Bedienungsanleitung für den Mixer, die wir so lange gesucht haben!«

Malventee mit saurer Sahne

»Endlich sind sie weg!« Melanie schneuzte kräftig in das Taschentuch, mit dem sie dem startenden Flugzeug hinterhergewinkt hatte, und gab es Florian. »Kannst du das mal einstecken?«

Angewidert schob er ihre Hand zur Seite. »Du hast doch selbst genug Hosentaschen.«

»Ja, aber bei den Jeans trägt das so auf.«

»Dann benutze in Zukunft Klopapier!« Mit spitzen Fingern nahm er das zusammengeknüllte Etwas entgegen und ließ es unauffällig in einen Papierkorb fallen. Das ging nun wirklich zu weit! Er hatte sich schon Melanies kanariengelben Regenschirm aufdrängen lassen und die Einkaufstüte mit den beiden Schallplatten, die sie sich vor einer halben Stunde gekauft hatte, aber bei rosa Taschentüchern hörte seine Bereitwilligkeit auf. Wenn es wenigstens sauber gewesen wäre!

»Zu meiner Zeit trugen junge Mädchen Handtaschen. Ist das heute nicht mehr üblich?«

»In diese Disco-Beutelchen kriegt man doch außer Lippenstift und Klogroschen nichts rein. Weshalb also mitnehmen? Lädst du mich jetzt zu 'ner Cola ein?« Sie hatte sich bei ihrem Onkel eingehakt und steuerte ihn auf den langen Gang von der Aussichtsterrasse zurück zur Schalterhalle. Dem gelangweilten Polizisten neben der Eingangstür warf sie eine Kußhand zu. »Müdes Geschäft heute, nicht wahr? Terroristen sind out, und Gangster benutzen Privatflugzeuge. Aber vielleicht fangen Sie ja doch noch mal einen kleinen Taschendieb«, fügte sie tröstend hinzu. »Um sicher zu sein, daß sich Verbrechen nicht mehr lohnen, müßte man sie schon verstaatlichen.«

»Mußt du denn jeden Mann zwischen fünfzehn und fünfzig anmachen?« Verärgert zog Florian sie weiter.

»Sei doch nicht so spießig! Der arme Kerl hat den ganzen Tag nichts zu lachen.«

»Stimmt! Eben hat er nicht mal gegrinst.«

Sie erreichten die Halle, und Melanie peilte sofort das kleine Eiscafé an. »Ich hab' es mir anders überlegt. Jetzt möchte ich lieber einen Bananensplit.«

»Du kriegst gar nichts! Am Wagen hängt garantiert ein Knöllchen, und zum Eisessen ist es sowieso zu kalt. Deine Mutter hat gesagt, du bekommst alle naselang Angina.«

»Aber erst, seitdem der Blinddarm raus ist.«

»???«

»Halsschmerzen können verschiedene Ursachen haben, deshalb wird auch nicht gleich ein Arzt geholt. Ich kriege immer erst mal was zum Gurgeln und werde ins Bett gesteckt. Nach zwei Tagen bin ich dann wieder okay. Blinddarmreizung hat meistens drei gedauert. Leider hat Mutti auf einer Operation bestanden, und vor einem Jahr haben sie mein schönes Alibi rausgenommen. Dabei war es völlig in Ordnung.«

»Und weshalb das ganze Theater?«

Melanie blieb stehen und sah ihren Onkel völlig entgeistert an.

»Hast du nicht alle Hühner auf dem Balkon? Ich weiß ja, daß man ab vierzig mit beginnender Senilität rechnen muß, aber dich hatte ich ein bißchen anders eingeschätzt. Sag bloß, du hast nie die Schule geschwänzt?«

»Natürlich, aber dann habe ich immer die Unterschrift meines Vaters fälschen müssen, und das ist eine abendfüllende Beschäftigung gewesen. Braucht ihr heute keine schriftlichen Entschuldigungen mehr?«

»Na klar, deshalb habe ich ja auch so oft Angina. Es ist einfacher, das Thermometer in die Teetasse zu halten, als Vaters Hieroglyphen nachzumalen. Dabei kann die sowieso keiner lesen. Neulich hat mich unser Klassenlehrer vor der versammelten Mannschaft gefragt, wer die Entschuldigung geschrieben habe und was sie eigentlich bedeute. Dann hat er laut und deutlich buchstabiert: Meine Tochter Melanie liegt mit Regina im Bett.«

Florian nickte verständnisvoll. »Ist noch niemand auf den Gedanken gekommen, dir auch noch die Mandeln rausnehmen zu lassen?«

»Doch«, kicherte sie, »aber die beiden Kapazitäten, die Vati immer abwechselnd befragt, können sich nicht einigen. Einer ist dafür, der andere dagegen. Er behauptet, die häufigen Halsschmerzen seien auf die Entwicklungsjahre zurückzuführen und würden mit dem Ende der Pubertät ganz aufhören. Warum soll die nicht auch mal was Gutes haben? Sonst ist das doch eine ausgesprochen beknackte Zeit. Man kriegt Pickel, wird angemotzt, sobald man mal ein bißchen später nach Hause kommt, kann gerade dann nicht Schwimmen, wenn es heiß ist, und neuerdings durchwühlt Mutti meinen Schreibtisch und sucht die Pille. Als ob ich die offen herumliegen lassen würde!«

»Wo versteckst du sie denn?« fragte Florian schnell.

Sie warf ihm einen schrägen Blick zu. »Mann, o Mann!, du bist vielleicht abgemackert. Tutest in das gleiche Horn wie die Eltern!«

Sie äffte den Tonfall ihrer Mutter nach: »In deinem Alter, mein liebes Kind, gibt es keine normalen Freundschaften mehr zwischen den Geschlechtern, das kannst du mir nicht erzählen.« Energisch zwang sie Florian zum Stehenbleiben.

»Da läuft gar nichts, verstehst du? Aber dieses ewige Mißtrauen geht mir schon lange auf den Geist, und wenn du genauso anfängst, dann kannst du mir gleich meinen Schuh aufblasen!«

»Ich kann *was*?«

»Den Schuh aufblasen! Oder falls du das nicht checkst: Du kannst mir den Buckel runterrutschen!«

Florian zuckte zusammen. Seitdem sein Schwager Karsten zu den Gehaltsempfängern gehörte und der gegenwärtige Redaktionsbote des Tageblatts aus einer Pfarrersfamilie stammte, hatten Florians Kenntnisse des Teenagerjargons rapide abgenommen; er ahnte da gewisse Schwierigkeiten. Zunächst aber reichte er seiner Nichte feierlich die Hand. Dazu mußte er sich erst die Schallplattentüte unter den Arm klemmen und den Schirm von der rechten Hand in die linke wechseln, jedoch die Situation erforderte ein gewisses Ritual.

»Wenn du mir versprichst, mich in entscheidenden Dingen nicht zu belügen, dann verspreche ich meinerseits, weder die Pille noch deine diversen Freundschaften jemals wieder aufs Tapet zu bringen. Abgemacht?«

»Gebongt!« strahlte Melanie. Und dann: »Wollen wir den Pakt nicht doch noch begieß...«

»Nein, wir fahren jetzt nach Hause!«

Trotz abgelaufener Parkuhr steckte keine Verwarnung an der Windschutzscheibe. Dafür war der linke Wischer abgebrochen, was nach Florians Ansicht in direkten Zusammenhang gebracht werden mußte.

»Jede Wette, daß der Knöllchenschreiber den Zettel ganz schnell wieder abgenommen hat.«

Die Heimfahrt verlief mehr oder weniger schweigend. Bisher hatte Florian in dem Nobelschlitten seines Bruders nur als Beifahrer gesessen; nun hockte er selbst hinter dem

Steuer und kämpfte mit der Technik. Sein linker Fuß fuhr noch immer planlos auf dem Boden herum und suchte die Kupplung, während er mit den Händen verzweifelt nach dem Schalter tastete, der das automatische Kaltluftgebläse abstellte. Natürlich erwischte er den falschen, und nun glitt auch noch lautlos die Seitenscheibe nach unten.

»Mach das Fenster zu, mir ist kalt!«

»Frische Luft ist gesund!« Er hatte immer noch nicht den richtigen Knopf gefunden, dafür zog jetzt der übriggebliebene Wischer quietschend einen Dreckstreifen über die Frontscheibe.

»Kannst du deinen Spieltrieb nicht bei einer anderen Gelegenheit befriedigen?« Melanie beugte sich zur Seite, drückte ein paar Schalter, und wie von Geisterhand schloß sich das Fenster, der Wischer hörte auf zu kratzen, und Sekunden später zog wohlige Wärme durch den Wagen. »Keine Ahnung von Technik, was?«

Er zuckte nur mit den Schultern. »Ich bin wirklich kein Gegner des Fortschritts, aber hier komme ich mir vor wie im Cockpit eines Starfighters.« Insgeheim beschloß er, lieber wieder auf seinen Kadett umzusteigen und die Renommierkutsche in der Garage zu lassen. Zu diesem Statussymbol der gehobenen Einkommensklasse fehlte ihm wohl die richtige Einstellung.

»Ob Tinchen und die Kinder schon da sind?«

»Tinchen ja, die Kinder nicht. Ernst Pabst fährt nie schneller als neunzig, sonst kriegt Antonie einen Herzinfarkt.«

Noch mit Grausen erinnerte sich Florian an jene Fahrt, als er Karstens Porsche ausprobiert und bei dieser Gelegenheit seine Schwiegermutter nach Ratingen gebracht hatte. Halb ohnmächtig hatte er sie aus dem Wagen ziehen und sofort einen Arzt verständigen müssen, der beängstigend hohen Puls infolge außergewöhnlicher Streßsituation festgestellt und die Heimfahrt per Straßenbahn angeordnet hatte.

Während einer längeren Autofahrt waren die Kinder bei Oma und Opa sowieso viel besser aufgehoben. Die wurden nie ungeduldig, wenn Julia alle sechzig Kilometer Pipi machen mußte, hatten immer eine Sprudelflasche mit Strohhalmen, Schokolade und ein feuchtes Handtuch im Wagen und hielten bereitwillig an jeder zweiten Raststätte, um den offenbar unstillbaren Hunger nach Pommes mit Ketchup zu befriedigen.

Tinchen dagegen zog den direkten Weg vor, haßte längere Stops und hatte deshalb das Angebot ihres Bruders vorgezogen, in seinen schnellen Flitzer zu steigen. Seine Einschränkung »Aber bloß, wenn du unterwegs die Klappe hältst und mir nicht dauernd anhand des Drehzahlmessers beweisen willst, daß das Benzin gleich alle ist« hatte sie in Kauf genommen. Sie würde schweigen wie ein Grab. Außerdem hatte sie Karsten zu Weihnachten einen Reservekanister geschenkt, so daß sie bestimmt nicht mit leerem Tank liegenbleiben würden.

Schon von weitem sah Florian, wie Tinchen verbissen am Kofferraum des Porsche herumwerkelte und ihn offenbar nicht aufbekam. Er drückte das Gaspedal durch, trat sofort wieder auf die Bremse und kam mit quietschenden Reifen zum Stehen. Dann sprang er aus dem Wagen und nahm Tinchen den Schlüssel aus der Hand. »Kannst du nicht warten, bis der Fachmann kommt?«

»Nein. Da sitzt nämlich Herr Schmitt drin.«

»Im Kofferraum?«

»Erst stand er auf dem Rücksitz, aber dann hatte er seinen Käfig durchgenagt und saß plötzlich auf dem Armaturenbrett. Da mußten wir ihn natürlich einsperren. Guck mal –«, sie zeigte auf das große Heckfenster – »jetzt frißt er das Abschleppseil.«

»Soll sich doch Karsten darum kümmern! Ist ja schließlich sein Vieh und sein Auto.« Florian stippte seiner Frau einen flüchtigen Kuß auf die Nasenspitze. »Zu mehr reicht es jetzt nicht, den Rest holen wir heute abend nach. Unser künftiges Schlafzimmer ist fast so groß wie zu Hause die ganze Wohnung.« Er drückte sie kurz an sich. »Du, ich freue mich, daß du endlich da bist. Ohne dich bin ich doch bloß die Hälfte wert.«

»Dann bleibt ja überhaupt nichts mehr von dir übrig.« Melanie grinste ihren Onkel an und fiel Tinchen um den Hals. »Prima, daß du bei uns Kindermädchen spielst. Das wird 'ne dufte Zeit.«

»Darauf würde ich mich nicht so unbedingt verlassen«, warnte das Kindermädchen, aber Melanie war schon ins Haus gelaufen.

»Verdammt hübsch ist sie ja«, sinnierte Tinchen, während sie neben Florian den Kiesweg entlangschritt, »und deshalb glaube ich auch nicht, daß du die richtige Respektsperson für sie bist. Also wirst du dich um den männlichen Teil deiner Verwandschaft kümmern, und ich übernehme Melanie. Einverstanden?«

Florian protestierte. »Ganz und gar nicht. Die Psychologen sind der einhelligen Meinung, daß Mädchen im Pubertätsalter eine Vaterfigur brauchen, während Jungs in diesem Stadium zu einer starken Mutterbindung neigen. Also müssen wir das Problem andersherum anpacken.«

»Für Clemens empfinde ich absolut keine mütterlichen Gefühle, bestenfalls schwesterliche, und wie Melanie sich an einem so jungen Vater orientieren will, bleibt auch noch dahingestellt«, lachte Tinchen. »Meinst du nicht, wir sollten die ganze Sache einfach an uns herankommen lassen?«

Da Florian sich diesen logischen Argumenten nicht verschließen konnte, wechselte er vorsichtshalber das Thema. »Wo steckt denn Karsten?«

»Der wollte das Haus besichtigen, solange es noch halbwegs leer ist. Wahrscheinlich hat er mit der Küche angefangen.«

»Jeder Jüngling hat nun mal 'nen Hang zum Küchenpersonal.« Er korrigierte sich aber gleich. »Es wird wohl mehr der Kalbsrollbraten sein, der ihn in die unteren Regionen gezogen hat.«

»Den gibt es erst heute abend. Martha hofft, daß bis dahin alle da sind und sich der größte Trubel gelegt hat. Jetzt kriegen wir erst mal Kaffee und Kuchen.«

»Ist ja auch was zum Essen«, erklärte sich Florian einverstanden.

Der Tisch im Eßzimmer war schon gedeckt. Florian zählte die Tassen. »Nur fünf? Ist denn keiner von den Jungs da?«

»Doch, Rüdiger.«

»Dann fehlt ein Gedeck.« Nacheinander öffnete er mehrere Schranktüren, bis er das Gewünschte gefunden hatte und auf den Tisch stellte.

»Du kannst inzwischen nach einer Kuchengabel suchen«, empfahl er seiner Frau, »das gehört zu deinem künftigen Aufgabenbereich. Vielleicht findest du auch gleich die Servietten.«

Als Martha mit der Kaffeekanne erschien, bot sich ihr ein etwas befremdliches Bild. Von Tinchen war nur das herausgestreckte Hinterteil zu sehen, der Rest steckte im Wäscheschrank, während Florian bäuchlings auf dem Teppich lag und mit der Hand unter dem Büfett herumtastete. »Fehlt was, oder macht ihr bloß Bestandsaufnahme? Die ist nicht nötig, die Frau Doktor hat vor ihrer Abreise eine genaue Liste angefertigt.«

»Das sieht ihr ähnlich.« Florian verschob die Suche nach dem weggerollten Serviettenring auf später und stand auf. Tinchen kroch mit hochrotem Gesicht aus dem Schrank und strich verlegen die Haare zurück. »Ich wollte doch bloß... Florian hat gesagt... Wo sind denn die Papierservietten?«

»Im Sideboard.« Martha stellte die Kanne auf den Tisch. »Soll ich schon eingießen? Den Kindern habe ich Bescheid gesagt, die kommen gleich. Und der Herr Karsten wäscht sich bloß noch die Hände.«

»Den Herrn läßt du weg, aus dem wird nie einer, und du setzt dich jetzt auf deine vier Buchstaben und trinkst mit uns Kaffee!«

Bevor Martha protestieren konnte, hatte Florian sie energisch auf einen Stuhl gedrückt. »Keine Widerrede! Jetzt bin *ich* der Herr im Haus!«

»Und was deine Frau sagt, wird gemacht«, ergänzte Rüdiger lachend. Er setzte sich, griff zum Tortenheber und schaufelte sich das größte Stück Kuchen auf den Teller, wobei er mit affektierter Stimme tadelte: »Kannst du nicht warten, mein Sohn?«

»Das könntest du aber wirklich«, sagte Florian vorwurfsvoll.

Rüdiger ließ sich nicht stören. »Ist die Regierung gut weggekommen? Hast du auch wirklich kontrolliert, ob die beiden ins richtige Flugzeug gestiegen sind?«

»Sicherheitshalber haben wir bis zum Abflug gewartet«, beruhigte ihn Florian, »obwohl wir dank deiner Mutter zwei Stunden zu früh da waren.«

»Die hat immer Angst, unterwegs könnte ein Reifen platzen oder Vater hätte seinen Paß vergessen und müßte noch mal umkehren. Deshalb plant sie jedesmal dreifache Fahrzeit ein.«

»In gewisser Weise hat sie ja recht. Von Jahr zu Jahr

braucht man weniger Zeit, den Ozean zu überqueren, und mehr Zeit, zum Flugplatz zu kommen. Warum kann die Luftfahrtindustrie nicht endlich begreifen, daß wir ja nichts weiter wollen als auf einem in fünf Minuten erreichbaren Flugplatz eine Maschine besteigen, die keine Wohnviertel überfliegt?«

»Das kann dir doch egal sein«, konterte Tinchen, »du fliegst sowieso nie. Deine Spesen reichen ja nicht mal für den Intercity.«

»Er ist ja auch kein Sensationsreporter, sondern bloß Lokalredakteur, und als solcher wird er sich höchstens im Düsseldorfer Großstadtverkehr den Hals brechen und nie die Chance haben, als Opfer eines Flugzeugabsturzes Schlagzeilen zu machen.«

»Wenn du nicht gleich dein dämliches Maul hältst, mache ich von meinem Hausherrenrecht Gebrauch und schmeiße dich raus!«

Diese Drohung beeindruckte Karsten überhaupt nicht. »Die christliche Nächstenliebe gebietet, keinen Hungrigen von der Schwelle zu weisen, und ich habe einen Mordshunger. Außerdem solltest du in deiner Wortwahl etwas vorsichtiger sein. Es sitzen Minderjährige am Tisch.«

»Wenn du auf mich anspielst, so kann ich dir versichern, daß sich dieser Zustand in siebenundfünfzig Tagen ändert. Außerdem bin ich Fernsehkonsument und Schlimmeres gewöhnt.« Rüdiger zerteilte bereits das dritte Stück Torte und schielte zum vierten.

»Iß nicht soviel Kuchen, dir wird sonst wieder schlecht«, warnte Martha, aber Rüdiger schüttelte nur den Kopf. »Der Mensch lebt nicht von Brot allein.«

»Das ist's ja grade, sprach das Schwein«, ergänzte Karsten boshaft, während er das vorletzte Stück Kuchen von der Platte holte. »Die Torte ist ein Gedicht!«

»Dann laßt mir auch noch eine Strophe übrig«, forderte Melanie.

»Hättest ja früher kommen können«, moserte ihr Bruder. Plötzlich lachte er. »Kennt ihr den schon? Zwei Kühe stehen auf der Weide. Sagt die eine ›Muh‹. Meint die andere beleidigt: ›Das wollte ich auch gerade sagen.‹«

Mit einem flehenden Blick zur Zimmerdecke stöhnte Tinchen: »O Herr, laß es endlich Abend werden!«

Ohrenbetäubendes Klirren, Kindergeschrei, Hundegebell und eine jammernde weibliche Stimme unterbrachen das ach so harmonische Kaffeestündchen. »Meine Güte, der schöne Topf...«

»Die Familie ist da«, folgerte Karsten und eilte zur Haustür. Die übrigen folgten, nur Rüdiger blieb sitzen und fixierte nachdenklich das letzte Stück Torte. Seine Gefräßigkeit kämpfte gegen die Einsicht, die Ankömmlinge könnten möglicherweise auch Hunger haben, aber die Tatsache, daß man mit einem Stück Kuchen kaum vier hungrige Mäuler zu stopfen vermag, gab den Ausschlag. Endlich fühlte er sich gesättigt und war bereit, den Besuchern entgegenzutreten.

Ein winselndes, jaulendes Etwas fegte um seine Beine, schoß wieder zur Tür hinaus, jachterte mit fliegenden Ohren die Treppe hinauf, sah sich irritiert um, hetzte treppabwärts und schlitterte auf den glatten Steinfliesen bis zum Schirmständer, der dann auch prompt umkippte. Klausdieter schüttelte seine gar nicht dackelähnlichen Fledermausohren und suchte nach einer Möglichkeit, sich erst einmal aus dem Verkehr zu ziehen. Die Blumenschale im Vorgarten ging ja auch schon auf sein Konto. Oder wenigstens zur Hälfte, denn das andere Ende der Leine hatte ja Tobias in der Hand gehabt, und der konnte von einem kleinen neugierigen

Hund nun wirklich nicht verlangen, bei Fuß zu gehen, wenn gleich daneben auf dem Rasen große Büsche standen, unter denen es so verlockend roch. Auf der Suche nach einem Unterschlupf erinnerte er sich an das Zimmer, das er schon kurz durchquert hatte. Da gab es hochbeinige Schränke, unter denen er sich verstecken konnte. Irgend etwas hatte ihm dort zwar nicht gefallen, aber er hatte vergessen, was es war. Vorsichtig schob er sich zur Tür hinein, und dann sah er auch schon den Stein des Anstoßes: Einen Menschen, den er nicht kannte, dessen Beine aber in Jeans steckten, und so etwas konnte er in seiner unmittelbaren Umgebung nicht vertragen. Beim Gassigehen begegneten ihm zwar dauernd solche Hosenbeine, doch die gingen ihn nichts an, deshalb ließ er sie auch in Ruhe, aber hier ins Haus gehörten sie ganz und gar nicht. Bevor Rüdiger wußte, wie ihm geschah, hing ein wütend knurrender Hund an seiner Hose.

»Mistvieh, elendes!« Er packte das Tier am Halsband und zwang es, seine Beute freizugeben, aber kaum hatte er wieder losgelassen, als Klausdieter den nächsten Angriff startete. Fluchend stieg Rüdiger auf den nächstbesten Stuhl. »Kann einer mal diesen tollwütigen Zimmertiger zur Räson bringen? Das Vieh ist ja gemeingefährlich.«

Als einziger reagierte Florian auf den Hilferuf. Die anderen waren mit dem Ausladen des Gepäcks beschäftigt, beziehungsweise mit der Besichtigung der Gästezimmer, denn Frau Antonie war von der anstrengenden Fahrt etwas erschöpft und wollte Ruhe sowie ein Täßchen Malventee. Sie hatte ihn vorsichtshalber mitgebracht, denn unbegreiflicherweise hatten die jeweiligen Gastgeber nie welchen im Haus.

Florian pfiff seinen Hund zurück, der erwartungsgemäß darauf nicht reagierte, schnappte ihn endlich und sperrte ihn in die Toilette.

»Der ist auch völlig mit den Nerven fertig, genau wie ich.«

»Was soll ich denn erst sagen?« Mit einem Satz sprang Rüdiger vom Stuhl. »Da gehe ich ganz harmlos zur Tür, und plötzlich fällt mich dieser Köter an. Hat der 'ne Macke?«

»Nicht direkt, er ist bloß allergisch gegen Jeans. Es ist wohl besser, du ziehst dir in den nächsten Tagen was anderes an. Vielleicht gewöhnt er sich mit der Zeit daran.«

Rüdiger tippte sich mit dem Finger an die Stirn. »Die Töle muß erblich belastet sein, du hast ja auch schon 'ne Meise. Ich werde mich doch eines Hundes wegen nicht umziehen.«

»Dein Bier!« sagte Florian lakonisch. »Jedenfalls habe ich dich gewarnt.«

Im Flur stapelten sich inzwischen Koffer, Taschen, Spielzeug, Hundekorb, ein Feuerlöscher, den Tobias versehentlich mit ausgeräumt und auf Frau Antonies Frühjahrshut gelegt hatte, Bücher, fünf Großpackungen Hundefutter und zig andere Dinge, die Florian zu Hause als entbehrlich zur Seite geräumt und Tinchen als unbedingt notwendig wieder eingepackt hatte. Lediglich der Waschkorb mit Eingemachtem stammte von Frau Antonie. »Ich hab' doch noch die ganzen Gläser von vor zwei Jahren«, hatte sie gesagt, »nimm das mal mit für die Kinder.« Da Marthchen eine ähnliche Vorratswirtschaft betrieb und keine Gelegenheit verpaßte, Einmachobst gleich körbeweise einzukaufen, würden Antonies Liebesgaben nur ein weiteres Regal im Keller füllen und dort genauso verstauben wie in ihrem eigenen.

Rüdiger versuchte, Ordnung in dieses Durcheinander zu bringen, griff die zwei nächstbesten Koffer und schleppte sie die Treppe hinauf. Auf halber Höhe kam ihm Karsten entgegen.

»Wohin willst du denn mit dieser Badewanne? Sag bloß, ihr habt auch noch ein Krokodil mitgebracht?«

Vorsichtig schob sich Karsten vorbei, das leere Aquarium

wie eine Reliquie vor sich hertragend. Unter den Arm hatte er ein altes Fliegenfenster geklemmt. »Ich hab' so schnell nichts anderes gefunden, und wenn ich Herrn Schmitt nicht gleich befreie, frißt er auch noch meinen Tennisschläger. Den habe ich nämlich im Wagen vergessen.« Weg war er.

Rüdiger stapfte weiter aufwärts. Sein Optimismus war verflogen. Er hatte sich so auf die Zeit mit Florian und Tinchen gefreut, den beiden Kumpels, die endlich mal Leben in diesen konservativen verstaubten Haushalt bringen sollten, und nun sah er sich einer Horde Verrückter gegenüber, gegen die seine Freunde von der Band die reinsten Waisenknaben waren. Wer, um alles in der Welt, war nun schon wieder Herr Schmitt, der Tennisschläger fraß und ein Aquarium brauchte?

Er öffnete die Tür zum Zimmer seiner Mutter, in dem Melanie ein kurzes Telefongespräch von gerade 19 Minuten Dauer führte, drückte entschlossen auf die Gabel und unterbrach den Protest seiner Schwester mit den Worten: »Du mußt noch schnell ein Bett beziehen!«

»Warum? Und wie kommst du überhaupt dazu, so einfach mein Gespräch zu unter...«

»Da ist noch ein Herr Schmitt mitgekommen. Keine Ahnung, wer das ist, aber er hat eine Vorliebe für Tennisschläger und Aquarien.«

»Du hast ja 'n Rad ab!«

»Sag das lieber deinem geschätzten Onkel.« Bevor er sich wieder den Koffern zuwandte, empfahl er: »Vielleicht beteiligst du dich auch mal an den Aufräumungsarbeiten. Da unten sieht es aus wie in einem Flüchtlingslager. Und geh da ja nicht aufs Klo, sonst fällt dich die Bestie an!« Dann sah er aber Melanies Leinenrock und verbesserte sich. »Du hast nichts zu befürchten, sie steht bloß auf Jeans.«

Kaum hatte er die Koffer ein paar Schritte weitergeschleppt, als er sich vor ein neues Problem gestellt sah. Vor ihm stand ein schluchzendes Häufchen Unglück mit blonden Haaren, eine zerzauste Puppe an sich gedrückt, und jammerte: »Ich ha... hab' mich verlau... aufen, ich w... will zu mein... meiner Mami.«

»Aber Julchen, deshalb weint man doch nicht gleich! Du bist schon so groß, viel größer als beim letzten Mal.« Er nahm seine Kusine auf den Arm und wischte mit seinem Ärmel ihr tränenverschmiertes Gesicht ab. »Kennst du mich nicht mehr? Ich bin doch der Rüdiger.«

Julia schüttelte den Kopf. »Will zu Onkel U-Bahn.«

»Der Urban ist heute nicht da, der muß Soldat spielen. Was willst du denn von ihm?«

»Er soll meine Puppe heilmachen. Die ist ganz einfach kaputtgegangen. Da, guck mal!« Sie hielt ihm das Spielzeug entgegen. Rüdiger untersuchte die Puppe von oben bis unten, konnte aber keinen Schaden feststellen. »Der fehlt doch gar nichts.«

»Doch, sie weint nich mehr.«

»Dann sei doch froh.«

»Bin ich aber nich. Wenn sie nich mehr weint, kann ich sie auch nich' mehr verhauen.« Erwartungsvoll sah sie ihn an. »Kannst du Susi wieder heil machen?«

Julias Vertrauen in die Fähigkeiten ihrer Cousins, defektes Spielzeug zu reparieren, war unbegrenzt. Besonders Urban hatte es ihr angetan, seitdem er nicht nur ihr Dreirad, sondern sogar den elektrischen Puppenherd wieder instandgesetzt hatte. Das hatte nicht mal Onkel Karsten geschafft, der ja auch schon eine ganze Menge konnte. Und nun gab es schon wieder einen neuen großen Onkel, sogar einen mit Brille, der war bestimmt ganz besonders klug.

Der kluge Onkel sah sich in einer verzwickten Lage. Einerseits hätte er gern die Gelegenheit benutzt, sich bei seiner niedlichen Kusine einen Stein ins Brett zu setzen, andererseits hatte er von Puppen und deren Innenleben nicht die geringste Ahnung. Seine Schwester hatte nie welche besessen, weil sie Plüschtiere bevorzugte und heute noch ein ganzes Sortiment herumsitzen hatte, und die Kindergartentante hatte ihn seinerzeit immer sofort in die »Bubenecke« geschickt, sobald er sich für Puppenstuben zu interessieren schien. Deshalb wollte er sich auch auf keine Experimente einlassen.

»Am besten gibst du die Puppe deinem Papi, der kann ihr bestimmt helfen.«

»Nein!« schrie sie entsetzt. »Der macht sie bloß noch kaputter!« Sie strampelte sich los und entwetzte Richtung Treppe.

»Dann eben nicht!« Rüdiger ließ die Koffer stehen, er wußte ohnehin nicht, wem sie eigentlich gehörten, und verzog sich in sein eigenes Zimmer. Er mußte nachdenken und die Möglichkeit in Betracht ziehen, eine Zeitlang bei seinem Freund Benjamin zu wohnen. Der hatte es ihm ja angeboten. Sein Vater, Ordinarius an der Uni Heidelberg, gehörte zur oberen Gesellschaftsklasse, und deshalb wurde auch sein Sohn im Hause Bender akzeptiert. Aber nur deshalb!

»Wenn man ihn so sieht, sollte man nicht glauben, daß sein Vater ein sechsstelliges Jahreseinkommen hat«, pflegte Gisela zu sagen, sobald sie Benjamin durch den Garten schlappen sah. »Der muß seine Garderobe aus den monatlichen Altkleidersammlungen beziehen.«

Äußerlichkeiten interessierten Rüdiger nicht, und es war ihm völlig gleichgültig, ob Benjamins Turnschuhe durchlöchert und seine abgewetzten Jeans unten ausgefranst waren. Der Junge war der beste Lead-Gitarrist, den man sich für eine selbstgestrickte Band wünschen konnte, und außerdem hatte er immer eine Fünf in Mathe, was die beiden Jungs auch über die musikalischen Gemeinsamkeiten hinaus noch verband. Florian konnte also nichts dagegen haben, wenn er, Rüdiger, dieses Irrenhaus hier verließ – zumindest so lange, bis abzusehen war, ob sich die Verhältnisse irgendwann einmal normalisierten.

Vorläufig sah es nicht so aus. Nachdem Tobias auf Geheiß seines Großvaters doch noch die Schulmappe ins Haus getragen hatte, obwohl er sie ganz einfach hatte vergessen wollen und zu diesem Zweck im Kofferraum unter die Wolldecke gesteckt hatte, beschloß er, die nähere Umgebung zu erkunden. Irgendwo mußte es auch hier Kinder geben. Außerdem hatte die Oma schon während der Fahrt gedroht, ihn eigenhändig in die Wanne zu stecken und gründlich abzuschrubben, und Wasser akzeptierte Tobias eigentlich nur im Freibad oder in Gestalt von Regenpfützen. Waschorgien hielt er für überflüssig, weil man ja doch immer wieder drekkig wurde, und dann ging der ganze Zauber von vorne los.

Er schlenderte die Straße entlang, fand sie aber ziemlich langweilig, weil die neu angepflanzten Bäume noch zu klein zum Draufklettern waren und der Gehsteig aus glattem Asphalt bestand, auf dem sich nicht mal ein Steinchen finden ließ, mit dem man herumkicken konnte. Leere Coladosen gab's schon gar nicht. Ziemlich trostlose Gegend, fand Tobias, und krabbelte auf ein Mäuerchen, das das Fundament für den etwas zurückgesetzten Jägerzaun bildete. Vorsichtig schob er sich an dem Holzgatter entlang.

»Paß auf, da hinten hängt ein Nagel raus, an dem reißt man sich immer die Hosen kaputt.«

Tobias blickte auf den warnenden Zeigefinger, den ein flachsköpfiger Junge etwas ziellos in die Gegend streckte. Er mochte etwa acht Jahre alt sein, hatte leuchtendblaue

Augen, abstehende Ohren und trug einen fransengeschmückten Cowboyanzug. Am Gürtel baumelten neben den obligatorischen beiden Colts ein imponierendes Taschenmesser, ein Flaschenöffner, Schlüssel verschiedener Größe sowie ein Sortiment Schnürsenkel.

»Wozu brauchst 'n die?« Tobias war von der Mauer gesprungen und zeigte auf die Strippenparade.

»Kann man immer brauchen zum Türenzubinden oder wenn der Knopf an der Hose ab ist, und wenn ich die Fernsehantenne am Bücherregal festmachen muß, damit sie nicht immer in die falsche Richtung kippt. Tesafilm hält nämlich nicht.«

»Hast du einen eigenen Fernseher?«

»Klar. Du nicht?«

Tobias schüttelte den Kopf. »Ich darf sowieso bloß das Kinderprogramm sehen.«

»So 'n Schwachsinn, dabei kommen abends die besten Filme.« Der fremde Junge war über den Zaun geklettert und stand jetzt neben Tobias auf der Straße. »Ich hab' dich noch nie gesehen. Bist du zu Besuch, oder wohnst du hier?«

»Ja – nein, ich wohne nicht wirklich hier, aber jetzt doch.« Mit einer beziehungsreichen Geste tippte der Blondschopf an seine Stirn. »Du tickst wohl nicht richtig, was? Du mußt doch wissen, wo du wohnst.«

Tobias versuchte, die komplizierte Sachlage zu erklären, aber der andere hatte schon begriffen. »Also wohnst du *doch* hier.«

Ergeben nickte Tobias. Es stimmte ja auch. Der Fall lag zwar etwas anders als bei seinem zweitbesten Freund Thorsten, der vor ein paar Monaten nach Düsseldorf gezogen war und genau wußte, daß er im Juli wieder zurückgehen würde nach Hamburg, aber das kam daher, weil Thorstens Vater bei einer Bank arbeitete und in Düsseldorf bei der

Zentrale noch etwas Wichtiges lernen mußte. Papi mußte hier in Steinhausen zwar nicht hospitieren (Tobias hatte lange geübt, bis er das interessante Wort aussprechen konnte), aber er mußte auf das Haus aufpassen, auf Onkel Fabians Kinder und dafür sorgen, daß nichts kaputtging. Und das war ja auch wichtig.

»Wie heißt du eigentlich?« forschte der fremde Junge weiter.

»Tobias Bender. Und du?«

»Patrick Wilke. Mein Vater hat 'ne Fabrik. Deiner auch?«

»Meiner hat 'ne Zeitung«, erklärte Tobias, eifrig bestrebt, hinter seinem neuen Freund nicht zurückzustehen.

»Auch nicht schlecht«, meinte dieser und ging zur Tagesordnung über. »Was machen wir'n jetzt?«

»Weiß nich.«

»Samstag ist sowieso ein ganz blöder Tag, da ist hier überhaupt nichts los. Markus fährt mit seinen Eltern immer ins Wochenendhaus, Heiko muß seinen geschiedenen Vater besuchen, und Dominik kriegt jeden Sonnabend Reitstunden. Dabei will er die gar nicht.«

»Auf'm richtigen Pferd?« staunte Tobias.

»Was denkst du denn? Der hat sogar ein eigenes.«

»Im Garten?« Offenbar gehörte hier zu jedem Haus ein mehr oder weniger großer Garten, und Tobias konnte sich durchaus vorstellen, daß darin auch bequem ein Pferd Platz hatte.

»Quatsch, der Gaul steht natürlich in einem Reitstall hundert Kilometer weit weg von hier. Deshalb kommt Dominik auch nie vor dem Dunkelwerden zurück.«

Eigentlich hatte Tobias mit seinem Dreigangrad renommieren wollen, das er zum letzten Geburtstag bekommen hatte, aber nun schwieg er lieber. Mit einem Pferd konnte so ein Drahtesel nicht konkurrieren. Onkel Fabian war wohl doch nicht so reich, wie Tobias bis jetzt geglaubt hatte. Nicht mal einen Swimmingpool hatte er.

»Kannst du bellen?«

Tobias nickte eifrig. Das konnte er wirklich. Sogar Mami war schon oft auf seine täuschend nachgeahmte Kläfferei hereingefallen.

»Mach mal!« forderte Patrick.

Tobias begann mit einem unterdrückten Knurren, jaulte ein paarmal kurz auf und wuffte los.

»Das genügt! Jetzt ärgern wir Fräulein Senkhas.« Patrick setzte sich in Bewegung, und Tobias stiefelte gehorsam neben ihm her. Er hatte zwar keine Ahnung, auf welche Weise er mit seinem Imitationstalent das unbekannte Fräulein Senkhas ärgern könnte, aber Patrick schien das ganz genau zu wissen. Vor einem in dieser feudalen Umgebung etwas armselig wirkenden Häuschen blieb er stehen. »Da wohnt sie.«

»Sieht aus wie ein Hexenhaus.« Ängstlich musterte Tobias die efeuumrankte Fassade mit den kleinen Fenstern und der niedrigen, vergitterten Eingangstür.

»Da ist ja auch eine drin«, bestätigte Patrick. »Drei Katzen hat se, und immer, wenn se'n Hund bellen hört, kommt se raus und ruft die Viecher, damit se nich gebissen werden. So, und nu bell mal!«

Während Patrick vorsichtshalber hinter dem dicken Forsythienbusch, dessen Zweige halb über den Gehsteig hingen, Deckung suchte, stellte sich Tobias in Positur und bellte. Es mußte mindestens eine Dogge von Kalbsgröße sein, die da wütend einen unsichtbaren Angreifer zu verjagen drohte.

»Lauter!« kommandierte Patrick aus sicherer Entfernung. »Die hört schwer.«

Tobias bellte lauter. Und endlich ging die Tür auf. Eine etwas zittrige Stimme rief ängstlich: »Miez – miez – miez, kommt, meine Kleinen! Kommt ganz schnell ins Haus!«

Wie eine Hexe sah das Fräulein eigentlich nicht aus, fand Tobias. Alt war sie und ein bißchen verhutzelt, aber sie hatte keinen Buckel, und ihre Augen blickten überhaupt nicht stechend, sondern gütig und ein ganz kleines bißchen traurig. Die Hexe in seinem Märchenbuch sah ganz anders aus.

»Ist das dein Hund, mein Kleiner?« Die alte Frau kam näher und sah sich suchend um. Tobias schüttelte den Kopf und machte ein paar Schritte rückwärts. So ganz geheuer war ihm die Sache denn doch nicht. »Hier ist kein Hund mehr«, sagte er vorsichtshalber, »der is' schon um die Ecke gelaufen.«

»Das beruhigt mich aber.« Die Frau nickte Tobias freundlich zu.

»Ich habe nämlich drei sehr wertvolle Katzen, und du weißt ja sicher, daß sich Hunde und Katzen einfach nicht vertragen. Wenn es große Tiere sind, dann springen sie schon mal über den Zaun. Deshalb habe ich auch immer ein bißchen Angst, wenn es direkt vor meiner Tür bellt.«

»Ist klar«, sagte Tobias verständnisvoll, »aber hier is' ganz bestimmt kein Hund mehr.« Plötzlich schämte er sich sehr.

»Danke, mein Junge.« Fräulein Senkhas ging zurück ins Haus und schloß leise die Tür. Tobias hörte, wie innen zwei Riegel vorgeschoben wurden.

»Das ist ja gar keine Hexe, das is' doch bloß eine alte Frau.« Er lief zum Forsythienbusch, um Patrick über dessen Irrtum aufzuklären, aber der war gar nicht mehr da. Verschwunden. So ein Feigling, dachte Tobias empört, haut einfach ab. Dabei hab' *ich* doch gebellt.

»Kannst wieder rauskommen, Patrick!« Nichts rührte sich. Und so was nennt sich Freund, dachte Tobias erbost, mußte aber zugeben, daß diese Freundschaft noch ziemlich neu war und offensichtlich auf sehr tönernen Füßen stand. Er beschloß, die Sache zunächst einmal auf sich beruhen zu lassen und machte sich auf den Heimweg. Nur – wo war er überhaupt? Tobias konnte sich nicht mehr erinnern, ob es an der Kreuzung nun links oder rechts herum ging. Die Häuser ähnelten sich alle, waren weiß und flach, aber der Briefkasten da drüben hatte vorhin bestimmt nicht dort gehangen. Die Bäume waren auch viel größer, und dann bemerkte er, daß der Gehweg gepflastert war. Das wäre ihm vorhin bestimmt aufgefallen. Es half nichts – er hatte sich verlaufen.

Na, wenn schon, dann frage ich eben. Da hinten kommen ja Leute. Im selben Augenblick fiel ihm ein, daß er nicht einmal den Namen der Straße wußte, in der Onkel Fabians Haus stand. Nummer 12 war es, daran konnte er sich erinnern, weil sich vorhin die Sonne so schön in den blankgeputzten Kupferzahlen gespiegelt hatte, aber wie die Straße hieß, konnte er beim besten Willen nicht mehr sagen. Irgendwas mit Musik hatte es zu tun, Musikantenviertel hatte Papi mal gesagt, doch Tobias kannte nur Kinderlieder und natürlich Nena mit den neunundneunzig Luftballons, aber so hatte die Straße ganz bestimmt nicht geheißen.

Jetzt fingen die Tränen, die er so mühsam unterdrückt hatte, doch an zu tropfen, und als das junge Paar, das seine vierbeinige Promenadenmischung Gassi führte, auf gleicher Höhe mit ihm war, hatte der Tränenstrom schon Niagarafallstärke erreicht.

»Na, du Krümel, hast du Dresche gekriegt, oder ist dir bloß deine Eistüte runtergefallen?«

Tobias schniefte und sah in das lachende Gesicht eines Mannes, der große Ähnlichkeit mit Herrn Schneider hatte. Herr Schneider war sein Klassenlehrer in Düsseldorf und sein großes Idol, weil er immer mit dem Motorrad in die Schule fuhr und im Zeichenunterricht Drachen baute. Ach ja, zu Hause – Tobias schluchzte tief auf –, da hätte er sich nicht verlaufen, und vor allem wußte er, daß er in der Tannhäuserstraße 37 im Parterre wohnte.

Der Beinahe-Herr-Schneider beugte sich herab. »Nun erzähl mal, was passiert ist. Ganz ohne Grund weint man doch nicht so doll.«

Da sprudelte es aus Tobias heraus. Von Patrick und von Oma, die ihn unbedingt baden wollte, vom falschen Hund und der Hexe, die gar keine war, von Onkel Fabian in Amerika und dem Haus, das irgendwo steht, wo Musik ist.

»Das ist alles gar nicht so schlimm«, tröstete der Beinahe-Herr-Schneider. »Dein Onkel hat doch sicher Telefon?«

»Ja, aber ich weiß die Nummer nich.«

»Brauchst du auch nicht. Du kommst jetzt mit zu uns nach Hause, das ist gleich hier um die Ecke, dann sehen wir im Telefonbuch nach, wo dein Onkel wohnt, und ich bringe dich schnell hin. Dann muß auch gar keiner erfahren, daß du dich verlaufen hast. Einverstanden?«

Und ob er einverstanden war! Im stillen hatte er schon Mamis Donnerwetter gehört und Omas Vorwürfe, weil man kleine Kinder nicht allein in einer wildfremden Umgebung auf die Straße lassen dürfe, und überhaupt sei ja jetzt ein Garten da, der zum Spielen nun wirklich groß genug sei. Schon ein paarmal während der Herfahrt hatte Tobias diese Behauptung gehört und sich seinen Teil gedacht. Gärten waren gut für Hunde und für kleine Schwestern, die den ganzen Tag mit ihren Puppen herumzogen, aber nicht für Jungs, die schon in die dritte Klasse gingen. Übrigens gefiel ihm dieser Beinahe-Herr-Schneider ausnehmend gut. »Haben Sie auch Kinder?« fragte er hoffnungsvoll.

»Nein, die sind uns momentan noch zu teuer. Ich studiere nämlich noch.«

»Na ja, vielleicht werden sie mit der Zeit billiger«, tröstete Tobias. »Ich glaube, meine Schwester hat überhaupt nichts gekostet, aber die war auch furchtbar klein, als wir sie kriegten.«

Weshalb die beiden laut loslachten, verstand er zwar nicht, aber vorsichtshalber grinste er auch ein bißchen. Vielleicht hatte er mal wieder ein Bongmoo geliefert – was immer das auch sein mochte. Papi schrieb sich so etwas jedesmal auf, für sein Buch, wie er sagte, aber er meinte bestimmt die Zeitung. Da standen sowieso bloß lauter Sachen drin, die Tobias nicht begriff. Bongmoos gehörten sicher auch dazu.

Im Hause Bender hatte man den Junior noch gar nicht vermißt. Tinchen hatte sich zwar ein paarmal gefragt, wo ihr Sprößling wohl herumstrolchen mochte, aber im Grunde war sie ganz froh, daß er nicht ständig hinter ihr herlief und sie mit seinen Wünschen nach Himbeersaft und Käsebrot mit Marmelade obendrauf traktierte. Sie wußte ohnehin nicht, wo ihr der Kopf stand, denn alle Hilfskräfte mit denen sie gerechnet hatte, waren verschwunden.

Die erstaunlich schnell regenerierte Frau Antonie hatte nach einer kurzen Besichtigung des ihr zugeteilten Zimmers beschlossen, auf ein Ruhestündchen zu verzichten und statt dessen lieber das Haus in Augenschein zu nehmen, worunter sie eine gründliche Prüfung der Räumlichkeiten als auch des Inhalts der Schränke verstand.

»An dem Zustand der Wäsche kann man sofort die Qualität einer Hausfrau erkennen«, hatte sie gesagt und die Knöpfe an den beiden obersten Bettbezügen nachgezählt.

»Machst du das immer so, wenn du irgendwo zu Besuch bist?«

»Natürlich nur, wenn sich eine unauffällige Gelegenheit dazu bietet.« Sehr befriedigt schloß Frau Antonie die Schranktür. »Du würdest dich wundern, wie oft Frau Schulze-Hagen Tischtücher mit ausgefransten Säumen auflegt. Dabei war ihr Mann immerhin Regierungsrat.«

»Soviel ich weiß, ist sie halb blind.«

»Das behauptet sie! Aber du solltest mal sehen, wie geschickt sie immer beim Canasta mogelt.«

Tinchen trat ungeduldig von einem Bein aufs andere. »Muß du denn unbedingt jetzt Inventur machen? Wenn du schon deine sträfliche Neugier nicht unterdrücken kannst, dann verschieb sie wenigstens bis morgen. Ich hab' noch was anderes zu tun.«

Etwas pikiert wandte sich Frau Antonie zur Tür. »Vielleicht könntest du mir wenigstens noch die Küche zeigen, damit ich mir endlich meinen Tee aufbrühen kann. Die Gastfreundschaft scheint in diesem Haus nicht sehr ausgeprägt zu sein.«

Tinchen dirigierte ihre Mutter Richtung Treppe. »Du hast wohl übersehen, daß du die Gastgeberin permanent mit Beschlag belegst.«

»Ich denke, ihr habt eine Köchin?«

»Ja, aber nicht für Malventee.«

Frau Antonie wurde also in der Küche abgestellt, wo sie mitten in die Vorbereitungen zum Abendessen hineinplatzte und sich sofort in ihrem Element sah. Martha brummelte etwas vor sich hin, was man mit viel Phantasie und gutem Willen als Begrüßung auslegen konnte, und Frau Antonie war klug genug, auf weitere Förmlichkeiten zu verzichten. Als Tinchen die Tür schloß, hörte sie ihre Mutter sagen:

»Wie ich sehe, verwenden Sie auch saure Sahne. Da weiß man wenigstens, was man hat. Diese neumodische Crème fraîche kommt mir nämlich auch nicht ins Haus. Ich hab' erst gestern zu meinem Mann gesagt...«

Tinchen machte sich auf die Suche nach Florian. Der hatte in weiser Erkenntnis, daß auch ein kleiner Umzug viel zuviel Trubel mit sich bringt, einen Zufluchtsort gesucht und im Kaminzimmer gefunden. Da nicht zu befürchten war, daß der geheiligte Raum des eigentlichen Hausherrn zu einem wenn auch nur vorübergehenden Abstellplatz für Regenschirme und Pappkartons entwürdigt werden könnte, wähnte sich Florian hinter der geschlossenen Tür ziemlich sicher. Seinen Schwiegervater hatte er mit der Begründung, ein anständiger Schluck würde den Kreislauf wieder in Schwung bringen, gleichfalls aus der Schußlinie gebracht und dessen Protest, man könne doch den Frauen nicht das ganze Schlachtfeld allein überlassen, mit einer Handbewegung weggewischt. »Wir stehen da doch bloß rum und machen alles verkehrt. Außerdem ist genug Jungvolk da, das kann auch mal mit zupacken.«

Nur zu gerne hatte sich Herr Pabst von der Notwendigkeit einer geistigen Stärkung überzeugen lassen und war befriedigt in den tiefen Ledersessel gesunken. Da saß er immer noch, als Karsten auf der Suche nach einem Glas vorsichtig durch die Tür linste. Er hatte den zum Aquarienbewohner degradierten Herrn Schmitt einstweilen in den Keller gebracht, bei dieser Gelegenheit das Flaschenregal und darin wiederum einen 79er Pommard entdeckt und beschlossen, diesen edlen Tropfen in irgendeinem stillen Winkel zu verkosten. Berufsmäßigen Möbelträgern stand Freibier zu, er war nur Amateur, hatte dank der umgekippten Bücherkiste ein angeschlagenes Schienbein und nicht mehr die geringste Lust, Kartons mit unbekanntem Inhalt durch die Gegend zu schleppen. Rüdiger und Melanie waren ja auch noch da!

Letztere saß allerdings mit Julia auf dem Dachboden, wo sie gemeinsam die alte Spielzeugkiste durchkramten, während Rüdiger vom Partykeller aus mit seinem Freund Benjamin telefonierte und das Für und Wider der geplanten Emigration aus dem Elternhaus erörterte. Da sie erst beim Für angekommen waren, ließ sich ein Ende des Gesprächs noch nicht absehen.

Infolgedessen sah sich Tinchen in der Diele noch immer dem gleichen Chaos gegenüber, das sich bei der turbulenten Ankunft ihrer Lieben gebildet und von dem sie gehofft hatte, es wäre inzwischen wenigstens einem geordneten Durcheinander gewichen.

»Jetzt langt's mir aber!« schnaubte sie wütend, griff nach dem kupfernen Schirmständer und warf ihn mit voller Kraft auf die Solnhofener Fliesen. Der Krach hätte Tote aufwecken müssen, aber als einziger reagierte der noch immer eingesperrte Klausdieter. Laut bellend kratzte er an der Toilettentür. Tinchen befreite ihn und ließ geduldig die stürmischen Dankesbezeigungen über sich ergehen. »Wir sind schon zwei arme Hunde, nicht wahr?« Klausdieter kläffte Zustimmung. Plötzlich kam ihr eine Idee. »Los, Klausdieter, such Herrchen!«

Herrchen war alles andere als beglückt, als er seine zornfunkelnde Gattin in der Tür stehen sah. Ernst Pabst hatte ein kleines Nickerchen gehalten, schlug beim Eintritt seiner Tochter aber schnell die Augen auf und gähnte herzhaft. »Hab' ich gut geschlafen! Willst du uns zum Abendessen holen?«

Tinchen hatte es die Sprache verschlagen. Da saßen die drei Mannsbilder, alle nicht mehr ganz nüchtern, und pichelten still vor sich hin, während sie sich die Hacken ablief, um Ordnung in diesen Saustall zu bringen. Leicht schwankend kam Florian auf sie zu und hielt ihr sein Glas entgegen. »Trink mal, Tine, du hast dir bestimmt einen Schluck verdient.« Er grinste albern. »Ich weiß gar nicht, warum die Russen so böse sein sollen! Ich jedenfalls könnte nach drei Gläsern Wodka die ganze Welt umarmen.«

Mit einem vernichtenden Blick auf ihren selig vor sich hinbrabbelnden Florian giftete Tinchen: »Wenn es den Herren nichts ausmacht, mal ihre ausgeruhten Hintern zu lüpfen, könnten sie vielleicht die Koffer nach oben tragen. Draußen sieht es noch immer aus wie bei einer Auktion kurz vor Beginn der Versteigerung.«

»Werdet ihr denn mit den paar Klamotten nicht allein fertig?« Karsten legte keinen Wert auf weitere blaue Flecke. »Mutti sagt immer, so ein bißchen Aufräumen sei die reinste Spielerei.«

»Dann komm doch endlich und spiel mit!«

»Du hast ja recht, Tinchen«, Herr Pabst rappelte sich auf, »aber wir hatten doch geglaubt, die jungen Leute würden dir helfen.«

»Ich weiß, der Glaube versetzt Berge, aber leider keine Koffer. Rüdiger und Melanie haben sich genauso abgeseilt wie ihr.«

»Und wo ist Toni?«

»Kocht Malventee.«

»Immer noch?« fragte Herr Pabst erschrocken. »Sie wird uns doch nicht alle damit abfüllen wollen?«

»Als ich sie zuletzt sah, ließ sie sich über die Qualität von saurer Sahne aus.«

»Im Tee?« Jetzt war Herr Pabst aber wirklich entsetzt. »Sie wird doch nicht krank geworden sein?«

Aber das hörte Tinchen nicht mehr. Sie war dabei, ihre Mannen einzuteilen. »Du, Florian, stellst den braunen Koffer in das Zimmer links vom Bad und den weißen ins Kinderzimmer. Der Nudelkarton muß ins Schlafzimmer, da sind meine Nachthemden drin, und in die Schachtel mit ›Vorsicht zerbrechlich‹ obendrauf hat Julia ihre Puppenkleider gepackt. Karsten kann das ganze Eingemachte vorläufig im Keller abladen, und du, Paps, bringst am besten eure Reisetasche nach oben und Muttis Hut.«

Ächzend wuchtete Karsten den Waschkorb hoch. »Und was trägst du?«

»Die Verantwortung«, sagte Tinchen.

Florian lag im Bett und blätterte in einem Astrologiebuch, das er im Zimmer seiner Schwägerin gefunden hatte. »Ich wußte gar nicht, daß sich Gisela mit Sterndeuterei beschäftigt«, sagte er erstaunt, »sie ist doch sonst so sachlich.«

»Na, manchmal lebt sie aber ganz schön hinter dem Mond.« Tinchen durchwühlte den Pappkarton, dessen Aufdruck 30 Packungen Frischeinudeln deklarierte, nach dem am wenigsten zerknautschten Nachthemd und entschied sich für das Prunkstück ihrer Sammlung: Himmelblau mit Röschenmuster, bodenlang und hochgeschlossen.

»Du siehst aus wie die fromme Helene.«

»Genau das will ich auch«, sagte Tinchen patzig und ging ins Bad. Florian widmete sich wieder der Astrologie. Plötzlich lachte er laut auf. »Weißt du was, Tine? Wenn du nur zwei Tage später auf die Welt gekommen wärst, dann hättest du jetzt einen sanftmütigen Charakter, wärst intelligent, geistreich und ehrgeizig.«

Ein triefender Badeschwamm flog durch die geöffnete Tür und landete in Florians Gesicht.

»Na warte, du Biest!« Er sprang aus dem Bett und konnte gerade noch sein Bein dazwischenstellen, bevor Tinchen die

Tür ins Schloß zu drücken versuchte. Allerdings hatte er nicht beachtet, daß ein nackter Fuß als Prellbock ungeeignet ist. »Autsch!!!« Mit schmerzverzerrtem Gesicht humpelte er zurück ins Zimmer.

»Siehste, wer anderen eine Grube gräbt...«, feixte Tinchen und ließ sich aufatmend ins Bett fallen. Wie von der Tarantel gestochen fuhr sie wieder hoch und warf wütend den Schwamm in die Ecke.

»...fällt selbst hinein!« ergänzte Florian. »Nu biste hinten ganz naß, holst dir einen Schnupfen und kriegst Grippe. Am besten ziehst du dieses Panzerhemd wieder aus.«

Was Tinchen dann auch tat.

Der Hausdrachen

Als Tinchen am Montagmorgen kurz vor sieben in der Küche erschien, um ihre neuen Pflichten zu übernehmen, platzte sie mitten in das hektische Treiben, das so ziemlich alle Halbwüchsigen kurz vor ihrem Aufbruch entfesseln.

»Guten Morgen allerseits«, rief sie fröhlich, bekam aber nur ein Knurren zur Antwort. Rüdiger löffelte Corn-flakes, wobei er abwechselnd in die Zeitung guckte und in das neben ihm liegende Mathebuch. »Tangens alpha halbe ist gleich Sinus alpha gebrochen durch eins plus Cosinus alpha... das kapiert doch kein Schwein! Wenn der mich heute an die Tafel holt, fahre ich glatt ein.«

»Ich hab' Mathe auch nie gekonnt und bin trotzdem durchs Abi gekommen«, tröstete Tinchen.

»Als Mädchen hat man's auch leichter. Mitleidheischender Augenaufschlag, im passenden Moment ein Kullertränchen, und schon kommt sich der Pauker wie ein Sadist vor.«

»Wir hatten eine Studienrätin.«

»Dann ist sie wahrscheinlich 'ne Lesbe gewesen.«

Tinchen überhörte die Bemerkung. Sie wollte irgendetwas tun, wußte aber nicht was, und fing schließlich an, das benutzte Geschirr im Spülbecken zu stapeln.

»Laß das lieber bleiben«, warnte Rüdiger, »damit kommst du Marthchen ins Gehege.«

»Aber ich kann doch hier nicht bloß herumstehen.«

»Dann setz dich eben!«

Melanie stürmte in die Küche, in der einen Hand ein angebissenes Käsebrot, in der anderen eine Zwiebel. »Brauchen wir für Bio. Gleich in der ersten Stunde, und für den Rest des Vormittags stinken wir allesamt wie Maultiertreiber.« Sie stopfte das Gemüse in die Mappe, griff nach dem bereitliegenden Pausenbrot, hielt es schnuppernd an die Nase und legte es wieder auf den Tisch. »Appenzeller geht heute nicht. Der riecht ja noch penetranter als Zwiebeln. Was hast du drauf?«

»Weiß nich, ich glaube Leberwurst mit Senf und Peperoni.«

»Grundgütiger Himmel, dich könnte man auch mit Wiesenklee füttern!«

»Soll ich dir schnell ein frisches Brot machen?« Tinchen stand schon neben der Brotmaschine, suchte nach der Kurbel, fand sie nicht, entdeckte statt dessen das Zuleitungskabel und kapitulierte.

»Wie setzt man diesen Apparat in Gang?«

»Indem man links den kleinen Schalter drückt und gleichzeitig oben die graue Taste«, erklärte Rüdiger, »aber das solltest du lieber erst mal ohne Brot üben.« Er klappte sein Mathebuch zu, suchte aus dem Obstkorb zwei Äpfel heraus, eine Banane und die letzte Birne, warf alles in die Mappe, überprüfte den Tisch nach weiteren transportablen Nahrungsmitteln und schob, als er keine mehr fand, noch eine Handvoll Corn-flakes in den Mund. »Musch weg, Aschl wartet schon. Tschüsch!« An der Tür drehte er sich noch einmal herum.

»Wasch isch grün und reitet dursch die Wüschte?« Er schluckte den letzten Rest Corn-flakes hinunter. »Ganz klar, 'ne Gurke auf der Flucht.« Dann verschwand er endlich.

»Seine Witze werden immer dämlicher.« Melanie öffnete die Tür, die zu dem kleinen Küchenbalkon führte, und fing an, zwischen Spankörben, abgestellten Flaschen und leeren Waschpulververpackungen herumzukramen.

»Suchst du was Bestimmtes?«

»Ja, meine Turnschuhe.«

»Wo hast du sie denn?«

»Wenn ich das wüßte, bräuchte ich sie nicht zu suchen.« Sie beugte sich über das Gitter. »Maaarthchen! Hast du meine Turnschuhe gesehen?«

Anscheinend war die Antwort positiv ausgefallen, denn Melanie nickte zustimmend, öffnete den Besenschrank und holte ihre dunkelweißen Treter heraus. »Die hab' ich am Freitag schnell da reingeschmissen, weil Mutter mal wieder auf Inspektionstour war. Da kommste dir vor wie beim Appell auf dem Kasernenhof. Wehe, wenn irgendwas dreckig ist oder nicht dort steht, wo es nach ihrer Ansicht hingehört. Nicht mal ein ausgefranster Schnürsenkel entgeht ihr.«

Tinchen unterdrückte die Bemerkung, die ihr auf der Zunge lag, und nahm Melanie in den Arm. »Take it easy. Dafür hat deine Mutter andere Qualitäten.«

»Möglich, ich hab' sie bloß noch nicht entdeckt.« Sie sah zur Uhr und zuckte zusammen. »Höchste Eisenbahn, sonst sehe ich den Schulbus wieder bloß von hinten.«

»Warum gehst du nicht mit Rüdiger zusammen?«

»Der wird doch von seinem Freund abgeholt. Axel hat seit einem Vierteljahr den Führerschein und seit sechs Wochen ein Auto. Anfangs haben sie mich ja mitgenommen, aber seitdem ich diesem Lüstling vor versammelter Mannschaft eine gekleistert habe, bin ich natürlich Luft für ihn. Soll ich mich von dem vielleicht betatschen lassen, nur damit ich bequemer zur Schule komme?« Sie klemmte sich die Mappe unter den Arm, drückte Tinchen einen Kuß auf die Wange und jagte los. »Zum Essen bin ich nicht da, heute haben wir Computer-AG.«

»Aha«, sagte Tinchen nur und sank auf den nächsten Stuhl. Es würde wohl eine Weile dauern, bis sie dem morgendlichen Auftrieb mit der notwendigen Gelassenheit begegnen konnte, obwohl es damals, als Karsten noch zur Schule ging und sie selbst jeden Tag pünktlich in der Redaktion sein mußte, zu Hause auch nicht ruhiger zugegangen war. Ist alles nur Gewohnheitssache und eine Frage der Organisation, redete sie sich gut zu, also kein Grund zur Panik. Wenn ich bloß wüßte, wo ich jetzt eine Tasse Kaffee herkriege!

Zweifelnd besah sie das Monstrum von Maschine, mit dem man allem Anschein nach auch noch Karotten schnitzeln und Schuhe putzen konnte, verzichtete auf die Benutzung dieses Apparats und suchte Pulverkaffee. Nacheinander öffnete sie alle Schranktüren, entdeckte von Kirschblütentee bis Hirschhornsalz so ziemlich alles, was sie in ihrer eigenen Küche noch nie gehabt hatte, konnte aber nirgends einen Kaffeekrümel finden. »Saftladen, elender!«

»Wenn Sie dieses Haus damit meinen, gebe ich Ihnen völlig recht! Guten Morgen, Frau Bender.« Unbemerkt war Martha in die Küche gekommen und hatte schmunzelnd zugesehen, wie Tinchen den Inhalt der Schränke durchforstet hatte. Erschrocken drehte sie sich um.

»Guten Morgen, Marthchen. Entschuldigen Sie bitte, daß ich hier so einfach herumkrame, aber ich will ja bloß ein bißchen Kaffee haben.«

»Den finden Sie auch nicht.« Martha öffnete ein Klappfach, das ursprünglich als Brotbehälter gedacht war, und holte eine vakuumverschlossene Dose heraus.

»Im Brotfach habe ich nun wirklich nicht nachgesehen.«

»Warum sollten Sie auch? Jahrelang habe ich das Brot dort aufbewahrt, aber neulich kam die Frau Doktor mit diesem Sarg da hinten an.«

Sie zeigte auf einen länglichen Metallbehälter, der

große Ähnlichkeit mit einem Werkzeugkasten hatte, wie ihn Installateure benutzen.

»Das ist ein elektrisch belüfteter, in einzelne Fächer aufgeteilter, hygienisch den Mindestanforderungen entsprechender Brotwagen!«

»Ein was?«

»Wahrscheinlich heißt er so, weil er Räder drunter hat, sonst könnte man ihn gar nicht bewegen. Seitdem wir ihn benutzen, schmeckt jedes Brot nach Konservendose.«

»Warum schmeißen Sie ihn dann nicht raus?«

»Genau das werde ich jetzt auch tun!« sagte Martha grimmig und zog den Stecker aus der Buchse. »Den kann Clemens nachher in den Keller bringen und neben dem anderen elektrischen Kram abstellen. Wozu brauche ich eine Teigmaschine? Ich hab doch zwei Arme.« Sie seufzte. »Früher wußte ich genau, wann ein Ei weich war und wann schnittfest. Jetzt habe ich einen Eierkocher, einen Meßbecher für das Wasser, brauche ein Brille, weil ich sonst die Zahlen nicht lesen kann, und wenn ich gerade die Hände im Spülwasser habe, geht der Wecker los, und die Eier sind trotzdem hart. Ich hab' das Ding jetzt auch weggestellt, und die Frau Doktor hat's noch gar nicht gemerkt.«

»Kann sie denn selbst mit diesen Apparaten umgehen?«

Mit einer wegwerfenden Handbewegung sagte Martha: »Die doch nicht! Die setzt doch nur einen Fuß in die Küche, wenn sie ihren Kontrollgang macht. Aber darüber bin ich ganz froh. Würde sie dauernd hier runterkommen, hätte ich schon längst gekündigt.« Plötzlich schien ihr aufzugehen, mit wem sie eigentlich sprach. »Das hätte ich vielleicht nicht sagen dürfen, immerhin ist die Frau Doktor eine Verwandte von Ihnen. Ich verdiene ja auch mein Brot hier. Bezahlt werde ich wirklich nicht schlecht, aber ich habe es manchmal auch nicht leicht.«

Spontan umarmte Tinchen die alte Frau. »Das weiß ich, Marthchen, und ich versichere Ihnen, daß sich jetzt einiges ändern wird. Vor allen Dingen bin ich nicht Frau Bender, sondern Tina oder meinethalben auch Tinchen, und jetzt kochen Sie uns erst mal einen anständigen Kaffee, damit wir uns zusammensetzen und die Arbeitsteilung besprechen können.«

Der extra starke Kaffee brachte ihre Lebensgeister wieder auf Trab und weckte ihren Oppositionsgeist. Die sogenannte Arbeitsteilung, von Martha schon vor einigen Tagen konzipiert und in unbeholfener Sütterlinschrift auf einem liniierten Blatt festgehalten, billigte Tinchen als eigenes Ressort lediglich die Betreuung ihrer beiden Kinder zu sowie den täglichen Einkauf, was in erster Linie darauf zurückzuführen war, daß sie einen Führerschein hatte und Martha nicht. Zwar gab es in Steinhausen zwei große Supermärkte, deren Geschäftsführer sich um die Ehre rissen, telefonische Bestellungen der Familie Bender anzunehmen und wenig später frei Haus zu liefern, denn der jeweilige Umsatz pflegte sich in der monatlichen Bilanz äußerst positiv auszuwirken, aber die zugestellten Waren bewegten sich immer in der oberen Preisklasse, berücksichtigten niemals Sonderangebote und widersprachen somit Marthas Hang zur Sparsamkeit. Den Auftrag, der jungen Frau Bender nun endlich das Kochen beizubringen, hatte sie wenigstens einkalkuliert und dafür jeweils vormittags und am frühen Abend eine Stunde Küchendienst angesetzt, was Tinchen als viel zuwenig, Martha jedoch als gerade noch zumutbar empfand. Sie war am liebsten allein in ihrer Küche und duldete nur in Ausnahmefällen zusätzliche Hilfe. Von Tinchen erwartete sie keine, und hätte nicht Florian sie so dringend darum gebeten, würde sie sich auf dieses Experiment bestimmt nicht eingelassen haben.

»Entweder man hat's oder man hat's nicht«, murmelte sie.

»Was hat man?«

»Talent zum Kochen. Ich glaube, Sie haben es nicht«, sagte Martha kategorisch, während sie die Kaffeetassen in die Spülmaschine räumte.

Inzwischen hatte Tinchen den Arbeitsplan studiert und schüttelte jetzt nachdrücklich den Kopf. »So geht das nicht, Marthchen. Ich bin nicht hergekommen, um Blumentöpfe zu begießen und Rosen für den Mittagstisch zu schneiden, so ungefähr die einzigen Arbeiten, die Sie mir noch übriggelassen haben. Ein bißchen mehr können Sie mir ruhig zutrauen. Wann stehen Sie morgens eigentlich auf?«

»So um halb sechs herum.«

»Weshalb denn? Die Kinder kommen doch erst um sieben herunter.«

»Na ja, das Rheuma, wissen Sie...«, druckste sie, »da geht es mit dem Anziehen nicht mehr so schnell wie früher, und bis ich dann richtig in Gang gekommen bin, vergeht doch eine Stunde. Und dann mache ich ja auch gleich die erste Waschmaschine fertig, meistens werden es zwei pro Tag, da brauche ich die Zeit schon.«

Tinchen rief sich die Rheumatherapie ihrer Großmutter ins Gedächtnis, verwarf sie aber wieder, weil Kaninchenfelle aufgrund rückläufiger Stallhasenzucht schwer zu bekommen waren, assoziierte Wärme mit Federbett und erklärte rundheraus: »Ab morgen stehen Sie frühestens um sieben auf! Den Frühstücksservice übernehme ich, die Waschmaschine ebenfalls, alles andere wird sich finden.«

Marthas ohnehin nur lauwarmer Protest ging in dem Krach unter, mit dem Tinchen ihren Stuhl zurückschob und gegen die an der Wand aufgereihten Colaflaschen stieß. »Müssen die da stehen?«

»Nein, sie gehören in den Keller.«

»Da ich annehme, daß dieses Mottenpulvergetränk vorwiegend von den Junioren konsumiert wird, sollte man ihnen beibringen, die Flaschen selber wegzuräumen.«

»Ich mach' das schon.«

»Das werden Sie schön bleiben lassen!« Suchend sah sich Tinchen um, erinnerte sich der leeren Körbe auf dem Balkon, holte einen, stellte die Flaschen hinein und ging damit zur Tür.

»Das ist die falsche.« Martha zeigte auf die andere. »Die da geht in den Keller.«

»Da will ich ja gar nicht hin. Ich werde jetzt die Flaschen gleichmäßig in den Zimmern oben verteilen. Mal sehen, was dann passiert.«

»Gar nichts.« Über so viel Unkenntnis der Mentalität Halbwüchsiger konnte Martha nur den Kopf schütteln. »Sie werden da oben verstauben.«

»O nein, das werden sie garantiert nicht!« Mit ihrem Korb zog Tinchen treppaufwärts. Die erste Schlacht hatte sie siegreich beendet, die zweite stand unmittelbar bevor und würde eine andere Strategie erfordern. Das wurde ihr sofort klar, als sie sich der resoluten Person gegenübersah, die sich mit kampflustiger Miene neben der Haustür aufgebaut hatte.

»Sie sind sicher Frau Bender!« Unverhohlen musterte sie Tinchen von den verwaschenen hellblauen Hosen über den auch nicht mehr ganz neuen Pullover bis zu den zerzausten Haaren. Die Prüfung schien nicht unbedingt positiv ausgefallen zu sein, denn Frau Hahneblank rümpfte leicht die Nase, bevor sie geruhte, Tinchen ihre Fingerspitzen zu reichen. »Ich bin Frau Schliers, die Haushälterin.«

»Das dachte ich mir«, sagte Tinchen herzlich, »Sie sehen so tüchtig aus.«

Schon immer war sie der Ansicht gewesen, daß Frauen in Kittelschürzen und Schnürschuhen automatisch einen Duft nach Fensterleder und Scheuersand um sich verbreiteten, aber diese hier mußte ein Prachtexemplar ihrer Zunft sein. Von den tiefschwarz gefärbten Haaren hatte sich nur eine kleine Strähne unter dem Kopftuch gelöst, die ebenfalls gefärbten Augenbrauen bildeten zwei parallele Striche zu dem verkniffenen Mund, dafür war die Nase wieder viel zu groß geraten und verlieh dem Gesicht etwas Adlerartiges. Aus der linken Tasche ihrer Schürze hing ein Staubtuch, in der rechten steckte eine Sprühflasche mit Möbelpolitur, in der einen Hand hielt Frau Schliers einen Mop, in der anderen eine Bürste mit Zuleitungskabel. »Montags mache ich immer das Wohnzimmer gründlich.«

»Auf keinen Fall möchte ich Ihre Dispositionen durcheinanderbringen«, sagte Tinchen, »aber es wäre mir lieb, wenn sie heute ausnahmsweise oben anfangen würden. Der Umzug und vor allem der Logierbesuch haben doch eine ganze Menge Spuren hinterlassen.«

»Logierbesuch?« echote Frau Schliers. »Damit hätten Sie doch wirklich noch warten können.«

»Da haben Sie völlig recht«, gab Tinchen bereitwillig zu. »Bei etwas besserem Wetter wären wir auch gern zu Fuß von Düsseldorf nach hier gelaufen, aber dann haben wir es doch vorgezogen, uns von meinen Eltern herfahren zu lassen.«

Frau Schliers brummte Unverständliches, fand aber sofort einen neuen Angriffspunkt. »Haben Ihre Kinder keine Hausschuhe?«

»Natürlich haben sie Hausschuhe.«

»Und warum stehen die nicht neben dem Eingang wie die anderen auch?«

»Weil ich sie in den Schuhschrank gestellt habe, wo sie nach meiner Ansicht hingehören.«

»Die Frau Professor möchte aber, daß die hellen Fliesen nicht mit Straßenschuhen betreten werden.«

»Da die Frau Professor vorläufig nicht anwesend ist, kann es sie auch nicht stören, wenn wir es trotzdem tun.« Langsam wurde Tinchen wütend. »Im übrigen muß ich Sie darauf hinweisen, daß der Hund überhaupt keine Hausschuhe besitzt.«

»Welcher Hund?« fragte Frau Schliers erschrocken.

»Unser Hund.«

»Aber davon hat mir die Frau Professor gar nichts gesagt.«

»Hätte sie das tun müssen?«

Die Gute schnappte hörbar nach Luft. »Wie groß ist denn der Hund?«

»Och, er geht noch bequem unter dem Türrahmen durch«, versicherte Tinchen ernsthaft, nahm ihren Korb wieder auf und lief die Treppe zum Obergeschoß hinauf.

Zurück blieb eine versteinerte Frau Schliers, deren Vorstellung von Akademikern im allgemeinen und der von ihr so hochgeschätzten Familie des Professors Bender im besonderen erheblich ins Wanken geraten war. Da hatte sich die Frau Professor ja was Schönes ins Haus geholt! Die kleinen Kinder hätte man noch klaglos hingenommen, zumal sich an ihrer Existenz nichts mehr ändern ließ, aber einen Hund...! Womöglich einen, der den ganzen Tag bellte und auf die Polstermöbel sprang. Wie gut, daß die Frau Professor ihre Adresse hinterlassen hatte. »Nur für alle Fälle«, hatte sie gesagt und die Anschrift extra mit der Maschine getippt. »Es kann sich doch mal etwas ereignen, das ich wissen müßte und von meinem Schwager bestimmt nicht erfahre.«

Frau Schliers ahnte, daß der erste Brief nach Amerika bald fällig sein würde. Gestärkt durch das Bewußtsein, das in sie gesetzte Vertrauen in jeder Weise erfüllen zu können, machte sie sich an die Arbeit. Natürlich nicht oben. Heute war Montag, also kam das Wohnzimmer an die Reihe, das war schon immer so gewesen, und von der jungen Frau ließ sie sich gar nichts sagen. Übrigens war die ja gar nicht mehr so jung. Mindestens Mitte Dreißig, ein paar graue Haare hatte sie schon, aber sehr auf jugendlich zurechtgemacht und mit der Frau Professor überhaupt nicht zu vergleichen. Man sollte nicht glauben, daß die beiden Frauen verwandt waren.

Tinchen hatte inzwischen ihre Flaschen verteilt, vier in jedem Zimmer, Florian aus dem Bett, Tobias ins Bad und Julia vom Balkon gescheucht, ihre Lieben abwechselnd ermahnt, sich den Hals zu waschen, den Pullover nicht linksherum anzuziehen, die Zigarettenasche nicht im Cremetopf abzustreifen, den Hund endlich aus dem Wäschekorb zu holen und beim Verlassen der Zimmer die Fenster zu öffnen. Frühstück gebe es in der Küche, und ob Florian vergessen habe, daß er Tobias in die Schule und Julia zum Kindergarten bringen wollte. Nein, das habe er nicht, gurgelte er aus dem Bad zurück, aber am ersten Tag käme es wohl nicht auf die Minute an, und außerdem könne er seine Socken nicht finden.

»Dann geh eben ohne, draußen sind fünfzehn Grad.«

»Ich soll doch einen respektablen Eindruck machen«, widersprach Florian, »ohne Strümpfe geht das nicht.«

»Glaubst du, mit?« kicherte sie, bequemte sich aber doch, nacheinander alle Schubladen zu öffnen, dann die Schranktüren, die noch nicht ganz ausgepackten Koffer, und als sie schließlich anfing, im Bad zwischen den Handtüchern zu wühlen, tönte es aus dem Kinderzimmer: »Mami, kann man eigentlich zurückwachsen?«

»Wie meinst du das, Tobias?«

»Über Nacht sind alle meine Strümpfe zu groß geworden.«

Ein Blick auf die Uhr sagte Tinchen, daß ihr Mann seine Theorien über kurze und klare Anweisungen in bezug auf trödelnde Kinder nun mal selbst in die Praxis umsetzen konnte. Sie hatte jetzt Wichtigeres zu tun. Dazu gehörte zunächst einmal das Einkaufen – zu Hause eine relativ einfache Sache, bei der nur zwei Aspekte zu berücksichtigen waren: 1. Erlauben das meine bescheidenen Kochkenntnisse? 2. Erlaubt das mein bescheidenes Haushaltsgeld? Da die Antwort in beiden Fällen meistens ein klares Nein war, hatte Tinchen für ihre Runden durch den Supermarkt nie viel Zeit gebraucht. Jetzt war das natürlich etwas anderes. Sie würde zusammen mit Martha den wöchentlichen Speisezettel festlegen, kurzfristige Änderungen aufgrund von Sonderangeboten natürlich vorbehalten, ganz gezielt einkaufen und nicht so unbedingt auf den Preis sehen müssen.

Um die Wohnzimmertür, hinter der Frau Schliers mit wesentlich mehr Aufwand als üblich saugbürstete, machte Tinchen einen Bogen. Sollte sich Frau Hahneblank doch erst mal austoben, vielleicht würden ihre Energien hinterher etwas verbraucht und sie selbst einem vernünftigen Gespräch zugänglicher sein.

In der Küche fand Tinchen den Einkaufszettel, Geld und einen gedeckten Frühstückstisch für vier Personen. Wieso vier? Sollte etwa Frau Schliers auch...? Üblich war es ja wohl, daß man Putzfrauen beköstigte, Mutti billigte ihrer Zugehfrau immer ein ausgedehntes Frühstück zu, setzte sich selbst mit an den Tisch und hechelte gemeinsam mit Frau Simon sämtliche Neuigkeiten der vergangenen Woche durch, weshalb sich die Arbeitszeit automatisch verlängerte und der Tagesverdienst von Frau Simon erfreulich erhöhte, aber Tinchen konnte sich nicht vorstellen, daß Frau Schliers mit Florian den Steinhausener Klatsch debattieren würde. Zu wem in drei Teufels Namen gehörte also die vierte Kaffeetasse?

Sie griff nach der Einkaufsliste, suchte die Autoschlüssel, die sie gestern irgendwo hingelegt hatte, fand sie erstaunlicherweise am Schlüsselbrett und lief durch den Kellergang zur danebenliegenden Garage. Stolz betrachtete sie das Auto, das jetzt ganz allein ihr gehörte. Es war zwar nur ein Japsenpassat, wie Rüdiger den Cherry herablassend zu nennen pflegte, aber er war klein und wendig und würde ihr hoffentlich das Einparken erleichtern. Damit hatte sie immer noch Schwierigkeiten, obwohl Florian das schon hundertmal mit ihr geübt hatte. In einem Anfall von Verzweiflung hatte er sogar einmal zwei alte Stühle auf die Straße gestellt und Tinchen üben lassen, doch das hatte nichts genützt. Die Stühle waren dauernd umgefallen.

Gestern hatte sie schon eine Probefahrt durch Steinhausen unternommen, die beiden Supermärkte wenigstens von außen betrachtet, sich den Weg zum Metzger und zum Bäcker eingeprägt und ganz zufällig sogar den Kindergarten gefunden, den Julia besuchen sollte. Künftig würde sie ihre Tochter selbst dort abliefern, vorher natürlich Tobias zur Schule bringen – alles gar kein Problem, der ganze Rhythmus mußte sich nur erst einspielen.

Das Einkaufen machte Spaß. Der Geschäftsführer, durch den Stadtklatsch ohnehin informiert und von einer aufmerksamen Kassiererin vorgewarnt, eilte beflissen herbei, um seine neue Kundin zu begrüßen. Ob er der gnädigen Frau behilflich sein könne? Der Sauerbraten sei sehr zu empfehlen, äußerst günstig heute, aber selbstverständlich stehe Herr Weisbrod von der Fleischabteilung auch für individuelle Wünsche zur Verfügung. Vielleicht ein paar Bratwürste? Hausgemacht natürlich, nach Nürnberger Art.

Also kaufte Tinchen Bratwürste, obwohl die nicht auf der Liste standen, und ein Pfund Aufschnitt, weil man den immer brauchte, zögerte aber beim Sauerbraten und nahm statt dessen ein Kilo Hackfleisch mit. Während sie an den Regalen entlangschritt, war sie sich der neugierigen Blicke der übrigen Kunden sehr wohl bewußt. Sie bedauerte nur, nicht doch eine andere Hose angezogen oder wenigstens ihre eigene Jacke aus dem Schlafzimmer geholt zu haben, statt in Florians viel zu großen Anorak zu schlüpfen, aber das war nun nicht mehr zu ändern.

Der Einkaufswagen füllte sich. Milchreis gab es im Sonderangebot, auch Schwammtücher, beides war nicht verderblich und konnte auf Vorrat gekauft werden. Sie nahm auch noch Kinderzahnpasta für Julia mit und Kognakbohnen für Florian. Die aß er so gerne. Zum Schluß legte sie noch drei Blumenkohlköpfe in den Wagen, weil die besonders groß und besonders preiswert waren. Dann rollte sie ihre Ausbeute zur Kasse. Nicht einmal Martha konnte ihr mangelndes Preisbewußtsein vorwerfen, sie hatte wirklich sehr überlegt ihre Wahl getroffen.

Peinlich war nur, daß sie unter den geduldigen Blicken der Kassiererin lediglich einen zerknüllten Zwanzigmarkschein aus der Tasche ziehen konnte und eingestehen mußte, den Geldbeutel zu Hause vergessen zu haben. Verflixte Schusselei! Ausgerechnet am ersten Tag mußte das passieren! Am Ende hielt man sie noch für eine Betrügerin! Die Leute guckten auch schon so komisch, und am Gemüsestand steckte man bereits die Köpfe zusammen.

Während sie noch überlegte, ob sie zu Hause anrufen und sich durch Florian auslösen lassen sollte, nahte weißbekittelt der rettende Engel. Mit verbindlichem Lächeln beteuerte der Geschäftsführer, das alles mache gar nichts, selbstverständlich könne die gnädige Frau beim nächsten Mal bezahlen, jeder könne mal etwas vergessen, er selbst habe zum Beispiel erst kürzlich seinen Termin beim Zahnarzt vergessen, hahaha, und ob er vielleicht beim Einladen der Waren behilflich sein dürfte? Nein? Auch gut, dann also besten Dank, auf Wiedersehen und eine Empfehlung an den leider noch unbekannten Herrn Gemahl.

Später wußte Tinchen nicht mehr, wie sie aus dem Laden heraus- und in das Auto hineingekommen war. Die heruntergefallene und aufgeplatzte Milchreispackung hatte sie einfach liegenlassen, alles andere in den Kofferraum geworfen und mit quietschenden Reifen den Ort ihrer Blamage verlassen. Das Geld konnte Florian nachher vorbeibringen. Sie selbst würde in der nächsten Zeit wohl besser im anderen Supermarkt einkaufen.

Als sie in die Garage fuhr, hatte sie sich wieder etwas beruhigt. Es war ja auch zu albern, sich wegen solch einer Lappalie aufzuregen. Was sind schon achtundachtzig Mark einunddreißig, wenn man Bender heißt und zur Hautevolee von Steinhausen gehört? Oder zumindest mit dieser eng verwandt ist.

Am Küchentisch saß Clemens und frühstückte Schweizer Käse. Sollte er nicht längst in der Uni sein?

»Morgen, Tinchen. Sag bloß, du warst schon einkaufen. Hast du zufällig einen Bückling mitgebracht?«

»Nein, nur Ölsardinen.«

»Auch gut. Wo sind sie?«

»Noch im Wagen. Ich habe nämlich bloß zwei Hände.«

»Tja, kein Mensch ist eben vollkommen.« Dann bequemte er sich aber doch zum Aufstehen. »Kann ich dir helfen?«

»Frag nicht so dämlich, faß lieber mit zu!«

Sein Gesicht wurde immer länger, je mehr Waren sich auf dem Tisch stapelten. »Sieben Packungen Milchreis? Wer soll denn diese Pampe essen? Ich kann mich jedenfalls nicht erinnern, daß in den letzten zehn Jahren so was hier auf die Teller gekommen ist.«

»Dich zwingt ja auch niemand dazu. Meine Kinder mögen Milchreis sehr gerne«, erklärte Tinchen vorsichtshalber, obwohl sie ihre Behauptung noch niemals hatte überprüfen können, denn nachdem sich auch beim dritten Versuch der Reis in eine klebrige, leicht schwärzliche Masse verwandelt hatte, war dieses Gericht ebenfalls von der Speisekarte gestrichen worden.

»Aber gleich sieben Pfund...«, zweifelte Clemens. Dann sah er den Blumenkohl und lachte. »Den hat doch Marthchen bestimmt nicht bestellt.«

»Nein. Es gab ihn im Angebot, und davon konnte sie gar nichts wissen.«

»Na, dann sieh mal zu, wem du das Gemüse unterjubeln kannst. Seitdem Melanie vor zwei Jahren eine Raupe in ihrem Blumenkohl gefunden hat, rührt sie keinen mehr an. Aus Mitleid mit der bedrohten Tierwelt, und weil er sich sowieso nichts draus macht, hat sich Rüdiger dem Boykott angeschlossen. Ich esse die Sauce Hollandaise übrigens auch lieber ohne. Aber Julia und Tobias sind sicher ganz verrückt nach Blumenkohl?«

»Nein«, gestand Tinchen kleinlaut, »sie mögen ihn auch nicht.«

»Weshalb hast du ihn denn überhaupt mitgebracht?«

»Weil er so billig war.«

»Das ist natürlich ein Argument!« versicherte er ernsthaft, aber als er ihre betretene Miene sah, fing er wieder an zu lachen.

»Nun heul nicht gleich, du hast es doch nur gutgemeint.«

»Das muß ich aber erst mal Martha verklickern.«

»Ach was, die erfährt das gar nicht. Sie hängt im Garten Wäsche auf.« Aus einem Schubkasten nahm er zwei Plastiktüten, packte die Kohlköpfe hinein und stellte sie in eine Ecke. »Die nehme ich nachher mit in die Uni. Unsere Selbstverpfleger sind über jede Mark froh, die sie sparen können. Aber bevor du deine nächste Einkaufstour startest, solltest du dich doch mal bei Marthchen nach den Eßgewohnheiten der Sippe erkundigen. Papiersuppen gehören nämlich auch zum Küchentabu.«

Eine neue Tüte wurde geholt, in der die beanstandeten Fertiggerichte, das Knödelpulver und das Sortiment bunter Plastikpuddings verschwanden. »Meine Kommilitoninnen werden dich in ihr Nachtgebet einschließen.«

»Aber du kannst doch nicht alles...«

»Sei froh, wenn der Kram verschwindet, bevor Marthchen aufkreuzt. Sie würde dir das nie verzeihen. Mit der Zumutung, Vorgekochtes zu verwerten, kratzt du ihre Ehre an. Nicht mal fertiges Hackfleisch kauft sie. Das dreht sie selber durch den Wolf, weil sie dann weiß, was drin ist.«

Ein weiteres Päckchen wurde wohltätigen Zwecken gespendet, aber dann räumte Tinchen die Lebensmittel außer Reichweite. Clemens schielte schon begehrlich nach den Kognakbohnen.

»Mußt du heute nicht zur Uni?«

»Heute sind vormittags keine Vorlesungen.« Er schob das letzte Stück Käse in den Mund, griff zur Zeitung und lehnte sich bequem in seinen Stuhl zurück.

Tinchen öffnete die Tür zum Besenschrank, an deren Innenseite zwei Stundenpläne klebten sowie ein übersichtliches, mit verschiedenfarbigen Stiften ausgefülltes Verzeichnis von Clemens' Studienfächern. »Pathologie übersetzt man wohl am besten mit ›pathologische Faulheit‹ und Physiologie ist wahrscheinlich der lateinische Name für Lustlosigkeit. Mach, daß du rauskommst!«

Widerspruchslos räumte Clemens das Feld. Vorher riß er den verräterischen Zettel von der Tür, knüllte ihn zusammen und steckte ihn in die Hosentasche. »Der ist längst überholt. Stammt noch aus dem vorigen Semester.«

»Bist du zum Mittagessen da?«

Er warf einen beziehungsreichen Blick auf die Milchreistüten.

»Aus dem Babyalter bin ich raus, und Bratwurst kriege ich auch in der Uni. Mens sana in corpore sano. Auf deutsch: Wer in der Mensa ißt, braucht einen gesunden Körper. Tschüs bis heute abend.« Weg war er. Wenig später setzte sich keuchend und stotternd der nicht mehr ganz jugendliche Käfer in Bewegung, von Clemens erst kürzlich aus sechster Hand erworben. Er hatte ihn Samson getauft mit der Begründung, die vielen Ersatzteile hätten die ursprünglichen Kräfte des Autos auf ein Mindestmaß reduziert.

Während Clemens gemütlich nach Heidelberg tuckerte, um den Rest des Vormittags in Gesellschaft Gleichgesinnter im Scharfen Eck zu verbringen, der Stammkneipe aller Medizinstudenten, kämpfte Tinchen um ihr Selbstbewußtsein. Nach kurzer Prüfung der eingekauften Lebensmittel hatte Martha das meiste davon als überflüssig und kaum zu gebrauchen aussortiert, das angeforderte Gulasch reklamiert, auf die fehlenden Brötchen hingewiesen und rundheraus erklärt, sie habe erwartet, daß die Frau Bender lesen könne, oder ob sie künftig den Einkaufszettel zeichnen müsse. Worauf Tinchen mit dem letzten Rest von Selbstbeherrschung die Küche verlassen und sich im Schlafzimmer verkrochen hatte. Auf dem Weg dahin waren ihr dann alle schlagfertigen Antworten eingefallen, mit denen sie Marthas Monolog hätte unterbrechen und die ganze Sache ins Lächerliche ziehen können.

Na schön, sie hatte weniger auf die Liste geguckt und mehr in die Regale, hatte das Falsche gekauft und das Richtige vergessen, aber davon ging schließlich die Welt nicht unter, und verhungern würden sie auch nicht. Die Kühltruhe war randvoll, und notfalls würde sie eben für den ganzen Verein Spaghetti Bolognese kochen. Das konnte sie wirklich gut, sogar Mutti hatte das wiederholt bestätigt. Hackfleisch hatte sie ja glücklicherweise mitgebracht, Spaghetti gab es erfahrungsgemäß in jedem kinderreichen Haushalt... Aber dann fiel ihr ein, daß das Fleisch mit Clemens nach Heidelberg fuhr und Tomaten auch zu jenen Dingen gehörten, die sie vergessen hatte mitzubringen. Vielleicht sollte sie es doch noch mal mit Milchreis versuchen?

Ein gräßlicher Schrei riß sie aus ihren Überlegungen. Es klang genauso wie in den Edgar-Wallace-Filmen, wenn die ahnungslose Heldin über die dritte Leiche im Keller stolpert. Und genau da schien dieser Schrei auch herzukommen. Tinchen riß die Tür auf, rannte die Treppe hinunter, dann die zweite, die ins Souterrain führte, und als sie gerade die erste Stufe der Kellertreppe betreten hatte, fiel ihr Frau Schliers in die Arme. Das Kopftuch war verrutscht und hing ihr halb übers Gesicht, ihre Haare standen zu Berge und ihre Augen zeigten blankes Entsetzen. »Eine Ratte«, keuchte sie, »eine ganz große Ratte! Hinten bei den Kartoffeln.«

»Unsinn, hier gibt es keine Ratten. Wer weiß, was Sie gesehen haben.« Martha war dazugekommen und machte Anstalten, den Ort des Grauens selbst zu inspizieren.

»Gehen Sie da nicht hin!« kreischte Frau Schliers, »Ratten sind gefährlich! Die hat bestimmt der Hund angeschleppt.«

»Na, wenn sie tot ist, kann sie Ihnen doch nichts mehr tun.« Obwohl Tinchen sich im allgemeinen weder vor Spinnen, Regenwürmern noch Mäusen fürchtete, waren ihr Ratten doch ein bißchen unheimlich. Andererseits sah sie in ihrem heroischen Entschluß, ganz allein dem Untier entgegenzutreten, die beste Gelegenheit, Marthchen von ihren sonstigen Qualitäten zu überzeugen. Mut sowie Unerschrockenheit würden doch wohl das bißchen Vergeßlichkeit aufwiegen.

Sogar in Frau Schliers Augen glomm so etwas wie Hochachtung auf, als Tinchen sich mit einer Kaminschaufel bewaffnete und vorsichtig in den Keller stieg. Nachdem sie sich an das diffuse Zwielicht gewöhnt hatte, suchte sie zunächst die Kartoffelkiste ab, konnte aber außer einem durchlöcherten Fußball nichts entdecken, was dort nicht hingehörte. Auch das hohe Regal mit dem Eingemachten sah unverdächtig aus, bis auf die Pelzmütze natürlich, die zwischen den konservierten Birnen eigentlich nichts zu suchen hatte. Als Tinchen danach greifen wollte, um sie mit nach oben zu nehmen, kam Leben in das Fellknäuel. Sie schrie auf, sprang zwei Schritte zurück, hob die Schaufel und – konnte gerade noch rechtzeitig abbremsen, bevor Herr Schmitt ein gewaltsames Ende fand.

»Du hast mir vielleicht einen Schrecken eingejagt!« Das völlig verängstigte Tier ließ sich widerstandslos auf den Arm nehmen. Sie drückte das zitternde Häschen an sich und streichelte zärtlich sein verstaubtes Fell. »Du bist der klassische Fall für den Tierschutzverein. Eingesperrt im dunklen Keller bei rohen Kartoffeln und sauren Gurken. Entschuldige, Herr Schmitt, aber wir haben dich total vergessen!«

Es blieb ein unerklärliches Rätsel, wie der Hase das mit zwei Wirsingkohlköpfen beschwerte Fliegenfenster hatte anheben und dann aus seinem gläsernen Käfig flüchten können, aber Not macht bekanntlich erfinderisch. Ständig einen Kohlkopf vor Augen zu haben und nicht heranzukommen, hält nicht mal ein Hasenherz aus.

Erst nach einem doppelten Kognak ließ sich Frau Schliers davon überzeugen, daß die Ratte erstens gar keine war, zweitens ein Zwerghase nur entfernt mit einem Kaninchen verwandt und folglich für die Bratpfanne nicht geeignet ist und drittens normalerweise in einem dafür bestimmten Käfig sitzt, wo er keine Putzfrauen erschrecken konnte, andererseits aber auch vor Übergriffen eben solcher geschützt war.

»Am besten werde ich jetzt nach Hause gehen«, beschloß Frau Schliers und ließ sich das Glas noch einmal vollgießen. »Arbeiten kann ich heute nicht mehr, dazu ist mir der Schreck zu sehr in die Glieder gefahren. Hunde! Hasen! Bin mal neugierig, was Sie uns noch ins Haus schleppen!« Vorwurfsvoll sah sie Tinchen an. »Wenn das die Frau Professor wüßte!«

»Ich bin überzeugt, sie wird es bald erfahren«, sagte Tinchen liebenswürdig. »Können Sie allein gehen, oder soll ich Sie schnell heimbringen?«

Die Aussicht, bereits genügend Stoff für einen ausführlichen Brief nach Amerika gesammelt zu haben, verlieh Frau Schliers neue Kräfte.

»Ich komme gut allein zurecht. Außerdem haben Sie gar keine Zeit, Frau Bender. Den Flur habe ich noch nicht gewischt, die Kacheln auf der Toilette müssen heute abgeseift werden, im Eßzimmer ist noch nicht gesaugt, und im ersten Stock bin ich überhaupt nicht gewesen. Das werden Sie wohl alles selbst machen müssen.«

Eine Antwort verkniff sich Tinchen. Sie war froh, als die Haustür zuschlug und Frau Schliers' Abgang signalisierte.

Martha schien es ähnlich zu gehen. »Was ihr auf dem

Kopf an Haaren fehlt, hat sie auf den Zähnen. Keiner kann sie leiden, nur die Frau Doktor, aber die hat ja auch am wenigsten mit ihr zu tun.«

»Können wir sie nicht einfach rausschmeißen?«

Martha schüttelte den Kopf. »So weit reichen unsere Befugnisse nicht.«

»Dann muß man sie dazu bringen, von selbst zu gehen.«

»Das schaffen Sie nicht!«

»An Ihrer Stelle würde ich da nicht so sicher sein«, lächelte Tinchen beziehungsvoll. Sie hatte schon eine Idee, zwar noch ein bißchen unausgegoren, aber an Improvisationstalent hatte es ihr noch nie gefehlt, und wenn sich die Kinder mit ihr verbündeten, würde dieser Hausdrachen voraussichtlich bald kapitulieren.

Bereits am Nachmittag war der Hirtenteppich aus der Eingangshalle verschwunden, und als Melanie aus der Schule kam, rupfte Tinchen gerade den Läufer von der Treppe.

»O Gott, nein! Du bist ja noch schlimmer als die Hahneblank. Die war wenigstens mittags immer fertig. Du brauchst übrigens den Läufer nicht zu demontieren, der ist erst kürzlich gereinigt worden.«

»Eben darum soll er ja weg.« Mit einem Ruck zog Tinchen das letzte Stück aus der Verankerung und ließ den Teppich herunterfallen. »Hilf mir mal beim Zusammenrollen! Wir wickeln ihn in Plastikfolie und bringen ihn in den Keller.«

»Warum denn bloß? Mir gefällt das Blümchenmuster ja auch nicht, aber besser als die kahlen Stufen ist es allemal.«

Erst gluckste sie, als sie von Tinchens Plan hörte, dann nickte sie zustimmend, verwarf einige Vorschläge, machte selber welche, weihte Rüdiger in ihr Vorhaben ein, der wiederum Clemens informierte, und noch vor dem Zubettgehen hatten sie ihre gemeinsame Strategie festgelegt. Marthchen wurde mit Einzelheiten verschont, Florian bemerkte überhaupt nichts, ihm waren nicht einmal die fehlenden Teppiche aufgefallen, er wunderte sich lediglich, daß man für Herrn Schmitts Käfig keinen anderen Platz gefunden hatte als ausgerechnet die Eingangshalle. Genau gegenüber stand nunmehr Klausdieters Körbchen.

»Tiere brauchen die Gesellschaft von Artgenossen«, versicherte Rüdiger ernsthaft, »man darf sie nicht ins soziale Abseits stellen.«

»Na, dann mach mal Klausdieter klar, daß er ab sofort ein Hase ist. Aber wenn es wärmer wird, kommt Herr Schmitt in den Garten«, ordnete Florian an.

»Bis dahin hat er hoffentlich auch seinen Zweck erfüllt.«

Am nächsten Tag erklärte sich Frau Schliers bereits um zehn Uhr außerstande, ihre Arbeit fortzusetzen. Ihre Nerven hielten das nicht aus, der Schreck von gestern säße ihr noch in den Knochen, und überhaupt sei das kein Haus mehr, sondern ein Schweinestall.

Vielleicht haben wir doch ein bißchen übertrieben, dachte Tinchen und betrachtete die vielen Fußspuren, die sich von der Haustür durch die Flure zur obersten Treppenstufe zogen. Rund um Klausdieters Freßnapf waren Hundeflocken verstreut, und als Rüdiger Herrn Schmitt versorgt hatte, hatte er auch ein bißchen Heu neben den Käfig fallen lassen. Am Treppengeländer hing ein tropfnasser Regenschirm, ein meteorologisches Wunder, denn seit Tagen schien die Sonne, und um das Bild abzurunden, hatte Tinchen noch gleichmäßig Bauklötze und Puppengeschirr auf dem Fußboden verteilt. Die von Clemens in Erwägung gezogenen Matchboxautos hatte sie allerdings mit der Befürchtung abgelehnt, etwaige Krankenhauskosten für Frau Schliers ließen sich unter keinem Posten verbuchen, und geheime Wünsche, die in diese Richtung zielten, seien inhuman.

Mit einer gewissen Erleichterung hatte Frau Schliers festgestellt, daß zumindest die Zimmer von dem vandalistischen Treiben verschont geblieben waren, und so war sie unter Mißachtung der vorderen Räume dem Arbeitszimmer zu Leibe gerückt. Normalerweise interessierte sich Klausdieter nicht für Putzfrauen. Sie verbreiteten Unruhe um sich, hatten einen Staubsauger als Waffe und trugen selten Jeans. Nur heute zog es ihn unwiderstehlich ins Arbeitszimmer und dort ganz besonders zu dem Topf mit der Yuccapalme. Zweimal schon hatte ihn Frau Schliers hinausgeworfen, aber nach dem dritten Versuch hatte sie mit dem Teppichklopfer auf ihn eingedroschen, dabei eine Blumenvase heruntergefegt und war empört zu Tinchen gelaufen.

»So geht das nicht, Frau Bender! Ich kann nicht saubermachen, wenn mir dauernd der Hund zwischen den Füßen herumrennt. Sorgen Sie gefälligst dafür, daß er mich nicht mehr stört!«

Inzwischen hatte Klausdieter das Terrain sondiert und endlich den Knochen gefunden. Er buddelte ihn gerade aus, als Tinchen im Kielwasser von Frau Schliers das Zimmer betrat. Nicht die Tatsache, daß auf dem frisch gesaugten Perser die ganze Blumenerde verstreut war, hatte Frau Schliers erbittert, nein, die Indolenz war es gewesen, mit der die junge Frau Bender diesen Frevel hingenommen hatte.

»Nun haben Sie sich doch nicht so wegen dem bißchen Sand«, hatte sie gesagt und diesem unerzogenen Köter nur ein wenig mit dem Finger gedroht. »Du weißt doch genau, daß du hier im Haus keine Knochen vergraben darfst.«

Klausdieter hatte Protest gebellt, denn er fühlte sich zu Unrecht beschuldigt, aber Frau Schliers hatte die Kläfferei als zusätzliche Provokation empfunden, die sie sich nicht bieten lassen mußte. Nicht mal ihre Sachen hatte sie weggeräumt, bevor sie im Sturmschritt das Haus verlassen hatte. Morgen würde sie nicht kommen, sie müsse zu einer Beerdigung, hatte sie noch im Hinausgehen gerufen, und am Donnerstag würde es auch später werden, weil sie beim Arzt angemeldet sei.

Tinchen war zufrieden. »Das Bollwerk wackelt!« Im Handumdrehen hatte sie das Schlachtfeld aufgeräumt, den Teppich gesaugt, Fliesen und Treppe gewischt und Herrn Schmitt samt Käfig wieder in Rüdigers Zimmer gebracht, wo er eine vorläufige Bleibe gefunden hatte. Der hatte seine Emigrationspläne sehr schnell aufgegeben, nachdem die Großeltern am Sonntag abgereist waren und selbst Tinchen tief durchgeatmet hatte. Es läßt sich eben nichts so schwer verbergen wie die Gefühle, die einen bewegen, wenn man seine Verwandten wieder wegfahren sieht.

Bei ihrem Vorhaben, Frau Schliers zu einem freiwilligen Rückzug zu veranlassen, hatten die Verschwörer nicht mit Florian gerechnet. Vor die Notwendigkeit gestellt, quasi rund um die Uhr Vaterpflichten erfüllen zu müssen, während die Mutter seiner Kinder Staub wischte und Duschwannen scheuerte, erinnerte er sich vage einer hageren Gestalt in Kittelschürze, die ihm gleich am ersten Tag das Betreten des Hauses in Straßenschuhen rundheraus verboten hatte. Mit bewährtem Charme hatte er sie begrüßt, ihren Befehl ignoriert und sich trotzdem keinen Protest eingehandelt. Also, wo zum Kuckuck, war dieser Putzteufel abgeblieben?

Die Erklärung, Frau Hahneblank sei krank geworden, nahm er noch als gegeben hin, schließlich hat jeder Mensch Anspruch auf seine jährliche Grippe, aber als die nach drei Tagen wiederauferstandene Putzfrau sich am vierten Tag weigerte, dieses »zu einem Schlumm verkommene Haus« noch einmal zu betreten, ging er der Sache auf den Grund.

Was ihm in schrillstem Diskant und von hysterischen Schluchzern unterbrochen vorgetragen wurde, ließ ihn am Verstand seiner Neffen und seiner Nichte zweifeln. So hatte Rüdiger es nicht nur gewagt, den Schreibtisch seines Vaters zu entweihen, indem er dort ganz ordinäre biologische Untersuchungen vorgenommen hatte, nein, er hatte sogar sein Mikroskop stehenlassen und eine Blechbüchse mit lebendigen Regenwürmern!! Beinahe in Ohnmacht sei sie gefallen, als sie nichtsahnend in die Schachtel geguckt und das eklige Gewürm gesehen hatte. Und Melanie erst! Sie hatte wohl ihr Aquarium reinigen wollen – »Zeit war es wirklich, ich hatte sie schon des öfteren deshalb ermahnt« – und die Fische solange in Wassergläser umquartiert. Darin schwammen sie nun immer noch. Mindestens ein Dutzend Gläser standen oben herum, aber keine gewöhnlichen, nein, die geschliffenen hatte sie genommen, die nicht mal in die Spülmaschine durften. Und dann der Hund! Schleppte seine Knochen von einem Zimmer ins nächste, balgte sich mit den Kindern auf dem Sofa herum – »wo doch die Frau Professor so eigen ist mit den Kissen!« – und hinterließ immer dort seine Pfotenabdrücke, wo gerade aufgewischt worden war. Jedesmal blute ihr Herz, wenn sie schweigend mitansehen müsse, wie man die kostbaren Sachen behandele, sie könne das nicht mehr ertragen und werde deshalb für immer gehen. Wenigstens so lange, bis die Frau Professor wieder nach Hause käme. Wenn es dann für sie überhaupt noch ein Zuhause gebe.

Florian redete mit Engelszungen, beteuerte, nichts von alldem gewußt zu haben, weil ihm als Mann die hauswirtschaftlichen Belange fremd seien, versprach Abhilfe, Gehaltszulage sowie weitere, nicht näher bezeichnete Vergünstigungen und erreichte tatsächlich, daß Frau Schliers ihre Kündigung zurückzog.

»So viel habe ich schon lange nicht mehr gequasselt, aber es hat wenigstens etwas genützt«, verkündete er beim Abendessen der versammelten Familie. »Und wenn ihr euch nicht zusammennehmt« – ein drohender Blick streifte den Nachwuchs –, »dann werdet ihr mich von einer weniger toleranten Seite kennenlernen! Regenwürmer gehören in den Garten, und der Hund hat auf den Möbeln nichts zu suchen. Zu Hause hat er das ja auch nie gemacht.«

»Eben, es wird schwer sein, ihm das wieder abzugewöhnen«, sinnierte Tinchen, »wir haben ihn erst regelrecht darauf dressieren müssen.«

»Was habt ihr???«

»Ja, weißt du, Florian, die Sache ist nämlich die...«, begann Clemens, unterbrach sich aber sofort und empfahl seinem Onkel, ihm lieber ins Wohnzimmer zu folgen, wo in erreichbarer Nähe die Kognakflasche stand, denn die würde er wahrscheinlich brauchen. Ob es nun an Clemens' Schilderung der charakterlichen Mängel von Frau Hahneblank lag oder an dem Courvoisier, ließ sich später nicht mehr genau feststellen, aber Florian zeigte plötzlich volles Verständnis für seine Lieben. Er werde sogar morgen höchstpersönlich noch einmal mit Frau Schliers reden, auf das gestörte Vertrauensverhältnis hinweisen, auf die nervliche Belastung, die der ungewohnte Familienzuwachs bedeute, und daß es wohl doch besser sei, wenn die so tüchtige Haushälterin einen wohlverdienten längeren Urlaub antrete. In der Zwischenzeit werde man sich schon irgendwie zu behelfen wissen.

»Aber wie?« grübelte er laut. »Schließlich kann ich nicht dauernd Kindermädchen spielen, während Tinchen Serviettenringe poliert. Ich bin durchaus für Gleichberechtigung, und es macht mir gar nichts aus, Julia zum siebenundzwanzigsten Mal Rotkäppchen vorzulesen, aber irgendwann muß ich auch mal anfangen zu arbeiten.«

»Was denn?« erkundigte sich Rüdiger. »Ich denke, du bist hier bloß Obermotz und machst ansonsten Ferien.«

»Ich werde ein Buch schreiben.«

Diese feierliche Eröffnung wurde zu Florians Enttäuschung keineswegs mit dem erwarteten Respekt aufgenommen, sie löste nur allgemeine Heiterkeit aus.

»Mein Gott, noch einer, der sich zum Schriftsteller berufen fühlt«, stöhnte Melanie. »Was soll es denn werden? Was Autobiographisches?«

»Schäme dich nicht deiner Vergangenheit – schreib einen Bestseller darüber!« ergänzte Rüdiger, während Clemens warnte: »Laß das lieber bleiben! Schriftsteller sind die einzigen Menschen, die einem auch noch lange nach ihrem Tod auf die Nerven gehen können.«

Florian fühlte sich in die Defensive gedrängt. »Jeder Journalist hat einen Roman im Kopf!«

»Da ist er auch am besten aufgehoben.« Kameradschaftlich schlug ihm Rüdiger auf die Schulter.

Der künftige Autor schwieg beleidigt. Er hatte ohnehin nicht vorgehabt, sich über den Inhalt seines Werkes zu äußern, das hätte seine potentiellen Studienobjekte nur abgeschreckt, aber wenigstens ein bißchen Hochachtung hatte er erwartet. Wer hat schon einen angehenden Schriftsteller in der Familie?

»Ich will mich ja nicht einmischen, und eigentlich geht es mich auch gar nichts an, aber ich glaube, ich weiß wen, der in dieses Haus hier reinpassen täte.«

Mehr ließ sich Martha nicht entlocken. Sie müsse erst mit Oma Gant reden, behauptete sie, und es sei ja auch noch gar nicht sicher, ob die Frau überhaupt wolle.

In das allgemeine Aufatmen hinein piepste Julias Stimme: »Muß ich nu nich mehr im Flur mit den Legosteinen spielen?«

Pfefferminzlikör wirkt Wunder

Oma Gant war vierundsechzig Jahre alt, einen Meter zweiundsechzig groß und wog vierundachtzig Kilo, weshalb Rüdiger sie insgeheim Kubikmeter getauft hatte, denn Länge mal Breite mal Höhe ergibt bekanntlich ... so weit reichten seine mathematischen Kenntnisse.

Oma Gant – sie hörte auf den Namen Creszentia – sah genauso aus, wie Omas normalerweise auszusehen haben. Die grauen Haare waren glatt zurückgekämmt und im Nakken zu einem kümmerlichen Knoten zusammengedreht, der kaum das Gewicht der vielen Haarnadeln tragen konnte. Ihr rundes Gesicht mit den rosa Bäckchen und den seltsam blauen Augen strahlte Güte aus, die gutgepolsterten Arme luden förmlich zum Hineinkuscheln ein, aber wenn man nicht aufpaßte, kratzte man sich an den ekligen Perlmuttknöpfen, mit denen sie ihre selbstgeschneiderten Kleider zu verzieren pflegte. Deshalb saß Julia auch lieber auf dem Fußboden, den Kopf an die weichen Knie gelehnt, und hörte andächtig zu, wenn Oma Gant erzählte. Stundenlang tat sie das, während sie Strümpfe stopfte oder Wäsche ausbesserte. Nur beim Bügeln war sie lieber allein. »Ich hab' man immer Angst, das Kind kommt mich ans heiße Eisen.« Diesen Verdacht hatte Julia zwar empört von sich gewiesen – »ich weiß doch, daß ich das nicht darf« –, aber Oma Gant war unerbittlich geblieben.

»Und was is, wenn ich nu mal raus muß? Dann gehst du mich womöglich doch ran. Nee – nee, beis Bügeln will ich keinen von euch Kroppzeuch bei mich haben.«

Sonst liebte sie das Kroppzeug. »Endlich sind man wieder Kinder im Haus. Mit die Großen kann ich ja nu nich mehr so richtich, aber so was Kleines, was schon aus das Gröbste raus is, is mich immer am liebsten.« Dann hatte sie Julia auf den Arm genommen und ihr einen schmatzenden Kuß gegeben. Worauf Tobias, der diese kleine dicke Frau mit wachsendem Interesse betrachtet hatte, sofort getürmt war. Küssende Frauen konnte er nicht ausstehen. Mal abgesehen von der Mami, die ja ein gewisses Recht darauf hatte und zum Glück sehr sparsam war mit ihren Liebesbezeigungen, aber schon die Aufforderung seiner richtigen Oma, ihr einen »schönen dicken Kuß« zu geben, verursachte ihm jedesmal Gänsehaut. Männer küssen nicht! Deshalb konnte er ja auch den Vati nicht verstehen, der so oft an Mami herumküßte.

»Das gehört zu den wenigen angenehmen Pflichten eines Ehemannes«, hatte Florian seinem Sohn erklärt, und der hatte ganz entsetzt gefragt: »Muß man das wirklich, wenn man verheiratet ist?« Auf das zustimmende Nicken seines Vaters hatte Tobias im Brustton der Überzeugung verkündet: »Dann heirate ich nie!«

»Darüber reden wir in zehn Jahren noch mal«, hatte Florian lachend gesagt, aber Tobias konnte sich nicht vorstellen, weshalb man dieses Thema jemals wieder aufgreifen sollte.

Nun war er seiner Großmutter und ihren Küssen endlich entkommen, da tauchte eine falsche Oma auf, die auch küssen wollte. Sonst war sie ja ganz okay, hatte auch meistens Bonbons in der Tasche oder mal einen Radiergummi mit Mickymaus oben drauf, und den Dreiangel in der neuen Hose hatte sie ganz schnell und prima gestopft, daß Mami ihn bis heute noch nicht bemerkt hatte, bloß diese dumme Küsserei!

Oma Gant wurde also telefonisch herbeizitiert, erschien auch umgehend, obwohl Sonntag war, denn außerhalb ihrer turnusmäßigen Arbeitszeit war sie noch nie gerufen worden, und ihre Schwägerin im Altersheim konnte sie auch ein andermal besuchen.

Die Mitteilung, Frau Schliers habe das Handtuch geworfen, nahm sie mit beifälligem Nicken zur Kenntnis. »Das sieht sie ähnlich. Ich hab' ihr ja nie nich leiden können, aber tüchtich isse gewesen, allens was recht is.« Dann sah sie die erwartungsvollen Gesichter um sich herum und wehrte erschrocken ab. »Ich würde Sie ja man gerne helfen, aber das geht nu nich mehr. So'n bißchen Plätten schaffe ich allemal, und bei die Nähsachen kann ich ja bei sitzen, bloß mit die Bewegung und die Korpelenz tu ich mich schwer. Die Martha kann Sie das auch sagen. Bis ich mich einmal bücken tu, is schon der halbe Tag rum.«

Es wäre übrigens zwecklos, den eigenartigen Dialekt von Oma Gant lokalisieren zu wollen, weil er in dieser Perfektion nirgendwo gesprochen wird. Nach eigenen Angaben war sie im nördlichsten Zipfel von Ostpreußen geboren und als frühverwaistes Kind innerhalb der weitläufigen Verwandtschaft von einer Tante zur anderen weitergereicht worden. Auf diese Weise hatte sie erst Schlesien von Nord nach Süd durchquert, war dann nach Pommern zur Großmutter und nach deren Tod zur Großtante nach Mecklenburg gekommen, hatte ihr Pflichtjahr in Grünau bei Berlin und das Kriegsende im sächsischen Crimmitschau überstanden. Ihr späterer Mann stammte aus dem Sudetenland, und von ihm hatte das Konglomerat von Dialekten, das Creszentia Gant, geborene Schemanski, ohnehin schon sprach, noch den letzten Schliff bekommen.

Anfänglich hatte Tinchen befürchtet, die sehr eigenwillige Grammatik könnte auf die Kinder abfärben, aber dann hatte sie entdeckt, daß Tobias seinerseits versuchte, Oma Gant und den Duden einanderer näherzubringen. »Das heißt doch: Gib *mir* mal die Schere und nicht *mich*!« – »Dat lern ich wohl nu ook nich mehr, min Jung«, hatte sie geantwortet, »aber nich, daß du mich nu allens nachredest!« Worauf Tobias nur den Kopf geschüttelt hatte: »Das kann ich ja gar nicht.«

Oma Gant wurde also mit Kaffee und Streuselkuchen versorgt, bekam ein Gläschen Pfefferminzlikör, genoß zwar die ungewohnte Aufmerksamkeit, machte sich aber insgeheim Sorgen, welchem Umstand sie diese Fürsorge zu verdanken hatte. Vielleicht hätte sie doch lieber zu ihrer Schwägerin fahren sollen.

Es war Martha, die endlich zum Kern der Sache kam. »Sie haben mir doch erst neulich von Ihrer Nachbarin erzählt, die mit den Kindern ohne Mann. Wohnt die noch bei Ihnen im Haus?«

»Diese Schlampe? Eine Schande is die für die ganze Gegend mit ihre ewige Kavaliere, wo sie immer mitbringt. Die Kinder hat se ja nu weggegeben in Pflege, ging ja wohl nich mehr anders, wo doch schon eine vom Jugendamt dagewesen...«

»Aber Sie hatten mir die Frau doch ganz anders beschrieben.« Martha spendierte einen zweiten Pfefferminzlikör; vielleicht würde er die plötzlich negativen Eigenschaften der bewußten Nachbarin wieder in etwas positivere verwandeln. Vor ein paar Tagen noch sollte sie hilfsbereit und tüchtig gewesen sein, immer liebenswürdig, die Kinder gut erzogen – so schnell kann sich doch kein Mensch ändern. Allenfalls die Meinung über ihn.

»Man hört so viel, und höchstens die Hälfte davon stimmt«, sagte Tinchen, »wenn man bloß wüßte, welche.«

»Nee, Frau Bender, das is nu nich richtich. Über die reden

sie alle, aber keiner nich was Gutes.« Offensichtlich hatte der Likör seine Wirkung verfehlt. »Erst vorgestern hat sie ihren ganzen Müll...«

»Also Fehlanzeige!« Vorsichtshalber zog Florian die Flasche aus Oma Gants Reichweite, denn er befürchtete mit Recht, bei weiterem Alkoholgenuß genauestens über das Liebes- und sonstige Leben dieser ihm unbekannten Dame informiert zu werden. »Dann werden wir eben eine Anzeige im Blättchen aufgeben!«

Das wöchentlich erscheinende Mitteilungsblatt der Gemeindeverwaltung, das politisch uninteressierten Lesern auch die Tageszeitung ersetzte und so bedeutungsvolle Nachrichten vermittelte wie die bevorstehende Rinderzählung oder die von einem unbekannten Täter verursachte Beschädigung eines Halteverbotzeichens, verfügte auch über eine Rubrik »Kleinanzeigen«. Weshalb die so hieß, blieb Florian ein Rätsel, denn die Danksagungen für die letzte Ehre, die einem lieben Verstorbenen bei seinem Heimgang erwiesen worden war, nahmen manchmal eine halbe Spalte ein. Da wurde dem Arzt gedankt und der Gemeindeschwester, dem Bläserchor und dem Kleintierzüchterverband, dessen Vorsitzender so bewegende Worte gefunden hatte, dem Herrn Pfarrer natürlich und dem Altenklub für den schönen Kranz, und zum Schluß auch noch dem Pächter des Bürgerstüble, der die Trauergäste so stilvoll bewirtet hatte.

Etwas kleiner gerieten die Geburtsanzeigen mit eigenhändig gemalter Wiege und genauen Daten über Größe und Gewicht des neuen Erdenbürgers. Der entflohene Wellensittich – »hört auf den Namen Putzilein« – nahm nur zwei Zeilen in Anspruch, die zum Verkauf stehende Spielzeugeisenbahn brauchte sieben, weil sie so viele Zubehörteile hatte.

Ganz am Ende standen die Stellenangebote. Da wurde ein Getränkeausfahrer mit Melkerfahrung gesucht und eine kinderliebe Oma, die drei reizende Bübchen von fünf bis neun Jahren stundenweise beaufsichtigte, ein Sargtischler und eine Kosmetikberaterin (für Hausfrauen besonders geeignet), eine Ostereierfärberin und eine Fachverkäuferin für Sanitärbedarf.

Dieses Gemeindeblatt war Florians Lieblingslektüre. Er malte sich dann immer aus, wie beispielsweise Frau Hahneblank der Frau vom Metzger Müller die Vorzüge eines Beautyfluid demonstrieren oder die gesuchte Fachverkäuferin einem Kunden den Unterschied zwischen meergrünen und balibraunen Klosettschüsseln zu erklären versuchen würde – natürlich ohne Demonstration.

Über dieses Blättchen also, das in jedem Haushalt von Steinhausen auf dem Tisch lag, hoffte Florian die dringend benötigte Putzhilfe zu finden. »Wir müssen die Anzeige nur ein bißchen originell abfassen.«

»Was für 'ne Anzeige?«

Die Schnellste ist sie wirklich nicht mehr, dachte Florian ergeben, und setzte Oma Gant noch einmal geduldig auseinander, daß Frau Schliers gekündigt habe und man eine Nachfolgerin brauche.

»Da weiß ich aber wen Besseres. Die Frau Künzel bei mich nebenan.«

»Richtig! Künzel hat sie geheißen«, sagte Martha erleichtert, »mir ist vorhin bloß der Name nicht mehr eingefallen.«

»Aber die is ja auch nich meine Nachbarin, weil die wohnt im Nebenhaus.«

Florian widerstand der Versuchung, Oma Gant die Pfefferminzlikörflasche über den Kopf zu hauen, vielmehr öffnete er sie und goß das Glas noch einmal voll, während er die Vorzüge der »so unverschuldet ins Mißgeschick« geratenen

Frau Künzel über sich ergehen ließ. Demnach hatte der unverhofft gestorbene Gatte – »einfach umgefallen is er, und denn war er tot!« – die Familie mit einer mageren Beamtenpension zurückgelassen, die von Frau Künzel durch Halbtagsarbeit aufgebessert wurde. »Die Büros von die Krankenkasse putzt sie, aber immer erst so ab vier, wenn die Leute raus sind, und danach noch beim Bäcker Schmerlich den Laden. Da kriegt sie dann wenigstens übriggebliebene Brötchen oder mal'n alten Kuchen. Aber die Kinder sind denn natürlich allein, und da hat se immer Angst. Der Große is ja schon zehn, tüchtiger Junge, holt mich immer die Kohlen rauf, aber das Mädelchen is erst fünf, und nu muß der Junge immer auf ihr aufpassen und kann nie nich weg bei seine Freunde oder mal ins Fußball und so. Viel lieber würde die Frau Künzel vormittags was arbeiten, da is die Kleine im Kindergarten und der Große in die Schule, aber sie hat ja nie nichts gelernt. Früh geheiratet, denn gleich das erste Kind und immer nur Hausfrau. Wäre ja auch allens gutgegangen, der Mann die schöne Laufbahn bei die Post, war schon beinahe Obersekretär, isser aber doch nich mehr geworden, weil er noch rechtzeitig gestorben is.«

Während Florian sich das Lachen verkneifen mußte, stellte Tinchen schon praktische Überlegungen an. Da Julia ohnehin täglich aus dem Kindergarten abgeholt wurde, würde man künftig beide Mädchen herbringen, wo sie zusammen spielen konnten, bis Frau Künzel mit ihrer Arbeit fertig war. Vielleicht ließe sich sogar einrichten, daß beide noch hier aßen, bevor sie nach Hause gingen, es blieb sowieso immer zu viel übrig.

Mitten in ihre Pläne platzte Florians naheliegende Frage: »Und Sie glauben wirklich, diese Frau Künzel würde ihre Krankenkassenfußböden und die kostenlosen Schrippen gegen dieses Irrenhaus hier eintauschen?«

»Bestimmt!« Die behäbig auf ihrem Stuhl thronende und jetzt unablässig mit dem Kopf nickende Oma Gant erinnerte Florian an eine Buddhafigur. »Die Frau Künzel is nämlich mit Leib und Seele Hausfrau. Und hier kann se doch auch mal mit Menschen reden und nich immer bloß mit leere Schreibtischstühle.« Doch, sie würde gleich bei ihr vorbeigehen, sonntags sei sie immer zu Hause, höchstens ein bißchen spazieren mit die Kinder, aber heute sicher nicht, ist ja viel zu windig, wo doch die Kleine Maleschen mit die Ohren hat, und danach riefe sie dann gleich an. Nein, nein, keinen Likör mehr, wie sehe das denn aus, eine alte Frau und betrunken. Und das auch noch am Sonntag.

»Betrunken ist sie nicht, aber ganz schön angeschickert«, grinste Florian, als er der endlich davontrottenden Oma Gant nachblickte. »Sieh mal, sie muß sich regelrecht an ihrem Streuselkuchen festhalten.«

Martha hatte nämlich behauptet, der Kuchen sei ihr diesmal zu trocken geraten, würde aus den Ohren stauben und wahrscheinlich sogar von den Enten im Stadtgraben abgelehnt werden. »Denn geben Sie den mich man mit«, hatte Oma Gant gemeint, »besser wie Hefezopf isser allemal. Ich tunk ihn einfach in mein' Milchkaffee.«

»Du hättest sie doch nach Hause fahren sollen«, sagte Tinchen vorwurfsvoll.

»Sie wollte ja partout nicht. Außerdem wird ihr die frische Luft ganz guttun. Vielleicht war es doch keine so gute Idee, sie als Parlamentär vorzuschicken. Wenn diese Frau Künzel wirklich eine so grundsolide Frau ist, könnte sie aus Omas beschwingtem Zustand falsche Schlüsse ziehen.«

»Wieso falsche?«

Noch vor dem Abendessen kam der erlösende Anruf. Frau Künzel selbst war am Apparat – eine sehr sympathische Stimme, fand Tinchen –, bedankte sich für das Angebot, und ob es recht sei, wenn sie am nächsten Vormittag vorbeikäme? Das war Tinchen sehr recht. Florian ebenfalls. Eine Postsekretärswitwe, die sich mit Schreibtischstühlen unterhielt – die wollte er schon kennenlernen.

Bisher hatte Tinchen noch niemals eine Putzfrau beschäftigt, geschweige denn die Präliminarien abgewickelt, die solch einer Einstellung vorauszugehen haben. Wonach hatte man denn bloß zu fragen? Können Sie Fenster putzen? Blödsinn, das konnte jeder, nur konnten es manche eben besser als andere. Wie oft bohnern Sie? Auch Quatsch, das Parkett im Arbeitszimmer war versiegelt, sonst gab es fast nur Teppichböden. Mit welcher Politur die antiken Möbel behandelt wurden, wußte Tinchen selbst nicht, und daß man die Solnhofener Platten in der Eingangshalle nur feucht zu wischen brauchte, verstand sich von allein. Frau Schliers hatte sie allerdings auf den Knien liegend mit einer Wurzelbürste geschrubbt und dann noch Sagrotan ins Aufwaschwasser gekippt. Erst danach roch es für sie so richtig schön nach Sauberkeit und Frische, nach Florians Meinung roch es bloß nach Intensivstation.

Im übrigen war er es, der Frau Künzel in Empfang nehmen und begutachten mußte, denn Tinchen hatte auf ihrer morgendlichen Einkaufstour erhebliche Schwierigkeiten mit dem Wagen. Beim Bäcker war er kaum angesprungen, den Weg zum Metzger hatte er gerade noch geschafft, aber hundert Meter weiter war er endgültig stehengeblieben. Zwecks Erster Hilfe hatte Metzger Müller seinen Lehrjungen in Marsch gesetzt, aber der verstand vom Innenleben eines Schweins entschieden mehr als vom Innenleben eines Autos, außerdem fuhr er bloß Mofa, mit den Blutwürsten war er auch noch nicht fertig, und gleich um die Ecke sei ja eine Tankstelle. Die Straße war lang, die Ecke mindestens einen halben Kilometer entfernt, Tinchens Pumps für längere Fußmärsche nicht geeignet, und so dauerte es eine Weile, bis sie endlich das rettende Dach erreicht hatte. Der Tankwart war mit einem Ölwechsel beschäftigt gewesen und hatte erst mal keine Zeit gehabt. Nachdem er den Kunden abgefertigt und einem zweiten Zigaretten und Bonbons verkauft hatte, war er gewillt gewesen, sich Tinchens Diagnose anzuhören. »Wahrscheinlich ist die Batterie leer.«

»Warum sagen Sie das nicht gleich?« hatte dieser Gemütsmensch geantwortet, seinen Azubi gerufen und mit den entsprechenden Gerätschaften auf den Weg geschickt. Tinchen hatte mitfahren dürfen. Sich von einem kaum Achtzehnjährigen sagen lassen zu müssen, daß die Batterie voll, der Tank hingegen leer sei, war schon blamabel genug gewesen, aber diesen grinsenden Knaben auch noch bitten zu müssen, den Reservekanister doch freundlicherweise zu füllen und zurückzubringen, hatte das Faß zum Überlaufen gebracht. Sie hatte wütend den Kofferraumdeckel zugeschlagen und zu spät bemerkt, daß der Schlüssel darin lag. Und der Zweitschlüssel befand sich – jederzeit griffbereit – im Handschuhkasten des ordnungsgemäß verschlossenen Autos!

Als sie gegen halb zwölf nach Hause kam, war Frau Künzel schon wieder weg und Florian in glänzender Laune. »Erst hab' ich ja geglaubt, diese gutaussehende Person will mir ein Zeitungsabonnement andrehen oder Herrenparfüm verkaufen, weil ich Putzfrauen ganz anders in Erinnerung hatte, aber dann hat sich der Irrtum schnell aufgeklärt. Ich hab' sie übrigens engagiert«, sagte er selbstzufrieden. »Ich hoffe, es ist dir recht?«

»Kann sie noch was anderes außer gut aussehen?«

»Bestimmt! Sie machte einen ganz tüchtigen Eindruck, und sooo jung ist sie auch nicht mehr, mindestens neunundzwanzig.«

»So?«

»Na ja, vielleicht ist sie ja auch schon dreißig«, räumte Florian ein, »manche Frauen sehen nun mal jünger aus als sie sind.«

»So?«

»Du brauchst nicht dauernd ›so‹ zu sagen, *ich* habe doch kaum etwas mit ihr zu tun.«

»Eben.« Innerlich kochte Tinchen. »Hat Martha diese Frau Künzel wenigstens gesehen?«

»Nö, warum auch? Du bist doch die Hausherrin!«

»Ach ja?«

»Herrgott noch mal, es ist doch nicht meine Schuld, wenn du drei Stunden lang Suppenwürfel kaufst. Warum bist du denn nicht pünktlich hiergewesen?«

Da Tinchen diese Frage begreiflicherweise nicht beantworten wollte, erkundigte sie sich nach den Vereinbarungen, die Florian doch hoffentlich mit der neuen Hilfe getroffen habe. Es stellte sich heraus, daß er in seliger Unkenntnis des gängigen Stundenlohns eine weit über Tarif liegende Bezahlung angeboten hatte sowie Überstundengeld bei außergewöhnlichen Belastungen wie Familienfeiern, Logiergästen oder anderen, nicht vorhersehbaren Ereignissen.

»Und wie steht es mit Krankengeld und bezahltem Urlaub?« fragte Tinchen ironisch.

»Daran habe ich nicht gedacht«, gestand er kleinlaut, »aber das läßt sich ja nachholen.«

»Du bist ein Trottel!« war alles, was sie hervorbrachte, bevor sie ihren Mann allein ließ. Er nickte bekümmert hinterher. »Du hast ja recht, aber wer denkt denn gleich an Krankenhausrechnungen?«

Das Kapitel Schliers war übrigens noch nicht abgeschlossen. Genau eine Woche nach ihrem freiwilligen Abgang klingelte nachts das Telefon. Als Florian sich mit verschlafener Stimme meldete, tönte zu seinem Entsetzen die beherrschte Stimme seiner Schwägerin aus dem Hörer. »Guten Abend, Florian, ich hoffe, ich habe dich nicht gestört?«

»Aber gar nicht, liebe Gisela«, gähnte er mit einem Blick auf die Uhr. »Es ist kurz nach halb zwei, und um diese Zeit füttere ich immer die Eichhörnchen im Garten.«

»Entschuldige«, kam es nach kurzem Schweigen zurück, »ich hatte die Zeitverschiebung vergessen.« Es folgte ein langer Monolog, der mit den charakterlichen Vorzügen von Frau Schliers begann, fortgesetzt wurde mit einer Definition der Begriffe Eigenmächtigkeit, Treuebruch und Verantwortungslosigkeit, dann kam ein Vortrag über zweckmäßige Haustierhaltung, die im übrigen generell abzulehnen sei, und schließlich gipfelte das Gespräch in der Forderung, daß Frau Schliers umgehend wieder einzustellen sei.

Hier allerdings streikte Florian. Er bearbeitete das Telefon mit der Nachttischlampe, ließ kurz den Hörer fallen, tippte ein paarmal an die Gabel und flüsterte in halbabgerissenen Sätzen: »Ich glaube, die ... Bindung ... stört ... kann schlecht verste... morgen wieder ... rufen, am ... schreiben.«

Befriedigt legte er den Hörer auf. »Die Hahneblank muß ihrer Empörung per Eilboten Luft gemacht haben.«

»Amerika, du hast es besser«, sagte Tinchen schläfrig, »da wird sogar nachts Post ausgetragen.«

Tante Klärchen

»Was bedeutet Ostern für euch?«

»Schokoladenhasen«, piepste Julia.

»Ferien«, sagte Tobias.

»Lammbraten mit Sahnesoße«, schwärmte Tinchen.

»Wacheschieben«, brummte Urban.

»Vierzehn Tage Butterbrot mit hartgekochtem Ei.« Das war Rüdiger.

Die Familie, soweit vorhanden und mit künstlerischen Ambitionen behaftet, saß um den Küchentisch und bemalte Eier. Das war Florians Idee gewesen. Er wollte feststellen, ob Jugendliche sich noch für überlieferte Traditionen interessieren und bereit sind, sie aufrechtzuerhalten. Eierfärben gehörte nach seiner Ansicht dazu, und es hatte ihn überrascht, mit welcher Begeisterung sein Vorschlag angenommen worden war.

»Wouwhh!« hatte Melanie geschrieben, »das haben wir seit ewigen Zeiten nicht mehr gemacht. Früher hat sich Marthchen mit uns immer zusammengesetzt, aber in den letzten Jahren wurden die Eier gleich fertig gekauft. Ein Dutzend rote, ein Dutzend grüne – war ganz egal, gegessen hat sie sowieso keiner.«

Florian strahlte. Seine Theorie stimmte also doch, daß man sogar ältere Teenager zu sinnvoller Tätigkeit im Kreise der Familie bringen konnte, sofern man sie entsprechend motivierte. Er nahm sich vor, diese Erkenntnis durch weitere Tests zu untermauern und nach den Feiertagen gemeinsames Arbeiten im Garten anzusetzen. Tinchen wollte ein

Gemüsebeet haben, Martha eins für Küchenkräuter, und für Tobias und Julia hatte er ein kleines Stück Land vorgesehen, das sie selbst bepflanzen und betreuen sollten. Man muß Kinder früh genug an Verantwortung gewöhnen.

Allerdings stand diesem Entschluß noch das beharrliche Veto von Herrn Biermann gegenüber, der sich strikt geweigert hatte, einen ganz kleinen Teil seines Rasens den geplanten Salatköpfen zu opfern. »So was stört die Symmetrie«, hatte er gesagt, »kaufen Sie die Petersilie gefälligst weiter im Laden. Der Professor hat sich nie um den Garten gekümmert, sondern die Verantwortung mir übertragen, und da bleibt sie auch!«

»Zu Befehl!« hatte Florian gesagt, eine zackige Kehrtwendung gemacht, war ums Haus marschiert und hatte hinten bei den Beerensträuchern mit Schaschlikstäbchen das Terrain für die Gemüsekulturen abgesteckt. Mit den notwendigen Erdarbeiten wollte er beginnen, sobald Herr Biermann zum alljährlichen Kameradschaftstreffen fuhr, das diesmal in Itzehoe stattfinden und drei Tage dauern sollte.

Urban malte Stahlhelme auf ein graugrün gefärbtes Ei. »Das bringe ich meinem Spieß mit! Dem habe ich es wieder mal zu verdanken, daß ich am zweiten Feiertag Bereitschaftsdienst schieben muß.«

»So ganz ohne Grund?« fragte Florian mit einem Augenzwinkern.

»Reine Schikane!« behauptete Urban. »Oder findest du es schlimm, wenn man eigenmächtig unklare Bezeichnungen durch präzise Formulierungen ergänzt? Die hatten nämlich in der Schreibstube neue Kleiderhaken angebracht und unter einen davon ein Schild genagelt: Nur für Offiziere. Ich wollte gerade ein zweites drunterkleben, als der Uffz reinkam.«

»Was hat denn draufgestanden?«

»Es können auch Mäntel aufgehängt werden.«

»Finde ich ganz originell«, bestätigte Tinchen, »hat dieser Mensch keinen Humor?«

»Der doch nicht! Der sollte am besten auf den Friedhof gehen und warten, bis er drankommt.«

Julia warf ihren Pinsel hin, mit dem sie rote Punkte auf ein gelbes Ei gekleckst hatte, und kletterte auf Urbans Schoß. »Schade, daß du nicht mit uns Ostereier suchen kannst, aber der Osterhase versteckt dir bestimmt auch welche in der Kaserne.«

»Da haben wir schon genug. Die sind schwarz, und wenn man sie wegwirft, gibt es einen mächtigen Knall.«

»Au fein, bringst du mir welche mit?«

»Ganz bestimmt nicht, Julchen.« Als er ihr enttäuschtes Gesicht sah, verbesserte er sich sofort. »Die schmecken sowieso nicht. Ich verspreche dir aber ein ganz großes Schokoladenei mit einer noch viel größeren Schleife drumrum.«

Begeistert schlang sie die Arme um seinen Hals. »Ich hab' dich ganz doll lieb, Onkel U-Bahn. Willst du mich heiraten?«

Lachend stellte er sie wieder auf den Boden. »Später vielleicht, wenn du größer bist.«

Sie überlegte einen Moment. »Das geht nicht, dann heirate ich selber.«

In den Heiterkeitsausbruch platzte Clemens mit einem Brief in der Hand. »Guckt denn keiner von euch mal in den Kasten? Was, wenn das jetzt eine Nachricht von der Lottozentrale wäre? Ihr könntet Millionäre sein und wüßtet es nicht einmal.«

»Ich spiele doch gar nicht. Als Kind habe ich schon nicht an den Weihnachtsmann geglaubt, und jetzt soll ich Lottozahlen tippen?« Florian griff nach dem Luftpostbrief mit der amerikanischen Marke, sah kurz auf die Adresse und legte ihn wieder hin. »Der ist für deinen Vater.« Dann nahm er das Kuvert noch einmal hoch, las den Absender und setzte sich plötzlich kerzengrade auf. »Du lieber Himmel, der kommt von Tante Klärchen.«

»Warum schreibt sie denn hierher?« wunderte sich Melanie. »Das hätte sie doch bequemer haben können.«

»Vor allem billiger«, ergänzte Rüdiger. »Bei ihrem ausgeprägten Geiz ein entscheidender Faktor.«

»Mir schwant so dunkel, als ob Fabian ihr gar nicht mitgeteilt hat, daß er jetzt drüben ist«, sagte Florian grimmig.

»Da könntest du recht haben. Er hätte sie doch gleich auf dem Hals. Sie nistet sich überall da ein, wo sie kostenlos unterkommen kann.«

»Das würde ich noch verstehen, wenn sie es nötig hätte, aber mit ihren Aktien könnte sie doch ihre ganze Penthaus-Wohnung tapezieren.«

»Und wenn sie mal abkratzt, dann tauscht sie die Aktien in Reiseschecks ein und nimmt alles mit«, prophezeite Rüdiger.

»Aufhören!!« donnerte Florian. »Es handelt sich immerhin um eure Großtante.«

Claire McPherson, die bis zu ihrer aber schon sehr späten Heirat Klara-Mathilde Bender geheißen hatte und von der ganzen Familie bereits als alte Jungfer abgeschrieben worden war, hatte ihrem Bruder eines Tages eröffnet, daß sie sich zu verehelichen gedenke und mit ihrem Auserwählten in die Staaten gehen werde, denn von dort käme er her. Florians Vater hätte jeden Bewerber akzeptiert, der ihm seine altjüngferliche Schwester vom Halse schaffte, ausgenommen vielleicht einen Heiratsschwindler oder einen Abkömmling des ostasiatischen Kulturkreises, aber er war dann doch überrascht gewesen, als er seinen künftigen Schwager zum ersten Mal zu Gesicht bekommen hatte. Donald McPherson war Amerikaner in der zweiten Generation, hatte schottische Vorfahren, rote Haare und eine Korsettfabrik. Seinen Geschäftsinteressen zuwiderlaufend liebte er jedoch schlanke Frauen und hatte in dem schon fast hageren Klärchen sein Ideal gefunden.

Man war sich in einem Stuttgarter Miederwarengeschäft begegnet, wo Mr. McPherson Korsetts verkaufen wollte, während Klara-Mathilde Bender ein solches zu erstehen gedachte. Nicht für sich selber natürlich, es war für ihre Schwägerin bestimmt, die für den bevorstehenden Archäologenkongreß ihr Abendkleid brauchte und nicht mehr hineinpaßte. Dank der fachmännischen Beratung von Mr. McPherson war der Kauf in kurzer Zeit abgewickelt, der Zug nach Tübingen fuhr erst in zweieinhalb Stunden, und so war Klärchen gern bereit, dem Fremden die Sehenswürdigkeiten der Landeshauptstadt zu zeigen. Als sie auf dem Fernsehturm zu Abend gespeist hatten, war auch der letzte Zug weg und Mr. McPherson gezwungen, seine Begleiterin in dem von ihm angemieteten Wagen zurück nach Tübingen zu bringen.

Zwei Tage später mußte Klärchen erneut nach Stuttgart. Diesmal wollte sie Weihnachtseinkäufe erledigen. Mr. McPherson wartete am Bahnhof, worauf man gemeinsam nach Hechingen fuhr zwecks Besichtigung der Zollernburg. Klärchen erläuterte alles Historische, Mr. McPherson interessierte sich mehr für Gegenwärtiges und machte ihr am Sarkophag Friedrichs des Großen einen Heiratsantrag. Die künftige Mrs. McPherson rechnete das Ersparte aus 22 Jahren Lehrtätigkeit am Tübinger Gymnasium in Dollar um und bot ihrem nunmehr Verlobten Teilhaberschaft an. Er war entzückt über so viel Sinn für Busineß, reiste noch zwei Wochen lang durch Deutschland, um seine Geschäfte abzuwickeln, stellte sich auf dem Rückweg seinen neuen Verwandten vor und nahm die Braut gleich mit.

Aus Klärchen Bender wurde also Claire McPherson, aus der betulichen Oberstudienrätin ein Mitglied der Upperclass, das seine Haare rosa tönen ließ, bei Wohltätigkeitsveranstaltungen der Kirchengemeinde präsidierte und den Reichtum ihres Gatten mehren half. Das nahezu akzentfreie Oxford-Englisch wich dem singenden Dialekt der Südstaatler, und schon nach drei Jahren war Mrs. McPherson amerikanischer als die meisten Damen ihres Bekanntenkreises.

Nach weiteren drei Jahren starb Mr. McPherson. Er erlag einem Magenleiden, das er sich – wie allgemein vermutet wurde – durch die rigorose Ernährungsumstellung zugezogen hatte. Der tägliche Umgang mit Korsetts hatte in seiner Gattin wohl die Vision hervorgerufen, sie könne eines Tages auch solch einen Panzer brauchen, und von diesem Augenblick an variierten die täglichen Menüs zwischen Steaks mit Salaten oder Salaten mit Steaks. Als Dessert kam Joghurt auf den Tisch. Dieses abwechslungsreiche Mahl wurde jeden Abend pünktlich um halb sieben Uhr serviert, und zwischendurch gab es lediglich schwarzen Kaffee und Mineralwasser. Anfangs hatte Mr. McPherson noch revoltiert und seine Sekretärin mehrmals täglich in die nahe Imbißstube geschickt, aber nachdem ihn seine Gattin mit einem ketchupgetränkten Hamburger erwischt hatte, ließ sie ihren eigenen Schreibtisch kurzerhand in das Büro ihres Mannes stellen, wo sie ihn acht Stunden lang unter Kontrolle hatte. Mr. McPherson resignierte, magerte ab, kriegte ein Magengeschwür und starb.

Zwei Tage nach den Trauerfeierlichkeiten beauftragte Klärchen ihren Anwalt mit dem Verkauf der Korsettfabrik. Die Jogging-Welle hatte erste Wirkung gezeigt und den Umsatz von Miederwaren bedenklich zurückgehen lassen. Und weil sie gerade beim Verkaufen war, veräußerte sie auch gleich noch das Haus und zog in eine Eigentumswohnung nach Florida, wo der Himmel blauer war, das Klima milder und die Anzahl gutbetuchter Rentner ungleich höher als in Atlanta.

Nach einigen Jahren mußte sie feststellen, daß sich ihr Kapital nicht mehr kontinuierlich vermehrte, sondern im Gegenteil weniger wurde. Sie rechnete sich aus, daß sie bei ihrem gegenwärtigen Lebensstandard in zirka 14 Jahren nur noch knapp eine Million übrig haben würde, und das schien ihr im Hinblick auf die hohe Lebenserwartung, mit der ihre Familie gesegnet war, doch etwas bedenklich. Also faßte sie den Entschluß, künftig mehr auf Reisen zu gehen, und zwar dorthin, wo es Verwandte gab, bei denen sie Kost und Logis erwarten durfte. In Schottland hatte es ihr aber nicht gefallen, die angeheirateten Cousins und Kusinen besaßen ja auch keine Fabrik, sondern günstigstenfalls einen kleinen Bauernhof, der nur das Nötigste hergab und Klärchen zwang, schon nach wenigen Tagen wieder abzureisen. Sie erholte sich eine Woche lang im Londoner Dorchester-Hotel, von wo aus sie ein rundes Dutzend Telefongespräche nach Deutschland führte und ihre Reiseroute festlegte. Während der nächsten Monate durchquerte sie die Bundesrepublik von Nord nach Süd, wohnte bei ehemaligen Studienkollegen, bei Freundinnen, die sich an die »einst doch so innigen Beziehungen« gar nicht mehr recht erinnern konnten, und überall ließ sie durchblicken, daß sie sich seit dem Tode ihres geliebten Mannes finanziell doch sehr einschränken müsse.

Nur ihren Verwandten konnte sie nichts vormachen, hatte sie doch in den ersten Jahren bedauerlicherweise in langen Briefen den Luxus geschildert, der sie umgab, Ansichtskarten aus Hawaii geschickt und Fotos vom neuen Cadillac. Niemand glaubte ihr, daß sie am Hungertuch nagte, und sie hütete sich wohlweislich, derartige Behauptungen aufzustellen. Hin und wieder erwähnte sie nur so ganz beiläufig die hohen Lebenshaltungskosten in den Staaten, die sie zwangen, wenigstens gelegentlich ein paar Monate in einem Land zu leben, das billiger sei. So galt sie im Familienkreis als eine Art Epidemie, die sporadisch kam, zum Glück aber auch irgendwann wieder verschwand.

Kein Wunder also, daß Klärchens immer noch verschlossener Brief Mißtrauen auslöste. Florian hatte nicht den Mut gehabt, ihn zu öffnen, obwohl Clemens ihm gesagt hatte, dieses Schreiben gehöre bestimmt nicht zu der Art Post, die man seinem Vater nachsenden müsse; außerdem sei es besser, auf eine Gefahr vorbereitet zu sein, als ihr unverhofft gegenüberstehen zu müssen. Er würde die volle Verantwortung für die Verletzung des Briefgeheimnisses übernehmen.

»Dann kannste ihn ja auch selber aufmachen!«

»Nun gib ihn schon her, sonst macht ihr noch die Marken kaputt!« Mit einem Küchenmesser schlitzte Rüdiger vorsichtig den Umschlag auf, entnahm ihm einen Bogen Luftpostpapier und reichte ihn weiter an Florian. »Lies lieber gleich laut!«

Florian las:

Mein lieber Fabian,
nun sind schon bald anderthalb Jahre vergangen, seit ich Dich und Deine Familie gesehen habe. Deshalb erscheint es mir an der Zeit, good old Europe wieder einen Besuch abzustatten. Wir werden alle nicht jünger, wer weiß, wie lange ich noch in der Lage sein werde, eine so große und beschwerliche Reise zu unternehmen.

»Beschwerliche Reise!« unterbrach Melanie, »daß ich nicht lache! Die fliegt doch immer erster Klasse.«

Florian warf seiner Nichte einen strafenden Blick zu und las weiter:

Darum habe ich auch beschlossen, nicht mehr länger zu warten. Das Osterfest steht vor der Tür, das Leben in der Natur erwacht, und diese schöne Zeit würde ich gern im Kreise Deiner Lieben verbringen.
Mitte Mai, wenn Deine Eltern aus Österreich zurück sind, werde ich nach Tübingen weiterreisen, im Juli dann meine Schwester Gertrud besuchen und danach zu Florian nach Düsseldorf fahren. Bevor ich sterbe, möchte ich wenigstens noch seine Frau kennenlernen und die kleine Julia. Von dort fliege ich wieder nach Hause, denn der September ist in Deutschland leider schon recht kühl, und das rauhe Klima bin ich nicht mehr gewöhnt.
Meine Maschine wird am Samstag, dem 21. April, um 17.40 Uhr in Frankfurt landen. Ich habe absichtlich den späteren Flug gebucht, denn vormittags wird Deine liebe Frau sicher noch mit den Festtagsvorbereitungen beschäftigt sein. Macht Euch meinetwegen aber bitte keine Umstände, ich brauche wenig zum Leben, daran bin ich gewöhnt.
Ich freue mich auf ein baldiges Wiedersehen und verbleibe bis dahin mit herzlichen Grüßen an Dich und die Familie
Deine Tante Claire

»Ich hab's ja geahnt!« stöhnte Melanie. »Uns bleibt aber auch nichts erspart.«

»Und ich hatte mich so auf ein paar ruhige Feiertage gefreut«, maulte Rüdiger, »statt dessen hängt diese alte Eule hier rum und nervt.«

Florian stand schon vor dem Küchenkalender und rechnete. »Wenn ich mich nicht irre, will sie mindestens drei Wochen hierbleiben, bevor sie weiterfährt nach Tübingen. Ich kann nur hoffen, eure Großeltern wissen noch nicht, was ihnen bevorsteht, sonst verlängern sie ihren Urlaub oder springen gleich in den Wörthersee.«

»Können wir nicht ein Telegramm schicken, hier ist Scharlach ausgebrochen oder so was Ähnliches?« schlug Tobias vor, der sich an diese offenbar schreckliche Tante zwar nicht mehr erinnern konnte, aber auch keinen Wert darauf legte, sie erneut kennenzulernen. Bestimmt wollte sie ihn küssen. »Wie der Jochen in meiner Klasse vorige Woche Scharlach kriegte, hat seine Schwester auch nicht mehr in die Schule gemußt wegen der Ansteckung.«

»Tobias hat recht«, überlegte Florian. »Wir sollten sie wirklich benachrichtigen. Das mit dem Scharlach geht natürlich nicht, aber wir könnten telegrafieren, daß eure Eltern gar nicht hier sind.«

»Wozu soll das gut sein? Dann haben wir vielleicht eine Galgenfrist, aber spätestens in vierzehn Tagen rückt sie uns doch auf die Bude. Und wenn wir ihr die Wahrheit sagen, verzeiht uns Vater das nie, weil *er* sie dann auf dem Hals hat.« Urban schüttelte nachdrücklich den Kopf. »Wir werden uns wohl in das Unvermeidliche fügen und das verarmte Tante Klärchen bei uns aufnehmen müssen.«

Melanie blickte ihren Bruder giftig an. »Du hast gut reden! Schütze Urban verzieht sich am Sonntag in seine Kaserne, und ich gehe jede Wette ein, daß du dich hier nicht mehr sehen läßt, bevor die Luft wieder rein ist.«

»Gewonnen! Aber Auntie Claire wird meine Abwesenheit nur begrüßen. Sie hat mir noch immer nicht verziehen, daß ich ihr bei ihrem vorletzten Besuch die Eidechse in die Handtasche gesteckt habe.«

»Schade, daß Krokodile da nicht reinpassen.« Melanie stand auf und fing an, die Malutensilien zusammenzuräumen. »Darauf hab' ich jetzt keinen Bock mehr.«

»Ich auch nicht.« Mit ein paar flotten Pinselstrichen vollendete Rüdiger sein Werk und hielt es beifallheischend in die Höhe. Die Karikatur auf dem Ei zeigte ein hageres Frauengesicht mit Raffzähnen und einem Schwall rosa Löckchen. »Eine gewisse Ähnlichkeit ist doch vorhanden, nicht wahr?«

»Ja, die Haare hast du prima getroffen«, bestätigte Urban. Vorsichtig legte Rüdiger das Ei auf den Kühlschrank. »Das werde ich ihr auf den Nachttisch stellen.«

»Das wirst du schön bleiben lassen!« warnte Florian. »Ein beleidigtes Tante Klärchen ist noch viel schwerer zu ertragen als ein normal temperiertes.«

»Lieber in den sauren Apfel beißen als einen auf die Birne kriegen!« behauptete Urban. »Was sind schon drei Wochen?«

»Einundzwanzig Tage!« Wütend knüllte Melanie die bekleckerten Zeitungsbogen zusammen und stopfte sie in den Mülleimer. »Frohe Ostern.«

»Apropos Ostern: Zwei Gänse unterhalten sich. Fragt die eine: ›Glaubst du an ein Weiterleben nach Weihnachten?‹«

»Du nervst!« Melanie griff nach dem erstbesten Gegenstand und warf ihn in Rüdigers Richtung. Das Porträt von Tante Klärchen klatschte an die Tür und fiel zu Boden.

»Bravo!« sagte Florian, »das war Freuds Geschoß!«

Während der ganzen Auseinandersetzung hatte Tinchen kein Wort gesagt, aber nachdem das Jungvolk die Küche verlassen hatte, wagte sie einen leisen Protest: »Müssen wir uns wirklich jetzt schon mit Logierbesuch herumschlagen? Meine Eltern bleiben ja auch während der Feiertage zu Hause, weil sie meinen, wir müßten uns erst einmal alle aneinander gewöhnen und den ganzen Haushalt neu organisieren, und nun rückt uns diese verschrobene Tante auf die Bude, die ich nicht mal kenne.« Sie stellte sich auf Zehenspitzen und gab Florian einen Kuß auf die Nase. »Kannst du uns diesen Besuch nicht ersparen? Mit ein bißchen diplomatischem Geschick müßte das doch möglich sein.«

»Du und dein Zuckerwatteoptimismus!« entgegnete er verbittert. »Wenn du bloß mit dem Zaunpfahl winkst, hast du bei Tante Klärchen keinen Erfolg. Bei ihr helfen keine dezenten Anspielungen, die reagiert nur auf die Holzhammermethode, und damit sollte man bei Erbtanten vorsichtig sein.« Er stand schon wieder vor dem Kalender. »Du mußt auch berücksichtigen, was uns erspart bleibt. Komm mal her!«

Tinchen stellte sich neben ihn und verfolgte seinen Zeigefinger, mit dem er auf die einzelnen Monate stippte. »Im Mai will sie nach Tübingen und im Juli zu Tante Gertrud nach Bad Schwalbach. Mit der hat sie sich aber schon als Kind nicht vertragen, und an diesem Zustand hat sich bis heute nicht viel geändert. Länger als vierzehn Tage halten die beiden es nie zusammen aus. Die letzten auf ihrer Liste wären dann wir. So, und nun rechne mal nach!«

Tinchen rechnete und kam zu dem erschreckenden Ergebnis, daß Tante Klärchen günstigstenfalls drei, schlimmstenfalls vier oder gar fünf Wochen in Düsseldorf zu verbleiben gedachte. »Also schön, laß sie kommen«, seufzte sie ergeben, »vorausgesetzt, daß sie nicht umdisponiert. Nach Düsseldorf kann sie ja nun nicht mehr, also wäre es doch naheliegend, wenn sie am Ende ihrer Rundreise noch mal hier aufkreuzt.«

»O nein, das wird sie nicht«, sagte Florian bestimmt. »Dafür garantiere ich. Ich werde sie schon in Trab halten, und das ist das Schlimmste, was man ihr antun kann.«

»Wie alt ist sie eigentlich?«

»Ganz genau weiß das nur mein Vater. Sie selbst behauptet, zweiundsechzig zu sein, aber das ist sie vor ein paar Jahren auch schon gewesen, also wird sie wohl auf die Siebzig zugehen.«

»Genau das, was ich jetzt gebrauchen kann! Womöglich noch gebrechlich, so daß man sie die Treppe raufschieben muß. Tagsüber braucht sie eine Wolldecke und nachts ein Töpfchen unterm Bett.«

»Du wirst dich wundern!« prophezeite Florian.

Sie wunderte sich wirklich. Die aschblonde, sehr jugendliche Dame im weißen Hosenanzug, die so leichtfüßig aus dem Wagen stieg, konnte höchstens fünfzig und auf keinen Fall Tante Klärchen sein. Alte Frauen tragen keine zehn Zentimeter hohe Absätze, keine Schmetterlingsbrillen mit Glitzersteinen und keine grellen Lippenstifte.

»Du hättest ruhig Fabians Daimler nehmen sollen, Florian«, mißbilligte die Dame, ihre Bügelfalten zurechtzupfend. »Diese Kleinwagen sind eine Zumutung. Sogar meine Putzfrau fährt einen Chevrolet.«

»Die verdient sicher auch mehr als ich, Tante Klärchen«, entgegnete Florian, während er das Gepäck auslud. »Fabians Straßenkreuzer ist ein Säufer, und Benzin kostet bei uns momentan doppelt soviel wie ein Liter Milch.«

»Ich trinke nie welche.«

Drei Koffer standen schon auf der Straße, den vierten wuchtete Florian gerade vom Rücksitz. »Hast du deinen ganzen Kleiderschrank mitgebracht?«

»Natürlich nicht, aber man muß sich bei euch ja auf die verschiedensten Temperaturen einstellen. Außerdem enthält der grüne Koffer überwiegend Geschenke für die Kinder.« Fröstelnd schlug sie den Kragen ihrer Jacke hoch. »Könntest du das Ausladen nicht eurem Mädchen überlassen? Mir ist kalt.« Sie trippelte auf die Haustür zu.

Behutsam schob Tinchen die Gardine wieder zurecht, hinter der sie Tante Klärchens Ankunft verfolgt hatte, reckte die Stupsnase in die Höhe, holte tief Luft und öffnete die Tür. »Guten Tag und herzlich willkommen, Mrs. McPherson. Wir alle freuen uns...«

»Claire, bitte, und du. Immerhin sind wir verwandt.« Sie umarmte ihre angeheiratete Nichte flüchtig und drückte ihr einen Kuß auf die Stirn. Dann schob sie sie von sich und betrachtete sie gründlich.

»Auf den Fotos siehst du jünger aus«, sagte sie, »aber für deine fast vierzig Jahre hast du dich trotzdem recht gut gehalten.«

»Sechsunddreißig«, verbesserte Tinchen zähneknirschend.

»So?« Tante Klärchens Jacketkronen täuschten ein Lächeln vor. »Dann muß ich mich wohl geirrt haben. Nun, in unserem Alter spielen ein paar Jährchen mehr oder weniger keine Rolle.«

Florian schob den letzten Koffer in den Flur und schloß die Tür.

»Voriges Mal hast du besser ausgesehen, Tante Klärchen. Dir fehlt doch hoffentlich nichts?« Seine Besorgnis klang beinahe echt.

»Nein, ich bin kerngesund«, beteuerte sie lebhaft, ihr Aussehen im Spiegel überprüfend. »Nur der Flug hat mich etwas angestrengt. Stundenlang an seinen engen Platz gefesselt zu sein, ist eben doch ein bißchen beschwerlich.«

»Am besten legst du dich eine Stunde aufs Ohr, Tante Klär... Claire«, schlug Tinchen vor. Noch fünf Minuten länger in Gegenwart dieser boshaften Tante und sie würde sämtliche Höflichkeitsregeln vergessen und der alten Giftmorchel ihren pinkfarbenen Regenschirm um die Ohren hauen, den Florian gerade in den kupfernen Behälter stellte.

»Nicht dort hinein«, wehrte die Tante erschrocken ab. »Bring ihn mit hinauf in mein Zimmer, er ist so empfindlich.« Dann überprüfte sie die Kofferparade. »Den großen kannst du irgendwo abstellen, er enthält meine Sommergarderobe. Den grünen bringst du am besten ins Wohnzimmer, wo ich ihn nachher in Gegenwart der Kinder auspacken werde, und die beiden anderen trägst du mir bitte nach oben.«

»Aber gern, Tante Klärchen«, versicherte Florian bereitwillig, froh, erst einmal verschwinden zu können. »Oder willst du gleich mitkommen?«

Die Tante lehnte dankend ab. Sie wolle zuerst die Kinder begrüßen, sodann einen Rundgang durchs Haus machen, um mögliche Veränderungen in Augenschein zu nehmen, und einen Kaffee hätte sie auch recht gern. Aber schwarz bitte und ohne Zucker.

»Dann muß ich dich leider allein lassen.« Tinchen war schon auf dem Weg nach unten.

»Das macht nichts, meine Liebe, schließlich kenne ich mich hier besser aus als du.«

In der Küche fand Tinchen den gesamten Nachwuchs um den Tisch gruppiert, wo er mit Speckschwarten die gefärbten Eier polierte. Gespannt sahen alle auf.

»Sie ist da, nicht wahr?« seufzte Urban. »Nicht mal mehr auf Flugzeugentführer ist Verlaß.«

»Rosé oder Himmelblau?« fragte Melanie.

»Wie bitte?«

»Na, ich meine, trägt sie Rosa oder Blau?«

»Weiß. Mit einer rosa Seidenblume im Knopfloch.«

»Was will sie bloß anziehen, wenn sie achtzig ist!«

Die Stühle waren belegt, also setzte sich Tinchen aufs Büfett. »Sie will euch sehen.«

»Wann? Jetzt sofort?« Mit einem Ruck stand Rüdiger auf und trabte zur Tür. »Keine Zeit, bin sowieso schon zu spät dran. Muß zur Probe.«

»Am Ostersamstag?« zweifelte Tinchen.

»Wann denn sonst? Wir spielen doch übermorgen.« Die aufgerissene Tür schlug Urban an die Stirn, der sich ebenfalls einer dringenden Verabredung erinnerte und gar nicht schnell genug aus der Küche herauskam. Clemens schwang sich gleich über den Balkon. »Hab' total vergessen, daß ich mit Andrea ins Kino will. Sie wartet bestimmt schon.«

»Zieh dir wenigstens eine Jacke an!« brüllte Tinchen hinterher.

»Nicht nötig, mir ist jetzt schon ganz heiß geworden.« Nur Melanie blieb sitzen und überlegte, welchen Grund sie für eine Flucht vorschieben könnte, aber ihr fiel keiner ein. »Du kannst ja mit Klausdieter spazierengehen«, schlug Tinchen vor.

»Den hat Tobias mitgenommen.«

Gleich nach dem Mittagessen hatte er sich zu seinem Freund Heiko verkrümelt, der ihm allerdings nur unter der Bedingung Zuflucht versprochen hatte, daß er den Hund mitbrächte. Außer mit Daniel, dem Sohn von Frau Künzel und eigentlich schon viel zu alt für ihn, hatte Tobias nur mit Heiko Baumgarten Freundschaft geschlossen. Das war der mit dem geschiedenen Vater. Von Patrick hatte er nichts mehr wissen wollen, der war ihm zu großmäulig. Feige war er außerdem. Die Sache mit dem alten Fräulein Senkhas hatte Tobias ihm nie verziehen. Heiko dagegen war nicht feige. In der Klasse hatte er sich schon mit jedem Jungen herumgeprügelt, immer gewonnen, weil er ein bißchen Judo konnte, er wurde respektiert, aber einen richtigen Freund hatte er nicht. Tobias ging es ähnlich, und wohl nur deshalb hatten sich die beiden zusammengetan. Seit einiger Zeit hatte er allerdings den Verdacht, daß er von Heiko nur des Hundes wegen akzeptiert wurde, aber lieber einen halben Freund als gar keinen, und wenn sie mit der Autorennbahn spielten, verkroch sich Klausdieter sowieso immer unters Bett.

»Warum wünschst du dir nicht selber einen?« hatte er einmal gefragt, doch Heiko hatte nur abgewinkt. »Hab' ich ja schon, aber meine Mutter will keinen.«

Ein Weilchen hatte Tobias nachgedacht. »Vielleicht fängst du das ganz falsch an. Du mußt dir ein Brüderchen wünschen, dann kriegste bestimmt einen Hund.«

»War das bei dir auch so?«

»Nee, wir hatten ja schon einen. Warum ich dazu noch eine Schwester bekommen habe, weiß ich auch nicht. Dabei wollte ich gar keine. Gebrauchen kann man sie zu nichts, sie wird einfach nicht vernünftiger.«

Melanie saß noch immer am Tisch und baute kleine Häuschen aus den Speckschwarten.

»Du bist ein Ferkel!« Tinchen rutschte vom Büfett und fing an, die unappetitlichen Reste zusammenzuräumen. »Du kannst ruhig mithelfen!« Schweigend packte Melanie die Eier in einen Korb. Plötzlich kicherte sie vor sich hin. »Hast du Marthchen schon gesehen? Die läuft rum wie eine Geschenkverpackung.«

»Wieso?«

»Beim letzten Besuch hat ihr Klärchen eine Schürze mitgebracht, so ein typisch amerikanisches Erzeugnis mit Rüschen am Busen und Schleife vorm Bauch. Jetzt fühlt sich die Ärmste aus lauter Pietät verpflichtet, diese Scheußlichkeit auch wirklich zu tragen.«

»Wenn's ihr Spaß macht.«

»Macht es ja gar nicht, aber Mutti hat mal angedeutet, daß man Geschenke nicht mißachten darf. Deshalb hat sie auch eine Liste, auf der ganz genau aufgeführt ist, was sie mal von wem gekriegt hat, und sobald der Betreffende im Anmarsch ist, gräbt sie sein Geschenk aus und stellt es irgendwo hin. Du glaubst gar nicht, was im Keller für Kitsch lagert. Damit könntest du einen ganzen Flohmarkt bestükken.«

»Ist von Tante Klärchen auch was dabei?«

»Ich glaube, bloß die rosa Decke mit den Taftblumen am Saum. Sonst hat sie meistens Sachen zum Anziehen mitgebracht.«

Als Martha dann tatsächlich in voller Schönheit im Türrahmen erschien, konnte sich Tinchen das Lachen nicht verbeißen. Die Schürze war einfach umwerfend, und das neckische hellblaue Schleifchen, das ihr Melanie in die fast weißen Haare gesteckt hatte, bildete das I-Tüpfelchen. »Sie sehen aus wie eine Babypuppe im Steckkissen!«

»Müßte bloß 'n andrer Kopp obendrauf.« Auf einem Tablett stellte Martha Kaffeetassen zusammen sowie ein Schälchen mit Gebäck. »Hat die Gnädige noch nicht danach verlangt?«

»Du lieber Himmel, schon vor einer Viertelstunde! Ich hab' das total vergessen.« In Windeseile füllte Tinchen Wasser in die Maschine und suchte nach dem Kaffee.

»Lassen Sie man, Tine, der ist schon seit Mittag fertig.« Martha zeigte auf die Thermoskanne.

»Wir können ihr doch nicht diese abgestandene Brühe anbieten.«

»Die trinkt sie immer. Hauptsache, es ist genug da und der Löffel bleibt drin stehen.«

Eine Prozession bewegte sich treppaufwärts. Vorneweg Tinchen mit dem schnell in eine Porzellankanne umgefüllten Kaffee, dahinter Martha mit dem Tablett und am Schluß Melanie mit der rosa Decke. Martha hatte sie schon am Vormittag herausgelegt, dazu passende Servietten und das leicht angestaubte Gewürzsträußchen. Der Verbannung in den Keller war es nur deshalb entgangen, weil Gisela sich nicht mehr erinnern konnte, wer es einmal mitgebracht hatte. Seitdem gilbte es auf dem Kaminsims vor sich hin. Da es ein paar rosa Wachsperlen enthielt, war nach Marthas Ansicht die farbliche Harmonie der Tischdekoration gewährleistet.

Tante Klärchen thronte im Wohnzimmer in dem einzigen Sessel, der dort nicht hineingehörte, sondern normalerweise in Giselas Zimmer stand. Er war schon etwas durchgesessen, aber sehr bequem, und deshalb hatte Florian ihn kurzerhand requiriert. Das Möbel hatte einen weinroten Plüschbezug und bildete den offenbar gewünschten Kontrast zu Tante Klärchens makellosem Weiß.

»Ihre Majestät hält hof«, murmelte Melanie.

»Mich erinnert sie eher an eine aufgebahrte Leiche«, flüsterte Tinchen zurück.

Die Begrüßung verlief mit gemessener Herzlichkeit. Melanie durfte zwei Küsse auf die stark gepuderten Wangen hauchen, Martha bekam einen sanften Händedruck und einen wohlwollenden Blick. »Die Schürze macht Sie direkt um zwanzig Jahre jünger.«

»Dann sollten Sie auch so was tragen«, knurrte Martha sotto voce, aber Tinchen hatte sie doch verstanden und griente. Plötzlich hatte sie eine Idee. Sie griff nach der Kanne, aus der Martha gerade einschenken wollte, und riß sie so heftig an sich, daß der Deckel herunterfiel und der Kaffee überschwappte – genau auf die Rüschenschürze. »Ach, das tut mir aber leid, wie konnte das nur passieren?« Dabei zwinkerte sie Martha zu, die nun ihrerseits zu lamentieren anfing. »Jetzt muß das schöne Stück schon wieder in die Wäsche...«

»Du bist etwas unbeherrscht, mein Kind«, war alles, was Tante Klärchen zu sagen hatte.

Abgang Martha.

Auftritt Florian. Er rettete das Kaffeestündchen, indem er seine Tante zum Erzählen animierte, was sie gerne und wortreich tat. Er log das Blaue vom Himmel herunter, um die Abwesenheit des Nachwuchses glaubhaft zu machen, und vertröstete sie auf den morgigen Ostersonntag, wenn die ganze Familie vollzählig am Frühstückstisch versammelt sein würde.

»Ich frühstücke nie!« Und dann, nach kurzem Zögern: »Sag einmal, Florian, hat dein Bruder noch eine Flasche von dem guten alten schottischen Whisky?«

»Ob er alt ist, weiß ich nicht, schottisch ist er auf jeden Fall.« Er holte die Flasche, Tinchen brachte Gläser und Eis, fragte höflich: »Möchtest du auch Sodawasser?«, setzte sich wieder, als die Tante verneinte, und faltete weiter Rüschen in ihre Papierserviette. Eine halbe Stunde und drei Whisky später war Klärchen sanft entschlummert und sah nun gar nicht mehr so comme il faut aus. Die Wimperntusche war zerlaufen, das Make-up etwas brüchig geworden, und mit den Haaren stimmte auch etwas nicht.

»Sie sollte ihren Friseur wechseln, da kommt der falsche Farbton durch.« Leise, um das dezente Schnarchen nicht zu unterbrechen, stand Tinchen auf. »Was machen wir jetzt mit ihr?«

»Sitzen lassen«, sagte Florian, »zum Abendbrot wecken wir sie.«

Offenbar hatte er ein Reizwort ausgesprochen. Klärchen schlug die Augen auf, ordnete mit einer automatischen Bewegung ihre Frisur und murmelte, sich vorsichtig aus ihrem Sessel schälend: »Ich möchte heute nichts mehr essen. Am besten werde ich mich zurückziehen. Morgen ist ja auch noch ein Tag.«

»Eben!« Man spürte Melanies Erleichterung, aber sie hatte sich zu früh gefreut.

»Würdest du mich wohl begleiten und mir beim Auspakken helfen?«

»Aber gern, Tante Klärchen.« Den gottergebenen Blick zur Zimmerdecke bemerkte sie nicht, vielmehr klammerte sie sich an Melanies Arm fest und zog sie langsam zur Tür. »Mir müssen wohl die Füße eingeschlafen sein.«

Den Hinweis auf den guten alten schottischen Whisky verkniff sich Florian. Er griff nach Tantchens anderem Arm und bugsierte sie vorsichtig die Treppe hinauf. Sie kicherte albern vor sich hin. »Danny hätte der Whisky auch geschmeckt. Er hat so gerne schottischen getrunken... die letzten Jahre durfte er nicht mehr, nicht mal ein kleines Schlückchen – hicks – alles wegen dem Magen.«

Vor der Tür verabschiedete sich Florian, wünschte eine angenehme Nachtruhe und sah seine Nichte durchdringend an. »Du sorgst bitte dafür, daß Tante Klärchen alles hat, was sie braucht.«

»Selbstverständlich, Florian. Ich hole gleich eine neue Flasche. In Urbans Zimmer steht bestimmt eine. Autsch!« Florian hatte sie ans Schienbein getreten.

»Ach ja, Kind, das wäre nett«, sagte Tante Klärchen.

»Vor dem Zubettgehen trinke ich immer ein kleines Schlückchen. Dann kann ich besser einschlafen.«

Schon lange nicht mehr hatte es im Hause Bender eine so vergnügliche Tischrunde gegeben. Erst hatten die Jungs angerufen und ihre vermutlich sehr späte Heimkehr signalisieren wollen, waren aber sofort umgeschwenkt, nachdem sie erfahren hatten, daß die Tante bereits im Bett und die Konfrontation mit ihr erst einmal verschoben sei. Nur Clemens hatte sich vorsichtshalber gar nicht gemeldet.

Sie aßen in der Küche. Der Speiseaufzug nach oben klemmte sowieso mal wieder, irgendwo auf halber Höhe wartete das Kaffeegeschirr, aber vor morgen mittag brauchte man ihn nicht, und bis dahin würde Urban ihn hoffentlich repariert haben.

»Schade, daß ihr Tante Klärchens Striptease nicht miterlebt habt«, bedauerte Melanie, »es war einfach umwerfend. Erst hat sie die Perücke abgenommen. Darunter kamen dünne graue Strähnen zum Vorschein – richtig mottenzerfressen. Dann waren die Wimpern dran und die aufgeklebten Fingernägel, und zum Schluß nahm sie noch die Zähne raus und stopfte sie ins Wasserglas. Als sie fertig abgetakelt hatte, sah sie aus wie neunzig. Jetzt weiß ich wenigstens, warum sie nie jemanden in ihr Zimmer gelassen hat.«

»Also ein komplettes Ersatzteillager.« Mit der Gabel spießte Florian eine Scheibe Schinken auf und wedelte sie zu seinem Teller. »Wehe dir, Tine, wenn du dich auch eines Tages mit fremden Federn schmückst.«

»Warum denn nicht?« fragte Rüdiger. »Sogar Männer tragen doch heutzutage Skalpdeckchen. Früher hat sich Onkel Bernhard immer Sardellen über die Glatze gelegt, aber seitdem er in der Mitte überhaupt keine Haare mehr hat, trägt er ein Toupet.«

»Das sollte er schleunigst wieder absetzen, es macht ihn zwanzig Jahre dämlicher.« Urban konnte den Bruder seiner Mutter nicht leiden, was im übrigen auf Gegenseitigkeit beruhte.

»Würdet ihr mir alle einen Gefallen tun?« unterbrach Tinchen das Geplänkel. Und in die plötzliche Stille hinein: »Es wäre nett von euch, wenn ihr Tante Klärchens kosmetisches Geheimnis für euch behieltet. Sie ist eine alte Frau, die sich nicht damit abfinden kann, alt zu sein, und sich verzweifelt an die äußeren Merkmale der Jugend klammert. Daß sie lächerlich wirkt, merkt sie gar nicht, und wir sollten so viel Takt aufbringen, ihr das nicht zu zeigen. Hätte sie nicht ein bißchen zuviel Whisky getrunken, wäre Melanie auch nicht in den zweifelhaften Genuß ihrer Demaskierung gekommen, und das sollten wir berücksichtigen. Also keine Anspielung auf künstliche Haare und falsche Wimpern, verstanden?«

»Überhaupt nicht«, sagte Rüdiger, »aber dir zuliebe werde ich versuchen, meine Klappe zu halten. Garantieren kann ich aber nicht dafür.«

»Ja, ich weiß, du quasselst zweimal, ehe du einmal denkst«, sagte Florian, »aber Tinchen hat recht. Bitte richtet euch danach.« Er legte seine Serviette zusammen und stand auf. »Ich werde mal nach Tobias sehen. Der hockte vorhin noch in der Badewanne und formierte seine Lockenwickler-Armada zum Angriff auf die Seifenschale.« Im selben Augenblick ging die Tür auf, und ein tropfnasser, am ganzen Körper zitternder Knabe patschte in die Küche. »Mami, im Bad hängen bloß saubere Handtücher. Kann ich eins davon nehmen?«

Osterspaziergang

Der Ostermorgen zog herauf. In der Ferne kurbelte ein Hahnenschrei den Tag an, ein frischer Wind bat die Bäume zum Tanz, und der Regen kritzelte Grüße ans Fenster.

»Mistwetter, elendes!« schimpfte Florian, als er das leise Rauschen hörte. »Dabei haben die gestern im Ersten gesagt, daß wir Sonne kriegen sollen und Temperaturen bis sechzehn Grad.«

»Im Zweiten hieß es aber ›nur gelegentliche Aufheiterungen‹. Du hast eben das falsche Programm erwischt.« Tinchen räkelte sich ausgiebig, dann kroch sie zu Florian unter die Decke und küßte ihn. »Frohe Ostern.«

»Danke, gleichfalls.« Er rückte ein bißchen zur Seite und bettete ihren Kopf an seine Schulter. »Können Ostereier schwimmen?«

»Was? Ach ja, du wolltest sie im Garten verstecken, aber daraus wird wohl nichts werden.« Sie sah sein enttäuschtes Gesicht und streichelte tröstend über seine Haare. »Es ist ja noch früh, vielleicht klärt es sich bis nachher wieder auf. Das Gewitter heute nacht hat bestimmt die Luft gereinigt.«

»Deshalb fällt der Regen jetzt auch viel schneller.« Er seufzte. »Ach, Tine, warum können wir jetzt nicht irgendwo im Süden sein, wo die Sonne scheint, wo es warm ist, wo wir beide ganz allein sind, wo keine Kinder auf den Osterhasen warten und keine Verwandtschaft aufs Frühstück. Wir sind schon bald neun Jahre verheiratet, aber richtige Flitterwochen haben wir nie gehabt.«

»Eins ging ja bloß! Entweder vierzehn Tage Gran Canaria

oder die Couchgarnitur. Die Möbel haben wir immer noch, von der Reise wäre höchstens ein Schuhkarton mit Fotos übriggeblieben. Außerdem haben wir uns damals versprochen, die Flitterwochen nachzuholen.«

»Wann denn? Wenn die Reiseapotheke schwerer wird als das übrige Gepäck und wir uns statt Ostereier gegenseitig Vitaminpillen verstecken können?«

»Jetzt langt's mir aber!« Empört setzte sich Tinchen auf. »Du tust gerade so, als ob wir unmittelbar vor dem Greisenalter stehen. Im nächsten Jahr, wenn Gisela und Fabian wieder zurück sind, werden wir einfach unsere Kinder bei ihnen abstellen und ganz allein zu zweit wegfahren.«

»Hm«, machte er nachdenklich, »manchmal hast du wirklich brauchbare Ideen. Aber das mit dem Greisenalter will ich nicht gehört haben! Ich werde dir gleich das Gegenteil beweis...«

Es klopfte.

»Draußen bleiben!!«

Zu spät. Die Klinke wurde heruntergedrückt, und herein spazierte mit blitzblanken Augen und erwartungsvollen Gesichtern der Bendersche Nachwuchs. »Können wir jetzt Ostereier suchen?«

»Nein, zum Donnerwetter noch mal!!« Mit einem Satz war Florian aus den Federn und schob seine Brut wieder zur Tür hinaus. »Wo kommt überhaupt das Karnickel her? Hast du das etwa mit im Bett gehabt?«

Julia drückte den Zwerghasen an sich. »Jaha. Herr Schmitt hatte doch auch so doll Angst vor dem Gewitter.«

Zwei Seelen wohnten, ach, in seiner Brust. In Florian kämpfte der Vater mit dem Psychologen. Der Vater bestand auf sofortigem Rausschmiß seiner Nachkommen, der Psychologe dagegen plädierte für kindgemäße Aufklärung. Die erste Lösung war die bequemere, die andere erforderte psychologisches Einfühlungsvermögen und garantierte Stoff für sein Buch. Das eine hatte er, das zweite brauchte er. Florian entschied sich für die Psychologie.

Er nahm seine Tochter auf den Arm und ging mit ihr ans Fenster. Es war inzwischen heller geworden, und der Regen hatte nachgelassen. »Sieh mal, Julchen, hier auf der Erde ist es warm und ...«

»Stimmt ja gar nicht, mir ist kalt.« Sie zitterte mit dem Kaninchen um die Wette. Florian sah sich gezwungen, Kind und Hasen in seinen Bademantel zu wickeln, bevor er seinen Vortrag fortsetzen konnte. »Na schön, richtig warm ist es nicht, aber oben in der Luft ist es noch viel kälter, und wenn nun die wärmere Luft von der Erde aufsteigt ...«

Meteorologische Abhandlungen morgens um sieben waren zuviel für Tinchen. Sie knallte die Badezimmertür hinter sich zu und stellte sich unter die Dusche: Das ist mal wieder so typisch Florian! Anstatt sich anzuziehen und endlich die Süßigkeiten zu verstecken, hält er Vorträge über Frühlingsgewitter. Dabei war durch seine Brüllerei bestimmt schon die ganze Belegschaft aufgewacht einschließlich Tante Klärchen, die aufs Frühstück wartet. Der Tisch ist auch noch nicht gedeckt, zu allem Überfluß muß die Abfütterung heute im Eßzimmer stattfinden, weil wir einen Feiertag haben und statt des Keramikgeschirrs Porzellan drankommt, in die Kaffeekanne vom Meißner gehen bloß acht Tassen rein, die reichen ja kaum für einmal rum, aber das Rosenthal-Service geht nicht, dazu gibt es keine Eierbecher, bloß die bunten Dinger aus Plastik, und überhaupt ist der Speisenaufzug immer noch kaputt, da darf ich mir mit der Rennerei von unten nach oben die Hacken ablaufen, und wenn ich Pech habe, kommt gar keiner frühstücken, weil niemand Lust zum Aufstehen hat. Warum bin ich bloß nicht auch im Bett geblieben? Scheiß-Ostern! –

Sie drehte den Wasserhahn zu, hüllte sich in ein Handtuch und triefte zurück ins Schlafzimmer.

»... entstehen elektrische Ladungen. Das alles zusammen nennt man Gewitter. Hast du das verstanden?«

Zögernd nickte Julia. »Und warum donnert es?«

Sekundenlang war Florian sprachlos, aber dann schnaubte er los:

»Tine, du hast ein selten dämliches Kind! Da erklärt man dem Gör eine Viertelstunde lang, wie ein Gewitter entsteht, und dann fragt sie, warum es donnert.« Der Psychologe setzte das selten dämliche Kind auf dem Nachttisch ab und suchte nach Ablenkung. Wenn er nicht sofort seine Hände beschäftigte, würde er seiner Tochter ganz unpsychologisch eine runterhauen. Endlich fand er ein zerdrücktes Päckchen Zigaretten, fingerte eine heraus, tastete die Bademanteltaschen nach dem Feuerzeug ab, fand keins. »Hast du Streichhölzer?«

Tinchen hatte nicht. Sie holte den Fön aus dem Schrank und sagte beiläufig: »Bei einem Gewitter gibt es doch immer die dicken schwarzen Wolken, nicht wahr, Julia? Wenn die da oben am Himmel zusammenstoßen, kracht es eben, und das macht sogar noch hier bei uns auf der Erde einen Heidenspektakel.«

»Nu habe ich es verstanden«, strahlte Julia. »Wie Papi gestern mit dem Kopf an die Balkontür gerannt ist, hat es auch gebumst. Das hat sogar Onkel U-Bahn gehört.« Sie trollte sich. Im Hinausgehen hörte Florian sie sagen: »Du brauchst auch keine Angst mehr haben, Herr Schmitt, wenn es donnert, kommt das bloß von der Kondensmilch.«

»Kon-den-sa-ti-on!!!« brüllte Florian hinterher. Dann sah er vorwurfsvoll seine Frau an. »Du untergräbst meine ganze Autorität! Wie kannst du dem Kind solch einen Blödsinn erzählen?«

»Weil einer Fünfjährigen dieser Blödsinn mehr einleuchtet als dein pseudowissenschaftliches Geschwafel! Kondensation! Weißt *du* denn überhaupt, was das ist?«

Erst zögerte er, dann grinste er versöhnlich. »Nicht so ganz genau. Giselas Brockhaus ist nämlich über zwanzig Jahre alt.«

Sie zuckte nur die Achseln. »Wozu brauchst du ein Lexikon? Gewitter entstehen bekanntlich beim Zusammentreffen von Hochdruckgebieten mit Kaltluftfronten, feuchten Luftmassen und Feiertagen.«

Im Eßzimmer war der Tisch schon gedeckt. Nicht mit Meißen oder Rosenthal, nein, mit den geheiligten Sammeltassen, Erbstücke in dritter Generation und sonst nur hinter Glas zu besichtigen. Melanie legte gerade letzte Hand an die Dekoration. Unter ihren geschickten Händen verwandelten sich die Papierservietten in Schwäne und die endlich aufgeblühten Mandelzweige in kunstvolle Gestecke.

»Wo hast du das gelernt?« staunte Tinchen.

»Nirgends. Mir macht so was ganz einfach Spaß.«

»Mir auch, aber es kommt nichts dabei heraus. Als ich mal versucht habe, aus Zweigen und Gräsern Ikebana zu machen, hat mich Florian gefragt, weshalb ich die Gewürze ausgerechnet im Wohnzimmer zum Trocknen aufstelle.«

Aus dem Nebenzimmer tönten Hammerschläge. »Was ist denn da los?«

»Das sind bloß die Jungs. Die turnen seit einer Stunde da drinnen herum und verstecken Ostereier.«

»Und dazu meißeln sie die Wände auf?« Vorsichtig schob Tinchen die Schiebetüren auseinander. Rüdiger wühlte im Besteckkasten und versuchte, ein Nest zwischen die Gabeln zu quetschen, während Urban auf einer Leiter stand und mit

Heftzwecken einen Stanniolpapierhasen an die Zimmerdecke nagelte.

»Du hast deinen Darwin nicht richtig gelesen! Wir stammen von den Affen ab und nicht von den Vögeln. Wie um alles in der Welt sollen die Kinder da oben rankommen?«

Er drehte sich um, wobei die Leiter bedenklich ins Wakkeln geriet; Tinchen griff zu, und der malträtierte Hase landete genau vor ihren Füßen.

»Das ist jetzt schon der vierte, der kaputtgeht.« Urban sammelte die zerbrochenen Reste auf, wickelte das Papier ab und steckte sie in den Mund. »Noch einer und mir wird schlecht.«

»Wie lange braucht ihr noch?«

»Höchstens zehn Minuten.« Rüdiger klebte mit Tesafilm ein Marzipanküken in einer Gardinenfalte fest. »Immer bloß auf der Erde verstecken ist ja langweilig.«

Tinchen schloß wieder die Tür. Aus dem Bücherschrank im Arbeitszimmer holte sie die Plastiktüte mit ihren eigenen Ostereiern. Für jeden hatte sie eine Kleinigkeit besorgt und beim Kauf festgestellt, daß der Preis jeweils in umgekehrtem Verhältnis zur Größe gestanden hatte. Das Seidentuch zum Beispiel, mit dem Melanie schon so lange liebäugelte, hatte ein Vermögen gekostet, so viel »Sonstiges« konnte sie ja gar nicht im Haushaltsbuch unterbringen.

Auf diesem Haushaltsbuch, in dem die Ausgaben nur selten mit den Einkäufen übereinstimmten, hatte Martha bestanden. »Man muß wissen, wo das Geld bleibt«, hatte sie gesagt, aber das wußte Tinchen auch so. Der größte Teil davon verschwand in der Kasse des Supermarkts, wobei es doch völlig gleichgültig blieb, wieviel nun für Rinderbraten und wieviel für Suppengrün draufgegangen war. Also erfand sie die Rubrik »Sonstiges«, in die sie ohne nähere Bezeichnungen alles eintrug, was nicht eßbar war: die Hosenbügel für Clemens, das Schlüsseletui für Rüdiger und das Buntpapier für den Kindergarten – aber sie ahnte, daß Martha diese Sonderposten nicht lange widerspruchslos hinnehmen würde. Bei ihr mußte alles seine Ordnung haben. Schuhsohlen wurden unter »Garderobe« verbucht und der neue Bezug für das Bügelbrett unter »Wäsche«. Die Ostereier hatte sie nach längerem Zögern der Spalte »Geschenke« zugeordnet und in Klammern Ostern dazugeschrieben, denn im April hatte niemand in der Familie Geburtstag. Vielleicht ließ sich der Schal noch dazumogeln.

Ein Glück, daß Florian gestern noch das Bilderbuch für Tante Klärchen aufgetrieben hatte. »Stuttgarter Leben« hieß es und zeigte auf 48 Seiten Hochglanzfotos der schwäbischen Metropole. Nein, von Tübingen habe man nichts dergleichen, hatte die Verkäuferin in der Buchhandlung bedauert, aber man könne etwas Passendes bestellen, gleich nach den Feiertagen sei es lieferbar. Zu spät? Tja, dann wisse sie auch nicht weiter. Ob es vielleicht Heidelberg sein dürfe, da habe man eine große Auswahl. Florian hatte sich für Stuttgart entschieden, das lag näher an Tübingen dran und mußte bei seiner Tante sogar gewisse Sentiments wecken, denn immerhin hatte sie in der Landeshauptstadt ihren Donald selig kennengelernt.

Die Ostereiersuche verlief geräuschvoll und dauerte genau eine Stunde und 17 Minuten. Während der Endphase erschien auch Tante Klärchen auf der Bildfläche, heute in Zitronengelb mit passender Perücke, verzichtete dankend auf Croissants und Waffeln, bat um nur eine Tasse Kaffee, trank drei, wollte ein Schlückchen Mineralwasser, bekam es, verschwand mit dem vollen Glas nach nebenan und kehrte mit dem leeren zurück. »Meine Tabletten, ihr wißt schon . . .«

Sie wußten es nicht, es kam ihnen nur sonderbar vor, daß

Tante Klärchen ihre Pillen heimlich schluckte. Die klaute doch bestimmt keiner.

Nach mehreren Irrläufen hatte Clemens endlich das für ihn bestimmte Päckchen aus dem sonst leeren Papierkorb gefischt. Er packte es aus und stutzte. »Ich hab' doch schon zwei Wecker.«

»Die sind wohl nicht laut genug, oder weshalb muß ich dich fast jeden Tag eigenhändig aus dem Bett schmeißen?«

»Weil du der einzige Wecker bist, Tinchen, den man nicht abstellen kann!« Dann verschwand er kurz und kehrte mit einer Pergamentpapierrolle zurück, die dreimal versiegelt und mit einer großen Schleife zugebunden war. »Der materielle Wert ist gering, aber der ideelle ist gar nicht mit Geld zu bezahlen!« Feierlich überreichte er Tinchen die Röhre.

Sie zögerte. Die teils erwartungsvollen, teils grienenden Gesichter ließen nichts Gutes ahnen. Schließlich faßte sie sich ein Herz und entrollte das Schriftstück. Sofort kringelte es sich wieder zusammen.

»Gib mal her!« Urban legte das Papier auf den Boden, rollte es auseinander, stellte einen Stuhl auf den oberen Rand und seinen Fuß auf den unteren. »Jetzt kannste lesen!«

WIR VERPFLICHTEN UNS stand oben drüber, mit mehr Enthusiasmus als Talent in gotischen Buchstaben hingemalt, und dann waren in alphabetischer Reihenfolge all jene Punkte aufgezählt, die in den vergangenen Wochen zu dauernden Streitobjekten geworden waren. Die Liste begann mit A: Aufräumen (Dachboden, Keller, Garage), B: Bücher nicht immer auf dem Klo liegenlassen, bis hin zu Y: Yankee-Gedudel auf Zimmerlautstärke beschränken und Z: Zimmer (eigene) einmal wöchentlich durchharken.

»Das nageln wir oben auf den Gang, wo jeder dran vorbeiläuft, und du bist autorisiert, Sünder an den Pranger zu stellen.« Aus der Hosentasche holte Clemens eine Handvoll Buchstaben, hinten mit einer Nadel versehen und eigentlich als Modeschmuck gedacht. »Du piekst einfach den jeweiligen Namen an die richtige Stelle. Nach zehn Verwarnungen wird der Familienrat über das Strafmaß entscheiden.«

»Dazu wird es gar nicht kommen«, sagte Melanie. »Tinchen hat uns doch schon ganz schön hingetrimmt. Gestern habe ich mich dabei ertappt, wie ich meine Klamotten in den Schrank geräumt habe. Sogar auf Bügel habe ich sie gehängt.«

»Davon sieht man aber nichts. Ich wollte dich vorhin schon fragen, warum du noch im Schlafanzug rumrennst.«

Sie sah ihren Bruder finster an. »Wer immer bloß in Unterhosen pennt, kann einen Schlafanzug natürlich nicht von einem Sportdreß unterscheiden.«

»Lieber jeden Tag 'ne frische Hose als zwei Wochen lang denselben Schlafan...«

»Könnt ihr nicht mal das Thema wechseln?« sagte Tinchen ruhig.

»Ich schlage vor, Melanie und ich räumen jetzt den Tisch ab, Urban repariert endlich den Aufzug, und die anderen machen oben ein bißchen Ordnung. Wir können Marthchen unmöglich mit diesem Schlachtfeld allein lassen. Um zwölf fahren wir los.«

Trotz Marthas Protest hatte Florian angeordnet, daß auch sie einen Feiertag verdient habe und man deshalb auswärts essen werde.

»Und was wird aus meinem schönen Lammbraten?« hatte sie gejammert.

»Der schmeckt morgen genausogut. Sogar noch besser, weil es kein Drei-Sterne-Koch mit deiner Sahnesoße aufnehmen kann.«

Etwas getröstet, aber immer noch brummend über »das

viele Geld, das da einfach zum Fenster rausgeworfen« wird, hatte sie schließlich eingewilligt und sogar das Schwarzseidene zum Lüften gehängt, das sie sich zur Hochzeit ihrer Nichte gekauft und dann immer nur zu Weihnachten getragen hatte.

Lediglich Tante Klärchen weigerte sich mitzufahren. »Mittags esse ich nie«, sagte sie, »da nehme ich nur einen Kaffee zu mir.« Florian versicherte ihr, daß sie den auch im Restaurant bekäme, darüber hinaus gebe es keine Regel ohne Ausnahme, und eine anständige Mahlzeit werde ihr bestimmt nicht schaden, sie sähe ja schon beinahe unterernährt aus. Wozu weibliche Unvernunft imstande sei, habe sich schon an der Idee erwiesen, sich von einer sprechenden Schlange Diättips geben zu lassen.

Tante Klärchen lächelte müde. »Du wirst mich von meinen Eßgewohnheiten nicht abbringen, lieber Florian. Ich werde mich in der Zwischenzeit etwas hinlegen, denn mir macht die Zeitverschiebung noch zu schaffen. Zum Tee dürft ihr mich selbstverständlich wecken.«

»Kommt überhaupt nicht in Frage! Nach dem Essen wollen wir noch ein bißchen durch die Gegend bummeln, irgendwo schön Kaffee trinken und erst zum Abendbrot zu Hause sein. Wenn das Wetter mitmacht, könnten wir mal zum Schloß rauffahren. Was hältst du davon?«

Sie hielt gar nichts davon. »Jeder kulturell gebildete Mitteleuropäer kennt das Heidelberger Schloß. Ich natürlich auch.«

»Dann hast du jetzt die beste Gelegenheit, eine meiner zahlreichen Bildungslücken zu schließen. Ich hab' das Schloß bis jetzt nur von weitem gesehen. Außerdem würden von deiner fachkundigen Führung wir alle profitieren. Wer kann schon mit einer ehemaligen Geschichtslehrerin als Cicerone aufwarten?«

Das zog! Bisher war es Tante Klärchen nämlich noch nicht gelungen, sich bei ihren Gastgebern in irgendeiner Weise zu profilieren, aber jetzt sah sie sogar eine Möglichkeit, den Kindern zu imponieren. Unerhört, mit welcher Arroganz diese Halbwüchsigen sie behandelten! Hatten sie es doch tatsächlich gewagt, sich über die mitgebrachten Kleidungsstücke zu mokieren. Dabei waren die Sachen doch noch tadellos in Ordnung, manche hatte sie nur drei- oder viermal getragen. Nun ja, die Pullover hätte sie vielleicht doch erst in die Reinigung bringen sollen, aber das wäre nur eine zusätzliche Ausgabe gewesen, und hier im Haus gab es schließlich eine Waschmaschine. Unbegreiflich auch, daß die Hawaiihemden bei den Jungs so gar keinen Anklang gefunden hatten. Dabei waren sie für Haus und Garten doch so praktisch. Donald hatte sie immer im Urlaub getragen und war damit sogar abends zum Essen gegangen. Jahrelang hatten sie im Schrank gelegen, neuwertig fast und für Afrika viel zu schade, da spendete man lieber ein Kilo Milchpulver, aber nun hatte sie sich doch von den Hemden getrennt und nur dumme Bemerkungen einstecken müssen.

Genau wie für den Modeschmuck, den sie speziell für Melanie gedacht hatte. Ob der von Woolworth stamme, hatte sie gefragt. Als ob sie, Claire McPherson, solch ein Geschäft überhaupt betreten würde! Die beiden Ketten waren beim letzten Wohltätigkeitsbasar übriggeblieben, genau wie der grüne Gürtel mit den Pailletten. Sie hätte die Sachen einfach mitnehmen können, aber nein, drei Dollar hatte sie freiwillig dafür gezahlt, sie ließ sich ja nichts schenken.

Sie stieß einen tiefen Seufzer aus und stand auf. Nun gut, sie würde mitkommen, aber nur Florian zuliebe, der gar nicht wußte, womit er diese Auszeichnung verdient hatte. Vielleicht werde sie sogar eine Kleinigkeit zu sich nehmen, eine Mockturtlesuppe, die sei nicht so fett, oder etwas Salat... man werde sehen.

Sie erschien mit einer halben Stunde Verspätung, obenherum Hirtenhundlook, darunter Frühlingsrauschen. Veilchenfarbenes Kostüm mit passenden Pumps, darüber eine Zotteljacke, die Melanie befürchten ließ, Tante Klärchen könnte sich an ihrem Bettvorleger vergriffen haben.

»Was ich noch sagen wollte...«, wandte sie sich an die ungeduldig wartende Familie, »in der Öffentlichkeit bin ich für euch nicht Klärchen und erst recht nicht Tante, sondern schlicht und einfach Claire.«

Man nahm diese Anordnung kommentarlos zur Kenntnis, verteilte sich auf drei Autos, und dann setzte sich die Kolonne in Bewegung. Florian übernahm die Führung, bis ihm einfiel, daß man noch immer zu keiner Einigung über das Ziel dieses Freßkonvois gekommen war. Also trat er auf die Bremse, Tinchen knallte prompt auf die Stoßstange, während Urban, der seine Ente noch rechtzeitig zum Halten gebracht hatte, den Kopf aus der Dachluke hängte und harmlos fragte: »Habt ihr euch die Führerscheine von Neckermann schicken lassen?«

Die Reihenfolge wurde gewechselt. Mit der Behauptung, er kenne Heidelberg wie seine Hosentasche und wisse genau, wo man sowohl etwas zu essen als auch einen Parkplatz bekäme, setzte sich Urban an die Spitze. Das erste von ihm angepeilte Restaurant hatte wegen Renovierung geschlossen. Das zweite war überfüllt. Vor dem dritten gab es weit und breit keinen Zentimeter Platz, auf dem man auch nur ein Fahrrad hätte abstellen können, geschweige denn drei ausgewachsene Autos. Das vierte Lokal der oberen Mittelklasse, denn auf einem solchen hatte Florian bestanden, lag in der Fußgängerzone und kam wegen Tante Klärchens engen Schuhen und Marthas Rheuma nicht in Frage.

Erneuter Kriegsrat. Inzwischen war es halb zwei, alle hatten Hunger, Julia quengelte, Martha brummte etwas von »zu Hause den schönen Braten im Topf« und Tobias maulte, warum sie denn nicht zu McDonald's gingen, da sei immer Platz und man bekäme auch ganz schnell was zu essen.

»Logisch«, sagte sein Vater. »Woanders muß man stundenlang aufs Essen warten, und da wartet das Essen stundenlang auf uns. Kommt nicht in Frage, heute ist Ostern, da möchte ich in einer gemütlicheren Umgebung sitzen als ausgerechnet in einem Schnellimbiß. Wenn man da in einen Hamburger beißt, weiß man nie, wo das Brötchen aufhört und der Pappteller anfängt.«

Clemens hatte einen neuen Vorschlag. »Wie wär's denn, wenn wir zur Alten Mühle fahren? Dauert höchstens zwanzig Minuten, und einen Tisch kriegen wir da bestimmt.«

»Was zu essen wäre mir lieber«, knurrte Rüdiger.

Der Troß setzte sich wieder in Bewegung. Da die Landstraße zur Alten Mühle wegen Bauarbeiten gesperrt war und Clemens' »sowieso viel kürzerer Richtweg« vor einem Rübenacker endete, der noch vor ein paar Monaten »garantiert nicht dagewesen« war, dauerte es fast eine Stunde, bis der ausgehungerte Trupp an einer Kreuzung endlich die ersten Anzeichen der erhofften Tafelfreuden erblickte: Ein Koch aus Pappe, von vermutlich ebenso ausgehungerten Gästen schon leicht angeknabbert, versprach vorzügliche Küche und selbstgekelterten Wein. Zumindest letzteres erschien Florian in Anbetracht der umliegenden Spargelfelder zweifelhaft, aber er wollte ja in erster Linie etwas essen und dazu ein schönes kühles Bier trinken.

Der Wirt bedauerte. Die Küche sei bereits geschlossen, immerhin gehe es auf drei Uhr zu, man rechne in Kürze mit den ersten Kaffeegästen, aber einen Wurstsalat oder auch ein Schinkenbrot, serviert auf rustikalem Holzteller, könne er selbstverständlich bieten. Auch Kartoffelsalat sei noch da, dazu Bockwurst oder Wienerle, ganz nach Wunsch.

Wortlos machte Florian kehrt. In der Tür stieß er mit Tante Klärchen zusammen, die erst noch ihr Make-up überprüft und den Sitz der Perücke korrigiert hatte, bevor sie, flankiert von Urban und Rüdiger, ihren Auftritt haben würde. Die Zumutung, wiederum in den Wagen zu steigen und sich mit unbestimmtem Ziel durch die hessische Landschaft fahren zu lassen, war entschieden zuviel.

»Einer von euch wird mich unverzüglich nach Hause bringen! Erst werde ich bedrängt, mich diesem Ausflug anzuschließen, und dann bringt man mich von einem obskuren Lokal zum anderen. Ich glaube, mein lieber Florian, du und dein Bruder leben in vollkommen verschiedenen Sphären. Als ich das letzte Mal Gast bei ihm gewesen bin, hat er uns in das Schloßhotel Kronberg geführt. Sehr kultiviert und ein wirklich erstklassiges Publikum. Etwas Derartiges hatte ich heute ohnehin nicht erwartet, dazu erscheint mir unsere Gesellschaft denn doch zu sehr gemischt« – ein Blick streifte Urbans Jeans und das Schwarzseidene von Martha –, »aber ein bißchen mehr Niveau hatte ich erwartet.«

»Ich habe Hunger!« plärrte Julia.

»Ich auch! Und ich kenne eine Gaststätte, in der wir garantiert auch jetzt noch etwas Warmes bekommen. Los, steigt ein, in einer Viertelstunde sind wir da!« Tinchen scheuchte die Kinder in den Cherry, lud Melanie zum Mitkommen ein, klemmte sich hinters Steuer und brauste los. Sollten die anderen doch machen, was sie wollten, die größenwahnsinnige Tante entweder nach Hause oder in diesen gepriesenen Freßtempel bringen, sie jedenfalls würde jetzt dafür sorgen, daß ihre eigenen Ableger endlich etwas Anständiges in den Magen bekämen.

Wenig später war sie auf der Autobahn, und nach kurzer

Zeit brachte sie den Wagen vor einer Raststätte zum Stehen. »Endstation!«

»Da hast du recht«, sagte Melanie lachend, »das ist nun wirklich das Allerletzte!« Sie nahm die halb schlafende Julia auf den Arm und marschierte zum Eingang. Neben ihr kurvte die Ente ein, dahinter folgte der Daimler.

»Tinchen, das war eine großartige Idee!« lobte Clemens. »Ostermenü auf der Autobahn hab' ich mir schon immer gewünscht.« Er steuerte den einzigen noch freien Tisch an, schob die leeren Kaffeetassen zur Seite, stellte den vollen Aschenbecher dazu und setzte sich.

»Hier ist es fast so gemütlich wie in der Mensa.«

Eine Kellnerin brachte die Speisekarten.

»Preise haben die wie im alten Rom«, stellte Rüdiger fest. Sein Bruder widersprach. »Da war's billiger, die hatten noch keine Mehrwertsteuer.« Er entschied sich für Rahmschnitzel mit div. Beil., eine Wahl, der sich auch die anderen anschlossen. Nur Florian bestellte lediglich zwei Spiegeleier mit Brot.

»Warum denn so spartanisch?« wunderte sich Tinchen. »Und wieso überhaupt Spiegeleier? Die ißt du doch sonst nie. Weshalb nimmst du nicht Rühreier?«

»Bei dem Preis will ich sie wenigstens zählen können!«

Auf der Rückfahrt sah er das Schloß wieder nur von weitem, denn zu kulturhistorischen Betrachtungen hatte niemand mehr Lust – am allerwenigsten Tante Klärchen. Zu Hause sank sie ermattet in den roten Plüschsessel, bat um ein gegrilltes Steak, denn außer zwei Whisky-Soda hatte sie in diesem »fürchterlichen Lokal« nichts herunterbringen können, und erklärte, sich unmittelbar nach dem Essen zurückziehen zu wollen. Unter einem Ostersonntag inmitten ihrer Lieben habe sie sich etwas anderes vorgestellt.

»Ich auch, Tante Klärchen, ich auch!« sagte Florian, setzte seine bewährte Armsündermiene auf und bat in bewegenden Worten um Entschuldigung für alles, was der armen Tante heute zugemutet worden war. Endlich geruhte sie zu verzeihen, hauptsächlich deshalb, weil der Versöhnungsschluck aus gutem altem schottischem Whisky bestand. Und die Aussicht, morgen abend Rüdigers Konzert besuchen zu können, stimmte sie noch versöhnlicher. Sie hatte gar nicht gewußt, daß der Junge bereits öffentlich auftrat. Seine Mutter hatte sich immer sehr geringschätzig über die musikalischen Ambitionen ihres Jüngsten geäußert, aber da fehlte ihr wohl das nötige Verständnis. Wie gut, daß wenigstens Florian das Talent seines Neffen erkannt hatte und allem Anschein nach sogar förderte.

»Wo findet das Konzert statt? Werde ich Abendgarderobe brauchen?«

»Nein, Tante Klärchen, das kleine Schwarze genügt.«

Hinter der halbgeöffneten Tür stand Rüdiger und feixte sich eins. Er hätte nie geglaubt, daß sein Onkel so hinterhältig sein könnte.

Als Tante Klärchen am nächsten Abend in einem dreiviertellangen Kleid aus weinrotem Seidenjersey die Treppe herunterkam, hatte Florian doch ein schlechtes Gewissen, aber dann beruhigte er sich selber. Sie würde garantiert Aufsehen erregen – nur eben etwas anders, als sie sich vermutlich vorstellte.

»Sind wir nicht schon sehr spät dran? Es ist gleich acht.«

»Ach wo, das geht erst ab neun richtig los – äh, ich meine, Rüdigers Auftritt kommt später.« Jetzt hätte er sich doch beinahe verhaspelt. Er legte Tante Klärchen das Nerzcape über die Schultern, bot ihr den Arm und führte sie zum

Wagen. »Clemens und Melanie sind schon vorgefahren und halten Plätze frei. Tinchen kommt, sobald sie die Kinder ins Bett gebracht hat«, beantwortete er die unausgesprochene Frage.

Die Tante fügte sich in das Unvermeidliche. Viel schien sich in Deutschland verändert zu haben, und das keineswegs zum Vorteil. Wenn sie früher ein Konzert besucht hatte, dann hatte sie ihren reservierten Platz gehabt, meistens dritte Reihe links in der Nähe des Notausgangs, und pünktlich um halb acht hatte es begonnen. Neun Uhr war wirklich sehr spät! Wann würde die Veranstaltung wohl zu Ende sein? Klärchen liebte Musik, aber bitte nicht um Mitternacht.

Florian kurvte durch die Heidelberger Innenstadt Richtung Bahnhof. »Am besten stellst du die Mühle da irgendwo in einer Seitenstraße ab und fragst dich zum Starlight durch«, hatte Rüdigers präzise Wegbeschreibung gelautet, »sind bloß ein paar Meter zu Fuß.«

Die mangelhafte Straßenbeleuchtung tauchte die Umgebung in schützendes Dunkel. Tante Klärchen sah weder die halbverfallenen Bauzäune noch die verlotterten Hinterhöfe, sie tastete sich vielmehr Schritt für Schritt über die kopfsteingepflasterte Straße vorwärts. »Merkwürdige Gegend für ein Konzertgebäude.«

»Ja, weißt du, Tante Klärchen«, begann Florian vorsichtig, »vielleicht hast du eine ganz falsche Vorstellung von Rüdigers Musik. Entsprechend seinem Alter schwärmt er natürlich fürs Moderne.«

»Das kann ich verstehen. Ich selbst habe zwar für die Zwölftöner nicht viel übrig, aber mein Geschmack ist letztendlich nicht ausschlaggebend.«

»Hoffentlich bleibst du auch bei dieser Meinung«, dachte Florian, während er seine Tante langsam auf die grellrote

Tür zusteuerte, hinter der er das gesuchte Etablissement vermutete.

»Ist das der Bühneneingang?«

»So was Ähnliches«, murmelte er, die alte Dame vor sich herschiebend. Der tunnelähnliche Gang, mit Postern namhafter Interpreten der Rock- und Popszene bepflastert, endete an einer weiteren Tür, neben der ein glatzköpfiger Jüngling saß und kassierte. Vor ihm stand ein Stuhl, darauf eine Zigarrenkiste, daneben lag ein Stempelkissen.

»Acht Mark pro Neese, heute ham wa Livesendung!«

Florian zückte einen Zwanzigmarkschein, spendete das Wechselgeld großzügig der Clubkasse und bekam einen extra schönen Stempelabdruck auf den Handrücken.

»Soll ick Ihnen die Eintrittskarte uff'n Handschuh stempeln, oder zieh'n Se die Futterale vorher aus?«

Tante Klärchen war zur Salzsäule erstarrt, und Florian beteuerte halblaut, daß seine Begleiterin wohl auf die übliche Legitimation verzichten könne. Sie würde ohnehin nicht lange bleiben.

»Kann ick ma denken«, grinste der Kahlkopf verständnisvoll, »ick jloobe sowieso, det Se sich valoofen hab'n. Det Altersheim is nämlich zwee Straßen weiter.«

Schnell schob Florian seine Tante durch die Schwingtür und quetschte sich hinterher. Es dauerte ein paar Sekunden, bis sich seine Augen an das Halbdunkel gewöhnt hatten und er Einzelheiten erkennen konnte. Der Raum war relativ groß, die Bar an der gegenüberliegenden Wand relativ klein und dicht umlagert. Stühle gab es genug, Tische so gut wie gar nicht, sie hätten auch nur unnütz Platz weggenommen, denn was hier an Getränken konsumiert wurde, trank man wenn irgend möglich aus der Flasche. Trotzdem schien der Raum überfüllt. Jugendliche aller Altersstufen quirlten durcheinander, traten sich gegenseitig auf die Füße, begrüßten sich lautstark, johlten, quiekten und schienen sich bei dem allgemeinen Radau sehr wohl zu fühlen. Im Hintergrund stand jemand auf der Leiter und fummelte an einem Scheinwerfer herum. Spotlights schickten bunte Blitze in das Getümmel.

Zu Florians Überraschung nahm kaum jemand Notiz von ihnen; ein paar erstaunte Blicke streiften Tante Klärchen, zwei Teenager in voller Kriegsbemalung steckten tuschelnd die Köpfe zusammen und murmelten etwas von Mumienkonvent, aber sonst richtete sich die allgemeine Aufmerksamkeit auf das seitwärts stehende Podium, wo fünf junge Männer emsig werkelten. Einer stöpselte Kabel, ein anderer kämpfte mit dem Mikrofon, das dauernd aus der Halterung kippte, zwei schleppten einen Kasten Cola von einer Ecke in die andere und wurden sich nicht einig, wo er wohl am günstigsten in Reichweite aller Bandmitglieder zu deponieren sei. Rüdiger schraubte an seiner Posaune herum und ließ die Spucke aus dem Mundstück tropfen.

»Wie unappetitlich!« sagte Tante Klärchen. Es waren die ersten Worte, die sie seit Betreten der Disco von sich gab, und als Florian ihr versteinertes Gesicht sah, schwante ihm, daß es wohl auch die letzten sein würden.

»Hi, Flox, hier sind wir!« Schräg gegenüber der künftigen Lärmquelle winkte Clemens mit beiden Armen. Florian ergriff Tante Klärchens Hand und zog sie hinter sich her.

»Wird auch Zeit, daß ihr endlich kommt! Wegen der freien Plätze wäre beinahe schon eine Saalschlacht entbrannt.« Er räumte die mit Jacken vollgepackten Boulevardstühlchen leer und forderte Tante Klärchen zum Sitzen auf. Die blieb stehen. »Möchtest du mich nicht zuerst mit deiner Begleitung bekannt machen?«

»Wie? Ach so, ja natürlich.«

Um den kleinen Tisch herum hockten außer Melanie noch

drei Personen, deren Habitus in Tante Klärchen berechtigte Zweifel weckte, ob man sie nicht eventuell dem horizontalen Gewerbe zuordnen müßte.

»Das da ist Axel, ein Freund von Rüdiger, neben ihm sitzt Wolle, und die mit den Wasserhähnen im Ohr ist Petra, Melanies Freundin. Und das hier ist Tante Klär... äh, Claire, unser Besuch aus Übersee.«

»Hi!« sagte Wolle und schob sein Glas über den Tisch. »Wollen Sie mal trinken? Bei dem Betrieb hier kann es eine Weile dauern, bis Sie was Eigenes kriegen.«

»Was is'n das?« Florian schnupperte an der buntschillernden Flüssigkeit.

»Grüne Witwe. Ist ganz harmlos. Orangensaft mit Curaçao.«

»Witwen sind nie harmlos. Gibt's auch was weniger Gefährliches?«

»Klar! Korea zum Beispiel, Diesel oder Dopsi.«

»Aha«, sagte Florian und bestellte Bier für sich sowie einen doppelten Whisky-Soda für Tante Klärchen. Falls überhaupt, dann konnte man sie nur mit ihrer Lieblingsnahrung auftauen.

»Ist das nicht ein klasse Schuppen, Tante Klärchen?« Melanie rückte ihren Stuhl dicht neben den der Tante und hakte sie freundschaftlich unter. »Warte mal, bis die Band loslegt, dann zieht's dir glatt die Hosen runter!«

Wie aufs Stichwort setzte ein Höllenlärm ein. Die fünf Gestalten auf dem Podium tuteten und klampften, was das Zeug hielt, und veranstalteten dabei einen Krach, von dem Florian bereits nach ein paar Minuten Ohrenschmerzen bekam. Der Boden vibrierte, der Geräuschpegel stieg, und nur mit Mühe konnte er den Impuls unterdrücken, der ihn zu sofortiger Flucht trieb. Jetzt mußte er durchhalten!

Die ersten Teenies strömten auf die Tanzfläche, und ehe

er sich versah, hatte Petra ihn an der Hand gepackt und in das Gedränge gezogen.

»Mal sehen, was Sie draufhaben!«

Er kam sich wie eine Marionette vor, die von fremder Hand bewegt wird. Mal hatte er einen fremden Ellenbogen im Kreuz, mal stand er auf einem fremden Fuß, und als er sich mit Petras Hilfe einmal um seine eigene Achse gedreht hatte, sah er plötzlich in ein nickelbebrilltes Gesicht mit strähnigen Haaren. »Verzeihung«, murmelte er, drehte sich noch mal und landete in den Armen eines lederknirschenden Muskelpakets. »Na, Opa, biste schwul?«

Da hatte er genug! Rücksichtslos bahnte er sich einen Weg durch die herumhüpfende Menge und wankte angeschlagen zum Tisch zurück. Zum Hinsetzen kam er nicht. Melanie zerrte ihn wieder auf die Tanzfläche.

»Pause machen darfst du nicht, sonst kommst du nachher nicht mehr hoch. Bei älteren Leuten haben wir das schon öfter erlebt.«

Das hatte gesessen! Florian gab sich einen Ruck, paßte sich dem stampfenden Rhythmus der Musik an und versuchte, die geschmeidigen Bewegungen seiner Partnerin nachzuahmen. »Ist ja gar nicht so schwer«, keuchte er und probierte mutig einen Doppelschritt rückwärts.

»Au! Paß doch auf, du Elefant!«

»'tschuldigung.« Vorsichtshalber ging er wieder mit Melanie auf Tuchfühlung.

»Deine Tanzstundenschritte kannste dir hier abschminken«, brüllte sie, während sie ihn vorsichtig in die Nähe der Band dirigierte.

»Spielt Rüdiger nicht fabelhaft?«

»Ja, fabelhaft laut.«

Mit einem Schlagzeugsolo beendete das Quintett seine Darbietung. Die plötzliche Stille war beinahe schmerzhaft spürbar, wurde aber sofort durch ein wildes Kreischen abgelöst, als Rüdiger ans Mikrofon trat und mit verheißungsvoller Stimme rief: »Und jetzt kommt Mickiiiiiiii!«

Ein schmächtiges Bürschchen mit Irokesenhaarschnitt und gelber Latzhose sprang auf das Podium und röhrte los. Viel von dem Text konnte Florian nicht verstehen, er ging zum größten Teil in den Beifallsrufen unter, aber es schien sich um eine Art Aufruf »Zurück zur Natur« zu handeln.

»Das liebe ich so an den Folksängern«, sagte er, »wenn sie mit einer Verstärkeranlage für zehntausend Mark die Vorzüge des einfachen Lebens preisen.« Er kämpfte sich zum Tisch zurück und fand ihn verlassen. Verdutzt sah er sich um. Tante Klärchen würde doch wohl nicht auch das Tanzbein schwingen?

Vom Nebentisch beugte sich ein rothaariger Teenager mit Glitzersternchen auf der Wange herüber. »Wenn Sie die alte Frau suchen, die ist eben gegangen. Hat wohl Muffensausen gekriegt so ganz alleine.«

Das hatte gerade noch gefehlt! Erneut stürzte sich Florian auf die Tanzfläche, suchte nach einem bekannten Gesicht, entdeckte die Wasserhähne und zog Petra beiseite. »Hier ist Geld, bezahlen Sie für mich mit. Tante Klärchen ist getürmt. Ich muß sofort hinterher.«

Der Glatzkopf neben dem Eingang zählte schon die Einnahmen. Es schien eine ganze Menge zusammengekommen zu sein, denn aus der Zigarrenkiste quollen die Scheine, und daneben hatte er die Münzen zu Türmchen gehäuft. »Muttchen hat's aba eilig jehabt. Wie 'ne Furie isse hier raus! 'n Taxi soll ick ihr rufen, hat se jesagt. Hätte ick ja ooch jemacht, aba det Telefon is hinten inne Bar. Nu isse los und will selba eens suchen. Ick hab' ihr zum Bahnhof jeschickt.«

Florian sauste ab. Unter Berücksichtigung von Tante Klärchens mangelhaftem Orientierungssinn in Verbindung mit ihren hochhackigen Schuhen konnte sie noch nicht weit gekommen sein. Hoffentlich war sie nicht in die verkehrte Richtung gelaufen.

Als er um die Ecke bog, sah er etwas Weinrotes vor sich herstöckeln. Gott sei Dank, wenigstens war ihr nichts passiert. »Tante Kläärchen!« Keine Reaktion. Unbeirrt trippelte sie weiter. Florian legte einen Zwischenspurt ein, bekam Seitenstechen, blieb keuchend stehen.

»Nun warte doch, Tante Klärchen. Du läufst ja ganz falsch!«

Das half. Sie drehte sich um und kam ihm langsam entgegen.

»Du hast mir vielleicht einen schönen Schrecken eingejagt, als du so plötzlich verschwunden warst.«

»Hattest du etwas anderes erwartet?« fragte sie eisig.

»Ja«, sagte er kurz, »nur hatte ich vergessen, daß du nicht einen Funken Humor besitzt. Schön, wir haben dich alle ein bißchen auf die Schippe genommen, und wahrscheinlich hätte ich dir sagen müssen, daß Rüdiger keine klassischen Konzerte gibt, sondern bloß in einer Diskothek spielt, aber das ist noch lange kein Grund, sich wie ein schmollendes Kind zu benehmen und einfach abzuhauen. Warum kannst du nicht einmal über deinen Schatten springen?«

»Ich pflege mich nicht in Kreisen der Halbwelt zu bewegen!«

»Nun mach dich nicht auch noch lächerlich, Tante Klärchen. Wenn in der nächsten Woche die Ferien zu Ende sind, sitzt diese ganze Halbwelt wieder auf ihren Schulbänken und paukt fürs Abitur. In welchem Jahrzehnt lebst du eigentlich?«

Sie gab keine Antwort. Schweigend schritt sie neben Florian her, schweigend ließ sie sich in den Wagen helfen, und Schweigen herrschte auch während der Heimfahrt.

»Tante Klärchen hat es nicht gefallen«, sagte er augenzwinkernd zu Tinchen, die vor dem Fernsehgerät saß und offenbar nicht die geringste Absicht hatte, den bequemen Sessel mit einem weit weniger bequemen Stuhl im Starlight zu vertauschen. »Was glaubt ihr wohl, weshalb ich zu Hause geblieben bin?«

»Zumindest du hättest mich ein wenig auf das vorbereiten können, was mich heute abend erwartet hat, Ernestine!« Tante Klärchen richtete sich zu ihrer vollen Größe von hundertsechsundsiebzig Zentimetern auf. »Es ist überhaupt unverantwortlich, mit welcher Leichtfertigkeit ihr euren Pflichten nachkommt. Wie kann man Kinder aus gutem Hause in dieser... dieser...« – sie suchte nach einem passenden Wort, das ihren Abscheu deutlich genug zum Ausdruck bringen würde – »in dieser Spelunke verkehren lassen! Ich werde mir vorbehalten, die Eltern davon in Kenntnis zu setzen.«

Zum Glück hat sie keine Adresse, dachte Florian, der auf weitere Beschwerdebriefe nun doch keinen Wert legte, und deshalb erwiderte er freundlich: »Gisela wird dir sicher dankbar sein. Sie hält nämlich auch nicht viel von Rüdigers Posaune.«

Tante Klärchen verschwand in die oberen Regionen, und Florian erzählte ausführlich, wie der Discobesuch verlaufen war.

»Getanzt hast du auch? Und du hast überhaupt keinen Muskelkater?«

Florian verneinte.

»Wenn dir hinterher nichts wehtut, dann mußt du irgendwas falsch gemacht haben«, sagte Tinchen.

Teures Suppengrün

Endlich öffneten die Schulen wieder weit ihre Türen – zur Freude Tausender strahlend glücklicher Mütter. Die moderne Psychiatrie leistet viel für die Gesunderhaltung des Geistes, aber der Schulbeginn hat in dieser Beziehung auch immer noch sein Gutes, fand Tinchen. Von Natur aus war sie ein Morgenmensch, das frühe Aufstehen störte sie nicht, und ihre gute Laune ließ sie sich auch von der muffligen Frühstücksrunde nicht verderben.

»Kannste mir mal den Wisch hier unterschreiben?« Melanie legte einen Zettel auf den Tisch und reichte Tinchen einen Kugelschreiber. »Ist nur die Einverständniserklärung, daß ich am erweiterten Sexualkundeunterricht teilnehmen darf.«

»Mit sechzehn? Seid ihr da nicht ein bißchen spät dran?«

»Aufgeklärt wurden wir schon in der sechsten Klasse – rein biologisch natürlich. Wahrscheinlich wird es jetzt interessanter, weil sie ins Detail gehen.«

»Erwarte bloß nicht zu viel«, warnte Rüdiger. »Erst kommt der Pfarrer und sagt euch, warum ihr's nicht tun sollt. Dann kommt ein Arzt und sagt, wie ihr's nicht tun sollt, und zuletzt erscheint der Direx und sagt, wo ihr's nicht tun sollt.« Er packte sein Frühstücksbrot in die Mappe und stand auf. »Ich würde sonstwas dafür geben, wenn ich noch mal in die zehnte Klasse gehen könnte.«

»Das kannste auch umsonst haben. Du brauchst bloß mal an dein Zwischenzeugnis zu denken!«

»Alte Giftspritze!!«

Tinchen wurde hellhörig. Da schien es ein Problem zu geben, von dem sie nichts wußte. »War das Zeugnis wirklich so schlecht?«

»Noch schlimmer!« Er grinste auf Tinchen herunter. »An den Zensuren kannst du direkt sehen, wie reformbedürftig unser Schulsystem ist.«

»Wo hängst du denn am meisten?«

»Mathe und Latein.«

»Latein kann man lernen«, gab Tinchen eine allgemein verbreitete Weisheit wieder, deren Wahrheitsgehalt sie allerdings nie hatte nachprüfen können. Sie hatte Englisch gelernt und Italienisch.

»Typisches Geschwafel der Unwissenden«, sagte denn auch Rüdiger. »Je tiefer ich in die Geheimnisse der lateinischen Sprache eindringe, desto mehr verstehe ich, weshalb das Römische Reich untergegangen ist. Übrigens – wer oder was war Agricola?«

»Cola für Bauern«, gab Tinchen zurück. »Und jetzt verschwindet endlich, sonst seid ihr gleich am ersten Schultag wieder zu spät dran.«

Sie trat auf den Küchenbalkon und blinzelte in die Sonne. Der Frühling hatte endgültig Einzug gehalten. Bis auf ein paar vereinzelte Wattebällchen war der Himmel blau, die Mandelbäume blühten, die ersten Fliederknospen zeigten sich, und die milde Temperatur der letzten Tage war geblieben.

Tante Klärchen auch. Leider. In ihrer ersten Empörung hatte sie zwar angedeutet, noch in derselben Woche abreisen zu wollen, aber nachdem der erhoffte Protest ausgeblieben war und Florian ihr sogar aus Gesundheitsgründen einen Klimawechsel vorgeschlagen hatte, war sie auf dieses Thema nicht mehr zurückgekommen. Wo hätte sie es denn auch besser haben können als hier? Ernestine brachte ihr den Kaffee ans Bett, Florian hatte die fahrbare Liege aus dem Keller geholt, so daß sie, Claire, schon am späten Vormittag ein Sonnenbad nehmen und gleichzeitig die Putzfrau ein bißchen im Auge behalten konnte. Man merkte sofort, daß Ernestine noch nie mit Personal umgegangen war. Sie wahrte keinen Abstand, behandelte diese Frau Künzel wie ihresgleichen und kümmerte sich nicht im geringsten darum, was die Frau tat oder nicht tat. Wie konnte man eine neue Aufwartefrau stundenlang allein in den Zimmern lassen – und rundherum das ganze Silber?

»Wenigstens in der Anfangszeit mußt du deine Hilfe beaufsichtigen«, hatte sie Tinchen ermahnt, »Personal stiehlt immer.«

»Aber bestimmt kein Bohnerwachs!« hatte Tinchen zornig geantwortet. »Ich weiß nicht, ob du deinen Korsettnäherinnen über die Schulter geguckt und die Garnrollen gezählt hast, aber es geht entschieden zu weit, wenn du auch hier anfängst, das Waschpulver zu kontrollieren! Sollte dir der Verbrauch zu hoch erscheinen, dann berücksichtige bitte, daß ich deinen grünen Schleier bereits dreimal in der Maschine hatte. Natürlich separat gewaschen, weil er ja so empfindlich ist.«

Dieses Chiffongewand, von Tante Klärchen als »Teagown«, von Florian als Gardine bezeichnet, bestand aus mehreren Teilen, die sich beliebig kombinieren ließen. Vormittags trug sie die klassische Variante, bestehend aus Hose, tunikaähnlichem Oberteil und einem darübergeworfenen, rüschenbesetzten Mantel. Sobald die Temperatur anstieg, vertauschte Tante Klärchen den langärmeligen Kaftan mit etwas gerafftem Ärmellosen, und zur »Teatime« genannten Kaffeestunde zog sie statt der Hosen einen bodenlangen Rock an. Florian war dankbar, daß ihm wenigstens der Anblick ihrer Shorts erspart blieb, die besonders in der heißen Jahreszeit – »und die haben wir ja immer in Florida« – so angenehm luftig seien.

Wasserleiche nannte er seine Tante im stillen, und von seiner Frau forderte er: »Kannst du ihr nicht mal klarmachen, daß Grün nicht ihre Farbe ist und sie in diesem albernen Fummel aussieht wie ein Schloßgespenst?«

»Hab' ich schon versucht, sie glaubt's aber nicht.«

»Altersstarrsinn!« vermutete er.

»Das nennt man jetzt Senioren-Individualismus«, verbesserte Tinchen.

Sie lächelte, als sie an die Szene zurückdachte, schloß die Balkontür und ging nach oben. Jeden Moment mußte Frau Künzel kommen. Mit der hatte sie wirklich einen guten Griff getan. Das anfängliche Mißtrauen, hauptsächlich von Florians Begeisterung für die neue Perle geschürt, war bei Tinchen sofort verflogen, als sie Frau Künzel kennengelernt hatte. Sie sah in der Tat sehr attraktiv aus mit den naturblonden Haaren, den schräggeschnittenen Augen und vor allem der phantastischen Figur, aber entweder war sie sich dieser Vorzüge gar nicht bewußt oder sie vermied es absichtlich, sie zu unterstreichen. Auf Make-up verzichtete sie ganz.

Tinchen empfand sofort Sympathie für die junge Frau, und das mußte wohl auf Gegenseitigkeit beruhen. Frau Künzel erklärte nämlich rundheraus, daß die mit Florian getroffenen Vereinbarungen natürlich hinfällig seien, er habe ganz offensichtlich keine Ahnung von den üblichen Stundenlöhnen und wohl nur deshalb das Einkommen eines Maurerpoliers zugrunde gelegt. Vielmehr sei sie dankbar, daß sie vormittags in einem Privathaushalt arbeiten könne, statt nachmittags in einem unpersönlichen Büro, und die Aussicht, ihre Tochter Katrin auch nach dem Kindergarten versorgt zu wissen, wäre ohnehin mehr, als sie erwarten dürfe.

Sogar Martha billigte die neue Hilfe. Nach ein paar kritischen Blicken auf die fensterputzende Frau Künzel und einem kurzen Gespräch bei einer Tasse Kaffee sagte sie zu Tinchen: »Die sollten Sie sich warmhalten!« Was bei Martha höchstes Lob bedeutete. Künftig durfte Frau Künzel auch den Fußboden in der Küche wischen, ein Privileg, das Frau Schliers niemals zugestanden worden war.

Ebenfalls einverstanden war Klausdieter. Diese neue Putzfrau trug meistens Cordhosen, hatte immer ein Stück Hundeschokolade in der Tasche und lachte nur, wenn er den Staubsauger verbellte. Sie hatte nicht mal geschimpft, als er mit der Toilettenpapierrolle durch das ganze Haus gezogen war und sie anschließend in zentimetergroße Fetzen zerlegt hatte. –

Tinchen wollte gerade zu ihrer Einkaufsrunde aufbrechen, als Florian von seinem Taxidienst zurückkam. »Kinder ordnungsgemäß abgeliefert!« meldete er und fing an zu lachen. »Tobias' Lehrerin machte gar kein so glückliches Gesicht, als die ganze Horde brüllend das Klassenzimmer stürmte. Sie meinte, jetzt käme sie sich wieder vor, als müsse sie versuchen, dreißig Korken gleichzeitig unter Wasser zu halten.«

»Kann ich mir denken. Wir Eltern merken immer erst während der Ferien, was wir an den Lehrern haben.« Sie stieg ins Auto und drehte den Zündschlüssel. Florian klopfte ans Fenster und signalisierte, daß er noch etwas zu sagen habe. Sie kurbelte die Scheibe herunter.

»Ich vergesse es schon nicht! Hundert Blatt Schreibmaschinenpapier und zwei Farbbänder. Immerhin liegst du mir damit schon seit Tagen in den Ohren.«

»Daran habe ich jetzt gar nicht gedacht. Eigentlich wollte ich nur fragen, ob du mir nachher ein bißchen im Garten helfen kannst. Langsam wird es Zeit.«

»Geht nicht, hab' Küchendienst. Heute gibt es Szegediner Gulasch, das kann ich noch nicht.« Sie hupte kurz und fuhr los.

Reichlich belämmert schaute Florian hinterher. Nun war endlich Herr Biermann mit blankgeputzten Orden und dem Konzept seiner Rede, deren Wirkung er noch gestern vor den strammstehenden Tulpen ausprobiert hatte, nach Itzehoe abgereist, aber entgegen Florians Planung waren auch alle seine Mitarbeiter verschwunden. Die saßen in der Schule oder im Hörsaal und lernten überflüssiges Zeug, während sie doch von praktisch angewandtem Biologieunterricht viel mehr hätten. »Non scholae, sed vitae discimus« repetierte er den Spruch, der die Aula seiner alten Penne geschmückt hatte. Denkste! Erst vor ein paar Tagen hatte er seinen Sohn gefragt, wieviel Karotten sie wohl ernten würden, wenn er sieben Reihen zu je fünfzehn Samenkörnern pflanzen würde. Und was hatte der Bengel geantwortet? »Gartenarbeit haben wir in der Schule nicht.« Da konnte man mal wieder sehen, wie wenig sachbezogen die heutigen Lehrmethoden waren. Weshalb also sollte sich Melanie mit Trigonometrie herumschlagen, die sie sowieso nicht begriff, wenn sie zur gleichen Zeit unter seiner fachmännischen Anleitung lernen könnte, wie man Setzlinge pflanzt.

Zwei Stunden später war er von der Sinnlosigkeit mathematischer Berechnungen nicht mehr so überzeugt. Er hatte das zum Ackerbau bestimmte Stück Rasen mittels kreuz und quer gespannter Bindfäden in Beete aufgeteilt, hinterher aber feststellen müssen, daß die Ausmaße nicht mit seinem Entwurf übereinstimmten. Er holte den Taschenrechner, multiplizierte Petersilie mit Radieschen, addierte Sellerie dazu und kam zu dem Ergebnis, daß für die Tomaten kein Platz mehr vorhanden sein würde. Also entfernte er das

Strippengewirr und begann noch mal von vorne: Drei Reihen Karotten, drei Reihen Lauch...

»Was machst du da? Jätest du Unkraut?«

»Nein, ich unterhalte mich mit den Regenwürmern!« Tante Klärchen hatte ihm gerade noch gefehlt. Bereits im schilfgrünen Sonnendreß, das ihre ebenso braunen wie welken Arme mitleidlos allen Blicken preisgab, machte sie Anstalten, ihren Vormittagsposten auf der Terrasse zu beziehen.

»Du kannst mir mal helfen«, sagte ihr Neffe rundheraus.

»Wer? Ich?«

»Wer denn sonst! Gartenarbeit ist auch für Rentner zuträglich.«

»Das geht nicht. Ich habe gerade meine Nägel frisch lakkiert.«

Schon die Vorstellung, in der dunklen Erde herumzuwühlen, verursachte ihr eine Gänsehaut. »Weshalb tust du das überhaupt? Fabian hat doch einen Gärtner.«

»Erstens hat der Urlaub und zweitens was gegen Gemüse.« Florian hatte inzwischen einsehen müssen, daß es wohl am zweckmäßigsten wäre, den Rasen erst einmal umzugraben und danach in Beete zu gliedern. Irgendwie waren diese Bindfäden doch etwas hinderlich. Mutig tat er den ersten Spatenstich. Nach dem achten legte er eine Pause ein. Er hatte gar nicht gewußt, daß Gras so zäh und Erde so schwer sein kann. Und wenn er sich bückte, hatte er immer das Gefühl, als wäre der Boden viel weiter unten als früher.

Verdammte Schreibtischhockerei! Man hatte ja überhaupt keine Kondition mehr! Sport sollte man treiben, jeden Morgen eine halbe Stunde Jogging oder für den Anfang vielleicht erst mal halb so lange, danach ein paar Runden durchs Hallenbad und ab und zu ein bißchen Tennis. Die Saison fing ja jetzt wieder an. Oder ob er es mal mit Golf versuchen sollte? Bisher hatte er diese Sportart nur als teure Variante des Murmelspielens angesehen, aber schließlich war Fabian eingeschriebenes Mitglied des hiesigen Clubs, und weshalb sollte man die verwandtschaftlichen Beziehungen nicht ausnutzen?

Tinchen holte ihn in die Wirklichkeit zurück. Sie hatte Tante Klärchen die Pillen und das Mineralwasser gebracht, angereichert mit einem kleinen Schuß Whisky, und winkte jetzt zu ihrem Mann hinüber. »Ich glaube, das nennt man Schäferprüfung.«

»Was nennt man wie?«

»Schäferprüfung! Wenn man nämlich die Arme auf den Spatenstiel stützt und in die Landschaft stiert.«

»Ich werde mir doch wohl noch die Nase putzen dürfen!« Er suchte in sämtlichen Taschen nach einem Tuch, fand keins, schneuzte auf den Boden, griff wieder nach dem Spaten und rammte ihn in die Erde.

»Als Gärtner braucht man einen Rücken aus Gußeisen mit einem Scharnier drin.«

»Wenn dir die Buddelei zu anstrengend wird, kannst du ja eine Pause machen und den Rasen mähen«, schlug Tinchen vor, »der hat's nämlich nötig.«

»Keine Zeit«, keuchte Florian, »außerdem stört Rasenmähen das ökologische Gleichgewicht.«

Während des Mittagessens zeigte er jedem einzelnen seine Blasen an den Händen. Er wurde bedauert – das war Balsam für Gliedmaßen und Seele –, bewundert, was sein Selbstwertgefühl hob, sein Vorschlag jedoch, den schönen warmen Nachmittag gemeinsam bei ein bißchen leichter Gartenarbeit zu verbringen, wurde einstimmig abgelehnt.

»Hab' Nachhilfe«, entschuldigte sich Melanie.

»Muß zur Fahrschule«, behauptete Rüdiger, »in zwei Wochen soll ich zur Prüfung.«

»Hoffentlich fällst du durch«, wünschte Florian, »dann reichen die schwindenden Benzinvorräte noch ein bißchen länger.«

»Ausgerechnet du mußt das sagen! Nicht mal zum Briefkasten an der Ecke gehst du zu Fuß.«

Diese Bemerkung überhörte Florian, weil sie stimmte. Trotzdem leuchtete ihm nicht ein, weshalb sein Neffe noch vor dem achtzehnten Geburtstag einen Führerschein brauchte, wenn er in absehbarer Zeit doch keinen eigenen Wagen haben würde. Und sollte der Knabe sich einbilden, mit seines Vaters Luxuskarosse die nötige Fahrpraxis zu holen, dann war er aber schief gewickelt. Man wußte ja, daß die jungen Leute keine Disziplin am Steuer hielten, aggressiv fuhren und grundsätzlich die Geschwindigkeitsbegrenzungen mißachteten. Erst vor wenigen Tagen wäre ihm so ein Schnösel doch beinahe...

»Ob wir meine Karre noch in die Garage kriegen?« unterbrach Rüdiger die Gedankengänge seines Onkels. »Viel Platz braucht sie ja nicht.«

»Willst du damit andeuten, daß du dir schon ein Auto gekauft hast?« Die Gabel, mit der Florian den letzten Rest Sauerkraut zum Mund führen wollte, fiel zurück auf den Teller.

»Gekauft ist übertrieben. Es hat mich sechs Aufsätze gekostet, und jeder mußte mindestens eine Zwei minus bringen. Der über Dürrenmatt ist in die Hose gegangen, aber dafür war Mutter Courage eine glatte Zwei.«

Es stellte sich heraus, daß sein Freund Wolle mangelnde Deutschkenntnisse durch technisches Talent kompensierte, während Rüdiger zehn linke Daumen, andererseits aber eine gewisse literarische Begabung hatte. So waren die beiden schnell handelseinig geworden. Rüdiger hatte sich verpflichtet, ein Jahr lang die Entwürfe für Wolles Klassenarbeiten zu liefern und dafür zu sorgen, daß sie auch unbemerkt in seine Hände kämen, und dafür hatte Wolle versprochen, ihm nach Ablauf dieser Zeit ein fahrtüchtiges, TÜV-geprüftes Auto vor die Tür zu stellen. Beide Geschäftspartner hatten ihre Auflagen erfüllt, und nachdem der Deutschlehrer sich auch noch lobend über die erfreuliche Leistungssteigerung des offensichtlich verkannten Wolle geäußert hatte, hatte dieser sich bereit erklärt, zusätzlich die erste anfallende Reparatur kostenlos auszuführen. »Sicherheitshalber habe ich schon einen Kotflügel besorgt, den wirst du wohl als erstes einbuffen.«

Seit einem Monat stand das Vehikel in Wolles Schuppen, und seine Entfernung wurde von ihm ständig reklamiert. »Ich brauche den Platz, jetzt schreibt mir nämlich der Volker die Arbeiten.« Volker war Klassenprimus und Sohn eines umweltbewußten Biologielehrers, der mit dem Fahrrad oder bei günstigen Schneeverhältnissen auch mal mit Langlaufskiern zum Unterricht fuhr und in lauen Frühlingsnächten an der verkehrsreichen Landstraße Posten bezog, um den wandernden Kröten beizustehen. Autos lehnte er genauso ab wie Urlaubsfahrten ins Ausland, weshalb sein Sohn zwar drei Paar Wanderstiefel besaß und auf Wunsch auch ohne weiteres ein viertes Paar bekommen würde, niemals jedoch einen eigenen Wagen. Folglich war der gern bereit, von seinen umfangreichen Kenntnissen der deutschen Klassiker den weniger begabten Mitschüler Wolle profitieren und sich dafür ein Auto zusammenbasteln zu lassen.

»Was is'n das für 'ne Mühle, die du dir ergeiert hast?« Autos Marke Eigenbau schätzte Florian gar nicht.

»Hauptsächlich Fiat mit ein bißchen Alfa Romeo. Zweifarbig.«

»Ja, Grün und Rost«, bestätigte Melanie.

»Weiß dein Vater von diesem Kuhhandel?«

»Nö, so was interessiert ihn grundsätzlich nicht. Er bezahlt den Führerschein, und damit ist die Sache für ihn gelaufen.«

»Na schön, das ist sein Bier. Ich hoffe nur, er gibt mir nicht die Schuld, wenn die Mühle nach den ersten Kilometern zusammenbricht und die Feuerwehr dich aus den Trümmern klaubt.« Florian stand auf und schaute prüfend in die Runde. Sein Blick blieb an Tobias hängen. »Möchtest du dir zwei Mark verdienen?«

»Was muß ich dafür tun? Schon wieder Herrn Schmitt saubermachen? Mach ich aber nicht, beim letzten Mal hat er mich gebissen.«

»Du sollst gar nichts tun«, versicherte sein Vater schnell, »bloß ein bißchen im Sand buddeln. Das hast du doch früher stundenlang gemacht.«

»Früher war ich ja auch noch ein kleines Kind. Und überhaupt kann ich gar nicht, weil ich zum Fußballtraining muß.« Zum Glück war ihm das noch eingefallen! Schon öfter hatte ihn sein Freund Heiko zum Mitkommen aufgefordert, aber Tobias hatte sich nie so richtig dafür erwärmen können. Jetzt allerdings erschien ihm der Fußballplatz entschieden reizvoller als Onkel Fabians Garten.

»Dann eben nicht!« sagte Florian verärgert. »Ich schaffe das auch alleine. Mit links! Ich hatte nur geglaubt, in einer intakten Familie hilft einer dem anderen.«

»Und jeder sich selbst zuerst«, fügte Melanie hinzu. »Ist bekannt. Immer, wenn es irgendwelche Probleme gibt, sind wir eine Familie. Den Spruch kann ich schon rückwärts!« Sie warf ihre Serviette auf den Tisch. »Was interessieren mich deine Blumenkohlbeete? Ich esse sowieso keinen.«

Als die Kinder die Küche verlassen hatten, sagte Florian

resignierend: »Es ist leichter, ein guter Verlierer zu sein als ein guter Gewinner – man hat mehr Übung drin.«

Schon eine Woche später bereute er bitter, sich jemals mit dem Gedanken an einen Kleingarten befaßt zu haben. Herr Biermann nämlich, von dem er sich zumindest fachmännischen Rat, wenn nicht gar Hilfe erhofft hatte, war beim Anblick der schiefen Beete und der mit Lametta behängten Bindfäden zur Salzsäule erstarrt. »Was soll das?« donnerte er.

Eifrig erklärte Florian, daß die Silberfäden zur Abschreckung von Vögeln gedacht seien, die ja bekanntlich Samenkörner fräßen.

»Das meine ich nicht!« Mit gewichtigen Schritten umrundete Herr Biermann die künftige Gemüseplantage. Dann blinzelte er eine Zeitlang stirnrunzelnd in die Sonne, um schließlich dem erwartungsvoll wartenden Florian zu verkünden: »Sie haben genau achtundvierzig Quadratmeter feinsten englischen Rasens ruiniert.«

»So würde ich das aber nicht sehen!« verteidigte der Hobbygärtner sein Werk. »Erntefrische Tomaten schmecken nun mal besser als gekaufte. Wenn die Petersilie erst mal raus ist, können Sie natürlich auch welche haben. Ich habe zwei Reihen davon gesät.«

»Bevor Sie hier eigenmächtig in meine Kompetenzen eindringen, hätten Sie mit mir Rücksprache nehmen müssen. Petersilie!« Er rümpfte verächtlich die Nase. »Das ist doch besseres Unkraut. Wenn es wenigstens Kiwipflanzen wären oder Zierkürbisse ... aber nein, ordinäres Suppengrün! So etwas gehört nicht in einen gepflegten Garten! Wenn der Herr Professor ...«

»Der ißt auch gerne Petersilie!« unterbrach ihn Florian

mutig. »Und wenn ich Ihre Meinung hören will, dann werde ich es Ihnen schon sagen!« Entschlossen kehrte er dem erbosten Gärtner den Rücken und trabte zurück ins Haus.

Das hätte er lieber nicht tun sollen. Noch am selben Nachmittag fand Tinchen einen unter der Haustür durchgeschobenen Briefumschlag, adressiert an das Ehepaar Herrn und Frau Florian Bender, in dem Herr Biermann seine sofortige vorübergehende Kündigung aussprach, da er für die Verunstaltung des ihm anvertrauten Areals nicht mehr geradestehen könne.

»Hat er das wirklich so geschrieben?« fragte Tinchen interessiert.

Florian nickte und las weiter. »Außerdem behalte ich mir vor, den Eigentümer dieses Grundstücks von Ihrer Eigenmächtigkeit in Kenntnis zu setzen. Achtungsvoll, Paul Biermann.«

»Das wird teure Petersilie«, prophezeite Tinchen. »Was glaubst du wohl, wieviel die Jungs jeweils fürs Rasenmähen verlangen?«

»Entweder machen sie es freiwillig oder gar nicht.«

»Also gar nicht.«

»Schließlich bin ich ja auch noch da. Ob ich nun einen Rasenmäher durchs Gras schiebe oder einen Golfkarren, ist doch egal. Beides bedeutet Bewegung in frischer Luft, und nur darauf kommt es an.«

»Am besten beginnst du gleich damit. Der Mäher steht schon seit heute früh draußen. Herr Biermann ist bloß nicht mehr dazu gekommen.«

Man wird nur einmal im Leben achtzehn

Rüdiger übte Posaune. Vor seiner Tür saß Klausdieter und jaulte zum Steinerweichen. Zwei Zimmer weiter riß Florian den vierten Bogen aus der Schreibmaschine und warf ihn in den Papierkorb. »Wer soll sich denn bei dem Radau konzentrieren können?«

Einen Stock tiefer debattierte Tinchen mit Frau Kaiserling. Schon ein paarmal war sie drauf und dran gewesen, den Hörer einfach auf die Gabel zu werfen, aber dann hatte sie ihn doch wieder nur neben den Apparat gelegt und abgewartet, bis die lamentierende Stimme eine kleine Pause machte. »Sie haben völlig recht, Frau Kaiserling, das Fenster könnte er wenigstens zumachen, und Mozart finde ich auch viel schöner, aber der hat nichts für Posaunen geschrieben, und ob er sich im Grabe herumdrehen würde, weiß ich nicht, er hat es doch gar nicht komponiert. Nein, bisher hat sich noch niemand beschwert, Sie sind die einzige – ja, wenn Sie glauben, daß die Polizei zuständig ist, dann rufen Sie ruhig dort an, Hausmusik ist schließlich nicht verboten, und Rubinstein hat auch mal üben müssen. Nein, ich kann nicht beurteilen, ob ein Klavier leiser ist, es läßt sich nur so schwer transportieren, und da mein Neffe in einer Band...« Es knackte im Hörer. »Einfach aufgelegt! Keine Manieren!«

Trotzdem mußte Tinchen zugeben, daß auch ihr diese schrillen Töne allmählich auf den Nerv gingen, ganz zu schweigen von Klausdieter, dessen Gewinsel schon hysterische Töne annahm. »Warum kann er nicht mal etwas spielen, was der Hund noch nicht kennt?«

Oben hielt sich Florian die Ohren zu. Dann stand er auf und ließ die Jalousien herab. Jetzt hörte er nur noch mono, aber das klang auch nicht besser. »Nun reicht's!« Wütend stürzte er in Rüdigers Zimmer, gefolgt von Klausdieter, der erst einmal unters Bett kroch, bevor er von dort aus die verhaßte Posaune verbellte.

»Kannst du nicht anklopfen?«

»Erstens hättest du das nicht gehört, und zweitens hatte ich Angst, es sagt keiner herein.«

»Hätte ich auch nicht«, bestätigte Rüdiger. »Was is'n los?«

Florian bemühte sich um einen ruhigen Ton, obwohl er innerlich kochte. »Ich kann nicht arbeiten.«

»Mußt du ja nicht, deine Brötchen verdienst du doch jetzt ohne.«

»Ich arbeite an meinem Buch.«

»Ach so«, nickte Rüdiger verständnisvoll, »und nun fällt dir nichts ein?«

»O doch! Ich habe mir gerade haarklein ausgemalt, wie ich einen Mord begehe!«

Jetzt war Rüdiger Feuer und Flamme. »Schreibst du einen Krimi? Da hätte ich eine klasse Idee! Mit einem Laserstrahl! Mitten in einer überfüllten Disco, wo gar keiner...«

»Das dauert mir zu lange!« Florian schloß das Fenster und setzte sich aufs Bett. »Jetzt hör mir mal zu, mein Junge! Ich habe nichts dagegen, wenn du bei deinen abendlichen Auftritten anderen die Ohren volldröhnst, die kommen ja freiwillig, aber was du hier zu Hause treibst, grenzt an Körperverletzung. Wenn du schon üben mußt, dann geh in den Keller oder – noch besser! – in den Wald. Oder üb erst dann, wenn du es ein bißchen besser kannst.«

»Mann, o Mann, du bist vielleicht abgemackert! Ich übe nicht, ich komponiere.«

»Das hat Beethoven auch, bloß leiser. Vielleicht versuchst du es mal mit einer Mundharmonika!« Er warf die Tür hinter sich zu und zuckte schmerzlich zusammen, als unmittelbar danach ein langanhaltender Heulton seinen Abgang begleitete.

Auf der Treppe stieß er mit Tinchen zusammen. »Warum kann er nicht wenigstens Dudelsack spielen? Da klingt der Anfänger genauso wie ein Könner. Ich hab' eben mit ihm geredet, aber er scheint auf beiden Ohren taub zu sein.«

»Kein Wunder bei dem Krach! Laß mich mal machen, ich schaffe das schon.«

Zu Florians Erstaunen wurde die Übungsstunde abgebrochen und auch nicht mehr fortgesetzt. Befriedigt spannte er ein neues Blatt in die Maschine, wobei er beschloß, zumindest ein Kapitel seines Werkes den psychologischen Fähigkeiten seiner Frau zu widmen. Zum Glück ahnte er nicht, daß es sich bei Tinchens Psychologie um ganz simple Erpressung gehandelt hatte. Entweder Funkstille, oder Rüdiger könne seine Geburtstagsparty in den Mond schreiben!

Diese Fete überschattete schon seit Tagen das Familienleben. »Man wird nur einmal im Leben achtzehn«, hatte Rüdiger gesagt und eine entsprechende Würdigung dieses großen Tages gefordert.

»Siebenunddreißig auch«, hatte Tinchen geantwortet und sowohl den Champagner abgelehnt als auch das Städtische Hallenbad, das Rüdiger für eine Nacht mieten wollte.

»Pool-Party, das wäre *der* Hammer!«

Da der Geburtstag auf einen Sonntag fiel, hatte er beschlossen, mit der Party bereits am Samstag zu beginnen und sich in seinen Jubeltag hinüberfeiern zu lassen.

Sofort erwog Tante Klärchen, diesem zu erwartenden

Vandalensturm den Rücken zu kehren. Jener Abend in der Disco hatte sie davon überzeugt, daß der Untergang des Abendlandes unmittelbar bevorstehe und vermutlich in Fabians Haus beginnen werde. Nur – wo sollte sie hin? Ihr Bruder urlaubte noch immer am Wörthersee, nach Bad Schwalbach wollte sie noch nicht, und Salzgitter, wohin es eine ehemalige Kollegin verschlagen hatte, lag viel zu weit abseits. Genaugenommen hatte sie sich mit diesem Fräulein Knörzel, nunmehr verehelichte Waibling, auch nie so besonders gut verstanden.

Als sie schon überlegt hatte, für zwei Nächte in ein Hotel zu gehen – natürlich auf Florians Kosten, denn er mußte ja einsehen, daß man einer älteren Dame diesen Aufmarsch jugendlicher Rabauken nicht zumuten konnte –, fiel ihr Frau Lange ein, die Mutter ihres Hausmeisters in Florida. Normalerweise redete sie, Claire, mit Angestellten nie mehr als nötig, aber Herr Lange, der sich seit seiner Naturalisierung John Langdon nannte, hatte von ihrem Deutschlandtrip Wind bekommen und ihr die Adresse seiner Mutter gegeben. »Wenn Sie Zeit haben, besuchen Sie die alte Dame doch mal. Sie wohnt in Heilbronn, ist gar nicht weit weg von Heidelberg. Sie hat da 'n hübsches Häuschen und lebt ganz allein. Bestimmt freut sie sich, wenn Sie ihr 'n bißchen was von mir erzählen. Ich war schon seit acht Jahren nicht mehr in Europa, aber herkommen will sie nicht. Ist ihr zu umständlich, sagt sie.«

Natürlich hatte Tante Klärchen nie die Absicht gehabt, diese Frau aufzusuchen. Mit solchen Leuten pflegte man keinen Umgang. Den Zettel mit der Anschrift hatte sie in irgendeine Tasche gesteckt und vergessen. Jetzt allerdings begann sie danach zu suchen. Nach einer Stunde hatte sie ihn noch immer nicht gefunden. Zu dumm! Aber wozu gab es denn eine Telefonauskunft?

Angesichts der Tatsache, daß es in Heilbronn 29 Langes gab, kapitulierte sie und wandte sich an Florian. »Könntest du vielleicht...?«

Und ob er konnte! Die Aussicht, endlich die anstrengende Tante für ein paar Tage loszuwerden, beflügelte ihn. Er setzte sich ins Auto, fuhr zum Postamt, studierte das Heilbronner Telefonbuch, schrieb die Nummern aller weiblichen Langes heraus, wodurch sich die Zahl auf elf reduzierte, und rief sie der Reihe nach an. Schon bei der fünften hatte er Glück. Frau Erika Lange bestätigte, einen Sohn namens Hans zu haben, der jetzt John heiße und in Amerika lebe. Worauf Florian den Hörer an Tante Klärchen weiterreichte und taktvoll das Zimmer verließ.

Claire McPherson stellte fest, daß Frau Lange einwandfreies Deutsch sprach, Miami richtig auf der zweiten Silbe betonte und gerade von einer Studienreise durch Israel zurückgekommen war. Also schien diese Frau Lange nicht ungebildet zu sein. Ihre Einladung hatte jedenfalls sehr herzlich geklungen, darüber hinaus sah Claire eine Möglichkeit, ihre gesellschaftliche Bedeutung wieder einmal ins Licht zu setzen – kurz und gut, sie kündigte ihren Besuch an und stellte sogar in Aussicht, ihn über mehrere Tage auszudehnen. Frau Lange besaß ein Auto und hatte schon vorgeschlagen, dem Gast einige Sehenswürdigkeiten zu zeigen. Vielleicht die Götzenburg in Jagsthausen oder die Weibertreu in Weinsberg...

Nur zu gern war Florian bereit, seine Tante nach Heilbronn zu fahren. Auch abzuholen, wenn es unbedingt sein mußte, aber das lehnte sie ab. Es gebe sicher eine günstige Zugverbindung. Florian versprach, sich danach zu erkundigen, lud Tante und zwei Handkoffer ins Auto, fand nach nur kurzem Herumirren die gesuchte Adresse und überließ Tante Klärchen dankbar ihrer neuen Gastgeberin, einer resoluten Frau Ende Fünfzig. Fröhlich pfeifend machte er sich wieder auf die Heimfahrt. Auf dem Rücksitz lagen zwei Flaschen Champagner. Sollte Rüdiger doch seinen Willen haben! Man feierte ja wirklich nur einmal im Leben seinen achtzehnten Geburtstag, und die Führerscheinprüfung hatte er auch beim ersten Anlauf bestanden.

Tinchen dekorierte die Halle. Papierschlangen zogen sich von der Lampe zur Tür, rollten sich entlang der Wände zur Garderobennische, kringelten sich über den Stahlstichen zu Locken und hingen ganz besonders zahlreich an dem verschnörkelten Spiegel. Wie ein Storch im Salat stakste Florian durch Kreppapier und Lampions.

»Ihr könnt euch wohl nicht entscheiden, ob Karneval gefeiert wird oder Kindergeburtstag? Paß bloß auf den Spiegel auf, Tine, der ist mindestens zweihundert Jahre alt.«

»Dann müßte er sowieso mal erneuert werden.« Sie stieg von der Leiter und betrachtete kritisch ihr Werk. »Sieht ja wirklich ein bißchen albern aus, aber so kommen die jungen Leute wenigstens gleich in Stimmung.«

»Wie viele erwarten Sie denn?« Auf der untersten Treppenstufe saß Frau Künzel und pustete mit dem Autostaubsauger Luftballons auf.

»Woher soll ich das wissen? Mein Neffe hat mich dahingehend aufgeklärt, daß man zu Partys nicht einlädt, sondern lediglich informiert, wenn eine stattfindet. Wer will, der kommt, aber mir schwant, daß sehr viele wollen. Auf zirka zwanzig sind wir vorbereitet.«

Den Partykeller hatten die Jungs in eine Disco verwandelt, die danebenliegende Wasch- und Bügelkammer sollte das kalte Büfett aufnehmen sowie die Getränke, Marthchen würde vorsichtshalber in das zweite Gästezimmer ziehen, und für Decken und Schlafsäcke war auch schon gesorgt. Trainierte Partygänger hatten sie bereits vor Tagen angeliefert. Die Beköstigung seiner Gäste hatte Rüdiger in die bewährten Hände von Martha gelegt. Die konnte so was erstklassig. Von dem Silvesterbüfett von vor zwei Jahren sprach man in Steinhausen immer noch. Nur wegen der Getränke hatte es erbitterte Auseinandersetzungen gegeben.

»Bowle«, hatte Rüdiger verächtlich gesagt, »wer trinkt denn heutzutage noch diesen Limonadenverschnitt?«

»Die Mädchen bestimmt.« Von Ananas bis Zitrone hatte Florian die verschiedenen Varianten aufgezählt.

»Kannste alles abhaken! Wir stehen auf pur. Zwei Kisten Cola, dazu ein paar Flaschen Kognak zum Mischen, aber anständigen, nicht den billigen von Aldi, dann Gin, Blue Curaçao, jede Menge Orangensaft und natürlich ein Faß Bier. Um Mitternacht brauchen wir noch Sekt zum Anstoßen. Das wär's denn auch schon.«

»Kommt überhaupt nicht in Frage! Saft und Cola ja, meinetwegen auch eine Flasche Kognak, der Sekt ist ebenfalls genehmigt, aber den Rest kannst du dir abschminken. Allenfalls über das Bier ließe sich noch reden.«

»Was glaubst du eigentlich, wen du vor dir hast? Übermorgen werde ich volljährig!«

»Aber nur auf dem Papier! Grün hinter den Ohren ist noch kein neues Bewußtsein.«

Für Florian war die Angelegenheit damit erledigt gewesen, für seinen Neffen nicht. Telefonisch hatte er seine Freunde informiert, daß sein Onkel offenbar zu den Blaukreuzlern übergetreten sei und die Party wohl eine ziemlich trockene Angelegenheit werden würde. Abhilfe wurde zugesichert. »Unten die Flasche drin, oben ein paar Blümchen rausgucken lassen, das Ganze in Geschenkpapier gewickelt – da merkt kein Mensch was. Hab' ich schon öfter gemacht«, versicherte Benjamin und versprach, diesen Tip noch rechtzeitig weiterzugeben.

Das Mittagessen kam zu kurz. Martha hatte zwei Bleche Pizza gemacht und mit allem belegt, was sie von den kalten Platten erübrigen konnte. »Ihr könnt euch die Bäuche nachher vollschlagen, aber jetzt geht mir keiner an die fertigen Schüsseln heran!«

»Kriege ich heute abend auch was von dem Rotzbief?« Julia hatte fleißig in der Küche mitgeholfen, Zahnstocher in Käsewürfel gepiekt, Spargel in Roastbeefscheiben gewickelt und dabei so viel genascht, daß Marthchen sie hinausgeworfen hatte, bevor ihr endgültig schlecht geworden wäre. »Der Hotelsalat schmeckt auch prima.«

»Was für 'n Salat?«

»Sie meint sicher den Waldorf. – Will noch jemand Pizza?« Niemand wollte. »Also dann raus hier, ich muß noch die Gulaschsuppe kochen.«

»Kann ich dir helfen?« fragte Melanie halbherzig.

»Leute, die in der Küche rumstehen und fragen, ob sie nicht was helfen können, können's meist nicht. Also verschwinde!«

Um drei Uhr trabte Urban an, noch in kleidsamem Olivgrün mit Ölspuren im Gesicht. »Dieser Scheiß-Panzer mußte erst repariert werden, eher haben die uns nicht losgelassen! Jetzt brauche ich schleunigst eine Badewanne, was zu essen und Benzin. Irgendwo wird ja wohl noch ein voller Kanister sein. In einer Stunde soll ich Sandra abholen.«

»In der Wanne liegt Melanie, aus eurer Dusche kommt seit gestern nur kaltes Wasser, aber die unten funktioniert. Zu essen gibt es bloß kalte Pizza, und seitdem Rüdiger ein Auto hat, findest du im ganzen Haus keinen Tropfen Benzin mehr.«

»So 'ne verdammte Schei ... 'tschuldige, Tinchen. Wieso

braucht der Grünschnabel Benzin? Der kriegt doch erst morgen seine Pappe ausgehändigt.«

»Übermorgen. Und bis dahin läßt er sich fahren.«

Kopfschüttelnd stapfte Urban die Treppe hinauf, nicht ohne vorher einen Teil der Papierschlangendekoration mitgenommen zu haben. Oben trommelte er an die Badezimmertür. »Komm sofort raus!«

»Bin ja gerade erst reingegangen«, tönte es zurück, »du kannst doch die Dusche nehmen.«

»Nein, ich brauche ein richtiges Bad. Mir tun die Füße weh.«

»Dann wasch mal deine Socken!«

Er stellte seine Tasche ab und hämmerte mehrmals auf die Klinke.

»In spätestens fünf Minuten bist du draußen, oder ich komme durchs Fenster.«

»Das ist zu!« frohlockte Melanie, stieg aber doch aus der Wanne, wickelte ein Handtuch um die Haare und ein zweites um den Körper. Dann erst entriegelte sie die Tür. »Warum mußtest du ausgerechnet jetzt schon kommen? Die Schönheitslotion hat bestimmt noch nicht gewirkt.«

»Schönheitslotion! Daß ich nicht lache! Bei dir würde ja nicht mal mehr Eselsmilch helfen. Vorchristliche Emulsion für aussichtslose Fälle.« Urban stieg aus den Hosen. »Guck bloß mal in den Spiegel! Du bist doch abgrundhäßlich! Als Kind warst du schon so häßlich, daß niemand mit dir spielen wollte. Da haben sie dir Schnitzel an die Ohren gebunden, damit wenigstens der Hund mit dir spielt! Und jetzt hau endlich ab!«

»Als Mensch zu dumm – als Schwein zu kleine Ohren!« Mit einem Fußtritt beförderte sie die Hosen in eine Ecke. »Du solltest sie mal desinfizieren lassen, die stehen ja schon vor Dreck. Ein krabbelndes Innenleben haben sie bestimmt auch.«

»Immer weiter so, Schwesterherz. Wer schon ein Brett vorm Kopf hat, sollte nicht auch noch ein Blatt vor den Mund nehmen!«

Melanie mußte einsehen, daß sie ihrem Bruder rhetorisch nicht gewachsen war. Nachdrücklich schloß sie die Tür. Im Grunde genommen hing sie an Urban, und der wiederum liebte seine Schwester und hatte ihr schon oft genug aus irgendwelchen Schwierigkeiten geholfen, aber keiner von beiden würde das jemals offen zugeben.

Während Tinchen für den ausgehungerten Vaterlandsverteidiger Rühreier briet und Marthchen letzte Hand an die Geburtstagstorte legte, irrte der Jubilar von einem Zimmer ins andere und durchstöberte dabei sämtliche Schränke.

»Suchst du was Bestimmtes?«

»Ja, meine zahme Motte«, blaffte er zurück. »Du hast nicht zufällig meinen gelben Boss-Pullover gesehen?«

»Doch, in der Wäsche.« Melanie drehte den dritten Lokkenstab in die Haare und besah sich zweifelnd im Spiegel. »Was meinst du, soll ich vorne auch noch einen reinmachen?«

»Laß das lieber bleiben. Du siehst jetzt schon aus wie eine Klobürste. Wieso ist der Pulli in der Wäsche? Ich hab' ihn doch die ganze letzte Woche nicht getragen.«

»Aber ich! Der paßte so gut zu den hellblauen Cordhosen.«

»Sag mal, hast du einen an der Ratsche? Ich geh' doch auch nicht so einfach an deine Klamotten! Was soll ich denn jetzt anziehen?«

»Irgendwas von mir.« Aus dem Schrank zog sie einen Stapel Sweatshirts. »Such dir was aus.«

»Rosa und Mintgrün!! Bin ich schwul?« Schließlich griff er zu einem schwarzen Pullover und streifte ihn über den Kopf. Dann trat er vor den Spiegel. »Viel zu klein. Das sieht doch bescheuert aus.«

»Zu klein ist er nicht, Größe XL paßt jedem. Aber hier stimmt was nicht.« Sie zupfte an ihm herum. »Sag mal, hast du immer so lange Arme?«

»Die gehören nun mal zu einer athletischen Figur«, behauptete Rüdiger und ließ stolz seinen Bizeps springen. »Männer wie ich wachsen nicht auf den Bäumen.«

»Stimmt! Normalerweise schwingen sie sich von Ast zu Ast! – Aua, laß sofort los!« Sie versetzte ihrem Bruder einen Fußtritt, aber der drehte die Lockenstäbe nur noch fester an die Kopfhaut. »Erst, wenn du das mit dem Affen zurücknimmst!«

»Das hast *du* ja gesagt.«

»Ach, blas mir doch meinen Schuh auf, dumme Glucke!« Am besten würde er mal Florians Schrank durchkämmen, der hatte bestimmt was zum Anziehen. Bei Oma Gant hatte er einen Stein im Brett, deshalb waren seine Sachen auch immer zuerst fertig.

Inzwischen hatte sich Clemens auf den Weg gemacht, um die nicht motorisierten Partygäste einzusammeln. Als er den ersten, fröhlich lärmenden Schwung vor der Haustür absetzte, war die zu feiernde Hauptperson nirgends zu finden.

»Wo steckt er denn?« Tinchen schüttelte Hände, nahm Dankesworte in Empfang, Lederjacken sowie zwei Sporttaschen und hielt immer wieder Ausschau nach dem Geburtstagskind. »Irgendwo muß er doch abgeblieben sein?«

»Sicher in irgendeinem Kleiderschrank«, vermutete Melanie. Unter den teils bewundernden, teils spöttischen Blicken schritt sie, ganz in Rosa gehüllt, die Treppe herab.

»Wenn ich gewußt hätte, daß du hier in Taft und Seide

anbretterst, hätte ich mir auch 'n sauberes Hemd angezogen«, grinste Wolle.

»Warum denn heute schon? Morgen ist doch erst Sonntag.« Flüchtig musterte sie die Anwesenden. »Ist Benjamin nicht mitgekommen?«

»Der holt erst noch Bea ab«, sagte Wolle, bevor er den anderen in den Keller folgte.

»Diese dämliche Ziege? Was ihr im Kopf fehlt, kompensiert sie mit ihrem Busen.«

»Dann hast du ja nichts zu befürchten«, lächelte Tinchen.

»Wieso? Ich hab' doch gar keinen.«

»Aber einen Kopf. Alles andere kommt noch. Auch Wolkenkratzer haben mal als Keller angefangen. – Und jetzt sieh nach, wo dein Bruder bleibt!«

Wenig später herrschte im Hause Bender große Aufregung, gepaart mit allgemeiner Ratlosigkeit. Während Clemens in Vertretung seines Bruders die Gäste empfing und ihnen empfahl, mit der Feierei schon mal alleine anzufangen, versammelten sich die übrigen Familienmitglieder nach und nach in Rüdigers Zimmer. Die flüsternd weitergegebene Nachricht, das Geburtstagskind läge kreidebleich und stöhnend auf seinem Bett, hatte Alarmstufe Rot ausgelöst. Als erste war Tinchen am Tatort. Den naheliegenden Verdacht, ihr Neffe habe etwas zu intensiv die Qualität des bewilligten Kognaks geprüft, fand sie bestätigt. Der Knabe hatte zweifellos eine Fahne. Andererseits dürfte er dann schlimmstenfalls selig schnarchend daliegen und sich nicht in Krämpfen winden.

Florian eilte herbei, stellte die gleiche Diagnose, empfahl Salzwasser, kalte Dusche sowie ähnliche Therapien aus seiner Junggesellenzeit, aber als er Anstalten machte, die Alkoholleiche ins Bad zu schleppen, protestierte Rüdiger. »Bin nicht – besoffen. Mir ist kotzübel. Hab' Ma-Magenkrämpfe. Laßt mich in Ruhe!«

Melanie streifte ihren Bruder nur mit einem kurzen Blick. »Zu wie 'ne Handbremse! So was Ähnliches habe ich mir gedacht. Vorhin saß er an Tante Klärchens Whisky, bloß die kann ihn besser vertragen.«

»War ja nur einer«, stöhnte Rüdiger leise, »der haut mich doch nicht um. Ich m-muß was Falsches gegessen haben. Laßt mich doch endlich allein!« Er drehte sich zur Wand.

»Sollen wir nicht besser einen Arzt holen?« Mit einem Waschlappen wischte Tinchen die Schweißperlen von Rüdigers Stirn. »Fieber hat er Gott sei Dank nicht.«

»Wo ist die Leiche? Blumen fürs Begräbnis haben wir schon genug beisammen.« Urbans munterer Ton geriet ins Stocken, als er seinen Bruder liegen sah. »Junge, Junge, wer hat dich denn so abgefüllt?«

»Er scheint wirklich krank zu sein«, sagte Tinchen hilflos. »Kann man um diese Zeit euren Hausarzt noch erreichen?«

Urban sah auf die Uhr und winkte ab. »Wir haben gar keinen, bloß lauter Spezialisten, und die haben ihren Patienten beigebracht, nur während der Sprechstunden krank zu werden.«

»Dann ruf den Notarzt an!«

»Erst mal hören, was eigentlich los ist.« Er setzte sich aufs Bett und rüttelte seinen Bruder sanft an den Schultern. »Raus mit der Sprache! Hast du einen zuviel gekippt und spielst Theater, weil du Schiß gekriegt hast, oder fehlt dir wirklich was Ernsthaftes?«

Unterbrochen von verhaltenem Stöhnen bestritt Rüdiger, mehr als ein kleines Glas getrunken zu haben, und Urban glaubte ihm. Gegessen habe er auch nicht viel, lediglich vorhin ein Stück kalte Pizza, die mittags übriggeblieben war.

Jetzt wurde Tinchen hellhörig. »Was war drauf?«

»Weiß ich nicht mehr, Champignons oder so was.«

Nach kurzem Suchen stöberte sie Martha im Wohnzimmer auf, wo sie sich mit Kommissar Schimanski amüsierte. Nein, im einzelnen wußte sie auch nicht mehr, mit welchen Zutaten sie die Pizza belegt hatte. »Schinken habe ich genommen, Tomaten natürlich, Käse, Salami, Pilze, Oliven...«

»Was für Pilze?«

»Na, die langen weißen, die Frau Künzel vorgestern mitgebracht hat. Auf dem Weg hierher hat sie sie gepflückt. Warum?«

Mit wenigen Worten erzählte Tinchen, was vorgefallen war, doch Martha protestierte energisch. An den Pilzen könne es nicht liegen, die seien ganz frisch gewesen, eßbar seien sie auch, denn sogar die Frau Doktor habe manchmal welche gesammelt, gleich drüben im Park, und überhaupt müßten dann ja alle krank sein und nicht bloß Rüdiger.

Das leuchtete ein, nur gibt es eben Leute mit empfindlicheren Mägen und andere, denen selbst der Inhalt eines Mülleimers nicht viel ausmachen würde. Zu letzteren gehörte Rüdiger normalerweise auch.

»Wissen Sie, wie die Pilze heißen?«

Nein, das wußte Martha nicht, irgendwas mit Tinte, aber sie würde sie sofort wiedererkennen.

»Sind denn noch welche da?«

»Ja«, sagte Martha, »gekochte.«

O Herr, schmeiß Hirn vom Himmel, betete Tinchen leise, während sie zum Telefon stürzte. Zum Glück begriff Frau Künzel sofort, worauf es ankam. Der bewußte Pilz heiße Schopftintling und gelte als wohlschmeckend; Liebhaber würden ihn sogar dem Champignon vorziehen. Tinchen bedankte sich, nahm auch noch zur Kenntnis, daß die zu Künzels ausquartierten Kinder Memory spielten und dabei bemerkenswert friedlich seien, und legte den Hörer auf.

»Hast du einen Arzt erreicht? Rüdiger geht's wirklich dreckig. Ich habe Clemens geholt, aber der ist mit seinem Latein auch am Ende.« Noch nie hatte Tinchen Urban so besorgt gesehen.

»Habt ihr ein Buch über Pilze?«

»Ein Lexikon meinst du?«

»Nein, ein richtiges Pilzbuch mit Angaben über Verwendbarkeit und so weiter.«

»Ich glaube, bei Vater steht eins. Meinst du, Rüdiger hat sich vergiftet?«

»Ich glaube gar nichts, aber wenn man einen Arzt verständigt, sollte man halbwegs präzise Angaben machen können.«

Das Pilzbuch war groß, dick und reichbebildert. Eigentlich sah der Schopftintling gar nicht so edel und wohlschmeckend aus, fand Tinchen, aber der Autor behauptete das Gegenteil. Doch dann kam es: In Verbindung mit Alkohol sei größte Vorsicht geboten. Man habe noch nicht erforschen können, weshalb, aber es sei erwiesen, daß der Verzehr von Schopftintlingen zusammen mit Alkoholgenuß zu leichten bis mittelschweren Kreislaufstörungen führen könne.

»Jetzt wissen wir wenigstens, was los ist.« Erleichtert klappte Tinchen das Buch zu. »Du bist hoffentlich gewarnt! Ein Glas Bier, und du kannst dich zu deinem Bruder legen.«

»Betrifft mich nicht«, lächelte Urban verschmitzt, »ich habe ja deine köstlichen Rühreier gegessen. Sag das lieber dem Flori, der war eben auf der Suche nach geistiger Stärkung.« Dann rief er den Notarzt an.

In den Katakomben des Hauses hatte man sich von der

Nachricht, daß der Gastgeber an einer Magenverstimmung leide und momentan noch im Bett liege, nicht beeindrucken lassen. »Mein Alter läßt sich immer mit grippalem Infekt entschuldigen, wenn er zuviel gepichelt hat, aber Magenverstimmung klingt auch nicht schlecht«, sagte jemand. Clemens hielt es für das beste, die Wahrheit zu verschweigen. Die fröhliche Stimmung wäre dahin gewesen, und es war ja gut möglich, daß sich Rüdiger in ein paar Stunden wieder erholt hatte. Der Arzt hatte ihm den Magen ausgepumpt, eine Kreislaufspritze gegeben und erst einmal Ruhe und schwachen Tee verordnet. Florian wollte auch eine haben, nur prophylaktisch natürlich, aber der Arzt hatte sich geweigert. »Dann üben Sie sich eben in Abstinenz, das ist viel gesünder«, hatte er gesagt.

»Aber wir haben doch Gäste.«

»Die können bestimmt auch alleine trinken.«

Nein, Florian hatte noch nie viel von Ärzten gehalten, und jetzt fand er wieder einmal sein Urteil bestätigt.

Die Party nahm ihren Fortgang. Tinchen pendelte zwischen Krankenzimmer und Keller, kühlte hier die Stirn, dort die Colaflaschen, wärmte Tee und Gulaschsuppe und kam sich ziemlich alleingelassen vor. Martha war schlafengegangen, Melanie und die Jungs hatten sich unter die Gäste gemischt, und Florian ging völlig in seiner Rolle als Hausherr auf. So viele junge Mädchen auf einem Haufen! Er versprühte Charme nach allen Seiten, brachte Petra eine Kopfschmerztablette, holte für Sandra Kölnisch-Wasser, das er schamlos von Tinchens Toilettentisch klaute, tanzte mit Bea Charleston und mit Susi Rock 'n' Roll. Er war unbestritten Hahn im Korb und genoß es. Den Kognak übrigens auch. Sein Magen revoltierte nicht, mit dem Kreislauf hatte er noch nie

Probleme gehabt, und überhaupt war er ein gestandener Mann und kein siebzehnjähriger Jüngling.

Der war inzwischen achtzehn geworden und hatte nichts davon gemerkt. Ruhig schlief er in seinen Geburtstag hinein, und Clemens, der kurz vor Mitternacht durch den Türspalt gelinst hatte, hatte empfohlen, ihn weiterschlafen zu lassen. »Die da unten sind schon ziemlich abgefüllt, die kriegen sowieso nichts mehr mit. Es wird Zeit, daß sie verschwinden. Man soll die Gäste feuern, eh sie fallen!« Mitleidig sah er Tinchen an. »Am besten gehst du jetzt ins Bett, du siehst müde aus.«

Das war sie auch. Sie fühlte sich wie zerschlagen. »Glaubst du wirklich, ich könnte mich hinlegen?«

»Na klar, was soll denn jetzt noch passieren? Ich guck immer mal zu Rüdiger hinein, und wenn was ist, sage ich dir Bescheid.«

Auf dem Weg ins Bad kam ihr Florian entgegengeschwankt. »Da bist du ja, T-tine, w-wo warst du denn so l-lange? Ich hab' dich sch-schon überall ge-gesucht.« Er hielt sich am Treppengeländer fest und stierte sie an. »O Mann, Tine, d-du bist vielleicht bes-besoffen! Ich seh' d-dich ja schon doppelt!«

Tinchen sagte gar nichts. Sie drehte sich nur um, schloß die Schlafzimmertür und drehte den Schlüssel herum. Sollte er doch sehen, wo er den Rest der Nacht verbrachte. Im Keller gab es genügend Decken, ganz zu schweigen von den zweibeinigen Wärmflaschen! Dieser rücksichtslose Egoist... dieser haltlose Säufer... dieser...

Vor dem Einschlafen dachte sie noch an Rüdigers Bemerkung, daß man nur einmal im Leben achtzehn werde. »Das stimmt wirklich«, murmelte sie, »an *den* Geburtstag wird er wohl sein Leben lang denken.«

Was heißt Tante auf französisch?

Wenn alles gesagt und getan ist, ist es gewöhnlich die Frau, die es gesagt, und der Mann, der es getan hat. Diese Bilanz zog Florian, nachdem er den Rasen gemäht, die Gemüsebeete gegossen und das Unkraut auf den Wegen entfernt hatte. Jetzt packte er die Geräte zusammen und freute sich auf ein schönes kühles Bier. Zumindest das würde ihm Tinchen wohl bewilligen. Obwohl diese verflixte Party schon zwei Wochen zurücklag und er sich wirklich redliche Mühe gegeben hatte, seinen Ausrutscher wiedergutzumachen, war Tinchen immer noch sauer. Na schön, er hatte zuviel getrunken, zuviel geflirtet und sich zuwenig um seine Frau gekümmert. Was hätte er denn sonst tun sollen? An Rüdigers Bett sitzen und Händchen halten? Davon wäre der auch nicht schneller gesund geworden. Und irgend jemand hatte sich letztendlich um die Gäste kümmern müssen. Passiert war auch nichts. Jedenfalls nichts Ernsthaftes. Diese Bea war zwar wirklich ein verführerisches kleines Biest, frühreif und einer intensiveren Bekanntschaft gar nicht abgeneigt gewesen, aber bekanntlich macht es einem nichts so leicht, Versuchungen zu widerstehen, wie eine konservative Erziehung, solide Grundsätze und – Zeugen!

Florian seufzte. Da hatte er sich nun am nächsten Morgen eine lange Verteidigungsrede zusammengebastelt, alle Gründe aufgeführt, die seinen Alkoholpegel über die Toleranzgrenze getrieben hatten, und was hatte Tinchen darauf geantwortet? »Manchmal ist eine Entschuldigung eine noch größere Frechheit.«

Sogar Tante Klärchen wäre ihm jetzt als Gesprächspartner willkommen gewesen, aber die war schon vor einer Woche ausgezogen. Vielmehr hatte sie ausziehen lassen. Telefonisch hatte sie angeordnet, daß Tinchen ihre Koffer packen und Florian dafür sorgen solle, daß das Gepäck nach Tübingen käme. Eine Rückkehr nach Steinhausen erübrige sich, da Frau Lange eine reizende Gastgeberin sei und sogar glücklich über den unverhofften Besuch, denn sie lebe ja schon seit Jahren völlig allein. Sie habe versprochen, im nächsten Frühjahr nach Florida zu kommen, wo sie, Claire, sich für die erwiesenen Freundlichkeiten revanchieren wolle. Wie das im einzelnen aussehen und sich mit möglichst wenig finanziellem Aufwand realisieren lassen sollte, war ihr noch nicht ganz klar, andererseits gab es Sonne, Palmen und Meer kostenlos, und schon das allein würde Frau Lange sicher in Entzücken versetzen. Jeder Gelegenheitsbesucher war von diesen Naturschönheiten begeistert. Alles andere würde sich finden.

Also hatte Tinchen die Koffer gepackt, Florian hatte sie bahnlagernd nach Tübingen auf den Weg gebracht, und Martha hatte drei Tage lang Tante Klärchens Zimmer gelüftet. »Das stinkt hier wie in einem Bordell«, hatte sie gesagt und gleich noch die Gardinen abgenommen. Auf Florians Frage, woher sie diese spezifischen Kenntnisse habe, hatte sie nur unwillig gebrummt. »Puder, Parfüm und Schnaps! Und so was bei 'ner alten Frau. Die sollte sich schämen.« Nachdem Frau Künzel dann noch mit Salmiak und Möbelpolitur die letzten Spuren von Tante Klärchens Anwesenheit getilgt und Melanie eine halbe Flasche Kiefernnadelduft versprüht hatte, roch das Zimmer auch nicht viel besser als vorher, aber es verbreitete zumindest den unverkennbaren Duft nach Sauberkeit und war somit für den nächsten Besuch gerüstet.

Von dem hatte Tinchen gar nichts gewußt, und die anderen hatten längst nicht mehr an ihn gedacht. Dieser Schüleraustausch war gleich nach den Weihnachtsferien in die Wege geleitet worden, die Organisation lag in den Händen der Schulleitung, ein genauer Termin hatte noch nicht festgestanden, und so war die ganze Angelegenheit erst einmal in Vergessenheit geraten. Melanie hatte sich ohnehin nur auf Drängen ihrer Mutter als Gastgeberin gemeldet, denn Gisela war der Ansicht gewesen, daß sich eine gleichaltrige Französin im Haus vorteilhaft auf Melanies leider immer noch sehr mangelhaften Sprachkenntnisse auswirken werde. Die Schulleitung hatte versichert, man werde bei den Austauschpartnern jeweils den sozialen und geistigen Background berücksichtigen, und aus diesem Grund hatte auch Gisela und nicht Melanie den unerläßlichen Fragebogen ausgefüllt. Zusätzlich hatte sie darum gebeten, das Kind einer Akademikerfamilie auszuwählen, denn Melanie würde natürlich einen Gegenbesuch machen, und da spielte die Herkunft des französischen Gastes eine nicht unerhebliche Rolle. So war sie denn auch ganz zufrieden gewesen, daß Mylène Baumiers Vater als Unternehmer bezeichnet wurde, der in einem eigenen Haus wohnte und aus dem Elsaß stammte. Man konnte also erwarten, daß er und seine Familie die deutsche Sprache beherrschten, was spätere Verständigungsschwierigkeiten ausschloß. Die fehlenden Kenntnisse ihrer Tochter kannte Frau Bender nur zu gut.

Die Einladung nach Amerika sowie die Vorbereitungen hierfür hatten Gisela später so in Anspruch genommen, daß sie diesen Schüleraustausch vergessen und folglich auch unterlassen hatte, ihrer Schwägerin die nötigen Anweisungen zu geben. Dabei wäre Tinchen ja schon froh gewesen, wenn sie von der ganzen Aktion überhaupt etwas gewußt hätte. Entsprechend groß war ihr Entsetzen, als Melanie beiläufig am Mittagstisch erwähnte: »Nächsten Mittwoch kommt Mylène.«

»Wer kommt?«

»Meine Partnerin aus La Chapelle. Ist irgend so ein Kaff hundert Kilometer weg von Paris. Eine echte Pariserin wäre mir lieber gewesen, aber diese Schulen sind schon längst vergeben.«

»Ich verstehe kein Wort«, sagte Tinchen.

»Ich auch nicht«, ergänzte Florian, der endlich wieder eine Möglichkeit sah, sich am Tischgespräch zu beteiligen. In der letzten Zeit hatte Tinchen jeden Versuch durch permanente Mißachtung seiner Anwesenheit verhindert.

Gelangweilt erzählte Melanie vom Zustandekommen des Schüleraustauschs, wobei sie mehrmals darauf hinwies, daß sie nur auf Wunsch ihrer Mutter daran teilnähme und mit Grausen daran denke. »Irgendwie muß man die doch dauernd beschäftigen. Hoffentlich spielt sie Tennis. Vielleicht kocht sie ja auch gern?«

»Aber nicht in meiner Küche«, wehrte Martha erschrocken ab. »Und wenn du glaubst, daß ich jetzt französisch koche so mit Hors d'œuvres und Crêpes und dem ganzen anderen Pipifax, dann irrst du dich! Auf meine alten Tage lerne ich nicht mehr um.«

»Verlangt ja auch keiner. Die Franzosen kommen doch nach Deutschland, um deutsche Sitten und die deutsche Mentalität kennenzulernen. Also sollen sie gefälligst auch Sauerkraut und Vollkornbrot essen.«

»Beides ißt du doch selber nicht.«

»Eben! Schließlich kenne ich ja die deutsche Küche!«

»Über den Speisezettel zerbrechen wir uns später den Kopf«, entschied Tinchen, »mich interessiert jetzt viel mehr, um was für ein Mädchen es sich handelt, das uns da ins Haus schneit. Wie lange hast du denn schon Kontakt mit ihr?«

»Überhaupt noch nicht, wir haben doch erst heute die Adressen bekommen. Aber ein Foto war dabei.« Sie kramte in ihrer Schulmappe und förderte ein Paßbild zutage. »Sie sieht ein bißchen unterentwickelt aus, nicht wahr?«

Mit Kennerblicken betrachtete Rüdiger das Foto. »Woher willst du das wissen? Der Busen ist doch gar nicht mit drauf.«

»Ich meine doch geistig, du Lüstling!« Sie riß ihm das Bild aus der Hand und gab es Tinchen. »Findest du nicht auch, daß sie reichlich beschränkt wirkt?«

»Eher schüchtern, würde ich sagen, aber Paßbilder sind nie sehr vorteilhaft. Vielleicht ist es auch gar nicht neu. Wie sechzehn sieht sie nämlich nicht aus.« Nachdenklich betrachtete Tinchen das kindliche Gesicht mit den halblangen, glattgescheitelten Haaren, die seitlich von einer einfachen Spange gehalten wurden.

»Spricht sie deutsch?«

»Das will ich doch stark hoffen. Im übrigen ist sie ja hier, um ihr Deutsch aufzumöbeln. Wir sind strikt angewiesen worden, zu Hause nur deutsch zu reden.«

»Dann ist ja alles in Ordnung«, sagte Tinchen erleichtert. »Außer Grazie und Arrivederci ist bei mir nicht mehr viel hängengeblieben.«

»Das war italienisch«, bemerkte ihr Gatte freundlich.

»Wenn sie nicht bald kommen, könnt ihr den Rehrücken mit dem Löffel essen!« Schon zum dritten Mal erschien Martha mit anklagender Miene im Eßzimmer, wo Tinchen letzte Hand an den festlich gedeckten Tisch legte. »Das Fleisch hätte schon vor einer halben Stunde aus dem Ofen gemußt.«

»Jeden Augenblick müssen sie da sein. Wahrscheinlich hat es auf dem Bahnhof noch eine offizielle Begrüßung gegeben, und bis dann jeder seinen Partner gefunden hat, vergeht auch einige Zeit. Soviel ich weiß, kommt eine ganze Busladung an.«

Der Weitertransport vom Heidelberger Hauptbahnhof nach Steinhausen war mal wieder an Florian hängengeblieben. Obwohl Rüdiger normalerweise keine Gelegenheit ausließ, seine endlich auch amtlich sanktionierten Fahrkenntnisse zu beweisen, hatte er sich diesmal geweigert. »Erstens kann ich kein Französisch, und zweitens denke ich gar nicht daran, vier alberne Gänse durch die Gegend zu kutschieren.«

Auf Melanies Wunsch hatte nämlich ihre Freundin Petra mitfahren müssen, die ihrerseits eine Sandrine erwartete. »Ich weiß doch gar nicht, was ich mit Mylène reden soll, und die ist bestimmt froh, wenn sie noch eine Weile in ihrer Muttersprache quasseln kann. Ein Glück, daß diese Sandrine auch nach Steinhausen kommt, dann kann ich mein Anhängsel wenigstens mal abschieben, wenn es mir auf den Keks geht. – Umgekehrt natürlich auch«, sagte sie schnell, als sie Tinchens Gesicht sah, »Frau Linneberg ist bestimmt dankbar, wenn ich ihr die Sandrine auch mal abnehme.«

»Ich dachte, ihr freut euch auf den Besuch.«

»Wie kann ich mich auf jemanden freuen, den ich gar nicht kenne?« hatte Melanie geantwortet, und Tinchen hatte ihr recht geben müssen.

Jetzt zupfte sie an dem Blumenschmuck herum, rückte zum zehnten Mal die Messer gerade und sah immer wieder auf die Uhr. Schon nach sieben! Um halb sechs hatte der Bus in Heidelberg ankommen sollen. Wo blieben die nur so lange? Selbst um diese Zeit brauchte man höchstens eine halbe Stunde bis Steinhausen. Florian würde doch nicht einen Unfall gebaut haben? Mit dem Mercedes war er noch immer nicht richtig vertraut, doch Melanie hatte auf diesem Renommierschlitten bestanden. »Wir brauchen den Kofferraum für das Gepäck, außerdem ist Mylènes Vater Unternehmer, der fährt bestimmt einen dicken Citroën. Ich will mich ja nicht gleich in den ersten Minuten blamieren.«

Also hatte Florian den Daimler entstaubt, die klassischen Musikkassetten gegen zwei Leihgaben von Melanie ausgewechselt, Flanellhosen angezogen und war mit seiner Nichte zum Empfang des hohen Gastes gestartet. Und jetzt waren sie noch immer nicht zurück!

Als Martha zum vierten Mal angetrabt kam und berichtete, das Reh sei jetzt auf Rehpinschergröße geschrumpft, klingelte es endlich. Martha verschwand eilends Richtung Küche, während Tinchen erwartungsvoll die Tür öffnete. »Bonjour, Mylène, et bien... ach, du bist es bloß?«

»Nu haste dich ganz umsonst angestrengt«, grinste Clemens, »aber dein Auswendiggelerntes kannst du gleich noch mal runterleiern. Die sind eben um die Ecke gebogen.«

Da ging auch schon ein Ruck durch den Wagen, weil Florian zu scharf an die Bordsteinkante gefahren war. Tinchen hörte Melanie auf dem Rücksitz schimpfen: »Bist du bescheuert? Jetzt klebt die ganze Wimperntusche an der Kopfstütze.«

Mit ausgebreiteten Armen ging Tinchen auf den Gast zu. »Bonjour, Mylène, et bienvenue. J'éspère que tu t'amuseras chez nous.« Na also, das war ihr ja ohne Stocken über die Lippen gekommen. Hoffentlich stimmte die Grammatik.

Mylène knickste artig und reichte Tinchen die Hand. »Bon soir, Madame. Merci pour l'invitation et beaucoup d'amitiés de mes parents.«

»Was hat sie gesagt?«

»Danke.« Melanie eilte ins Haus und zog Mylène am Arm

mit sich. Tinchen stiefelte hinterher. »Sie hat doch mehr gesagt als bloß danke.«

»Grüße von ihren Eltern hat sie noch ausgerichtet. Und wenn du dir einbildest, daß ich jetzt dauernd den Dolmetscher spiele, bist du schief gewickelt. Ich verstehe sie ja auch nicht.«

»Dann soll sie deutsch reden.«

»Das kann sie kaum.«

»Wieso nicht? Ich dachte...«, stammelte Tinchen hilflos.

»Das hab' ich auch gedacht, aber bisher hat sie nur ›Deutschland gefällt mir gut, es ist schön‹ herausgebracht, und den Satz hat sie sich bestimmt schon in Frankreich eingetrichtert.«

»Ach was, sie muß erst mal ein bißchen warm werden.« Sie legte dem verschüchterten Mädchen den Arm um die Schulter und dirigierte es ins Speisezimmer. »Du hast bestimmt Hunger?« sagte sie langsam und deutlich.

Widerspruchslos ließ sich Mylène zu ihrem Platz führen, stand aber sofort wieder auf, als die beiden Jungs eintraten.

»Ce sont mes frères Clemens et Rüdiger«, stellte Melanie vor.

»Bon soir, Messieurs«, knickste Mylène.

»Heiliger Himmel, die benimmt sich ja wie eine Aufziehpuppe«, stöhnte Melanie, aber Rüdiger drückte Mylène auf den Stuhl zurück und schlug ihr freundschaftlich auf die Schulter. »Je suis nix Monsieur, je suis Rüdiger. Capito?«

»Oui«, lächelte Mylène erleichtert, »ist ein schwer Name. Wie 'eißt in Frankreich?«

»Roger«, versicherte Rüdiger unbekümmert. »Und nachdem endlich die Formalitäten erledigt sind, gibt es hoffentlich was zu essen.«

Der Speiseaufzug entlockte dem Gast ein erstes befreiendes Lachen. »Un ascenseur pour la batterie de cuisine«

hatte Mylène noch nie gesehen, aber als Tinchen ihr das noch am wenigsten verbrutzelte Stück Fleisch auf den Teller legen wollte, winkte sie ab. »Non, merci. Isch 'abe kein 'unger. Nous avons mangé tout le temps dans le bus.«

»Schmeckt prima!« versicherte Rüdiger. »Ist Rehbraten, tu connais?« Und als Mylène den Kopf schüttelte, wandte er sich hilfesuchend an seine Schwester. »Was heißt Reh auf französisch?«

»Keine Ahnung. Wie Rind- und Schweinefleisch heißt, weiß ich, aber bei den Wildgerichten waren wir noch nicht.«

»Dann muß ich es hintenrum versuchen. Paß mal auf, Mylène!« Er versuchte, mit seinen Armen die graziösen Sprünge eines Rehes nachzuahmen und ergänzte die Pantomime mit ein paar erklärenden Worten. »Wald, du verstehst? Viele Bäume – äh, beaucoup d'arbres...«

»Un fôret?«

»Danke. Im fôret ein animal, braun – was heißt braun?«

»Brun.«

»Also ein brunes animal, so groß« – er deutete die ungefähre Höhe an – »sehr scheu... ach, verdammt noch mal, holt doch endlich ein Wörterbuch!« Plötzlich kam ihm die Erleuchtung. »Bambi!!«

»Ah oui, un chevreuil«, lachte Mylène.

»Jawoll, ein che... wie heißt das Vieh?«

»Chevreuil.«

Obwohl nun die Herkunft des Bratens geklärt war, ließ sich Mylène nicht zum Essen überreden. Sie sei wirklich satt und könne keinen Bissen mehr herunterbringen.

»Kann ich ihr auch nicht verdenken, das Fleisch ist knochentrocken«, beschwerte sich Florian.

»Ihr hättet ja früher kommen können, da war's noch saftig.« Tinchen fühlte sich bemüßigt, Marthas Ehre zu verteidigen.

»Wie denn? Erst mal hatte der Bus Verspätung, dann hielt der Direx eine Ansprache auf französisch, worauf die gegnerische Lehrkraft in wirklich ausgezeichnetem Deutsch antwortete, bloß eben so verdammt langsam, danach wurden die Schüler mit ihren Gasteltern zusammengeführt, und als jeder endlich seinen Schützling hatte, rannten alle wieder weg, um ihr Gepäck zu holen. Da ging der ganze Spaß noch mal von vorne los. Außerdem mußten wir noch Petra und diese San... San... na ja, diese Sandingsda abliefern.«

»Sandrine heißt sie.« Melanie stand auf und winkte ihrem Gast. »Je te montrerai ta chambre. Rüdiger, nimmst du den Koffer?«

»Aber avec plaisir«, versicherte der und stapfte hinter den Mädchen die Treppe hinauf.

»Du hättest ruhig auch mal was sagen können!« wandte sich Tinchen an Clemens, nachdem das Triumvirat außer Sicht war.

»Was denn? Ich hab' Griechisch und Latein gehabt und freiwillig noch ein bißchen Englisch. Die Schönheiten der französischen Sprache sind mir fremd geblieben. Melanie hätte sich eben eine Miß aussuchen müssen statt einer Mademoiselle, dann hätten wir alle mehr davon gehabt.«

»Wer lernt denn heute noch Griechisch?«

»Archäologen. Vater wollte ja unbedingt, daß ich in seine Fußstapfen trete, aber irgendwann ist mir klargeworden, daß ich mich lieber mit intakten Knochen beschäftige als mit vergammelten. Wenigstens habe ich das heutige Griechisch gelernt und nicht wie Vater seinerzeit Altgriechisch. Was der sich in seinem letzten Urlaub geleistet hat, würde mir nicht passieren.«

Florian wurde neugierig. »Konnte er die Speisekarte nicht lesen?«

»Viel schlimmer! Als er sich im Hafen von Piräus bei ein

paar Fischern nach den Abfahrtszeiten der Fähre erkundigte, fing einer mächtig an zu lachen und übersetzte die Frage wörtlich ins Deutsche: ›Wann segeln die Galeeren nach der Insel Ägina, ihr Schiffer?‹ Vater hatte Pech gehabt und war an einen griechischen Gastarbeiter geraten.«

Tinchen prustete los. Nachdem sie sich endlich beruhigt hatte, gluckste sie: »Das hätte ich zu gern miterlebt. Es macht den Fabian direkt menschlich.«

»Na und?« sagte Florian. »Ich habe ja auch mal auf italienisch gedroht, das Hotel in Brand zu stecken, wenn ich nicht sofort meinen Kaffee bekäme. Die Vokabeln hatte ich mir aus einem dieser ominösen Reiseführer Marke ›Fremdsprachen leicht gemacht‹ herausgesucht, aber irgendwas muß ich dabei falsch gemacht haben. Meinen Kaffee habe ich nie bekommen.« Er stand auf und räumte das Geschirr in den Aufzug. »Solltest du dich nicht mal um die Mädchen kümmern, Tine?«

»Nicht nötig!« Rüdiger kam das Treppengeländer heruntergerutscht. »Die sind beschäftigt. Jede blättert in ihrem Wörterbuch und versucht, der anderen irgendwas zu verklickern. Melanie ist gerade dabei, der Mylène die gegenwärtigen Familienverhältnisse auseinanderzusetzen. Sie glaubt doch, ihr seid unsere Eltern.«

»O Gott, was soll sie bloß von mir denken. Dann müßte ich ja schon mit vierzehn Jahren gemuttert haben! Weiß jemand, was Tante auf französisch heißt?«

An diesem Abend wurde Mylène nicht mehr gesichtet. Sie ließ sich durch Melanie entschuldigen, aber die lange Fahrt und die vielen neuen Eindrücke – »Mehr habe ich nicht verstanden. Guckt mal, was sie mir mitgebracht hat!« Sie stellte eine goldgeränderte Vase aus Preßglas auf den Tisch, angefüllt mit kleinen pastellfarbenen Wachsblüten. Tinchen nahm eine heraus und schnupperte. »Die sind ja parfümiert.«

»Ich weiß. Muß ich diese Scheußlichkeit wirklich die ganzen zehn Tage in mein Zimmer stellen? Pietät hin oder her, aber was glaubt ihr, wie das schon nach ein paar Stunden stinkt.«

»Vielleicht kannst du den Kübel nachts auf den Balkon bringen«, überlegte Rüdiger, »in Krankenhäusern werden die Blumen doch auch am Abend auf den Flur geräumt.«

Tinchen wollte die Blüte in das Glas zurückwerfen, traf daneben, und die kleine hellblaue Kugel landete vor Florians Füßen. Der trat prompt drauf, und sofort verbreitete sich ein süßlicher Geruch. »Was ist das? Giftgas?«

Auf dem Teppich bildete sich ein Fleck, in den Melanie vorsichtig den Finger stippte. Sie roch daran, zerrieb die gallertartige Masse zwischen den Fingerspitzen und nickte. »Das ist so eine Art Gel für die Badewanne.«

Tinchen hatte schon einen Packen Papierservietten geholt und versuchte, die Flüssigkeit wegzutupfen. »Bringt mal irgendwas, womit wir das Zeug richtig wegkriegen. Das stinkt ja penetrant.«

»Am besten schmeißen wir den ganzen Krempel in den Mülleimer«, entschied Melanie.

»Das kannst du nicht machen. Jedenfalls heute noch nicht.«

Den rettenden Einfall hatte Florian. »Nimm die Blüten raus, pack sie in eine Plastiktüte, die ist luftdicht, und leg sie schön sichtbar ins Bad. Den Kübel stellst du daneben und schmeißt Lockenwickler rein oder irgendwas von dem anderen Krimskrams, der immer auf den Fensterbrettern herumliegt. Und wenn Mylène wieder weg ist, schenkst du die ganze Pracht an Oma Gant weiter. Sie hat doch eine nachweisliche Schwäche für französisches Parfüm. Oder sollte euch noch nicht aufgefallen sein, daß sie sich immer großzügig mit ›Soir de Paris‹ einnebelt?«

Am nächsten Morgen stand Tinchen früher auf als gewöhnlich, kochte Tee, Kaffee und Kakao in der Hoffnung, der Gast würde wenigstens eines dieser Getränke akzeptieren, stellte drei Sorten Fruchtsaft auf den Tisch, dazu Honig, Marmelade, Wurst und Käse, verschiedene Brotsorten, und als ihr das noch immer nicht ausreichend erschien, holte sie den Obstkorb. Allerdings kamen ihr die beiden Bananen und die vier Äpfel ein bißchen zu mickrig vor, und deshalb ergänzte sie das Stilleben noch mit Tomaten, Radieschen und einem angeschnittenen weißen Rettich. Paßt zwar nicht ganz zusammen, überlegte sie, aber farblich macht es sich gut.

Als erster erschien Rüdiger auf der Bildfläche. Schweigend musterte er den Tisch, schüttelte den Kopf, öffnete den Kühlschrank, holte einen Plastiktopf heraus und stellte ihn in den Mikrowellenherd.

»Was ist da drin? Milch?«

»Nee, Hühnerbrühe.«

»Morgens um sieben?«

»Das weiß doch das Huhn nicht!« Nach drei Minuten schaltete er den Herd wieder aus, kippte die Brühe in eine Suppentasse, setzte sich auf seinen Platz und begann zu löffeln.

Als nächster betrat Florian die Küche. Er gab Tinchen einen Kuß, während er über ihre Schulter den Tisch anpeilte. »Du hast die Eier vergessen!«

»Meine Güte, ja, du hast recht.« Sie holte den Kocher aus dem Schrank. »Ob fünf Stück reichen?«

Tobias kam. Ihm auf den Fersen folgte Julia. »Warum gibt es heute Gemüse zum Frühstück? Ich will lieber Müsli.«

»Ich auch«, befahl seine Schwester.

Tinchen wärmte Milch, aber als sie sie in die Teller gießen wollte, protestierte der Junior. »Heute mal mit Ananassaft.«

»Ich will auch Annasaft«, echote Julia.

»Wißt ihr, was ihr mich alle könnt?« fauchte Tinchen. »Ihr könnt mich . . .«

»Morgen, Tinchen! Warum denn so wütend?« Melanie wirbelte in die Küche, gefolgt von Mylène, die zwei rosa verpackte Geschenke umklammerte. Eins davon enthielt unzweifelhaft eine Flasche, das andere hatte die Größe eines Schuhkartons und ließ keine näheren Schlüsse zu.

»Bonjour, Madame. Avec beaucoup d'amitiès de ma mère.« Tinchen bekam den Karton überreicht, und Florian erhielt mit einem »C'est un petit cadeau de mon père« die Flasche.

»Geschenke ihrer Eltern«, erklärte Melanie. Dann setzte sie sich an den Tisch und überprüfte die Auswahl. »Sind keine Corn-flakes mehr da?«

»Hol sie dir gefälligst selber«, brüllte Florian, »Tinchen ist nicht euer Nigger!«

»Man wird ja wohl noch fragen dürfen. Sonst stehen sie immer auf dem Tisch.«

Unterdessen hatte sich Tinchen wortreich bei Mylène bedankt, was diese offensichtlich nicht verstanden hatte, denn sie antwortete mit einem völlig unpassenden »Oui, merci«.

Das war wohl nichts, dachte Tinchen, und mit einem Blick zur Uhr sagte sie langsam und prononciert: »Was möchtest du trinken, Mylène? Kaffee oder Tee, wir haben auch Kakao, und zu essen nimmst du dir bitte selbst.«

»Pardon, Madame?«

»Sie hat dich nicht verstanden«, sagte Melanie kauend.

»Dann sag du ihr, daß sie endlich anfangen muß. In zwanzig Minuten fährt der Bus.«

»Nun los, Mylène, manges! Es ist schon plus tard!« ermunterte Rüdiger das Mädchen. »Voulez-vous café oder Tee oder – was heißt Milch?«

Mylène hatte ein Wörterbuch aus der Tasche gezogen und blätterte. Endlich hatte sie gefunden, was sie suchte. »Isch fruh – frühstucke nicht in matin. Immer erst in école.«

»Das geht nicht! Du *mußt* morgens etwas essen!« Tinchen schnitt ein Brötchen auf und bestrich es mit Butter. »Wurst oder fromage?«

»Nun laß sie doch, wenn sie nicht will. Gib ihr lieber ein anständiges Pausenbrot mit!« Langsam ging Florian das Getue um diese halbwüchsige Göre auf den Geist. Um ihn machte Tinchen nie solch ein Theater. Wurst bekam er morgens selten zu sehen, die mußte er sich immer heimlich aus dem Kühlschrank klauen, und der Fruchtsaft war meistens auch schon alle, wenn er herunterkam. Er machte sich zwar nicht viel daraus, aber hier ging es ums Prinzip.

»Am gedeckten Tisch ist noch niemand verhungert«, bemerkte er ganz richtig, während er eine Scheibe Emmentaler auf eine Brötchenhälfte legte.

»Es haben sich aber schon viele überfressen!« Die Aufschnittplatte verschwand, ebenso der Käse.

»Papi hat noch welchen unterm Teller liegen«, verkündete Julia, »ich hab's genau gesehen.«

»Man guckt anderen Leuten nicht beim Essen zu! Tine, die Manieren deiner Tochter lassen sehr zu wünschen übrig.«

»Deine etwa nicht?« Wortlos hob Tinchen den Teller hoch. Die festgeklebte Käsescheibe fiel ins Marmeladenglas.

»Los, Leute, wir müssen weg!« Rüdiger stand auf. »Ich hab' nämlich die Erfahrung gemacht, daß der Bus doppelt so schnell fährt, wenn man hinterherläuft, als wenn man drin sitzt.«

»Weshalb fahrt ihr nicht mit deinem Wagen?«

»Kein Benzin. Warum ist am Ende vom Taschengeld immer noch so viel Monat übrig?«

Die drei polterten die Treppe hinauf, und Tinchen konnte sich endlich setzen und ihr Päckchen auswickeln. Zum Vorschein kam ein rosa Karton, und als sie ihn öffnete, erblickte sie eine Glasflasche, die mit ebenfalls rosa Sand gefüllt war. »Ich ahne Schreckliches.«

Begeistert stürzte sich Julia auf die Flasche. »Kriege ich das zum Spielen? Das riecht so gut.«

»Nein, Julia, das ist Badesalz. Damit kann man nicht spiel . . . Paß auf! Gleich fällt sie runt . . .« Da klirrte es auch schon, und die ganze Herrlichkeit lag auf dem Fußboden, wo sie sofort einen durchdringenden Geruch verbreitete. Florian nieste bereits.

»Feg das bloß schnell zusammen!«

»Das geht nicht. Was soll ich denn Mylène sagen?«

»Die Wahrheit.« Aber Tinchen hatte schon ein Haarsieb geholt und einen Löffel und fing an, das Badesalz durchzusieben. »Die Scherben sind fast noch kleiner als das übrige Zeug«, schimpfte sie. »Nein, Julia, das kann man nicht essen. Wie bitte? Deine Puppen essen das auch nicht. – Nein, damit kann man sich auch nicht die Hände waschen, das tut man ins Badewasser, damit es gut riecht. – Ja, du bekommst heute abend ein bißchen davon ab. – Nein, jetzt wird nicht gebadet, gleich bringt dich Papi in den Kindergarten. – Nein, du kannst den anderen Kindern nichts mitbringen, auch nicht Fräulein Doris. – Ja, die Glasscherben bleiben alle im Sieb hängen, deshalb mache ich das ja. – Nein, natürlich kann ich sie nicht mehr zusammenkleben, ich werde schon eine andere Flasche finden – Raus!!!«

»Was haltet ihr davon, wenn ich zum Wochenende die Päbste einlade? Meine Mutter spricht recht gut französisch, sie hat seinerzeit sogar noch richtige Konversation gelernt, bei den sogenannten höheren Töchtern war das üblich, und wenn ich mir vorstelle, daß wir die Pfingstfeiertage damit verbringen, in Wörterbüchern zu blättern, wird mir ganz anders. Oder habt ihr eine bessere Idee?«

Niemand hatte eine. Der Familienrat hatte sich in der Küche zusammengefunden, nachdem die Kleinen – parfümiert mit rosa Badesalz – im Bett lagen und Mylène sich in ihr Zimmer zurückgezogen hatte. Sie wollte einen Brief an ihre Eltern schreiben. Das vorangegangene Telefongespräch nach Frankreich war ziemlich kurz gewesen und hatte sich auf ein abwechselndes Oui oder Non beschränkt. Dann hatte sie nochmals Grüße ausgerichtet, gute Nacht gesagt und war hinaufgegangen.

»So geht es jedenfalls nicht weiter«, nahm Tinchen den Faden wieder auf. »Das arme Mädchen macht kaum den Mund auf aus Angst, sich zu blamieren, *ich* kann mich nicht mit ihr unterhalten, und Melanie will nicht.«

»Natürlich will ich, aber worüber soll ich denn mit ihr reden? Tennis spielt sie nicht, schwimmen kann sie auch nicht, die Schule haben wir schon durch, und für andere Themen reicht mein Vokabular nicht.«

»Ich weiß gar nicht, was ihr habt«, sagte Rüdiger. »Ich komme prima mit ihr klar. Sie hat mir sogar schon Tarot beigebracht.«

»So, hat sie tatsächlich? Was ist das überhaupt?«

»Ein Kartenspiel.«

»So was Ähnliches wie Schwarzer Peter? Mehr traue ich ihr nämlich nicht zu. Vorhin waren wir mit Petra und Sandrine auf dem Minigolfplatz, aber meint ihr, die hätte was geblickt? Null Ahnung. Beim fünften Hindernis hat sie aufgegeben und sich ins Gras gelegt.«

Melanie war wütend geworden, hatte etwas von »Vas te faire cuire un œuf« gemurmelt, was man mit »Rutsch mir den Buckel runter« übersetzen könnte, Mylène hatte geheult, und es hatte Petra viel Mühe gekostet, den Frieden wieder einigermaßen herzustellen. Sie sprach ja auch viel besser Französisch. Und überhaupt hatte sie mit ihrer Partnerin das große Los gezogen. Sandrine war schon sechzehn, kannte keine Hemmungen, kauderwelschte frei drauflos und steckte mit ihrem Lachen alle anderen an. Petra hatte allerdings behauptet, sie sei auch ziemlich verzogen und sehr wählerisch beim Essen, aber das wäre Melanie gleichgültig gewesen. Alles wäre besser zu ertragen als dieses stumme Wesen, das dauernd beschäftigt werden wollte, aber selbst nie dazu beitrug. Schließlich hatte Melanie ihren Gast zum Italiener geschleppt und mit Eis abgefüllt. Der morgige Tag war auch gerettet. Die Franzosen würden zusammen mit ihren Partnern eine Stadtrundfahrt durch Heidelberg machen und anschließend zwecks Besichtigung des Flughafens nach Frankfurt fahren. Dann allerdings kam das lange Pfingstwochenende, wo Gäste und Gastgeber endlich Gelegenheit bekämen, sich näher kennenzulernen, wie der Direx so wohlmeinend betont hatte. Melanie kannte ihren Gast bereits gut genug, um von dieser Aussicht begeistert zu sein. Deshalb griff sie auch schnell wieder Tinchens Vorschlag auf.

»Am besten rufst du deine Eltern gleich an, bevor sie sich etwas anderes vornehmen.«

»Die haben nie was anderes vor«, seufzte Florian, aber nur ganz leise.

Pfingsten, das lieblische Fest...

Nach Marthas Ansicht hatte sie ihrer Kochschülerin bereits so viel beigebracht, daß man ihr die Küche getrost ein paar Tage allein überlassen konnte, vorausgesetzt natürlich, man traf die nötigen Vorbereitungen. Außerdem würde Frau Antonie da sein, und so hatte sich Martha entschlossen, über Pfingsten nach Südtirol zu fahren. Die Volksbank hatte diese Reise angeboten, recht preiswert übrigens, Bozen, Meran, Dolomitenrundfahrt, Unterkunft sowie Halbpension inbegriffen. Eine telefonische Rückfrage hatte ergeben, daß auch Nichtmitglieder daran teilnehmen konnten und Martha nicht ihr Konto bei der örtlichen Sparkasse auflösen und zur Konkurrenz überwechseln mußte. »Das hätte ich auch nicht gemacht, der Herr Schwegel hat mich immer so gut beraten mit den Anlagen und so.«

Also hatte Martha ihr Schwarzseidenes wieder gelüftet, war zum Friseur gegangen und hatte sich von Clemens erklären lassen, wie man DM in Lire umrechnet. Dann hatte sie sich vierzig Minuten vor Abfahrt des Busses von Tinchen zur Bank fahren lassen und ihr unterwegs pausenlos Anweisungen gegeben. »Die saure Sahne kommt erst zum Schluß in die Soße, und nicht mehr kochen lassen, sonst läuft sie weg, und vergessen Sie nicht den Malventee...«

»Für die Soße??«

»Für Ihre Mutter, die trinkt doch keinen anderen. Kartoffeln müssen Sie auch noch kaufen, unsere reichen nicht mehr, aber nehmen Sie neue, und vergessen Sie nicht, heute abend die Torte aus der Kühltruhe zu holen, damit sie auftaut, und wenn Urban Zeit hat, soll er mal nach meinem Fernseher gucken, da ist der Kanalschalter kaputt, und nicht die Yuccapalme gießen, die kriegt nur einmal in der Woche Wasser, Kaffee Hag ist alle, hab' ich aber aufgeschrieben, auch daß Melanies gelbe Hose zur Reinigung muß, und nicht die Socken von Rüdiger waschen, die müssen erst eingeweicht werden, sonst geht das rote Zeug vom Tennisplatz nie raus – ach ja, ehe ich es vergesse: Frau Künzel wollte das Rezept für Heringsstipp haben, es liegt neben dem Toaster, sie soll aber Salzheringe nehmen und vorher vierundzwanzig Stunden wässern...«

»Martha, hören Sie auf! Wer soll sich das denn alles merken? Wenn Sie Angst haben, daß in den vier Tagen der Haushalt zusammenbricht, weshalb fahren Sie überhaupt weg?«

»Ich meine ja man bloß...«

»Jetzt denken Sie einmal nicht mehr an Zuhause, sondern freuen sich auf die Reise. Bringen Sie mir einen Zitronenzweig mit?«

»Davon haben wir noch genug. Sie liegen im Keller neben den Pampelmusen. Die müssen Sie auch heute abend noch aufschneiden und einzuckern, damit sie gut durchziehen. Flori kriegt immer drei Löffel voll.«

Es kostete Tinchen große Beherrschung, den Regenschirm auf den Koffer zu legen, ohne vorher damit tätlich zu werden, und als sie noch die Reisetasche ausgeladen hatte, brachte sie es sogar fertig, Martha herzlich zu umarmen und ihr viel Vergnügen zu wünschen. Dann allerdings machte sie, daß sie wegkam.

Zu Hause war es ruhig. Florian war zum Einkaufen gefahren und hatte seine Kinder mitgenommen, was in der Praxis bedeutete, daß er kaum vor dem Mittagessen zurück sein würde, denn auf dem als Festwiese bezeichneten Gemeindeanger hatte sich ein kleiner Rummelplatz niedergelassen. Die beiden Mädchen waren nach Heidelberg gefahren: »Weil man da wenigstens Schaufenster ansehen kann und nicht dauernd quatschen muß«, wie Melanie diesen Stadtbummel begründet hatte. Urban und Rüdiger schliefen noch, nur Clemens saß in der Küche und frühstückte.

»Morgen, Tinchen. Hast du unsere Globetrotterin gut auf den Weg gebracht?«

»Ja, aber viel zu früh. Jetzt habe ich Angst, sie kommt noch mal zurück, um mich daran zu erinnern, daß ich an den grünen Bohnen die Petersilie nicht vergessen darf. – Hast du heute morgen etwas Bestimmtes vor?«

»Nicht direkt. Ich will nur ein paar vorbestellte Bücher abholen. Da liegt übrigens ein Zettel für Frau Künzel, ein Rezept oder so was, das kann ich gleich mitnehmen. Ich muß sowieso an ihrem Haus vorbei.«

»So eilig ist das bestimmt nicht, aber wenn du meinst...« Clemens' unverhohlene Bewunderung für die junge Witwe war bereits Tagesgespräch bei seinen Geschwistern, und sogar Tinchen hatte schon mehrmals die Befürchtung geäußert, ihr Neffe verschwende seine Zuneigung an das falsche Objekt. »Sie ist doch viel zu alt für ihn.«

Florian hatte aber nur gelacht und darauf hingewiesen, daß in Clemens wohl eher Beschützerinstinkte erwacht seien und keine erotischen.

»Nun komm mir bloß noch mit Vatergefühlen!«

»Die sind auch dabei. Oder weshalb sonst ist er neulich mit den beiden Künzel-Kindern ins Freibad gegangen?«

»Damit ihre Mutter sich in Ruhe eine Dauerwelle machen lassen konnte«, hatte Tinchen aufgetrumpft.

»Na siehste! Dann war das doch sehr nett von ihm.«

»Und was sagt der Psychologe, wenn diese – äh,

Freundschaft etwas intensiver wird? Schließlich haben wir die Verantwortung.«

»Aber doch nicht für einen Dreiundzwanzigjährigen!«

Womit das Thema erst einmal vom Tisch, Tinchens Besorgnis aber keineswegs ausgeräumt war. Mit Argusaugen beobachtete sie jedes mehr oder weniger zufällige Zusammentreffen von Frau Künzel und ihrem Neffen und war sogar ein bißchen enttäuscht, daß sie die beiden noch nie in flagranti ertappt hatte. Andererseits waren sie bestimmt nicht dumm genug, sich bei etwaigen Zärtlichkeiten erwischen zu lassen. Wer weiß, wo Clemens wirklich war, wenn er abends mit Studienkollegen angeblich Anatomie paukte! Und seine Freundin, die nette Andrea, war auch schon eine Weile nicht mehr dagewesen. –

»Wenn du ohnehin rausgehst, kannst du mir bitte eine Packung Malventee und zwei Becher saure Sahne mitbringen, aber vergiß es nicht, sonst kommt der Diätplan meiner Mutter wieder völlig durcheinander.«

»Vom ärztlichen Standpunkt muß ich dieses Schlankheitsrezept rundweg verbieten, vom ästhetischen her lehne ich es ab.«

»Du bist ein Idiot!« sagte Tinchen und schob ihren Neffen zur Tür hinaus. Marthas Rezept hatte sie vorher in die Schublade gestopft, und Clemens hatte es prompt vergessen. Nun gab es wenigstens keinen Grund mehr für einen Abstecher zu Frau Künzel. Tinchen war sehr zufrieden mit sich.

»Na, mein Junge, wie kommst du denn voran mit deinem Buch?«

»Prima. Ich bin schon auf der zweiten Seite.« Florian füllte seinem Schwiegervater den Kognakschwenker nach und lehnte sich bequem in seinen Sessel zurück. »Woher weißt du überhaupt davon?«

»Es spricht sich herum, wenn man einen Schriftsteller in der Familie hat. Tinchen geht doch schon über die Dörfer mit ihrem begabten Mann.« Vertraulich beugte er sich vor. »Ist es wahr, daß du dich mit einem wissenschaftlichen Thema befaßt?«

»Mhm«, nickte Florian und sah verstohlen zum Schreibtisch hinüber, wo der noch immer sehr dünne Schnellhefter lag. »Leider habe ich viel zuwenig Zeit zum Schreiben.«

Herr Pabst zeigte Verständnis. »Kannst du dir nicht woanders ein paar Anregungen holen? Du weißt doch, wenn man von einem einzigen Autor abschreibt, ist das ein Plagiat, verwendet man jedoch das Material von vielen, dann ist es eine wissenschaftliche Abhandlung.«

»Du hast aber eine merkwürdige Auffassung von Berufsethos«, wunderte sich sein Schwiegersohn.

»Ich wollte dir ja nur helfen.« Herr Pabst widmete sich wieder seinem Kognak.

Aus dem Nebenzimmer klang Gelächter. »Mylène, je suis pleite, je n'ai pas d'argent. Wieviel gibst du mir für die Armbanduhr?«

»Kein 'underttausend Mark, Roger, zwanzigtausend tout au plus. Du mußt verkaufen dein 'äuser.«

Unter Frau Antonies Aufsicht spielte man Monopoly. »In der Gemeinschaft verliert das Kind seine Hemmungen und freut sich, wenn Rüdiger beim Sprechen auch Fehler macht«, hatte sie gesagt. »Weshalb muß der Junge ausgerechnet Latein lernen? Er hat eine exzellente französische Aussprache. Viel besser als Melanie.«

Schon am Nachmittag hatte Frau Antonie Mylène zu einem längeren Spaziergang eingeladen und sie bei dieser Gelegenheit nach allen Regeln der Kunst ausgefragt. So hatte sie schnell herausgefunden, daß Papa Unternehmer lediglich Vertreter für Landmaschinen und das eigene Haus eine umgebaute Bauernkate war, die nur fünf Zimmer hatte. Wenn Melanie nach La Chapelle käme, würde sie in Papas Büro schlafen müssen. Letzteres erwähnte Frau Antonie vorsichtshalber nicht; sie hatte Melanie und ihren ausgeprägten Snobismus inzwischen kennengelernt. Deshalb war sie auch ganz froh gewesen, daß das Mädchen nicht mitgekommen, sondern lieber auf den Tennisplatz gegangen war. »Ich kann ja nicht rund um die Uhr den Pausenclown spielen, ein bißchen Privatleben steht mir wohl auch noch zu«, hatte sie gesagt. »Mir langt noch der Stadtbummel von gestern. Da schleife ich sie von einer Boutique zur anderen, vom Cri-Cri zum Ypsilon, und was kriege ich zu hören? C'est me n'intéresse pas! Schließlich habe ich sie gefragt, *was* sie denn eigentlich interessiert, und wißt ihr, wo sie mich hingeschleppt hat? In Haushaltswarengeschäfte! Da hat sie zwischen Suppenschüsseln und Salatbestecken herumgestöbert und sich gar nicht davon trennen können. Vielleicht essen die in ihrem Kaff noch von ausgehöhlter Baumrinde. Ich muß direkt mal Sandrine fragen.«

Frau Antonie hatte nichts dagegen, vorwiegend als Gesellschafterin für den kleinen Gast abgestellt zu werden, bot sich ihr doch endlich wieder eine Gelegenheit, ihr schon etwas eingerostetes Französisch aufzupolieren. Immer wieder mußte sie Mylène bitten, ein bißchen langsamer zu sprechen, und manche Ausdrücke verstand sie überhaupt nicht. Aber sie unterhielt sich gern mit dem Mädchen. Es war höflich, wohlerzogen, nicht so vorlaut wie Melanie und in rührender Weise aufrichtig. So hatte es sogar zugegeben, daß die Mama halbtags mitarbeiten müsse, weil es nur mit Papas Verdienst allein ein bißchen knapp werden würde. Auch das hatte Frau Antonie später verschwiegen. Es würde ihrer arroganten Großnichte wirklich guttun, eine Zeitlang in weniger komfortablen Verhältnissen zu leben. Dann würde sie endlich mal selbst ihre Schuhe putzen und hoffentlich auch Geschirr spülen müssen. Bei Baumiers gab es weder eine Zugehfrau noch eine vollautomatisierte Küche.

Mühsam unterdrückte Frau Antonie ein Gähnen. »Ich glaube, wir sollten allmählich Schluß machen, es ist gleich elf. Mylène hat gewonnen und bekommt den ausgesetzten Preis.« Lächelnd schob sie dem Mädchen die Packung Katzenzungen zu.

»Langues des chattes«, erklärte Melanie.

»Pardon?«

»Forget it! Die kennst du ja doch nicht.«

Tinchen erschien mit einer Platte belegter Brote. »Ich dachte, ihr hättet vielleicht noch Hunger?«

»Aber Ernestine! Es ist höchst ungesund, kurz vor dem Zubettgehen den Magen noch zu belasten.«

»Ach, Mutsch, du hast ja keine Ahnung. Teenagermägen können gar nicht genug belastet werden. Nur auf diese Weise besteht Hoffnung, daß über Nacht nicht der halbe Kühlschrank geplündert wird. Habe ich recht, Rüdiger?«

Der nickte bloß und griff schon nach dem zweiten Käsebrot.

»Es ißt der Mensch, es frißt das Pferd, doch manchmal ist es umgekehrt«, murmelte Clemens.

Rüdiger ließ sich nicht stören. »Fang an, Mylène, sonst ist nichts mehr da. Melanie, gib mir mal das Wörterbuch!« Nach mehrmaligem Suchen, unterbrochen von Notizen, die er auf seine Papierserviette schrieb, klappte er das Buch wieder zu. »Also paß auf!« Langsam und deutlich las er vor: Du fromage ferme l'estomac!«

Ratlos blickte Mylène in sein erwartungsvolles Gesicht,

dann zuckte sie die Schultern. »Das isch 'abe nicht verstanden.«

»Die blickt aber auch gar nichts«, sagte Melanie.

»Das kann sie auch nicht«, mischte sich Frau Antonie ein. »Eine deutsche Redensart läßt sich nicht wortwörtlich in eine andere Sprache übersetzen. Komm mal her, mein Kind!« Geduldig erklärte sie Mylène, was mit der Behauptung, Käse würde den Magen schließen, gemeint war. »So, und jetzt ab ins Bett! Bonne nuit, ma chère, et rêves bien.«

Kichernd liefen die Mädchen die Treppe hinauf, und Tinchen atmete tief durch. Der erste Feiertag war überstanden.

Der zweite verging sogar noch schneller. Vormittags war Florian mit dem ganzen Verein auf den Rummelplatz gezogen und hatte seiner Frau geraten, das Geld für Riesenrad und Autoscooter unter der Rubrik »Gästebewirtung« zu verbuchen. »Die Spalte ist noch ziemlich leer.«

Herr Pabst besichtigte den Garten, insbesondere Florians Gemüsekulturen, wo alles in grüner Gleichberechtigung durcheinanderwuchs, und Frau Antonie begab sich in die Küche. Die Schweinemedaillons gestern waren zwar delikat gewesen, aber heute sollte es Kalbsnierenbraten geben, und den traute sie Tinchen nun doch noch nicht zu. Ohnehin war es erstaunlich, wie sich das Kind in den paar Monaten gemausert hatte! Frau Antonie hatte ein Chaos erwartet und statt dessen einen gut funktionierenden Haushalt vorgefunden, in dem alles wie am Schnürchen lief. Sogar an den Malventee hatte Tinchen gedacht und an die Diätmarmelade; früher hatte sie häufig genug nicht mal Butter im Haus gehabt.

»Kann ich dir helfen, mein Kind?«

»Nein, Mutsch, überhaupt nicht. Nachher kannst du den

Tisch decken, wenn du willst, aber in der Küche läßt du mich am besten allein.«

»Soll ich nicht wenigstens die Tunke...«

»Nein, auch die nicht!«

Später mußte Frau Antonie zugeben, daß sie die Soße nicht besser hätte machen können. Tinchen errötete vor Stolz und leistete im stillen bei Marthchen Abbitte, von der sie oft wie eine dumme Göre behandelt und abgekanzelt worden war.

Für den Nachmittag war ein Besuch im Frankfurter Zoo geplant.

»Wenn wir ein bißchen zusammenrücken, kommen wir doch mit zwei Autos aus, nicht wahr?« Große Lust hatte Tinchen nicht, sich durch den Feiertagsverkehr zu quälen und sich dabei die unqualifizierten Bemerkungen ihrer Mitfahrer anzuhören. Sie wußte ja selber, daß sie nicht besonders gut fuhr, gelegentlich die Nerven verlor und sich von jeder Nuckelpinne überholen ließ. »Wenn du in deinem Schildkrötentempo über die Autobahn rast, wirst du jedesmal zum Verkehrshindernis«, hatte Rüdiger erst unlängst gemeckert. Deshalb vermied sie auch nach Möglichkeit die Schnellstraßen und behauptete, normale Straßen seien landschaftlich viel reizvoller. Wenn man schon einen Ausflug mache, solle man wenigstens etwas sehen können.

»Elf Personen in zwei Autos, wie stellst du dir das vor?« Beziehungsvoll tippte sich Rüdiger an die Stirn. »Wir nehmen natürlich auch meinen Wagen.«

»Du hast schon einen eigenen?« staunte Herr Pabst.

»Sogar selbst verdient.«

»Den mußt du mir mal zeigen!« Er hatte aber doch Mühe, sich das Lachen zu verbeißen, als er den kleinen Fiat umrundete. Wie ein Laubfrosch sah er aus mit seiner leuchtend grünen Lackierung, deren Rostflecke durch geschickt angebrachte Aufkleber leidlich kaschiert waren. Herr Pabst zog seine Brille aus der Tasche und studierte die Texte. »Wenn ich groß bin, möchte ich gern ein Cadillac sein«, las er, und direkt unter dem Rückfenster: »Mich braucht keiner zu schieben, ich habe einen eigenen Motor.«

An der linken Tür klebte das Emblem der Grünen, an der rechten prangte die Warnung: »Wer Sicherheitsgurte unbequem findet, hat noch auf keiner Tragbahre gelegen.«

»Ganz originell!« Herr Pabst verstaute die Brille wieder in der Hemdentasche. »Jedes Zeitalter hat seine Weisen. Die Griechen hatten Sokrates, und wir haben Autoaufkleber.«

Seinem diplomatischen Geschick war es zu verdanken, daß Rüdiger seinen Wagen schonen und trotzdem fahren durfte. »Wie soll der Junge denn Praxis kriegen, wenn man ihn nicht auch mal in ein richtiges Auto läßt?« So bekam er den Cherry, Urban klemmte sich hinter das Steuer des Daimler, und Florian nahm den Kadett. Frau Antonie bestand auf Landstraße. Sie haßte hohe Geschwindigkeiten und vermutete zu Recht, sie würden sich bei einer Fahrt quer durch die Dörfer von allein verbieten. Es dauerte auch nicht lange, da hing die Kavalkade in einem Stau fest.

»Ich hab' ja gleich gesagt, daß heute viel zu schönes Wetter ist, um irgendwohin zu fahren.« Unablässig drückte Urban auf die Hupe. »Bei diesem Tempo kommen wir an, wenn der Zoo zumacht.«

Er war aber doch noch offen. Menschenmassen schoben sich durch die Eingänge und wieder hinaus, Julia wollte auf den Arm genommen werden, weil sie nichts sehen konnte, Klausdieter forderte das gleiche, nachdem er die Elefanten entdeckt und als gefährlich eingestuft hatte, Tobias plärrte, denn von der Seelöwenfütterung hatte er nur noch den letzten Heringsschwanz mitbekommen, Frau Antonie wollte

Kaffee trinken gehen, weil sie neue Schuhe anhatte, und Herr Pabst suchte seine Brille.

»Die ist dir vorhin beim Affenkäfig runtergefallen.«

»Warum hast du das denn nicht gleich gesagt, Tobias?«

»Weil du schon draufgetreten warst!«

Das Restaurant war überfüllt. »Kaffee können wir auch unterwegs trinken«, entschied Frau Antonie, »Hauptsache, ich kann endlich die Schuhe ausziehen.«

»Ich will aber noch nicht nach Hause«, heulte Julia, »wir haben ja noch gar nicht alles gesehen. Guck mal, da drüben! Ein Pferd hinter Gittern.«

»Das ist ein Zebra. Siehst du, es hat auch schon einen Schlafanzug an und geht bald ins Bett. Genau wie du!«

»Du spinnst ja, Onkel U-Bahn, Pferde schlafen im Stall. Und was ist das da?«

»Das ist ein Maultier.«

»Warum heißt es so? Es hat doch gar kein großes Maul.«

»Aber wenn es sein Maul aufmacht, dann wiehert es manchmal, und manchmal macht es Iii-aah, weil es nämlich halb Pferd ist und halb Esel.«

»Erzähl doch nicht solchen Blödsinn«, sagte der Psychologe. »Man soll jede Frage dem Verständnis des Kindes angemessen beantworten.«

»So wie neulich mit dem Gewitter?« erinnerte Tinchen.

Frau Antonie humpelte dem Ausgang zu. »Ich hätte wirklich meine Troitteurs anziehen sollen, aber die hier sind natürlich viel eleganter, nicht wahr, Tinchen? Ich hab' sie ganz billig im Winterschlußverkauf bekommen.«

»Man sieht dir jedesmal an, wenn du etwas zum Sonderpreis gekauft hast – es paßt nicht«, sagte Tinchen ungerührt. »Voriges Jahr der Mantel, im Sommer die Glacéhandschuhe, die anderthalb Nummern zu klein waren, und jetzt die Schuhe. Du mußt doch wirklich nicht mit dem Pfennig rechnen!«

»Aber es ist unwirtschaftlich, wenn man Sonderangebote nicht ausnutzt.«

Rüdiger drängte sich zwischen die beiden. »Habt ihr die Ziegen gesehen? Die sind wohl auch schon vom Aussterben bedroht, oder weshalb sonst bringt man sie in einen Zoo? – Kennste übrigens den, Tine? Stehen zwei Ziegen auf der Weide. Fragt die eine: ›Kommst du heute mit in die Disco?‹ Sagt die andere: ›Nee, hab' keinen Bock‹.«

Tinchen grinste gequält, Frau Antonie schüttelte nur den Kopf.

»Ich verstehe den Sinn nicht.«

»Madiges Gerät!«

»Würdest du dich bitte etwas deutlicher ausdrücken, Rüdiger? Was ist ein madiges Gerät?«

»Ach, laß man, total Banane.« Er blieb stehen und wartete auf die anderen.

»Weißt du, Ernestine, im Grunde genommen habe ich gar nichts gegen die heutige Jugend; sie ist offener und selbstbewußter als wir es seinerzeit waren, wenn auch häufig die Manieren darunter leiden, aber ihre Sprache verstehe ich überhaupt nicht mehr. Oder kannst du mir sagen, was ein madiges Gerät ist?«

»Besser nicht, Mutsch, ein Kompliment war es auf keinen Fall.«

Sie hatten den Parkplatz erreicht, jedoch am falschen Ende, und deshalb völlig die Orientierung verloren. Angesichts dieser geballten Masse Blechs hatte Tinchen auch nicht die geringste Hoffnung, die Wagen zu finden. »Ich glaube, wir stehen irgendwo in der vierten Reihe.«

Frau Antonie lehnte die Suche rundweg ab. Sie hatte eine Bank entdeckt und würde so lange dort sitzen bleiben, bis man sie abholte. Tinchen machte sich allein auf den Weg. Sie fand fünf silbergraue Cherrys, zwei- und viertürige, aber alle hatten das falsche Nummernschild. Schwarze Daimlers gab es dutzendweise und rote Kadetts mindestens genausoviel. Wir hätten doch Rüdigers Karre mitnehmen sollen, die hätte ich auf Anhieb gefunden, dachte sie verzweifelt und spähte in den nächsten Opel. Auf der Hutablage stand, bewacht von einem Plüschmops, ein blaugehäkeltes Toilettenpapierhütchen. Wieder verkehrt! Gerade als sie die Suche aufgeben und ebenfalls auf der Bank Posten beziehen wollte, entdeckte sie Clemens. Winkend kam er ihr entgegen.

»Dich kann man wirklich nicht allein lassen«, brüllte er schon von weitem. »Seit einer geschlagenen Viertelstunde renne ich hier herum und suche dich. Du hast den Orientierungssinn eines Maulwurfs in der Wüste.«

Natürlich standen die Wagen am entgegengesetzten Ende des Parkplatzes. Rüdigers Bemerkung trug auch nicht dazu bei, ihr angeknackstes Selbstbewußtsein wieder zu heben. »Jetzt weiß ich wenigstens, was genau man unter einem Fußgänger versteht! Das ist jemand, der nicht mehr weiß, wo er sein Auto geparkt hat«, sagte er.

Die Rückfahrt verlief wesentlich schneller als die Hinfahrt, weil nicht einmal Frau Antonie protestierte, als Urban mit hundertsiebzig über die Autobahn preschte. Sie war abgelenkt. »Für den Heimweg werde ich Pantoffeln anziehen müssen, ich komme ja in keinen Schuh mehr hinein.«

Herr Pabst nickte Zustimmung. »Düsseldorf wird es überleben.«

Der erste Wagen bog in die Händelstraße ein. »Jetzt eine heiße Dusche und dann ein schönes kaltes Bier«, freute sich Florian. »Steig mal aus, Melanie, und mach die Garage auf!«

»Vater hätte schon längst einen Lichtkontakt einbauen lassen sollen! Dieses ewige Hinundhergerenne ist ja ätzend. Wenn *er* jedesmal aussteigen müßte, hätten wir bestimmt schon so ein Ding, aber der Herr Professor hat ja seine Nigger, die für ihn flitzen müssen. Er drückt einfach bloß auf die Hupe!« Sie öffnete beide Flügel des Gartentores und stutzte. »Was ist denn hier los? Komm mal her, Florian, ich glaube, auf die Dusche kannst du verzichten und gleich ein Vollbad nehmen!«

Unter der Garagentür sickerte Wasser hervor und bildete schon eine Pfütze, die sich zusehends vergrößerte.

»Das war Rüdiger! Der hat vorhin einen Eimer Wasser geholt und bestimmt den Hahn nicht richtig zugedreht.«

»Wieso ich? Am Wasserhahn bin ich gar nicht gewesen, weil ich nämlich vergessen habe, diese dämlichen Rosen zu gießen.«

Mylène quiekte los, als sie die Bescherung sah, und Julia stürzte sich sofort auf die Lache. »Darf ich meine Badeenten holen, Mami?«

Klausdieter schlabberte bereits, kam aber gegen den langsam steigenden Pegel nicht an. Nur Frau Antonie hatte noch nichts mitgekriegt; sie war im Wagen geblieben und wartete auf ihre Hausschuhe.

»Was haltet ihr davon, die Tür zu öffnen und endlich mal nachzusehen, woher das Wasser kommt?« schlug Herr Pabst vor.

»Das ist eine gute Idee!« Ehe er den richtigen Schlüssel gefunden hatte, stand Florian bereits bis zu den Knöcheln im Wasser, und als er endlich die Kipptür hochgehoben hatte, konnte er gerade noch zur Seite springen, bevor er die Holzkiste ans Schienbein bekam. Im Winter wurden darin Schwimmringe und Wasserbälle aufbewahrt, aber jetzt war sie leer und schaukelte munter auf der Wasseroberfläche herum. Ihr folgten ein einzelner Ski ohne Bindung, Plastikeimer, Bälle, Bambusstöcke – Florian wollte seine Tomatenstauden daran festbinden und war bloß noch nicht dazu gekommen –, Dübel, die leere Tüte von den Grillkohlen, ein aufgeblasener Fahrradschlauch, die Dartscheibe, leere Blechdosen –, es sah aus wie nach einer Schiffskatastrophe. Im hinteren Teil der Garage, der etwas tiefer lag, machte sich gerade das kleine Schränkchen mit Urbans Handwerkszeug selbständig.

»Festhalten! Um Himmels willen festhalten! Wenn es umkippt, ist alles im Eimer!« Er stürzte in die Garage, und mit einem Hechtsprung konnte er den endgültigen Verlust seiner Schraubensammlung gerade noch verhindern. »Kann mir nicht mal jemand helfen?«

Rüdiger kämpfte sich durch die unappetitliche Brühe, und gemeinsam brachten sie den Schrank aus der Gefahrenzone.

Inzwischen hatte Clemens die Hosenbeine aufgekrempelt, die Schuhe ausgezogen und sich mutig in die Fluten gestürzt. »Das kommt von nebenan«, stellte er fest, nachdem er den zugedrehten Wasserhahn kontrolliert hatte.

»Du bist ja ein ganz helles Bürschchen! Stell doch endlich den Haupthahn ab!«

»Wo ist der?«

»Woher soll ich das wissen? Bisher hat Herr Biermann den Laden immer winterfest gemacht. Ich glaube, die ganzen Armaturen sind im Vorratskeller.«

Wenigstens das Licht brannte noch. Unschlüssig betrachtete Clemens die Anlage. Alle Hähne sahen gleich aus. Nacheinander probierte er sie durch. »Steigt das Wasser noch?«

»Keine Ahnung, bis jetzt stehe ich bloß bis zum Knie drin.«

»Weshalb läuft die Plempe eigentlich nicht ab? Soviel ich weiß, hat die Garage doch irgendwo einen Abfluß.« Mit einem Harkenstiel stocherte Urban im Wasser herum.

»Der wird wohl verstopft sein.« Rüdiger, ohnehin naß bis auf die Haut, tastete mit beiden Händen den Fußboden ab. »Na, was habe ich gesagt?« Triumphierend hielt er einen ölgetränkten Lappen hoch. Sofort bildete sich an dieser Stelle ein Strudel, aber nach wenigen Minuten war auch dort die Wasserfläche wieder spiegelglatt. Er fluchte. »Jetzt hat sich bestimmt wieder was anderes verklemmt. So hat das doch überhaupt keinen Zweck. Wir müssen erst mal den Rohrbruch finden.«

»Und wenn der nun unterirdisch ist? Ich glaube, wir müssen die Feuerwehr holen.«

»Lieber einen Klempner. Ich hab' das Loch entdeckt«, schrie Clemens.

»Dann kannst du doch endlich den Haupthahn zudrehen!«

»Geht nicht, ich hab' die Hand drauf!«

»Wo?«

»Auf dem Loch. Kann mir mal jemand was zum Drumwickeln bringen?«

Bisher hatte Florian das Geschehen vom Trockenen aus verfolgt, aber nun konnte er endlich aktiv eingreifen. Er spurtete zum Wagen und holte den Verbandkasten. Dann watete er sich zu Urban durch.

»Nimm das hier!«

Der sah verständnislos auf den Blechkasten. »Was sollen wir denn mit Mullbinden?«

»Gar keine schlechte Idee«, brüllte Clemens, »da muß doch auch ein Dreiecktuch drin sein.« Provisorisch wurde das Loch abgedichtet. Nun sickerte das Wasser nur noch. »Lange hält das nicht, aber wir können jetzt wenigstens abchecken, welcher von diesen Scheißverschlüssen der Haupthahn ist. Warum steht das eigentlich nicht dran?«

Es war natürlich der letzte in der Reihe. Endlich hörte das Tröpfeln auf.

»Und was jetzt?«

»Feuerwehr *und* Klempner«, sagte Urban lakonisch.

Inzwischen war auch die Nachbarschaft aufmerksam geworden. Kleinschmidts von gegenüber erteilten vom Balkon herunter Ratschläge, die ebenso langatmig wie unbrauchbar waren. Frau Kaiserling hoffte auf ein Verbrechen und schickte ihren Mann auf die Straße. Dann rief sie die Polizei an. Sie selbst sprach schon lange kein Wort mehr mit den Benders, auch nicht mit den Kindern, und überhaupt hatte sie es ja schon immer kommen sehen: Sodom und Gomorrha herrschten da drüben, seitdem die Eltern nach Amerika gegangen waren. Partys, spätabends Damenbesuche, immerzu Krach und Lärm und nun vielleicht sogar ein Verbrechen.

Die Funkstreife kam erst, als die Feuerwehr die Kellerräume schon fast leergepumpt hatte. Rohrbrüche fielen normalerweise nicht in ihr Ressort, Verletzte gab es nicht, Sabotage lag offensichtlich auch nicht vor, also räumte sie wieder das Feld. Sehr zur Enttäuschung von Frau Kaiserling. Sie hatte erwartet, als Zeugin verhört zu werden, und sich bereits für die Fragen präpariert. Extra umgezogen hatte sie sich auch.

Das größte Problem war der Klempner. Herr Waitlhuber, Mitglied des Gemeinderates und folglich an allen größeren Bauvorhaben beteiligt, so auch seinerzeit an dem des Professors Bender, war nicht zu Hause. Blieb noch Herr Emmerich, der zweite in Steinhausen ansässige Installateur. Er sah fern und wollte nicht gestört werden. Seine Gattin gab die Alarmmeldung trotzdem an ihn weiter.

»Rohrbruch? Die sollen in Heidelberg anrufen, da gibt es einen Notdienst.«

Frau Emmerich ging zum Telefon und war gleich wieder zurück.

»Es ist aber dringend und bloß um die Ecke herum.«

»Das ist mir egal, heute ist Sonntag, und wenn kein Sonntag wäre, hätte ich auch schon Feierabend.«

Frau Emmerich bedauerte also. Ihren Mann könne sie leider nicht finden, wahrscheinlich sei er gar nicht zu Hause.

»Wer ist denn das überhaupt?« fragte der abwesende Herr Emmerich durch die Tür.

»Der Professor Bender aus der Händelstraße.«

Jetzt kam Leben in Herrn Emmerich. Er sprang aus dem Sessel und riß seiner Frau den Hörer aus der Hand. »Guten Abend, Herr Professor, entschuldigen Sie bitte, aber ich war gerade in der Badewanne. Hatte ja endlich mal 'n bißchen Zeit. Da wären Sie jetzt auch gerne? Kann ich verstehen. Soso, das geht momentan nicht. Wasserrohrbruch? Wo denn? In der Garage, aha. Hat das nicht Zeit bis morgen? Kein Wasser im Haus? Ich denke, davon haben Sie genug im Keller? Hahaha. Doch, ich komme vorbei und sehe mir die Sache an. Keine Ursache, Herr Professor, ist doch selbstverständlich. Ja, bis gleich. Auf Wiederhören, Herr Professor.«

Frau Emmerich wunderte sich. »Gehst du nun doch hin?«

»Na klar. Der Professor hat doch einen großen Bekanntenkreis, und bestimmt ist er mir dankbar, wenn ich ihm heute aus der Patsche helfe. So was spricht sich rum. Und die Rechnung wird auch nicht ohne! Mindestens zwei Meisterstunden nebst Feiertagszuschlag. Der Professor zahlt pünktlich.«

Zum ersten Mal wurde Florian bewußt, daß er sich mit seinem abgebrochenen Studium eine ganze Menge Privilegien verscherzt hatte. So ein akademischer Grad war zumindest in manchen Situationen ausgesprochen nützlich. Er nahm sich vor, dem biederen Handwerksmeister wenigstens als Doktor gegenüberzutreten. Immerhin war er ein ganzes Jahrzehnt jünger als sein Bruder, und Herr Emmerich würde bestimmt voraussetzen, daß ihm die höheren Weihen noch bevorstehen.

Der Supermarkt hatte kaum seine Türen geöffnet, als Florian schon vor dem Regal mit den Putzmitteln stand und alles ausräumte, was Sauberkeit, Fleckenbeseitigung und spiegelblanke Frische versprach.

Dann kaufte er noch ein Sortiment Wurzelbürsten mit und ohne Stiel, Stahlwolle, zehn Paar Gummihandschuhe und einen Eimer weiße Farbe. Die witzelnden Bemerkungen des Geschäftsführers, für den Frühjahrsputz sei es zu dieser Jahreszeit eigentlich schon zu spät, überhörte er. Der Stadtklatsch schien den Supermarkt noch nicht erreicht zu haben, anscheinend war er erst bis zum Bäcker gedrungen. Dort hatte man teilnehmend nach dem Befinden des jungen Herrn Bender gefragt, und ob er noch immer auf der Intensivstation läge? Man solle sich das nur einmal vorstellen: ertrinkt beinahe im eigenen Haus!

Unterdessen hatte Tinchen beim Italiener angerufen und ein Dutzend Pizzas bestellt. Um halb eins sollten sie geliefert werden. Dann scheuchte sie das Jungvolk aus den Betten, verteilte Eimer, Bürsten und aufmunternde Sprüche und ließ sich auch nicht von Rüdiger beeindrucken, der in regelmäßigen Abständen Hustenanfälle bekam. »Ich muß mich gestern mordsmäßig erkältet haben!«

»Dann ist frische Luft erst recht gut für dich. Du kannst ja den Dreck *vor* der Garage wegmachen!«

Als Martha gegen vier Uhr mit der Taxe vorgefahren

kam, ohne Zitronen, dafür mit einem neuen Strohhütchen, waren die letzten Spuren der Überschwemmung beseitigt.

»Hoffentlich habt ihr auch so schöne Feiertage verlebt wie ich.«

»Noch schönere, Marthchen. Bestimmt noch viel schönere«, sagte Florian überzeugt. »Ich möchte sogar behaupten, es war das beeindruckendste Pfingstfest meines Lebens.«

Endlich Ferien

Mylène packte ihren Koffer. Mit einem Armvoll Kleidungsstücken kam Melanie ins Zimmer und lud den Stapel auf dem Bett ab. »Sieh mal, der Pullunder ist mir zu klein geworden, und die Jacke paßt auch nicht mehr. Die grüne Bluse steht mir sowieso nicht, ich habe sie bloß zweimal angehabt, aus den Jeans bin ich rausgewachsen – willst du den Kram nicht mitnehmen?«

»Das kann isch nicht nehmen an.«

»Sei doch kein Schaf – äh, ich meine mouton! Was glaubst du, wie oft ich schon mit Petra Klamotten getauscht habe. Es ist doch nichts dabei. Oder meckert deine Mutter?«

»Peut-être. Sie vielleischt glaubt, ihr 'abt mir die Kleider gegeben für – wie sagt man? Arme Mosen?«

»Almosen meinst du? So ein Quatsch. Mir sind die Sachen wirklich zu klein, und eine Schwester zum Weitervererben habe ich nicht. Was soll ich also damit machen? Zieh wenigstens heute abend etwas davon an. Wenn es dir nicht gefällt, kommt das ganze Zeug eben in den Rote-Kreuz-Sack.«

»Was ist das?«

»Altkleidersammlung. Collection de vieux vêtements.«

Mylène kicherte. »Es 'eißt vêtements usés, aber dafür sind die Dinge sehr schön. Isch probiere 'eut abend, oui?«

Als Krönung der deutsch-französischen Begegnung war eine Abschlußparty vorgesehen, die in der Schule stattfinden und sowohl Gäste als auch die gastgebenden Familien zusammenführen sollte. Eine Disco für die Jugendlichen war geplant, während man für die Eltern im Zeichensaal eine Bauernstube eingerichtet hatte. Er lag am weitesten entfernt von der Aula, wo sich die Tanzerei abspielen sollte. Für das leibliche Wohl hatten wie immer die Mütter zu sorgen, die Getränke stiftete die Schulleitung, und die künstlerische Ausgestaltung des Abends war Sache der Schülermitverwaltung. Im wesentlichen bestand sie aus karierten Tischdecken sowie einigen schon etwas ramponierten Papiergirlanden. Rüdigers Band, verstärkt durch fünf Bläser aus dem Schulorchester, zeichnete für den musikalischen Teil verantwortlich. Seit drei Tagen übte die Gruppe im Benderschen Keller zwischen Eingemachtem und Kartoffeln; die Klassiker taten sich ein bißchen schwer mit dem Rhythmus. Florian ging bereits auf dem Zahnfleisch. Die Nachbarn auch.

Tinchen machte Kartoffelsalat und Nudelsalat und Paprikasalat, stellte eine Käseplatte zusammen und ließ von Martha eine Schwarzwälder Kirschtorte backen. Eine Thermoskanne mit Kaffee sollten wir vielleicht auch noch mitnehmen, überlegte sie, und Büchsenmilch natürlich und Würfelzucker.

Als Melanie die vorbereiteten Schüsseln und Platten sah, schüttelte sie nur mit dem Kopf. »Kein Mensch erwartet, daß du die Verpflegung ganz allein übernimmst. Jeder soll nur so viel mitbringen, wie die eigene Familie ungefähr vertilgt.«

»Zu unserer gehört Rüdiger, und der frißt bekanntlich für drei!«

Später stellte sich heraus, daß von den angelieferten Fressalien sämtliche Schüler des Gymnasiums einschließlich des Lehrerkollegiums satt geworden wären. Die SMV requirierte alles Übriggebliebene, baute am nächsten Tag in der Eingangshalle ein kaltes Büfett auf und verkaufte Kuchen und Salate portionsweise. Von dem Erlös wurde die zu

Bruch gegangene Gitarre repariert. Der Direx hatte sich versehentlich draufgesetzt.

Der Abend blieb Tinchen in Erinnerung als eine Ansammlung von Leuten, die sie nicht kannte, von Musikdarbietungen, die sie mehr als genug kannte, und von Jugendlichen, die sich näher kennenlernen wollten. Auf dem Weg zur Toilette war sie zwei Pärchen begegnet, die sich ungeniert abknutschten. Sofort fiel ihr ein, daß sie Melanie auch schon eine Weile nicht mehr gesehen hatte.

Florian zeigte wenig Lust, seine abgängige Nichte zu suchen. Er unterhielt sich mit Rüdigers Klassenlehrer und debattierte mit ihm die Unterschiede zwischen den damaligen höheren Lehranstalten und den heutigen Lernfabriken. »Ob es wohl künftig die ehemaligen Schüler auch immer wieder in ihre alte Penne ziehen wird, um den Computer zu besuchen, bei dem sie Physik gehabt haben?«

Ungeduldig zupfte ihn Tinchen am Ärmel. »Du mußt dich mal um Melanie kümmern, sie ist einfach verschwunden.«

»Sie wird wohl bei den anderen in der Disco sein oder auf der Toilette«, beruhigte Dr. Sievering. »Haben Sie schon mal im Umkleideraum nachgesehen? Da haben die Mädchen ein Schminkzimmer eingerichtet.« Er seufzte. »Das Problem mit der heutigen Jugend ist, daß man selbst nicht mehr dazugehört.«

Plötzlich war Melanie wieder da. Sie hing am Arm eines dunkelhaarigen Jünglings, der einen Kopf größer war als sie, eine rosa Lederkrawatte trug und Turnschuhe Größe 46. »Das ist Pierre-Alain.«

Der Jüngling klappte zusammen wie ein Taschenmesser und küßte Tinchen die Hand. »Je suis enchanté, Madame.«

Tinchen war weniger entzückt. »Wo bist du bloß die ganze Zeit gewesen? Ich habe dich schon überall gesucht.«

»Warum denn? Wir waren draußen – frische Luft schnappen. Komm, Pierre-Alain, laß uns wieder tanzen.«

Nachdenklich sah ihnen Tinchen hinterher. »Da scheint sich etwas anzuspinnen.«

»Machen Sie sich keine Sorgen, gnädige Frau, in diesem Fall geht die Liebe an der Geographie zugrunde. Die Franzosen reisen ja morgen wieder ab.«

»Aber im Oktober fahren unsere nach Frankreich.«

»Dann sind wir nicht mehr zuständig«, sagte Florian lakonisch, »bis dahin sind Gisela und Fabian zurück.«

Nicht nur bei Melanie rollten Abschiedstränen, als der Bus am nächsten Morgen auf den Schulhof kurvte und der Fahrer anfing, das Gepäck zu verladen. Adressen wurden ausgetauscht, Ringe und Kettchen wechselten die Besitzer, jeder umarmte jeden, es wurde gelacht und geschluchzt, der Direx hielt eine kurze Rede, niemand hörte zu, Pläne wurden gemacht für die Zeit, die die deutschen Schüler in Frankreich verbringen würden, und wenn nur die Hälfte aller Versprechen eingehalten würden, müßte die Post demnächst Überstunden machen.

Mylène hing an Tinchens Hals und heulte zum Steinerweichen. »Sie alle besuchen mich in La Chapelle, oui? Mein Eltern 'aben eingeladen toute la famille.«

»Natürlich kommen wir.« Langsam wurde Tinchen dieser Tränenstrom peinlich. »Ja, den Hund bringen wir auch mit und die Petits« – womit vermutlich Julia und Tobias gemeint waren – »und schreiben werde ich dir auch.« Vorausgesetzt, ich finde jemanden, der mir den Brief übersetzt!

Endlich schaukelte der Bus vom Hof, ein letztes Winken, die letzten Kußhände, dann bog er um die Ecke, und im selben Moment bimmelte die Schulglocke. Nur mühsam fand Melanie in die Wirklichkeit zurück. »Wer kann denn jetzt an den Verdauungstrakt denken?«

»Woran?« fragte Tinchen verblüfft.

»Wir haben gleich Bio.« Träumerisch blickte sie auf das Foto in ihrer Hand. »Er sieht süß aus, nicht wahr? Gestern hat er mich geküßt und beim letzten Mal sogar die Augen zugemacht.«

»Das würde ich bei dir allerdings auch tun«, sagte Dr. Sievering trocken. Er war dabei, die letzten Nachzügler ins Schulhaus zu scheuchen. »Jetzt mach endlich, daß du in deine Klasse kommst!«

»Sie haben überhaupt kein Verständnis!«

»Ich weiß, Melanie, ich weiß. Du bist jetzt in dem Alter, wo die Erwachsenen immer schwieriger werden. Darf ich dich trotzdem bitten, heute noch mal am Unterricht teilzunehmen?« Einladend hielt er die Tür auf, und kleinlaut schlich Melanie hindurch.

Martha war weg. Hals über Kopf hatte sie das Haus verlassen. Nein, gekündigt hatte sie nicht, und entführt worden war sie auch nicht, sie hatte sogar noch zwei Koffer gepackt, die Einmachgläser zurechtgestellt und auf den Einkaufszettel »Futter für den Papagei« geschrieben. Dann hatte sie sich mit einem Taxi zum Bahnhof bringen lassen und war nach Hannover gefahren.

Zurück blieben ein verdattertes Tinchen, ein völlig aufgelöster Florian und meuternde Kinder. Am meisten schimpfte Melanie. »Sophie liegt doch sowieso noch im Krankenhaus, weshalb muß Marthchen denn jetzt schon Samariter spielen?«

»Weil ihre Schwester drei Katzen hat und sich jemand um das Viehzeug kümmern muß.«

»Wozu gibt es Tierpensionen? Oder Gemeindeschwestern? Weshalb haben wir denn den gepriesenen Sozialstaat? Irgendwer wird schon für alleinstehende Frauen zuständig sein. Und so hilflos ist die Sophie ja auch nicht! Bei einem gebrochenen Knöchel kriegt man schon nach kurzer Zeit einen Gehgips und kann wieder herumhumpeln.«

»Du bist echt ätzend!« sagte Rüdiger.

»Phhh«, machte sie bloß. »Wenn du nicht zu beknackt zum Denken wärst, dann wüßtest du, was für Maloche auf uns zukommt. Gerade jetzt, wo die Ferien anfangen.«

Unter diesem Aspekt hatte Rüdiger die Sache noch nicht betrachtet. Normalerweise bedeuteten Sommerferien Verreisen, wenn sich gar keine andere Möglichkeit bot, notfalls sogar mit den Eltern. In diesem Jahr fiel das aus. Vielleicht ein paar Tage Camping am Baggersee bei Waghäusel, sofern Benjamin und Wolle mitmachten, eventuell noch zwei oder drei Wochenenden in der Jagdhütte von Axels Vater, aber die lag mitten in der Pampa, weit und breit kein See zum Baden, kam also nur als Notlösung in Frage. Und sonst? Tennisplatz, Freibad – während der Ferien alles tote Hose. »Scheiße!« sagte er nachdrücklich.

»Hab' ich's nicht gesagt?« trumpfte Melanie auf. »Niggern dürfen wir, und das von morgens bis abends.«

»Nun stell dich nicht so an! Du wirst schon nicht zusammenbrechen, wenn du dein Bett mal selber machst.«

Mit der flachen Hand hämmerte sie mehrmals an seine Stirn. »Wie kann ein einzelner Mensch nur so beknackt sein? Du schnallst überhaupt nichts! Martha ist weg. Oma Gant geht übermorgen sechs Wochen zur Kur, und nächste Woche fährt Frau Künzel mit den Blagen in den Bayrischen Wald. Dann sehen wir aber verdammt alt aus, nicht wahr?«

Das fand Rüdiger auch. Selbst wenn man berücksichtigte, daß Tobias und Julia eine Zeitlang aus dem Verkehr gezogen wären, weil sie mit nach Bayern fahren sollten – »Auf dem Hof ist wirklich Platz genug, und meinen Eltern ist es egal, ob da nun zwei oder vier Gören auf dem Heuboden toben, sie sind närrisch nach Kindern«, hatte Frau Künzel gesagt –, so blieben immer noch vier Personen übrig, die essen mußten, ganz abgesehen von Haus und Garten, in dem alle naselang etwas zu tun war. Wenn wenigstens Herr Biermann noch da wäre! Aber nein, Florian hatte ja unbedingt Ackerbau betreiben müssen! Über Herrn Biermanns Kündigung war Rüdiger anfangs nicht böse gewesen. Niemand scheuchte ihn mehr weg, wenn er auf dem geheiligten Rasen mit dem Fußball herumbolzte, Krocket hatten sie schon gespielt und einmal sogar ein richtiges Lagerfeuer gemacht. Solange er sich um das Rasenmähen hatte herumdrücken können, war ihm Paul Biermanns Verschwinden gleichgültig gewesen. Das Gemüse interessierte ihn nicht, und überhaupt war das Florians Revier. Um die Brennesseln hinten am Zaun sollte er sich allerdings auch mal kümmern. Solche Unkrautplantagen hatte es zu Herrn Biermanns Zeiten nicht gegeben!

Rüdiger kannte seinen Onkel inzwischen gut genug, um nicht zu wissen, was da auf ihn zukam. Er kratzte sich hinter dem Ohr und sagte zu seiner Schwester: »Wir müssen die ganze Sache mal gründlich belabern. Vielleicht finden wir doch noch eine Möglichkeit, wie wir uns abseilen können. Die ganze Sache stinkt mir! Ich darf im Garten roboten, und du spielst inzwischen Zimmermädchen und Klofrau.«

»Tinchen ist ja auch noch da!«

»Die muß kochen. Und einmachen. In ein paar Tagen sind die Erdbeeren reif.«

Während oben die beiden Geschwister beratschlagten und zu keinem auch nur annähernd befriedigenden Ergebnis kamen, saßen ihre Pflegeeltern in der Küche und zerbrachen sich ebenfalls die Köpfe. Florian hatte eine Flasche mit einem Rest Rotwein gefunden und setzte sie an den Hals.

»Ich will dir bloß den Abwasch sparen, wo du doch jetzt alles allein machen mußt. – Pfui Deibel, was ist denn das für ein Zeug?« Er spuckte den Wein ins Spülbecken. »Schmeckt ja grauenvoll.«

»Den nehme ich nur zum Kochen.«

»Das hättest du auch gleich sagen können! Ist noch Bier da?« Im Kühlschrank fand sich eine letzte Dose. Er nahm sie mit zum Tisch und setzte sich. »Nun müssen wir mal haarscharf überlegen, wie wir das hier alles organisieren.«

»Da gibt es überhaupt nichts zu organisieren. Alles läuft weiter wie bisher. Die Arbeit wird sogar weniger. Vier Personen essen nicht soviel wie neun, folglich reduzieren sich die Vorbereitungen, das Einkaufen geht schneller...«

»Das werde in Zukunft ich übernehmen«, erbot sich Florian. »Aber was ist mit dem Saubermachen?«

»Auch kein Problem, es wird doch viel weniger dreckig gemacht.«

Langsam war er davon überzeugt, daß ihm die kommenden Wochen das Paradies auf Erden bescheren würden. Endlich könnte auch er mal in der Sonne liegen, würde Zeit für sein Buch haben und sich von der doch etwas anstrengenden Aufgabe eines Pflegevaters erholen können. Da auch Clemens Reisepläne geäußert hatte – er wollte mit zwei Freunden in einem zum Wohnwagen umfunktionierten VW-Bus nach Spanien fahren –, war in der nächsten Zeit nur mit dem gelegentlichen Einfall von Urban zu rechnen, dessen Urlaubsgesuch sein Vorgesetzter erst gar nicht weitergereicht hatte. Urban war ja auch nützlich. Er hatte schon zweimal freiwillig den Rasen gemäht und neulich den Staubsauger repariert. Und wenn er da war, war auch immer Bier im Haus.

Den ersten Dämpfer bekam Florians Optimismus, als dann wirklich die Ferien angefangen hatten und die vom

Schulstreß befreiten Jugendlichen noch um zehn Uhr im Bett lagen.

»Laß sie doch«, sagte Tinchen, »in den letzten Wochen haben sie wirklich geackert.«

Das mußte Florian zugeben. Wenn Melanies Zeugnis auch nicht besser ausgefallen war als das vorige, so hatte sie wenigstens den Sprung in die elfte Klasse geschafft. Rüdiger war auch mit einem blauen Auge davongekommen. Die Fünf in Mathe hatte er durch eine gute Deutschnote ausgeglichen, und aus dem Lateinfünfer war ein Vierer geworden.

»Deine Versetzung hat aber auch eine schöne Stange Geld gekostet.«

»Du hast es ja nicht bezahlt«, hatte Rüdiger gesagt. »Was kann ich dafür, wenn die Pauker schamlos die Konjunktur ausnutzen und Nachhilfestunden immer teurer werden?«

Trotzdem hatte Florian überlegt, ob nicht vielleicht doch eine kleine Anerkennung fällig wäre. »Er hat sich Mühe gegeben und ist versetzt worden, da hat er sich eine Belohnung verdient. Ob wir ihm was für sein Auto schenken? Etwas, das er sich nie selber kaufen würde?«

»Ja, Benzin!« hatte Tinchen gesagt.

Schließlich hatten sie sich auf eine Grillparty geeinigt. Alle Freunde, die noch nicht verreist oder sonstwie abkömmlich waren, sollten eingeladen werden, dazu Tinchens Bruder Karsten und ein paar Studienkollegen von Clemens. Der einzig unsichere Faktor blieb das Wetter.

»Mach dir deshalb keine Sorgen, Tine«, meinte Florian, »am Wochenende sollen wir dreißig Grad kriegen.«

»Bist du sicher?«

»Der Elmar Gunsch hat es eben gesagt. Fünfzehn Grad am Samstag und fünfzehn am Sonntag.«

Clemens versprach, rechtzeitig zurück zu sein, um sich noch an den Vorbereitungen beteiligen zu können, lud Frau

Künzel nebst Kinderschar und Dackel in den Mercedes und fuhr nach Bayern. Er war auch pünktlich wieder zu Hause – fünf Minuten, bevor die ersten Gäste kamen. »Die haben mich nicht weggelassen, ich mußte unbedingt übernachten. Und was auf den Straßen los ist, könnt ihr euch gar nicht vorstellen! Man merkt, daß die Ferien begonnen haben. Überall sind die normalen Routen gesperrt und die Umleitungen geöffnet.«

»Stimmt«, pflichtete ihm Karsten bei. »Auf der Autobahn war die Hölle los. Alle hundert Kilometer eine Baustelle, und davor ein ellenlanger Stau. Warte lieber noch ein paar Tage, bevor du losbretterst. Willst du wirklich nach Spanien? Und da campen?«

»Weißt du was Besseres?«

»Von Camping habe ich schon lange die Nase voll. Drei Wochen lang unzureichend ernährt, untergebracht und bekleidet – nein danke, nie wieder! Im September fliege ich auf die Seychellen.«

»Kapitalistensöhnchen!«

»Nee, Fernsehlotterie! Ich schreib' dir auch 'ne Ansichtskarte!«

Tinchen schob sich an den beiden vorbei. In der einen Hand balancierte sie ein Tablett mit rohen Steaks, in der anderen einen Stapel Pappteller. »Könnt ihr euch nicht mal um die Getränke kümmern? Ich bin schließlich kein Krake.«

Die Stimmung im Garten hatte einen ersten Höhepunkt erreicht. Beim Anzapfen des Bierfasses war der Spund herausgeflogen, und Florian mußte sich erst einmal umziehen.

»Wo ist meine graue Cordhose, Tine?«

»In der Wäsche.«

»Und die braune?«

»Noch nicht gebügelt.«

»Was soll ich denn jetzt anziehen?«
»Die Jeans.«
»Da ist der Reißverschluß kaputt.«
»Dann nimm eine Sicherheitsnadel.«
»Wo sind die?«
»Weiß ich nicht.«

Florian mußte feststellen, daß sich die Abwesenheit von Oma Gant bereits bemerkbar machte. Er hatte nur noch drei saubere Hemden im Schrank, überhaupt keine T-Shirts mehr, und die Socken reichten günstigstenfalls bis Donnerstag. »Ein Glück, daß ich bloß zwei Füße habe, sonst wären sie morgen schon alle.« Weil er nichts anderes fand, zog er seinen Jogginganzug an und statt der durchnäßten Turnschuhe Badelatschen. Da sparte er wieder ein Paar Strümpfe.

Der Krach im Garten nahm zu. Übertönt wurde das Gejohle der Jugendlichen von Rockmusik. Rüdigers Stereoanlage, deren Lautstärke er noch durch zwei zusätzlich montierte Boxen um etliche Phon gesteigert hatte, beschallte freigebig auch noch die Nachbargrundstücke. Michael Jackson in Quadrophonie.

Auf der Terrasse wurde getanzt. Als geübter Discotänzer mischte sich Florian unters Volk, mußte aber schnell einsehen, daß Badepantoffeln mit nur einem schmalen Plastikriemchen obendrüber nicht geeignet waren. Nach einer Kollision mit einem Paar Cloggs der Größe 44 ging er wieder ins Haus, um seine Zehen zu kühlen und Hansaplast drumzuwickeln. Auf dem halben Weg nach oben klingelte das Telefon. Er humpelte zurück und nahm den Hörer ab. Wem die empörte Stimme am anderen Ende der Leitung gehörte, ahnte er nur, verstehen konnte er so gut wie gar nichts.

»Moment mal, ich muß erst die Tür zumachen!« Dann hörte er sich eine Minute lang geduldig an, was Frau Kaiserling zu sagen hatte, ehe er ihr ins Wort fiel. »Natürlich ist es laut, ich kann auch nicht schlafen, aber jeder Bundesbürger hat das Recht, mehrmals im Jahr in seinem Haus zu feiern und dabei Krach zu machen. Doch, Sie können ruhig die Polizei anrufen, die wird Ihnen auch nichts anderes sagen. Wie meinen Sie? Schon die vierte Party in diesem Jahr? Die anderen zählen ja nicht, die haben im Keller stattgefunden. Unzucht? Jetzt machen Sie sich nicht lächerlich! Wo denn? In der Hecke? Das dürfte aber reichlich unbequem sein. Woher wollen Sie das überhaupt wissen? So, das haben Sie gesehen. Ein küssendes Pärchen? Mit dem Feldstecher? Am besten bleiben Sie noch eine Weile auf Ihrem Posten, damit Sie nichts versäumen. Wieso unverschämt? Was hat denn das damit zu tun? Meine Tochter ist überhaupt nicht hier, sie ist seit gestern verreist. Vorige Woche? Nein, ich bestreite ja gar nicht, daß Julia ein Kinderrad hat, ich bestreite lediglich, daß Sie Gemüsebeete haben! Aber bitte sehr, das steht Ihnen frei. Mein Bruder kommt in drei Monaten zurück. Gute Nacht.«

Als er den Hörer wieder auf die Gabel legen wollte, kam der Apparat ins Rutschen und fiel zu Boden. Hoffentlich ist er kaputt, wünschte Florian, dann kann sich wenigstens niemand mehr beschweren.

Nachdem er seinen lädierten Fuß mit einer Brandbinde umwickelt – Hansaplast war mal wieder nicht dagewesen – und gegen weitere Attacken in einen soliden Schnürschuh gesteckt hatte, schlich er durch die Garage in den Garten. Frau Kaiserlings Beobachtung hatte ihn doch etwas beunruhigt.

Das unzüchtige Pärchen fand er nirgends, dafür wäre er beinahe über seinen Neffen gestolpert. Rüdiger lehnte am Kirschbaum und hielt eine halbgeleerte Whiskyflasche im Arm. Neben ihm im Gras lag Benjamin. Melancholisch stierte er in sein Glas. »Das is ja sch-schon wieder leer. D-dabei will ich mir d-doch nur M-mut antrinken. Aber je mehr ich saufe, d-desto durstiger wird d-die Angst.«

Florian trat zwischen die beiden und nahm ihnen die Flasche weg.

»Mit Alkohol lassen sich keine Probleme lösen. Ihr habt sowieso schon mehr als genug!«

Verpliert sah Benjamin hoch. »Da sagst du w-was Wahres, Kumpel. Ich w-weiß nich, wie ich Bea b-beibringen soll, d-daß es aus is.«

»Du hast vielleicht Sorgen!« nuschelte Rüdiger, »ich w-weiß noch nich m-mal, wie ich einer b-beibringen soll, d-daß ich was mit ihr anf-fangen will.«

»L-laß das lieber b-bleiben! W-wird zu anstrengend. Erst m-mußt du mit ihr j-joggen, d-danach ins Sch-Schwimmbad und nachmittags zum S-squash. F-früher hat 'n Eisbecher gereicht und 'ne K-kinokarte. Die Tussies spinnen d-doch alle. Ich geh' in 'n Wald und werde Eme-Ermeri... also ich werde Ein-Einsiedler.«

»Damit fängst du am besten gleich an!« Florian hievte den künftigen Eremiten hoch und lehnte ihn an den Stamm. »Clemens wird dich hinbringen, sonst findest du vor lauter Bäumen den Wald nicht. – Und du gehst ins Bett!« herrschte er seinen Neffen an. »Du hast mehr als bloß einen in der Hacke!«

»K-kommt nicht in F-frage! Erst m-muß ich noch die blonde Sch-schnecke angraben!« Mühsam rappelte er sich hoch und makste breitbeinig auf die Terrasse zu. Florian wetzte hinterher. »Heute nicht mehr, aber morgen kannst du gerne im Salatbeet graben!« Mit einem Blick über die Schulter vergewisserte er sich, daß Benjamin wieder zusammengesackt war, legte Rüdigers Arm um seinen Hals und schleifte ihn durch die Garage ins Haus. Dort übergab er ihn

Urban, der dank achtmonatiger Zugehörigkeit zur Bundeswehr einschlägige Erfahrung im Umgang mit Alkoholleichen hatte. Er diagnostizierte Trunkenheit zweiten Grades, hatte auch die entsprechende Therapie zur Hand und schickte seinen Onkel nach lauwarmem Salzwasser. Das klang sehr nach Roßkur, fand Florian. Nachdem er das Gewünschte gebracht und noch Handtücher sowie einen leeren Eimer zurechtgestellt hatte, machte er sich schnell auf die Suche nach Clemens.

Der war nirgends zu sehen, aber in seinem Zimmer brannte Licht. Hoffentlich liegt er nicht auch schon im Bett, wünschte Florian, während er die Treppe hinaufstieg. Gerade als er anklopfen wollte, hörte er Stimmen. Eine davon war weiblich. Florian besann sich auf seine gute Erziehung und machte auf dem Absatz kehrt. Er nahm sich aber vor, morgen mit seinem Neffen ein Wörtchen zu reden. Das hier war eine Teenagerparty, da hatten die Erwachsenen Vorbild zu sein! Plötzlich erschrak er. Wer sagte überhaupt, daß Clemens sich nicht eine von diesen minderjährigen Krabben angelacht und zwecks Besichtigung seines Computers abgeschleppt hatte? Briefmarkensammlungen als Vorwand ungestörter Zweisamkeit waren heutzutage wohl auch out. Als frischgebackener cand. med. hatte er bei diesen Küken bestimmt genug Chancen.

Also drehte Florian wieder um und hämmerte gegen die Tür. »Ich wollte nur wissen, wo das große Küchenmesser ist.«

Clemens' Augen funkelten Mordlust. »Sei froh, daß ich es nicht hier habe. Eine dusseligere Ausrede ist dir wohl nicht eingefallen?«

»Nein«, sagte Florian treuherzig, »aber die Steaks sind wirklich zäh.« Immerhin hatte er sich kurz im Zimmer umsehen können. Der weibliche Gast war nur Andrea, Clemens' Freundin, die er in letzter Zeit so sträflich vernachlässigt hatte. »Ein blindes Huhn in der Hand ist wohl doch besser als ein Korn auf dem Dach?«

»Mach 'nen Abflug, dämlicher Hund!« Die Tür war zu!

Wesentlich beruhigter stapfte Florian wieder die Treppe hinunter. Nun blieb nur noch Karsten übrig, den er mit dem Heimtransport des abgefüllten Benjamin betrauen konnte. Überhaupt sollte man langsam Schluß machen mit der Party, es war schon nach Mitternacht.

Seinen Schwager fand er neben dem Bierfaß, aus dem er gerade die letzten Tropfen herausschüttelte. »Tut mir leid, alter Junge, für dich reicht es nicht mehr.«

Florian winkte ab. Karsten war auch nicht mehr in der Verfassung, sich hinter ein Steuer zu setzen, und so würde er, Florian, wieder einmal den Chauffeur spielen müssen. Aber daran war er ja gewöhnt. Subalterne Dienstleistungen! Rasen mähen! Kamin saubermachen! Gestern hatte er sogar Wäsche aufgehängt! Fehlte nur noch, daß man ihn an den Herd stellte. Verdammte Hauswirtschaft!

»Du hast doch noch gar nichts gegessen, Flori.« Auf einem Pappteller reichte ihm Tinchen ein Steak. »Das Verbrannte kannst du ja liegenlassen.«

Er schüttelte nur den Kopf. »Komm mal mit!«

Sie stellte den Teller auf eine der Boxen, wischte die fettigen Hände an den Blättern vom Fliederstrauch ab und folgte ihrem Mann in den Garten. »Was willst du denn da? Die Gläser können wir auch morgen einsammeln. Jetzt treten wir höchstens drauf.«

Der Platz unter dem Kirschbaum war leer. Nur die Flasche lag noch dort. Viertelvoll.

»Hoffentlich ist er nicht alleine losgezogen. In seinem Zustand kommt der doch glatt unter die Räder.«

»Um diese Zeit«, zweifelte Tinchen. »Von wem redest du überhaupt?«

»Von Benjamin.« Schnell erzählte er, was vorgefallen war.

Tinchen beruhigte ihn. »Er wird nach Hause gefahren sein.«

»Gefahren? Der konnte ja nicht mal mehr laufen.«

»Eben drum.«

Während sie zur Straße rannten, überlegte Florian, ob man ihn wohl für etwaige Folgen dieser Party verantwortlich machen könnte. Plötzlich blieb Tinchen stehen. »Benjamin hat gar kein Auto.«

»Das hättest du auch gleich sagen können!« Nach Luft japsend lehnte sich Florian an den Zaun. »Am besten kämen wir systematisch den ganzen Garten durch.«

Zum Glück blieb den übrigen Gästen die Suche verborgen. Einige tanzten, der Rest hockte im Gras und döste vor sich hin. Urban hatte alle Bundeswehraspiranten, die erst kürzlich gemustert worden waren, um sich geschart und gab ihnen gute Ratschläge. »Vor allen Dingen müßt ihr die Sache locker angehen und immer daran denken, daß sich am Soldatenleben seit urdenklichen Zeiten nichts geändert hat. Schon in der Bibel heißt es: Sie trugen seltsame Gewänder und irrten planlos umher.«

Mittlerweile war Florian bei den Himbeeren angekommen, fand aber nur ein zerknülltes Taschentuch und ein angebissenes Würstchen, das jemand auf einen Zweig gespießt hatte. Er pflückte es ab und steckte es nach kurzem Zögern in den Mund. »Der Mostrich fehlt.« Dann suchte er weiter.

Tinchen hatte genug von Brennesseln und stachligen Ästen. Sie lief in die Garage, um aus dem Auto eine Taschenlampe zu holen. Als sie die Wagentür öffnete, fiel ihr eine leblose Gestalt entgegen und kippte im Zeitlupentempo zur Seite. »Hiiilfe!!!« Mit beiden Händen hielt sie die Tür zu und blickte angestrengt in die Ecke zum Gartenschlauch, damit sie das aus dem Wagen baumelnde Bein nicht sehen mußte.

Als erster war Florian zur Stelle. Die anderen folgten.

»Hier ist ein Toter!« stammelte Tinchen. Sie ließ die Tür los und klammerte sich an Karstens Hals.

»Wo?«

»Da! Im Auto!«

Mit einem Griff befreite er sich. »Ab morgen guckst du nur noch das Kinderprogramm!« Dann öffnete er die Wagentür und sah in das erstaunte Gesicht von Benjamin. »Is'n hier los?« Erst als er die Volksversammlung in der Einfahrt bemerkte, schien er sich wieder zu erinnern. »Ich wollte doch b-bloß nach H-hause fahren.«

»In meinem Wagen?« empörte sich Tinchen.

»Der stand am nächsten. Aber d-dann habe ich die Sch-sch-schlüssel nicht gefunden.«

»Soll ich ihn auch in die Kur nehmen?« erbot sich Urban freudig. »Rüdiger hatte ich nach zwanzig Minuten wieder halbwegs fit.«

»Das kann seine Mutter übernehmen. Ich bringe ihn jetzt nach Hause.« Florian schob sich hinter das Steuer und kurbelte das Fenster herunter. »Der braucht frische Luft.« Seinen willenlosen Beifahrer lehnte er in die Ecke. »Schnall ihn mal an, Karsten, der kippt mir sonst noch übers Lenkrad.«

Die Abfahrt verzögerte sich, weil Tinchen erst die Schlüssel holen mußte. Benjamin wurde zusehends munterer. »Is die Party schon aus? Wie sch-schpät isses denn?«

»Fünf vor eins.«

Einen Moment überlegte er. »Heute oder m-morgen?«

»Morgen!«

»Dann isses gut«, sagte er zufrieden. »Heute m-morgen sollte ich nämlich zum Zahnarzt.«

Als Florian zurückkam, waren Haus und Garten geräumt. Urban demontierte gerade die letzten Lärmquellen. Karsten sammelte Pappteller ein. »Laß das Zeug doch liegen, morgen ist auch noch ein Tag. Ich bin hundemüde und will ins Bett.«

»Dann geh doch!«

»Mach' ich auch. Ist noch was zu trinken da?«

»Ja, Ginger Ale.«

»Ich wollte was trinken und nicht die Zähne putzen.« Langsam schlurfte er ins Haus. An der Tür drehte er sich noch einmal um.

»Frühstück gibt es morgen nicht vor zehn. Gute Nacht.«

Früh um halb sieben klingelte das Telefon. Mit geschlossenen Augen tastete Florian den Nachttisch ab, fand den Hörer, hob ihn kurz an und ließ ihn zurück auf die Gabel fallen. »Unverschämtheit!« Bevor er wieder einschlafen konnte, läutete es erneut.

»Hier ist das Heim für schwer erziehbare Mädchen«, bellte er in die Muschel, »aber momentan sind wir überbelegt. Wenden Sie sich an die Heilsarmee!« Dann zuckte er zusammen. »Wer ist da? Wo kommst du so plötzlich her? Was denn, jetzt gleich? Ich bin aber noch... ja, ist gut, in einer halben Stunde. Wiedersehn.«

»Wer war denn das?« murmelte Tinchen verschlafen.

»Tante Gertrud. Sie steht in Heidelberg auf dem Bahnhof und will abgeholt werden.«

»Jetzt?«

»Natürlich jetzt.« Florian stieg bereits in seine Hosen. »Steh auf und koch Kaffee, aber welchen aus Gerste. Tante Gertrud ist Vegetarierin.«

»Wer ist das überhaupt?«

»Tante Gertrud? Das ist Tante Klärchens Schwester.«
Mit einem Ruck saß Tinchen kerzengerade in ihrem Bett. »Ich ziehe aus! Sofort! Noch so eine Verrückte ertrage ich nicht mehr!«

Je früher der Morgen, desto schlimmer die Gäste

Tante Gertrud war genauso groß und hager wie ihre Schwester Claire, besaß den gleichen gezierten Tonfall beim Sprechen, drückte sich aber nicht so gewählt aus, und damit endeten die Gemeinsamkeiten auch schon. Von Kosmetik hielt sie nichts, sie benutzte lediglich eine Kräuterseife auf Algenbasis, die sie sowohl für das Gesicht als auch bei rauhen Ellenbogen und gegen Hexenschuß verwendete. »Alles andere ist ungesund und verstopft nur die Poren.«

Friseure waren in ihren Augen Halsabschneider, und deshalb hatte sie schon seit Jahren keinen mehr aufgesucht. Ihren graumelierten Pagenkopf bearbeitete sie selbst – sie machte das immer auf dem Flur, wo extra zu diesem Zweck zwei Spiegel einander gegenüberhingen –, und den ganzen anderen modischen Firlefanz lehnte sie genauso ab wie die meisten Errungenschaften der Zivilisation. Morgens wurde kalt geduscht, danach Tautreten im Garten, natürlich nicht im Winter, da gab es ja keinen, anschließend ein gesundes Frühstück mit Gemüsesaft und Vollkornbrot und dann einen ordentlichen Spaziergang. Jedes Jahr im Januar unterzog sie sich einer Schrotkur in Hindelang – »nur zum Entschlacken, man muß ja etwas für seine Gesundheit tun« –, und jedes Jahr im März rebellierte der Ischiasnerv und lieferte den gewünschten Vorwand, eines der meist südlich der Alpen gelegenen Thermalbäder aufzusuchen. Das gehörte zu ihrem Pflichtprogramm.

Hin und wieder reiste sie aber auch nur zum Vergnügen – zu ihrem eigenen selbstverständlich. Die gelegentlichen

Gastgeber, denen sie meist unvorbereitet ins Haus fiel, »weil ich gerade hier in der Gegend war«, empfanden es nämlich als weitaus weniger vergnüglich, sich den Gepflogenheiten von Tante Gertrud anzupassen. Sie gehörte zu den Frühaufstehern, die schon kurz nach Sonnenaufgang am offenen Fenster Freiübungen machen, und ging abends zeitig schlafen. »Meine Stromrechnung ist so niedrig, daß man mir schon zweimal einen Kontrolleur ins Haus geschickt hat.« Ein Fernsehgerät besaß sie nicht – »ein tüchtiger Spaziergang am Abend ist das beste Schlafmittel« –, im Radio hörte sie sich nur die Nachrichten an und den Landfunk, und sonst las sie Bücher. Die Biographien der namhaften Naturapostel und Ernährungswissenschaftler hatte sie bereits mehrmals durchgearbeitet, die von Pfarrer Kneipp und Gaylord Hauser kannte sie zum Teil schon auswendig, aber sie liebte auch Reisebeschreibungen und gab keine Ruhe, bis sie die in dem betreffenden Buch als besonders reizvoll geschilderte Landschaft mit eigenen Augen gesehen hatte. So war ihr einmal ein Bericht über Teneriffa in die Hände gefallen, in dem eine nächtliche Autofahrt über den Pico de Teide in das unberührte, zauberhafte Orotavo-Tal beschrieben wurde. Dabei hatte sie übersehen, daß das Buch in den fünfziger Jahren erschienen war. Ihr Versuch, die romantische Fahrt nachzuvollziehen, war zunächst daran gescheitert, jemanden zu finden, der diese halsbrecherische Tour im Dunkeln wagen wollte. Als sich Gertrud schließlich mit einer Tagesfahrt einverstanden erklärt hatte, hatte sie feststellen müssen, daß auf den Teide inzwischen eine Seilbahn führte und aus dem als idyllisch geschilderten Hafen Puerto de la Cruz eine Großstadt mit Hochhäusern geworden war.

Seitdem erkundete sie lieber Deutschland. Im vergangenen Herbst war sie auf Fontanes Spuren durch die Mark

Brandenburg gezogen, leider mit einer sehr gemischten Reisegruppe, deren Teilnehmer sich mehr für das Essen als für die Landschaft begeistert hatten, aber für den diesjährigen Herbst hatte sie sich den Harz vorgenommen. Allein. Vor Jahrzehnten war sie mit ihrem nun schon so lange verstorbenen Gatten dort gewesen, Albert Winkelmann, Im- und Export, aber der hatte sich seinerzeit nur für die zum Verkauf stehende Sägemühle interessiert, aus deren Erwerb dann aber doch nichts geworden war. Vielleicht ganz gut so, die Bäume wurden ja immer weniger. Jedenfalls hatte Herr Winkelmann weiterhin gewinnbringend im- und exportiert und nach dem dritten Herzinfarkt seine Gattin wohlversorgt zurückgelassen. Kinder hatten sie nicht, vom Geschäft hatte Gertrud keine Ahnung gehabt, es war verkauft und der Erlös im IOS-Investmentfonds angelegt worden. Den späteren Verlust hatte sie klaglos ertragen. Seitdem lebte sie von Alberts Privatvermögen. Übrigens nicht schlecht.

Für Florian bestanden gewissen Chancen, nach dem Ableben von Gertrud Winkelmann zu den Erbberechtigten zu gehören, auch wenn bei der eisernen Konstitution seiner Tante vorläufig nicht damit zu rechnen war. Sie war neunundsechzig und kerngesund.

Er fand sie im Bahnhofsrestaurant, wo sie Hagebuttentee trank und auf einem ungeschälten Apfel kaute. »Da bist du ja endlich, mein Junge!«

Der Junge täuschte Freude vor, umarmte seine Tante herzlich, verzichtete auf den angebotenen Tee und griff nach dem Koffer. »Wo hast du das restliche Gepäck?«

Tante Gertrud stand auf und legte die schon vorher abgezählten Münzen plus zehn Pfennig Trinkgeld auf den Tisch, nach kurzem Zögern auch den Rest vom Apfel – »er ist zu mehlig!« – und ging zur Tür. »Mehr habe ich nicht. Ich will ja nicht lange bleiben.«

Zufrieden stiefelte Florian hinterher. In diesem kleinen Koffer konnte bestenfalls die Garderobe für drei Tage Platz gefunden haben, selbst wenn man berücksichtigte, daß Tante Gertrud nur Baumwollkleider trug wegen der Luftzirkulation und feste Schnürschuhe mit Blockabsatz. Den Lodenumhang, unter dem ihre magere Gestalt etwas fülliger wirkte, kannte er schon seit Jahren, lediglich der dazu passende Hut war neu. Der alte, vor etwa zwanzig Jahren gekauft und immer noch tadellos in Form, war ihr unlängst bei einem Windstoß vom Kopf geflogen und von einem Lastwagen überrollt worden. Seitdem trug sie das Gummiband unter dem Kinn.

»Du siehst gut aus, mein lieber Fabian. Die ungesunde Stubenhockerblässe hast du fast vollkommen verloren.« Ohne zu murren war sie in den Kadett gestiegen, hatte vielmehr befriedigt festgestellt, daß ihr Neffe umweltbewußter geworden und einen kleineren Wagen gekauft hatte. »Hoffentlich mit Katalysator!«

»Ich bin Florian, Tante Gertrud, Fabian ist in Amerika, und sein Wagen steht zu Hause in der Garage. Das hier ist meiner.«

»Ach ja, richtig! Der Florian hatte mir ja vor seiner Abreise noch geschrieben und mich um irgendwas gebeten, ich weiß nicht mehr, was es war, aber ich konnte sowieso nicht, weil ich gerade in Ischia war. Was macht er eigentlich in Amerika?«

»Er hält Gastvorlesungen.«

»Soso.« Und nach einem Moment des Zögerns: »Ich dachte immer, die haben da drüben viel bessere Physiker als wir. Die Nobelpreise gehen fast immer nach Amerika.«

»Fabian ist Archäologe, Tante Gertrud.«

»Dann muß ich das wohl verwechselt haben. Aber der Urban studiert doch Physik, nicht wahr?«

»Nein, Medizin. Und das ist nicht Urban, sondern Clemens.« Allmählich kamen Florian Bedenken. Ein nachlassendes Gedächtnis war bei älteren Leuten nichts Außergewöhnliches, er selbst hatte ja auch schon ein bißchen damit zu kämpfen, aber bei Tante Gertrud mußte es sich schon um ein fortgeschrittenes Stadium handeln. Das lag wahrscheinlich an ihrer merkwürdigen Ernährung. Immer bloß Grünzeug und Körner. Das mußte ja abfärben! Florian hatte noch nie eine intelligente Kuh gesehen, und wie dämlich Vögel sein können, zeigte Urbans Papagei täglich aufs neue. Immer wieder flog er mit voller Wucht gegen den Spiegel und blieb danach ein paar Sekunden benommen liegen, ehe er sich wieder aufrappelte.

Tante Gertrud war gesprächig. Sie erzählte von ihrer Nachbarin in Bad Schwartau und von dem netten Zimmermädchen in Hindelang, schwärmte von dem milden Klima auf Ischia und der gesunden Nordseeluft. »Dort bin ich im letzten November gewesen, mein lieber Junge. Ich habe mich nie in meinem Leben prächtiger gefühlt.«

»Das war aber schon vor zwei Jahren, Tante Gertrud. Voriges Jahr hast du doch wegen der eingewachsenen Zehennägel im Krankenhaus gelegen.«

»Du hast recht, Fabian«, gab sie bereitwillig zu, »ich bin erst Mitte Dezember an die See gefahren.«

»Das stimmt auch nicht. Weihnachten hast du nämlich in Tübingen gefeiert.«

Sie ließ sich nicht beeindrucken. »Das ist möglich. Ich reise ziemlich viel, weißt du, da verwechselt man schon mal die Reihenfolge.«

Nicht nur die, dachte Florian, froh, in wenigen Minuten zu Hause zu sein und die anstrengende Tante der Familie übergeben zu können.

Tinchen hatte auf der Terrasse gedeckt und sich viel Mühe

dabei gegeben. Nur Körnerkaffee hatte sie beim besten Willen nicht auftreiben können. Also hatte sie koffeinfreien gekocht und vorsichtshalber eine kleine Kanne Malventee, davon waren noch ein paar Aufgußbeutel übriggeblieben. Knäckebrot hatte sie hingestellt, Kräuterkäse und natürlich frisches Obst. Zwei Scheiben Pumpernickel hatte sie auch noch gefunden; ein bißchen wellten sie sich schon am Rand, aber wenn man sie umgekehrt hinlegte, fiel das kaum auf. Ob Eier zu den von Tante Gertrud tabuisierten Nahrungsmitteln zählten, wußte sie nicht, deshalb hatte sie erst gar keine auf den Tisch gebracht. Notfalls konnte die Tante ja die Dekoration essen. Die Tausendschönchen waren taufrisch.

Nur das Empfangskomitee war etwas spärlich ausgefallen. Außer Rüdiger war nur noch Karsten aufgestanden, weil er ohnehin gleich nach dem Frühstück heimfahren wollte. Bei den anderen beiden hatte die Nachricht, Tante Gertrud sei im Anmarsch, nicht die erwünschte Resonanz gehabt.

»Um Himmels willen«, hatte Urban gesagt, »lieber eine Woche lang Bundeswehrfraß als einen Tag lang Tante Gertruds Kuhfutter. Noch vor dem Mittagessen haue ich ab!« Dann hatte er sich umgedreht und war wieder eingeschlafen.

Melanie hatte andere Gründe, sich vorerst nicht blicken zu lassen.

»Spätestens nach einer halben Stunde geht sie einem auf den Keks, und der Tag hat noch nicht mal richtig angefangen. Vor dem Abendbrot komme ich nicht runter!«

Zum Glück hatte noch Clemens ein Einsehen gehabt. »Na schön, Tinchen, wenn es sein muß, stehe ich auf. Aber nur dir zuliebe.« Ob er inzwischen doch wieder eingeschlafen war oder erst seinen Kater bändigen mußte, konnte sie nicht sagen, jedenfalls war er noch nicht da, als Tante Gertrud mit ausgebreiteten Armen auf Tinchen zukam. »Wie schön, meine liebe Gisela, dich einmal wiederzusehen.«

»Ja, aber –«, stotterte Tinchen hilflos, während sie den Begrüßungskuß entgegennahm, »ich bin doch gar nicht Gisela.«

Tante Gertrud stutzte und trat einen Schritt zurück. »Nein«, sagte sie entschieden, nachdem sie Tinchen gründlich angesehen hatte, »du bist nicht Gisela. Aber wer bist du dann?«

»Ich bin Tina, die Frau von Florian und zur Zeit Pflegemutter von dem ganzen Nachwuchs.«

»Wieso Pflegemutter? Ist Gisela denn nicht da?«

Die Antwort wartete sie nicht mehr ab. Sie hatte Rüdiger entdeckt. »Du bist aber groß geworden, Urban. Und eine Brille trägst du jetzt auch? Sie steht dir gut, das muß ich schon sagen.«

»Ich bin der Rüdiger, Tante Gertrud«, verbesserte er lachend, »aber das macht nichts, bei so viel Verwandtschaft kommt man schon mal durcheinander. Wie war denn die Reise?«

»Sehr schön, mein lieber Junge, besonders die Fahrt an der Donau entlang.«

»Donau? Du meinst wohl den Rhein!«

»Ach ja, natürlich der Rhein, ich bin ja diesmal von oben gekommen.«

»Möchtest du dich erst ein bißchen frischmachen, oder wollen wir gleich frühstücken?« fragte Tinchen höflich.

Tante Gertrud entschied sich fürs Frühstück. Doch, Knäckebrot sei leicht bekömmlich und daher empfehlenswert, am besten mit ein paar Gurkenscheiben drauf; auch der Tee war genehm, morgen könne man ja Kathreiner besorgen, und überhaupt brauche man keine Rücksicht auf ihre Eßgewohnheiten zu nehmen, Gemüse käme wohl ohnehin auf den Tisch, und wenn andere Fleisch äßen, störe sie das nicht im geringsten. »Man muß die übrige Menschheit ja nicht zu seinen eigenen Anschauungen bekehren, nicht wahr, liebe Gisela?«

Die liebe Gisela nickte stumm. Es wäre wohl doch besser gewesen, wenn sie vor zwei Jahren zum siebzigsten Geburtstag ihres Schwiegervaters mit nach Tübingen gefahren wäre und schon bei dieser Gelegenheit Tante Gertrud kennengelernt hätte. Vielleicht würde die alte Dame sie jetzt nicht dauernd verwechseln. Aber Tinchen hatte damals keine rechte Lust gehabt und Julias Erkältung vorgeschoben, um nicht mitkommen zu müssen.

»Guten Morgen, Tante Gertrud. Schön, daß du da bist. Übrigens siehst du blendend aus.« Mit einem Handkuß begrüßte Clemens seine Großtante. Die kicherte verschämt. »Laß doch diesen Unsinn, Junge, ich bin eine alte Frau.« Dann musterte sie ihn gründlich und schien befriedigt. »Aber *du* bist Urban, nicht wahr? Der Physikstudent.«

»Ich bin Clemens, der Medizinstudent, aber so ganz falsch liegst du gar nicht. Physik haben wir nämlich auch.« Dann warf er einen Blick auf den Tisch und einen zweiten auf Tinchen. »Gibt es heute kein Frühstück?«

»Aber jetzt kommt der Urban!« Tante Gertrud hatte Karsten erspäht, der hinter der halb zurückgezogenen Gardine erst einmal abwarten wollte, bis die Begrüßungsorgie vorbei sein würde. Nun war das Versteckspiel aus. Er trat auf die Terrasse und produzierte eine tadellose Verbeugung. »Guten Tag, gnädige Frau, ich freue mich, endlich Ihre Bekanntschaft zu machen.«

Tante Gertrud stupste ihn schelmisch in die Seite. »Immer noch derselbe Witzbold wie früher! Aber nun komm und gib deiner alten Tante einen Kuß.«

Karsten zögerte. Erst die beschwörenden Blicke seiner Schwester brachten ihn dazu, Tante Gertrud einen Kuß auf die Stirn zu hauchen.

»Zier dich nicht so, meine Junge«, sagte sie, packte ihn bei den Ohren und küßte ihn herzhaft auf den Mund. »Was macht das Studium? Kennst du dich schon aus mit den Computern und Robotern und all dem anderen neumodischen Kram?«

Ihm dämmerte, daß hier irgendwas nicht stimmte. Deshalb nickte er nur, murmelte etwas von »Zigaretten vergessen« und gab Rüdiger ein Zeichen, ihm ins Wohnzimmer zu folgen. »Sag mal, hat die'n Sockenschuß?«

»Sieht beinahe so aus«, sagte Rüdiger nachdenklich, »jedenfalls ist sie kalkmäßig ganz schön drauf.«

Worauf Karsten schleunigst seine Tasche holte und nach allen Seiten winkend zum Wagen lief. »Hab' total verschwitzt, daß ich heute noch ins Geschäft muß. Die Bestellungen sollen morgen früh raus. Wiedersehn, Tinchen, grüß die anderen.« Er hörte aber doch noch, wie Tante Gertrud sagte: »Ein fleißiger Junge, dein Urban. Sogar am Sonntag denkt er nur an sein Studium.«

War schon Tante Klärchen dem Bender-Clan als Heimsuchung erschienen, so wurde der Besuch von Tante Gertrud zum Alptraum. Im Gegensatz zu ihrer Schwester, die wenigstens nur tatenlos herumgesessen und Whisky getrunken hatte, entwickelte Gertrud eine Aktivität, vor der selbst Tinchen kapitulierte. Es nützte nichts, wenn sie den Wecker stellte und morgens um sechs Uhr aufstand – Tante Gertrud war schon munter, hatte aus dem Garten Schnittlauch für den Quark geholt und ihre tägliche Ration Körner durch die eigens mitgebrachte Mühle gedreht. Lag Melanie, von Gertrud beharrlich mit Mechthild angeredet, faul in der Sonne, dann erschien ihre Tante mit dem Gartenschlauch und empfahl die Kneippsche Wasserkur.

»Bei dir fangen wir erst einmal bei den Beinen an und gehen jeden Tag ein Stück höher.« Melanie verzichtete auf Sonnenbäder und ging ins Freibad. Und als Florian sich mit einer vorgetäuschten Grippe ins Bett legte, um vor seiner vergnügungssüchtigen Tante wenigstens einen Nachmittag lang Ruhe zu haben, brühte sie Kräutertee auf und machte ihm Wadenwickel.

»Was ist das?« fragte er und betrachtete verdrießlich das Gebräu.

»Kümmeltee.«

»Ich will keine gekochten Gewürze, ich will einen anständigen Grog.«

»Alkohol bei Erkältungen ist grundverkehrt. Am besten wäre frische Luft.«

»Dann mach das Fenster auf.«

»Damit allein ist es nicht getan.« Sie öffnete aber doch beide Fensterflügel, nahm ein paar tiefe Atemzüge und entschied: »Draußen ist es viel gesünder. Steh auf, zieh dich warm an und komm in den Garten! Du kannst mir beim Erdbeerpflücken helfen.«

In der Küche häuften sich schon die Früchte, Tinchen kam gar nicht so schnell mit dem Einfrieren nach. Als sie dann auch noch auf Tante Gertruds Anordnung hin Marmelade kochen sollte, streikte sie. »Ich hab' noch was anderes zu tun. Schließlich wollt ihr ja alle Mittagessen.«

»Das macht man nebenbei. Du hast einen Heißluftherd zum Langsamkochen und diesen Mikrodingsherd zum Schnellkochen, nur kochen kannst du nicht!«

Damit hatte sie Tinchens Nerv getroffen. Es stimmte ja, der Nudelauflauf war zu weich geworden und die Kartoffeln gestern zu hart, aber wenn man gleichzeitig auch noch die Waschmaschine füttern und fünf Minuten später den Schornsteinfeger auf den Dachboden begleiten mußte, konnte so was schon mal passieren. »Jetzt weiß ich, was man unter einem Perpetuum mobile versteht«, hatte sie sich abends bei Florian beklagt, »das ist eine Hausfrau mit sechs Kindern.«

»Im Augenblick hast du doch nur zwei.«

»Tante Gertrud nervt aber für vier.«

Das stimmte allerdings. So hatte sie sich eines Morgens von Rüdiger nach Heidelberg fahren lassen, sämtliche Reformhäuser abgeklappert und war am späten Vormittag mit zwei Tüten voll biologisch, ökologisch oder sonstwie wertvoller Lebensmittel zurückgekommen. So genau hatte Tinchen nicht zugehört, sie hatte nur wortlos die Aufschriften gelesen. »Sojamehl« und »Seetangnudeln«, naturbelassener Zucker, dessen Packung schon von außen klebte, »Grünkern«, »Frikadellen aus Plankton« und als Clou eine halbe Torte, von der Tante Gertrud behauptete, sie bestünde überwiegend aus Sojamehl, Algen und anderen vitaminreichen Zutaten. »Durch Zufall habe ich sogar ein biologisches Restaurant gefunden. Dorthin werde ich euch morgen alle einladen!«

Diese Drohung war dann auch der Anlaß für Florians Grippe gewesen, nur hatte sie ihm nicht viel genützt. Als Tante Gertrud Fliedertee gekocht und Anstalten gemacht hatte, ihn in nasse Bettlaken und dann in warme Decken zu hüllen, war er freiwillig wieder aufgestanden.

Dafür hatten seine Gemüsebeete den ungeteilten Beifall der Tante gefunden. »Sehr vernünftig, mein lieber Junge«, hatte sie gesagt, »da weiß man doch wenigstens, *was* man ißt. Du wirst hoffentlich keinen chemischen Dünger verwenden oder diese giftigen Unkrautvertilgungsmittel?«

»Natürlich nicht«, antwortete Florian, der erst vor wenigen Tagen die Blattläuse bekämpft hatte, »nur gegen die Ameisen müßte man mal etwas tun.«

»Das wirst du schön bleiben lassen. Sie sind nützlich. Wie viele habt ihr denn?«

»Das weiß ich noch nicht genau. Weißt du, ich zähle immer die Beine und teile die Summe durch sechs.«

Einen Augenblick lang stutzte sie, dann lachte sie los. Es dauerte lange, bis Florian sie wieder beruhigt hatte.

Besonders angetan hatte es ihr der Spinat, bisher eine absolute Fehlinvestition, denn niemand hatte ihn essen wollen. »Ich weiß ein wunderbares Rezept, das schmeckt jedem«, hatte sie gesagt und zwei Schüsseln voll in die Küche getragen. Später servierte sie ihn in Form von Omeletts, die sich von normalen Eierkuchen nur dadurch unterschieden, daß sie grün waren, keine Eier enthielten und mit Austernpilzen gefüllt waren, was ihren Geschmack auch nicht gerade verbesserte.

»Das Zeug esse ich nicht«, hatte Melanie gesagt und den Teller weggeschoben.

»Das Zeug solltest du aber essen«, hatte Tante Gertrud erwidert, »es enthält viel Eisen, ist blutbildend und gibt Farbe.«

»Ja, wenn wenigstens blaues Blut herauskäme, aber meinst du, ich will grün im Gesicht aussehen? Ich mach' mir jetzt 'ne Pizza warm.«

Als besonders anstrengend empfanden die Benders Tante Gertruds Vergnügungsprogramm. Jeden Nachmittag wünschte sie einen Ausflug zu machen, von dem sie nicht einmal ein Landregen abhalten konnte.

»Wir sitzen ja im Trocknen«, pflegte sie zu sagen und erwartungsvoll in die finsteren Gesichter ihrer Verwandten zu blicken. »Wer fährt mich denn heute ein bißchen spazieren?«

Diese Frage hatte sie schon am Ankunftstag gestellt. Da war auch noch jeder bereit gewesen, der lieben Tante etwas zu bieten. Die Vorschläge hatten beim Stuttgarter Fernsehturm angefangen und bei einem Besuch der Burgfestspiele in Jagsthausen noch lange nicht aufgehört, aber so beklagenswert Gertruds Gedächtnis sonst auch sein mochte, in diesem Punkt ließ ihr Erinnerungsvermögen sie nicht im Stich. Sie hatte sich die einzelnen Ausflugsziele genau gemerkt und für jeden Tag ein anderes parat. Waren sie noch beim ersten Mal alle zusammen das Neckartal rauf und wieder runter gefahren, so hatte sich schon am zweiten Tag Rüdiger mit einer Verabredung entschuldigt und Melanie mit Klavierstunde, obwohl sie die letzte vor vier Jahren gehabt hatte. Am dritten Tag wollte Tante Gertrud in den Taunus und dort tüchtig laufen. Da hatte Tinchen aber eine Blase am Fuß und konnte nicht mit. Zur Weinprobe in die Pfalz fuhr Florian freiwillig und gern, bis ihm einfiel, daß er ja auch wieder zurückfahren und deshalb nüchtern bleiben mußte.

»Jetzt bist du aber mal wieder dran!« sagte er zu Tinchen, nachdem Tante Gertrud den Wunsch geäußert hatte, den berühmten Frankfurter Flughafen und die noch berühmtere Startbahn West zu besichtigen.

»Da verfahre ich mich doch immer«, hatte Tinchen gesagt und war auch prompt woanders gelandet. Eine Abfüllanlage für Coca-Cola hatte die Tante aber auch noch nie gesehen und sehr interessant gefunden. Die Flugplatzbesichtigung übernahm Rüdiger; er hatte wieder einmal weder Geld noch Benzin, aber seine Rechnung ging auf. Tante Gertrud bezahlte die Tankfüllung.

Mittlerweile hatte sie sich auch an Melanies Anblick gewöhnt, die in Haus und Garten ständig mit ihrem Walkman herumlief. Beim ersten Mal war die Tante noch ganz entsetzt gewesen. »Mein Gott, Kind, brauchst du denn in deinem Alter schon ein Hörgerät?«

Eines Abends passierte dann das, was schon lange vorprogrammiert, bisher aber noch mühsam unterdrückt worden war: Florian explodierte! Er hatte sich mit dem immer noch schwindsüchtigen Aktendeckel an den Schreibtisch gesetzt und wollte seine nur in Stichworten festgehaltenen Erkenntnisse über die Psychologie Halbwüchsiger endlich in wohlformulierte Sätze bringen. Das war schwieriger, als er gedacht hatte. Was er da fabrizierte, klang eigentlich mehr nach einer Glosse und nicht nach einer wissenschaftlichen Arbeit. Schmunzelnd las er den letzten Absatz.

»Die Tatsache, daß an einem gewöhnlichen Wochentag weder mein siebzehnjähriger Neffe noch seine jüngere Schwester abends um halb zehn im Hause waren und niemand von uns wußte, wo sie sich aufhielten, inspirierte mich zu einem Test. Nacheinander rief ich die Nummern der mir bekannten Freunde an, um zu erfahren, ob deren Eltern über den momentanen Aufenthaltsort ihrer halbwüchsigen Kinder informiert waren. Zu meinem Erstaunen meldeten sich überwiegend Kinder am Apparat, die ihrerseits keine Ahnung hatten, wo ihre Eltern steckten.«

Er riß den Bogen aus der Maschine und warf ihn zu den anderen in den Papierkorb. So ging das nicht! Vielleicht sollte er überhaupt das ganze Projekt fallenlassen und statt dessen ein Buch über seine Erfahrungen als Hausmann schreiben? Davon hatte er inzwischen mehr als genug gesammelt, speziell in den letzten Wochen. Und genauso lange hatte er von seinen jugendlichen Studienobjekten kaum etwas gesehen. Die glänzten meistens durch Abwesenheit und kamen nur noch zum Schlafen nach Hause. Sogar Urban, der sonst jeden Freitag eingetrudelt war, weil er die Wochenenden nirgendwo billiger verbringen konnte, hatte sich seit Tante Gertruds Ankunft nicht mehr sehen lassen. »Wenn jemand mal was kriegt, dann Vater und du. Also sei auch ein braver Neffe und kümmere dich allein um die liebe Erbtante. Ich bleibe in der Kaserne«, hatte er am Telefon gesagt und sich freiwillig zum Bereitschaftsdienst gemeldet.

Gerade als Florian seine Unterlagen zusammengeräumt hatte und in die Küche gehen wollte, um Tinchen von seinen neuen literarischen Plänen zu erzählen, kam Tante Gertrud ins Zimmer. Unter dem Arm trug sie einen Atlas. »Sieh mal, mein Junge, bis Straßburg ist es ja gar nicht so weit, wie du mir erzählt hast. Ich habe es eben nachgemessen.« Sie schlug den Atlas auf und legte ein Lineal auf die Karte. »Das sind genau elfeinhalb Zentimeter und in Wirklichkeit noch nicht einmal hundertfünfzig Kilometer.«

»Ja, Luftlinie. Ich kann aber nicht fliegen«, erklärte Florian geduldig, »auf der Straße ist es weiter.«

»Nun ja, vielleicht vierzig oder fünfzig Kilometer«, räumte die Tante ein. »Was macht denn das schon? Wir können ja gleich nach dem Frühstück losfahren, dann haben wir den ganzen Tag zur Verfügung, und abends bleibt es immer noch lange hell. Hoffentlich kommen Mechthild und Rüdiger auch mit. Oder haben sie morgen schon etwas vor?«

In Florian brodelte es. »Das weiß ich nicht, Tante Gertrud, auf jeden Fall habe *ich* etwas vor!«

»Das macht ja nichts«, entgegnete sie heiter, »obwohl es schade ist, denn du bist ein guter Fremdenführer. Dann chauffiert eben deine Frau. Sie ist bestimmt froh, wenn sie wieder mal rauskommt.«

»Nein!!« Er knallte seinen Aktendeckel auf den Tisch und

stand auf. »Tinchen wird nicht fahren und Rüdiger auch nicht! Wir bleiben alle zu Hause!«

»Deshalb brauchst du doch nicht gleich zu schreien, mein lieber Junge. Wenn es euch morgen nicht paßt, dann nehmen wir einen anderen Tag. Es eilt ja nicht.«

Florian holte tief Luft. »Jetzt hör mir mal gut zu, Tante Gertrud! Seit zwei Wochen kutschieren wir dich täglich durch die Gemeinde. Seit zwei Wochen stehen wir mit knurrenden Mägen vom Tisch auf und fressen hinterher heimlich den Kühlschrank leer. Seit zwei Wochen gibt es bei uns kein Familienleben mehr, weil du die Kinder aus dem Haus treibst. Die Sommerferien sind bald herum, aber wir haben noch nichts davon gehabt. Nächstes Wochenende kommen Tobias und Julia zurück, und dann hat Tinchen sowieso keine ruhige Minute mehr. Findest du nicht, daß auch sie ein bißchen Erholung verdient hat? Von mir selbst will ich ja gar nicht reden.«

Sie entfernte das Lineal aus dem Atlas und klappte ihn zu. »Ich soll also abreisen?«

»Ja, Tante Gertrud«, sagte Florian entschieden. »Du hast zwei wunderschöne Urlaubswochen bei uns verlebt, und ich meine, damit sollten wir es genug sein lassen.«

Vorwurfsvoll sah sie ihn an. »Das hättest du mir auch weniger direkt sagen können.«

»Ja, das hätte ich«, gab er zu, »aber es ist mir nun mal herausgerutscht. Entschuldige bitte.«

Schweigend ging sie aus dem Zimmer, und schweigend verließ sie am nächsten Tag das Haus. Florians Angebot, sie wenigstens zum Bahnhof zu bringen, lehnte sie ab. »Du wirst Besseres zu tun haben. Ich nehme ein Taxi.«

Seinen Wutanfall von gestern abend hatte er schon nach zehn Minuten bitter bereut und sich die halbe Nacht den Kopf zerbrochen, wie er diesen Ausrutscher wieder ausbügeln könnte. Es war ihm nichts eingefallen, und Tante Gertruds versteinertes Gesicht nahm ihm den Mut zu ein paar versöhnlichen Abschiedsworten.

»Die biste jedenfalls los! Jetzt kannst du nur noch Tante Klärchen beerben«, sagte Rüdiger lakonisch, nachdem das Taxi um die Ecke gebogen war. »Dafür sind meine Chancen gestiegen!« Er wedelte mit einem Fünfzigmarkschein herum. »Hat sie mir eben in die Hand gedrückt. Für Benzin.«

Da fiel Tinchen plötzlich ihrem Mann um den Hals und schluchzte:

»Ach, Flox, ich will wieder nach Hause!«

Erschrocken drückte er sie an sich. »Aber Tine, du wirst doch jetzt nicht aufgeben? Nur Fledermäuse lassen sich hängen.«

»Wer? Ich?«

Florian bügelte Wäsche. Dabei fluchte er herzhaft, aber das hörte niemand. Alle waren beschäftigt. Die beiden Kleinen, braungebrannt und restlos verwildert, tobten mit Klausdieter durch den Garten. Nicht nur durch den eigenen. Sogar der Hund war nicht mehr zu bändigen. Er vermißte die Hühner, die er in Bayern von einem Ende des Hofes zum anderen gejagt hatte, er vermißte den Kuhstall, in dem es immer so interessant gerochen hatte, am meisten aber vermißte er das Futter. Jetzt gab es bloß wieder diese Pampe aus Dosen. Wenn er wenigstens davon satt werden würde! »Beim nächsten Regen hängt er mit dem Bauch in jeder Pfütze«, hatte Tinchen beim Anblick des wohlgenährten Dackelverschnitts gesagt und ihn kurzerhand auf halbe Ration gesetzt.

»Lassen Sie das doch liegen, Herr Bender. Wenn ich nachher noch Zeit habe, bügle ich Ihnen die Hemden.« Frau Künzel stellte einen weiteren Korb mit Wäsche auf den Boden.

»Hört das denn nie auf? Für alles gibt es Wegwerfartikel. Pappgeschirr, Müllbeutel, künstliche Fingernägel, Kuchenformen und ich weiß nicht, was sonst noch. Wann kann man endlich knitterfreie Hemden aus Papier kaufen?«

»Ich hab' doch gesagt, daß ich das nachher mache.«

»Kommt ja gar nicht in Frage! Bis Sie die eingestaubte Bude wieder saubergekriegt haben, ist der Monat vorbei und meine pingelige Schwägerin steht auf der Matte. Lassen Sie man, das mache ich mit links. Schließlich war ich nicht umsonst dreißig Jahre lang Junggeselle.« Er griff in den

Korb, zog ein Hemd heraus und hielt es prüfend gegen das Licht. »In der Mitte ist es glatt. Von den Ärmeln sieht man sowieso nichts, also brauche ich bloß den Kragen zu plätten. Man muß rationell arbeiten.«

Beim letzten Telefonat hatte Martha zwar angedeutet, daß sie langsam ihre Heimkehr in Erwägung ziehen könne, auf ein genaues Datum hatte sie sich aber noch nicht festlegen wollen. »Die Sophie tut sich eben immer noch schwer mit den Krücken.«

Und ich mit dem verdammten Bügeleisen! Florian zog den Stecker heraus und stopfte das angesengte T-Shirt ganz unten in den Korb zurück. Drei Hemden hatte er immerhin geschafft, die reichten erst mal. Gleichberechtigung hin oder her, Bügeln war Frauensache, und Melanie konnte sich ruhig auch mal hinstellen. Der Gerechtigkeit halber mußte er allerdings zugeben, daß das Mädchen schon den ganzen Vormittag Fenster putzte, und bei dieser Tätigkeit wollte er sie nun doch nicht ablösen. Hier im Bügelzimmer konnten ihn wenigstens die Nachbarn nicht sehen.

In seinen Gemüsegarten mußte er auch noch. Der hatte sich in eine blühende Unkrautplantage verwandelt, auf der außer Hederich nichts mehr so richtig wachsen wollte. Als Florian mit der ersten selbstgeernteten Mohrrübe in die Küche gekommen war, hatte Tinchen nur mitleidig gesagt: »Sieht ein bißchen mickrig aus im Vergleich zu den Prachtexemplaren auf der Samentüte.«

»Die gelten ja auch nicht«, hatte er seinen mageren Stengel verteidigt, »die Fotos sind doch alle gestellt. Mit Profigemüse!«

Trotzdem mußte er zugeben, daß seine hochgespannten Erwartungen nicht im geringsten erfüllt wurden. Das alte Gartenbaugesetz hatte sich wieder einmal bewahrheitet: Was man am wenigsten braucht, wächst einem am reichlichsten zu. Er holte Spaten und Hacke. Erst mal das Unkraut entfernen und dann die ganzen Beete einfach umgraben. Vielleicht konnte er beim Gärtner noch ein paar Fleißige Lieschen oder andere pflegeleichte Pflanzen auftreiben, damit nicht alles so kahl aussah. Der Krach mit Gisela ließ sich ohnehin nicht vermeiden, die würde im Dreieck springen, wenn sie den verschandelten Rasen sah. Überhaupt der Rasen! Eine Wiese war daraus geworden, die außerdem noch dringend gemäht werden mußte. Und vorn bei der Terrasse, wo Karsten die glühenden Grillkohlen einfach auf den Boden gekippt hatte, mußten neue Grassoden hin. Diese verbrannte Fläche sah scheußlich aus. Wie sollte er das bloß alles schaffen? Wo steckte überhaupt Rüdiger? Der hatte doch versprochen...

Florian trabte in die Küche. Tinchen schnippelte Bohnen und hielt ihm gleich das Messer entgegen. »Das kannst du auch. Ich muß Wäsche aufhängen, die Maschine ist längst fertig.«

»Wer? Ich? Keine Zeit. Ich will bloß wissen, wo Rüdiger ist. Er soll den Rasen schneiden.«

»Das macht er nachher, wenn er vom Tennisplatz kommt, hat er gesagt. Vorhin war es ihm zu heiß.«

Er wollte wieder zur Küche hinaus, besann sich aber eines Besseren.

»Nun gib die Wäsche schon her, ich mach' das für dich. Warum gibt es in diesem Haus eigentlich keinen Trockner? Elektrische Zahnbürsten haben sie, aber die notwendigsten Dinge fehlen.«

»Es ist ja einer da, aber der wird nur im Winter benutzt. Martha findet luftgetrocknete Wäsche schöner. Und nimm genügend Klammern mit! Das letzte Mal habe ich deine Unterhosen von den Stachelbeeren gepflückt.«

Florian räumte die Maschine aus, sortierte T-Shirts,

Waschlappen und Hemden auseinander, wie er es von seiner Frau gelernt hatte, packte obenauf die Strümpfe, stutzte, zählte und hatte wieder mal einen zuwenig. »Kann man nicht endlich eine Waschmaschine erfinden, aus der immer eine gerade Zahl von Socken herauskommt?«

Als er das letzte Handtuch festklammerte, schlenderte Rüdiger auf die Terrasse. »Du machst das schon richtig professionell, Florian, aus dir kann noch was werden.«

»Jetzt wird erst einmal etwas aus dir, mein Sohn, und zwar ein kleiner häßlicher Zwerg – nur so groß!« Florian deutete die ungefähre Größe einer Streichholzschachtel an und kam mit Riesenschritten auf seinen Neffen zu. Fünf Minuten lang standpaukte er auf ihn hinunter, dann ging ihm die Luft aus.

»Auch wer sich vor Leistung drückt, steht unter Leistungsdruck«, war alles, was Rüdiger darauf zu sagen hatte. »Nur keine Hektik, ich schneide ja den verdammten Rasen heute noch, obwohl ich das für verschwendete Energie halte. Bis die Regierung einreitet, steht er wieder genauso hoch. Langes Gras müßte mal ebenso in Mode kommen wie lange Haare.« Er nahm seinen Schläger vom Tisch und ging ins Haus. An der Tür drehte er sich noch einmal um.

»Was ich noch sagen wollte – hast du schon in den Vorgarten gesehen?«

»Nein. Warum? Ist der Maulwurf wieder aktiv?«

»Nee, aber da liegt eine ganze Fuhre wiederaufbereitete Vegetation.«

»*Was* liegt da?«

»Kuhmist! Den kriegen wir jedes Jahr. Immer dann, wenn die Erdbeeren abgeerntet sind.«

Bis in den Abend hinein karrte Florian eine Schubkarre nach der anderen voll Mist in den Garten und verteilte ihn zwischen den Stauden, obwohl sein Instinkt ihm sagte, daß mit diesem leicht vor sich hindampfenden Dünger vorher wahrscheinlich noch etwas geschehen müßte. Vielleicht mußte man ihn erst auslüften oder mit Laub vermengen. Er erinnerte sich, etwas Derartiges mal gelesen zu haben, aber bis die ersten Blätter von den Bäumen fielen, würde es noch eine Weile dauern. Rüdiger hatte wie immer keine Meinung, und Tinchen brauchte er erst gar nicht zu fragen. Also rollte er weiter seine Mistladungen und beneidete seinen Neffen, der mit dem Rasenmäher gemächlich seine Bahnen zog und jedesmal einen Bogen schlug, sobald er in Florians Nähe kam. »Du riechst so komisch.«

Das allerdings ließ sich nicht abstreiten. Um es ganz genau zu sagen: Er stank aus allen Poren. Wie bei einem Aussätzigen spritzte Frau Künzel zur Seite, als er endlich nach der letzten Fuhre ins Haus und auf kürzestem Weg ins Bad lief.

Das war besetzt. Mit aufgerollten Ärmeln, Gummischürze vor dem Bauch, stand Tinchen neben der Wanne und schrubbte Julia mit der Wurzelbürste ab. Auf dem Toilettendeckel saß Tobias und heulte. Er hatte die Prozedur schon hinter sich und war krebsrot. Im ganzen Raum roch es nach Mylènes Badesalz.

»Ihr alten Ferkel! So mistig habt ihr nicht mal ausgesehen, als wir die Überschwemmung hatten. Was habt ihr euch eigentlich dabei gedacht? Und so ein kleines Dreckschwein soll nächsten Monat in die Schule kommen! Die lassen dich ja gar nicht rein! Seid ihr denn total verrückt geworden?«

»Auf'm Hof ha-haben wir au-auch immer beim M-misthaufen gespielt u-und da hat keiner gesch-schimpft«, schluchzte Julia.

»Ja, sogar alte Hosen hat uns die Frau Reitmeier gegeben und Holzpantinen«, trumpfte Tobias auf. »Die hat uns überhaupt nie was verboten.«

Tinchen holte neues Shampoo. »Aua, das brennt!«

»Das kann gar nicht brennen. Steht jedenfalls drauf.« Weil sie durch die Dampfschwaden nichts erkennen konnte, ging sie zum Fenster und vergewisserte sich, daß sie die Flasche mit dem Kindershampoo in der Hand hatte. Es war die mit dem flüssigen Scheuermittel. »Na, wenn schon, dann wirst du hoffentlich auch gleich so porentief reinen, strahlenden Glanz verbreiten!«

Geräuschlos schloß Florian die Tür. Er hatte keine Lust, ausgerechnet jetzt Tinchen vor die Augen zu treten. Sie bekam es glatt fertig und steckte ihn mit in die Wanne. Also mußte er das Bad von den Jungs benutzen. Da gab es zwar nur die Dusche, und irgendwie hatte er das Gefühl, ein Vollbad wäre in seinem gegenwärtigen Zustand wirkungsvoller, aber das konnte er immer noch nachholen. Hauptsache, er bekam endlich diesen penetranten Geruch aus der Nase.

Im Duschbecken saß Klausdieter. Eine Wäscheleine, die an sein Halsband geknotet und um die Armaturen gewickelt war, machte jeden Fluchtversuch aussichtslos. Vollgeschäumt mit Hundeseife hockte er kläglich winselnd in der äußersten Ecke, immer bemüht, diesem gräßlichen Schwamm zu entkommen, mit dem Melanie ihn bearbeitete. Er verstand die Welt nicht mehr. Wie konnte man einen kleinen Hund, der Wasser nur in seinem Trinknapf akzeptierte, von dem schönen Spielplatz wegholen und unter diese ekelhafte Dusche stellen? Anfangs hatte er gar nicht glauben wollen, daß Herrchen extra für ihn den Misthaufen hatte anfahren lassen, aber es mußte wohl so sein. Im Vorgarten hatte noch nie einer gelegen. Und dann war Frauchen gekommen, hatte geschrien, und dann hatte ihn Melanie mit Gummihandschuhen aus der Jauche gezogen.

»Kannst du das Vieh nicht auf der Terrasse baden? Oder soll ich mich vielleicht in der Kloschüssel waschen?«

»Du riechst, als hättest du es bereits getan«, sagte Melanie und drehte die Brause auf. Das war zu viel für Klausdieter. Mit einem mächtigen Satz sprang er hoch, die Leine löste sich, und lauthals kläffend tobte er durch die geöffnete Tür, den Flur entlang und die Treppe hinunter. Florian hinterher. Die Jagd ging durchs Wohnzimmer, über die Terrasse, durch den Garten auf die Straße, durch den nächsten Garten – es war der von Kaiserlings und kostete sie zwei abgebrochene Dahlien –, durch die Hecke und endete endlich vor einem Koffer, der eben noch nicht dort gestanden hatte.

»Was ist denn hier los?« Clemens setzte seine Reisetasche ab und streckte zur Begrüßung die Hand aus.

»Gar nichts«, keuchte Florian, während er mit beiden Händen Klausdieter festhielt. »Mir ist nur der Hund abgehauen mit dem ganzen Schaum, das kam wegen dem Misthaufen und weil ich nicht im Klo baden wollte, verstehst du?«

»Logo, ist ja sonnenklar.« Mit besorgter Miene sah Clemens auf seinen Onkel herunter. »Ich glaube, es war höchste Zeit, daß ich wieder nach Hause gekommen bin.«

»Endlich mal wieder so ein richtig schönes Wochenende ohne Besucher, ohne Ausflüge und vor allem ohne vitaminreiche Mahlzeiten, die auch noch auf die Minute pünktlich serviert werden sollen. Morgen kochste mal was ganz Ordinäres, ja, Tinchen? Eisbein mit Sauerkraut oder einen Schweinebraten so mit Schwarte außenrum. Nachmittags trinken wir gemütlich Kaffee und essen Sahnetorte, und abends legen wir die Beine hoch und sehen fern.«

»Du wirst alt, Florian«, bemerkte seine Nichte. »Wie kann man sich bloß auf einen langweiligen Sonntag freuen?«

Nach dem Abendessen hatte sich die Familie bis auf die beiden Kleinen, die schon im Bett lagen, im Wohnzimmer versammelt und ging mehr oder weniger nützlichen Beschäftigungen nach. Melanie strickte. Das war zur Zeit »in« und hatte in der Schule bereits zu lebhaften Kontroversen zwischen Schülern und Lehrkörper geführt.

»Während der da vorne über Entwicklungsländer sülzt, können wir doch stricken! Was macht das schon? Täglich kriegen wir von den Paukern zu hören, daß wir nichts leisten. Das stimmt ja gar nicht. Im letzten Schuljahr haben wir insgesamt neun Pullover gestrickt, sieben Schals, vier Mützen, acht Paar Handschuhe und zwei Pullunder.«

Clemens stocherte im Kamin herum. Gegen Abend war es empfindlich kühl geworden, deshalb hatte er die Heizungssaison eröffnet und das erste Feuer im Kamin entzündet. Vorläufig tat sich allerdings gar nichts. Das Holz qualmte nur, statt der züngelnden Flammen sah man Rauchschwaden durchs Zimmer ziehen. Tinchen türmte. Auch Florian hustete. »Leute mit einem offenen Kamin behaupten immer, nichts ließe sich vergleichen mit dem ersten knisternden Feuer im Herbst. Sie haben recht.«

»Stimmt. Beim zweiten Mal, wenn sie endlich den Schieber geöffnet haben, ist es viel langweiliger.« Mit zwei Handgriffen hatte Urban die Lüftungsklappe betätigt, und bald hörte man das vorschriftsmäßige Prasseln der Flammen.

»Schön«, sagte Florian.

»Sehr schön«, sagte auch Tinchen, die mit einem Teetablett zurückkam, »wann kann man schon in Ruhe zusehen, wie sich Geldscheine in Rauch auflösen? Hundertvierzig Mark pro Festmeter Holz!« Suchend sah sie sich um. »Könnt ihr nicht mal ein bißchen Platz machen, oder wollt ihr die Tassen auf den Knien balancieren? Urban, mußt du deine Werkstatt ausgerechnet hier aufschlagen?«

»Wenn Marthchen am Dienstag zurückkommt und ihre Glotze ist immer noch kaputt, kehrt sie wieder um. Sie sollte sich wirklich mal eine neue anschaffen. Ich weiß nicht, wie oft ich diesen uralten Kasten schon repariert habe. Diesmal ist der Schalter für die Programmwahl hinüber.« Er schob die herumliegenden Schraubenzieher zusammen. »Stell das Tablett da hin. Aber gieß mir noch keinen Tee ein, ich muß noch mal runter in die Garage.«

»Ich will auch keinen. Gleich werde ich abgeholt.« Melanie sah auf die Uhr und packte ihr Strickzeug zusammen. »Ihr braucht nicht auf mich zu warten, es wird bestimmt spät werden.«

»Aber nicht später als halb zwölf«, forderte Florian. »Wer ist denn heute der Glückliche?«

»Du kennst ihn nicht. Er heißt Uwe.«

»Ist das etwa dieser abgedrehte Macker aus der Dreizehnten?«

Rüdiger nahm die Beine vom Couchtisch und stand langsam auf. »Wie kann man bloß mit der größten Flasche der westlichen Hemisphäre herumziehen? Florian, das mußt du verbieten!«

»Von wegen Flasche!« fauchte seine Schwester. »Der hat in seinem kleinen Finger mehr Grips als du in deinem ganzen aufgeblasenen Holzkopf!«

»Ja, ich weiß, Verstand ist sein größter Reichtum, aber Armut schändet ja nicht.« In voller Länge baute er sich vor Florian auf und verlangte nachdrücklich: »Laß sie nicht aus dem Haus! Dieser Scheich hat ein supergeiles Gerät, bloß fahren kann er nicht. Zweimal haben ihn die Bullen schon gekrallt wegen überhöhter Geschwindigkeit. Der gurkt wie eine gesengte Sau durch die Straßen.«

»Jetzt nicht mehr«, sagte Melanie. »Wenn er noch mal erwischt wird, ist er nämlich den Führerschein los.« Sie drückte Tinchen einen Kuß auf die Wange. »Tschüs, ich gehe jetzt.«

»Paß auf, wenn er fährt!«

»Paß lieber auf, wenn er parkt!« empfahl Florian. Er schickte seiner Nichte einen augenzwinkernden Blick hinterher. Zu ihr hatte er Vertrauen und wußte, sie würde es nicht mißbrauchen. Erst kürzlich hatte sie ihm versichert: »Von ethischen Begründungen halte ich nicht viel, aber für mich ist das beste orale Verhütungsmittel immer noch ›nein‹!« Dabei war sie fast siebzehn und damit in einem Alter, wo mehr als die Hälfte der jungen Mädchen die Bezeichnung Jungfrau bestenfalls als Sternzeichen für sich in Anspruch nehmen konnten. Beruhigt zündete er sich eine Zigarette an und griff wieder zu seiner Zeitung.

»Das ist jetzt schon die vierte innerhalb einer Stunde«, sagte Tinchen vorwurfsvoll.

»Stricken ist für Melanie dasselbe wie Rauchen für mich. Es entspannt.«

»Meinst du? Wenn sie aber mal eine Masche fallen läßt, gibt es nicht gleich ein Loch im Teppich.«

Aus Rüdigers Ecke kam ein herzhaftes Gähnen. »Mann, ist das vielleicht ein ätzender Abend. Ein Glück, daß die Schule bald wieder anfängt. Da ist wenigstens vormittags Action. Ich sehe mir jetzt den Krimi im Zweiten an. Kommst du mit, Clemens?«

»Kaugummi für die Augen? Nee, danke. Ich geh' poofen. Hab' Andrea versprochen, sie morgen früh zu ihrer neurotischen Tante nach Sindelfingen zu fahren. Die liegt mal wieder im Sterben. Gute Nacht allerseits.«

Auch Urban räumte sein Werkzeug zusammen. Er wollte in die Spätvorstellung vom Roxy und hinterher vielleicht noch in die Disco.

»Komm mal her, Tinchen, damit ich dir meine geniale Konstruktion erklären kann. Wenn Marthchen kommt, bin ich doch nicht da, also mußt du ihr dieses Provisorium verklickern.« Er schaltete den Apparat ein. »Das ist der Schalter von unserem alten Herd, was anderes habe ich nicht gefunden. Unterhitze ist das erste Programm, Oberhitze das zweite und Grillen das dritte. Probier mal!«

Tinchen probierte und war beeindruckt. »Das funktioniert ja!«

»Was hast du denn gedacht?«

Florian war hinausgegangen und kehrte mit seinem Weckerradio zurück.

»Das Ding streikt auch, und wo du doch gerade dabei bist...«

»Ich sehe es mir morgen mal an, ja? Für Radios bin ich Spezialist.« Er nahm Florian das Gerät aus der Hand und stellte es auf den Tisch. »Halb drei. Elektrische Uhren haben selbst dann noch ihr Gutes, wenn sie nicht mehr gehen. Man sieht wenigstens, wann sie stehengeblieben sind.«

»Möchtest du noch eine Tasse Tee?« fragte Tinchen, nachdem Urban unter Hinterlassung seiner gesamten Utensilien das Feld geräumt hatte.

Keine Antwort. Florian las Zeitung.

»Ob du noch Tee willst, habe ich gefragt.«

»Nein.«

»Dann eben nicht.« Sie stand auf, holte ein paar Zeitschriften vom Couchtisch, blätterte in der ersten herum, klappte sie wieder zusammen. »Da steht auch nichts Vernünftiges drin. Erst zwanzig Seiten Kochrezepte und danach zwanzig Seiten Abmagerungstips.« Sie griff nach der nächsten. Plötzlich wurde sie aufmerksam. »Hör mal zu! Hier steht, daß in manchen Gegenden Indiens die Männer ihre Frauen erst nach der Hochzeit kennenlernen. Glaubst du das?«

»Wie kommen die denn gerade auf Indien?«

»Florian, du bist gemein!« Sie ging zu ihm hinüber, nahm

ihm die Zeitung aus der Hand und kuschelte sich in seinen Sessel. »Kommt dir eigentlich nicht in den Sinn, daß das Leben außer dem, was in der Welt vorgeht, auch noch etwas anderes zu bieten hat?«

Einen Augenblick lang sah er sie nachdenklich an. »Doch«, meinte er dann entschieden, »ich könnte jetzt noch ein schönes saftiges Schinkenbrot essen.«

»Die kürzeste Verbindung zwischen zwei Punkten ist die zwischen Ferienanfang und Ferienende«, behauptete Melanie, als sie am ersten Tag des neuen Schuljahres den Staub von der Mappe bürstete. »Und nun auch noch elfte Klasse, in der wir den ganzen Mist der vergangenen sechs Jahre wiederkäuen. Ist doch absoluter Schwachsinn!«

»Den Rest kriegst du auch noch herum«, tröstete Florian, »denn nicht für die Schule lernen wir . . .«

». . . sondern für die Katz'. Spar dir doch diese abgedroschenen Weisheiten! Was ich später mal werden will, weiß ich noch nicht, aber bestimmt nichts mit Mathe und Physik. Und wie sieht diese blöde reformierte Oberstufe aus? Mathe kannste nicht mehr abwählen, und Physik ist jetzt Hauptfach. Da weiß ich doch heute schon, daß ich einfahre.«

Tobias hatte einen Vorschlag: »Du kannst doch Pfarrersfrau werden. Da mußt du bloß einen Tag in der Woche arbeiten, und am Sonntagmorgen gibt es sowieso nichts im Fernsehen.«

Das ausbrechende Gelächter dämpfte Florian mit der Überlegung, daß Geistliche es heutzutage viel schwerer hätten als in früheren Jahren. Sie müßten nach wie vor die Sünde bekämpfen, wüßten aber oft nicht mehr, was überhaupt noch darunter fällt.

»Jetzt macht endlich, daß ihr rauskommt!« Wahllos

stopfte Tinchen Butterbrotpakete in die Schultaschen, verteilte Kleingeld für die Pausenmilch, zog den Reißverschluß an Tobias' Anorak zu und erinnerte Rüdiger an seinen Termin beim Augenarzt. Dann schob sie die ganze Meute zur Tür hinaus. »Bin ich froh, daß wieder ein normales Leben anfängt!«

Vor einer Woche hatte Martha das Regiment in der Küche übernommen. Frau Künzel brauchte nur noch vormittags zu kommen, und sogar Oma Gant war zurückgekehrt. Vorzeitig. Nach einem Monat hatte sie die Kur eigenmächtig abgebrochen, »weil da wäre ich sonst verhungert«. Der Arzt hatte sie auf Diät gesetzt und ihr darüber hinaus Appetitzügler verordnet. »Erst hab' ich die Pillen ja jenommen, aber denn hatte ich überhaupt nie nich mehr Hunger und denn hab' ich se ins Klo jeworfen. Nu hatte ich wieder Appetit, aber nischt zu essen. Und bei so was soll man nu jesund werden.«

Jetzt hätte sich Florian ungestört der Renovierung des Gartens widmen können, er hatte nur keine Lust dazu. »Ich weiß endlich, wie man die vier Jahreszeiten zu definieren hat: Umgraben, Säen, Mähen und Zusammenharken«, hatte er gestöhnt und aus der hintersten Ecke des Weinkellers, wo die ganz edlen Tropfen lagerten, eine Flasche mit dem edelsten geholt. Dann hatte er Blumen gekauft, weil die Produkte seiner eigenen Züchtung dem Auge des Fachmannes nicht standgehalten hätten, und war zu Kreuze gekrochen. Frau Luise Biermann hatte Nelken sowie Handkuß schweigend entgegengenommen und ebenso schweigend die Tür zum Wohnzimmer geöffnet, wo Herr Biermann im Unterhemd am Tisch saß und Briefmarken sortierte.

»Guten Tag, Herr Biermann«, sagte Florian, während er die Flasche aus dem Osterpapier wickelte, »ich habe mir gedacht, daß wir die Pulle hier gemeinsam austrinken und uns dabei wie vernünftige Menschen unterhalten. Ich gebe ja zu, daß ich...«

»Wein trinke ich nie. Nur Bier und Klaren.«

Damit hatte Florian nicht gerechnet. Diese strikte Ablehnung brachte sein ganzes Konzept durcheinander. Er hatte vorgehabt, Herrn Biermann so nach und nach den Inhalt der Flasche einzutrichtern, sich selbst, wenn auch schweren Herzens, mit nur einem einzigen Glas zu begnügen und abzuwarten, wann sich der Alkohol auf Herrn Biermanns Versöhnungsbereitschaft auswirken würde. Zur Sicherheit hatte er eine zweite Flasche, allerdings etwas minderer Qualität, im Wagen.

Herr Biermann zeigte sich wenig kooperativ. »Jetzt geht Ihnen wohl der Arsch auf Grundeis?«

Und wie! dachte Florian, spielte den Ahnungslosen, fragte höflich: »Ich verstehe nicht, was Sie meinen.«

»Tun Sie doch nicht so! Sie verstehen ganz genau! Zählen habe ich schon immer gekonnt, und die sechs Monate, wo die Frau Professor abwesend ist, sind bald rum. Nun stehn Sie auf'm Schlauch! Abends bin ich ja manchmal durch die Händelstraße gegangen und habe mir angesehen, was Sie aus dem gepflegten Garten gemacht haben. Um das so hinzukriegen, muß schon ein Volltrottel kommen.«

Florian schluckte auch den Volltrottel, glaubte er doch, aus dem herablassenden Ton eine gewisse Befriedigung herauszuhören. Da siehst du nun, was du angestellt hast, ohne mich geht es eben nicht! Er war sogar bereit, die aufkommende Schadenfreude des Herrn Biermann zu unterstützen – notfalls aus eigener Tasche – und ihm in seiner berechtigten Überheblichkeit zuzustimmen. »Ich gebe ja zu, daß ich alles falsch gemacht habe. Wenn man von einer Sache keine Ahnung hat, soll man sie bleibenlassen, aber es ist nun mal passiert, und jetzt kann nur noch eine Kapazität auf dem Gebiet der Gartenbaukunst helfen. Deshalb bin ich ja gekommen. Ich wollte Sie bitten, wieder Ordnung zu schaffen. Ihren Stundenlohn erhöhe ich auch.« Den konnte Gisela später ja wieder rückgängig machen.

Die Kapazität hob Herrn Biermanns Selbstbewußtsein, und die in Aussicht gestellte Lohnerhöhung ließ ihn innerlich frohlocken. Der fehlende Zuschuß vom Herrn Professor hatte sich im Biermannschen Budget schon bemerkbar gemacht. Außerdem langweilte sich Herr Biermann entsetzlich. Seit er pensioniert war, hatten sogar die Samstage jeglichen Reiz für ihn verloren. Mit seiner Frau hatte er täglich Krach, weil er ihr im Weg herumstand und Zigarrenasche verstreute. Manchmal hatte er sogar schon überlegt, ob er nicht einmal rein zufällig mit dem jetzigen Herrn Bender zusammentreffen sollte; der fuhr ja immer seinen Sohn zur Schule. Dann hatte er es aber doch nicht getan. Man hatte ja seinen Stolz. Den wollte er allerdings noch ein bißchen auskosten, und deshalb wiegte er zögernd seinen Kahlkopf hin und her, murmelte etwas von »selbst genug zu tun« und »gar nicht allein zu schaffen«, aber als Florian ihm versicherte, daß er selbstverständlich nach besten Kräften helfen und sich ganz genau an Herrn Biermanns Anweisungen halten werde, stand der auf und reichte seinem neuen alten Brötchengeber die Hand. »Ich mach's aber nur aus Anhänglichkeit und nicht wegen Ihnen.«

»So viel Zuneigung habe ich auch gar nicht erwartet.« Gleich darauf bereute er diese Worte, denn Herrn Biermanns Gesicht hatte sich von einem Moment zum anderen verfinstert. Er war sich nicht ganz klar, ob sich dahinter nicht schon wieder eine neue Unverschämtheit versteckte. Schnell ergriff Florian die ausgestreckte Hand und schüttelte sie kräftig. »Dann sehen wir uns also morgen im Garten, ja?«

»Jawoll«, sagte Herr Biermann, »pünktlich um acht.«

Als Florian mit den Worten: »Wenn Sie doch keinen trinken, nehme ich den Wein am besten wieder mit« die Flasche retten wollte, wehrte Herr Biermann ab. »Die lassen Sie man da. Wenn mein Bruder kommt, wird sie alle. Der trinkt nämlich gerne Wein.«

Das hieß nun wirklich Perlen vor die Säue werfen! Ewald Biermann war Totengräber und stadtbekannter Säufer. Die Fama berichtete, er habe im Vollrausch schon mal eine ganze Flasche Haarwasser geleert und danach drei Tage auf der Intensivstation gelegen.

Die Hochstimmung, mit der Florian sich an den Mittagstisch setzte, verflog, sobald er die bedrückten Mienen von Melanie und Rüdiger sah. Nur Tobias strahlte. »Ich war heute bei den Erstkläßlern Schülerlotsenvertreter.«

»Das ist aber eine sehr verantwortungsvolle Aufgabe«, sagte Tinchen stolz. »Hast du auch alles richtig gemacht?«

»Ich glaube schon. Wir hatten keinen Todesfall.«

Florian holte Bier aus dem Kühlschrank. Bevor er sich wieder setzte, gab er Rüdiger einen Nasenstüber. »Was hat euch eigentlich die Petersilie verhagelt? Seid ihr nachträglich rückversetzt worden?«

»Schön wär's ja!« Melanie seufzte in ihre Suppe. »Dann hätten wir jetzt nicht den ganzen Ausschuß gekriegt. Ich hab' schon überlegt, ob ich nicht die Schule wechseln soll.«

»Warum denn?«

»Nahezu alle Pfeifen, die dank ihres unkündbaren Beamtenstatus immer noch unser Gymnasium bevölkern, haben sie in die elften und zwölften Klassen gesteckt. In der freien Wirtschaft wären die wegen erwiesener Unfähigkeit längst rausgeflogen.«

»Wie viele Lehrer habt ihr denn insgesamt?«

»Weiß ich nicht so genau, etwa zwischen fünfzig und sechzig.«

»Na, dann ist das doch kein Wunder. Bei so einem großen Kollegium gibt es immer mal welche, die nichts taugen, aber die verlieren sich doch in der Menge.«

»Denkste. Bei uns massieren sie sich.«

»Ein paar Flaschen kann jede Schule vertragen«, bemerkte Rüdiger, »aber ein ganzer Kasten voll ist zuviel!« Er schob seinen Stuhl zurück und stand auf. »Entschuldigt, aber ich muß weg. Den Termin beim Augenarzt habe ich umgepolt. Er nimmt mich früher dran, weil ich hinterher noch zur Probe muß. Mal sehen, ob ich mit der neuen Minibrille überhaupt Noten lesen kann.«

»An Kontaktlinsen muß man sich erst gewöhnen«, warnte Florian, trank sein Bier aus und erhob sich ebenfalls. »Bevor Herr Biermann morgen seinen Inspektionsgang macht, werde ich noch schnell hinten am Zaun die Brennesselkulturen roden. Und Tobias soll Herrn Schmitt unter den Kirschbaum setzen, da sprießt der meiste Löwenzahn. Aber anbinden! Sonst türmt er wieder zu Kaiserlings Wirsingkohl und kriegt Blähungen.«

Die letzten Tage in Bruder Fabians komfortabler Behausung hatte Florian sich eigentlich anders vorgestellt. Er hatte sie genießen wollen, hatte sich ausgemalt, wie er in der Sonne liegen und aus handgeschliffenen Kristallgläsern Chablis trinken, während sein Blick über den sich langsam wieder regenerierenden Garten schweifen würde. Zu Hause in Düsseldorf gab es bloß einfache Gläser aus einem Sonderangebot von Karstadt, und sein schweifender Blick vom Balkon hinunter würde nur einen Steinwurf weiter am Küchenfenster von Familie Kröpke enden. So ein Eigenheim war schon eine feine Sache! Vor drei Jahren war er schon einmal drauf und dran gewesen, in Monheim ein altes Bauernhaus zu kaufen und umzubauen. Sein Schwiegervater hatte ihm bei der Finanzierung helfen wollen, jedoch nach Besichtigung des fraglichen Objekts wieder einen Rückzieher gemacht.

»Sicherlich macht es mehr Spaß, ein altes Haus nach eigenen Vorstellungen zu renovieren als ein neues zu bauen, und die Kosten sind kaum doppelt so hoch, aber bei dem hier dürften sie sich verdreifachen.« Damit war das Projekt erst einmal gestorben. Im Augenblick hatte Florian auch keine Lust, es wieder aufzugreifen. Zu jedem Eigenheim gehörte ein Garten, und den hatte er jetzt gründlich hassen gelernt.

Fünf Minuten vor acht hatte Herr Biermann an der Haustür geläutet und ihm erklärt, er werde erst einmal eine genaue Besichtigung vornehmen und dann einen Arbeitsplan erstellen. Florian könne inzwischen die Geräte holen. Und dann ging es los! Alles das, was Florian als wildwachsende Blumen angesehen hatte, bezeichnete Herr Biermann als Unkraut und forderte dessen Ausrottung. Darunter fiel natürlich auch der sogenannte Gemüsegarten. Lediglich ein paar Petersilienstengel und den Schnittlauchbusch konnte er retten und mit Herrn Biermanns Erlaubnis hinten zwischen die Sträucher setzen, wo sie mangels ausreichender Feuchtigkeit auch sofort eingingen.

Diese Rodungsarbeiten dauerten zwei Tage. Nur mit Mühe konnte sich Florian anderthalb Stunden Urlaub erkämpfen, um an der feierlichen Einschulung seiner Tochter teilzunehmen. Lange hatten er und Tinchen überlegt, ob es sich noch lohne, Julia in die hiesige Schule zu schicken, wenn ihr doch in vierzehn Tagen schon wieder ein Wechsel bevorstehe. Die Entscheidung hatte Julia selbst getroffen.

»Ich will auch eine Schultüte haben und angesungen werden und das Märchen sehen und neben Katrin sitzen, sonst will ich überhaupt nie in die Schule.«

»Du bist schön blöd«, hatte ihr Bruder gesagt, »ich wäre froh, wenn ich noch zwei Wochen lang Ferien hätte.«

Julia war aber nicht froh, sie war schon während der Ostertage mit ihrem neuen Ranzen tagelang durchs Haus gelaufen und wollte ihn jetzt endlich auch auf der Straße tragen.

Der anschließende Besuch beim Italiener, wo Julia und ihre Mutter einen großen Eisbecher bekamen, Florian in Erwartung des Kommenden einen doppelten Grappa trank, verlängerte die Pause um eine weitere halbe Stunde, aber dann ging es zurück zur Fronarbeit. Herr Biermann wartete schon. »Jetzt holen Sie erst mal den ganzen Mist wieder aus den Erdbeeren und bringen ihn hinten zum Komposthaufen. Zuerst müssen die Ableger weg von den Pflanzen, und dann müssen Sie sie durchhacken!«

»Wer? Ich? Was machen Sie eigentlich?«

»Die Büsche beschneiden.«

»Ich denke, das macht man im Herbst?«

»Na, und was haben wir jetzt?«

»September.«

»Eben«, sagte Herr Biermann und holte eine neue Flasche Bier aus dem mit kaltem Wasser gefüllten Eimer. »Ich geh' jetzt mal rüber zu den Forsythien.« Dort war er dann für den Rest des Nachmittags beschäftigt. Die abgeschnittenen Zweige ließ er liegen.

Als er am Abend seine Blasen zentimeterdick mit Salbe einschmierte, zog Florian Bilanz. »Jetzt weiß ich endlich, was ein wahrer Gärtner ist! Er zieht sich alte

Kleider an, setzt einen Strohhut auf, hat in der einen Hand eine Heckenschere, in der anderen eine Bierflasche und sagt seinem Helfer, wo er graben soll. Und dafür kriegt er auch noch Geld.«

Immerhin mußte Florian zugeben, daß der Garten langsam wieder diese Bezeichnung verdiente. Und zwei Tage vor dem Eintreffen der Amerikareisenden stellte Herr Biermann nach einem letzten Rundgang fest: »Mehr war in der kurzen Zeit nicht zu schaffen, aber nun sieht es schon ganz ordentlich aus.« Dann ließ er sich sogar zu einem Lob herab. »Ich weiß überhaupt nicht, warum das alles so verkommen war, so untalentiert sind Sie doch gar nicht.« Bevor er ging, ermahnte er seinen Hilfsgärtner noch: »Übermorgen früh müssen Sie noch mal den Rasen mähen, und dann harken Sie auch gleich die Wege rundherum durch. Ich komme ja erst nächste Woche wieder, wenn die Frau Professor da ist.« Sprach's, kassierte seinen Wochenlohn und schritt von dannen.

Dank seiner permanenten Beschäftigung außerhalb des Hauses war Florian entgangen, was sich innerhalb desselben abspielte. Martha hatte Großreinemachen befohlen, obwohl das nach Tinchens Ansicht nun wirklich nicht nötig war und sie viel lieber mit dem Kofferpacken angefangen hätte, aber die Gardinen mußten abgenommen werden wegen des vielen Nikotins, das sich darin festgesetzt hatte – im Hause Bender wurde normalerweise kaum geraucht –, und daß bei dieser Gelegenheit auch die Schränke oben abgewischt und poliert wurden, verstand sich von selbst. Also turnte Tinchen die Leiter rauf und runter, wischte oben, Frau Künzel wischte unten, Martha begutachtete, fand immer noch etwas, das Frau Doktors Mißbilligung hervorrufen könnte, und als sie am letzten Tag das Mittagessen auf den Tisch stellte, fiel ihr vor lauter Nervosität die Kartoffelschüssel herunter. Sie bekam einen Weinkrampf und lief in ihr Zimmer. Florian hinterher.

»Martha, du spinnst!« Er drückte sie in den Sessel, sah sich nach etwas Stärkendem um, fand aber nur Oma Gants Pfefferminzlikör und goß ein viertel Wasserglas voll ein. »So, jetzt trinkst du das runter, dann legst du dich eine Weile hin, und danach reden wir mal miteinander.«

Sie wollte aber jetzt schon reden. »Ach, Flori, die Zeit mit euch war so schön. Alle sind richtig aufgelebt, die Kinder waren viel mehr zu Hause als früher, sie haben wieder gelacht, sie haben ihre Freunde mitbringen dürfen, sie sind wieder eine Familie geworden – und das alles hört nun auf. Ich habe mir schon überlegt, ob ich nicht doch zu Sophie ziehen soll. Wir haben uns nämlich gut verstanden, das hätte ich gar nicht geglaubt, und wo doch nun der Rüdiger auch bald mit der Schule fertig ist und die Melanie im nächsten Jahr in so ein feines Internat soll, da werde ich hier sowieso nicht mehr gebraucht. Soll sich doch die Frau Doktor eine Haushälterin suchen mit ausgebildeten Manieren, die den Kaffee nicht von der falschen Seite eingießt. Zum Umlernen bin ich zu alt.«

»Du bist nicht alt, Marthchen, bloß Gisela ist eine dumme Gans. Aber die lernt ja auch nichts mehr dazu.« Zärtlich streichelte er über ihre faltigen Wangen. »Ich kann verstehen, wenn du diesen Zirkus hier nicht mehr mitmachen willst, denn anstrengend ist so ein großer Haushalt schon, das weiß ich jetzt selbst am besten, aber du solltest dir deinen Entschluß noch einmal reiflich überlegen. Wenn man wie du ein ganzes Leben lang bei derselben Familie verbracht hat, trennt man sich nicht so leicht. Wenn du erst einmal das Handtuch geworfen hast, kannst du nicht mehr zurück. Laß die Sache langsam angehen. Nimm bald deinen Urlaub, bleibe noch mal ein paar Wochen bei deiner Schwester, und dann wirst du besser beurteilen können, ob dir das auf die Dauer gefällt. Auf die Kinder brauchst du wirklich keine Rücksicht mehr zu nehmen. Sie werden über kurz oder lang ihre eigenen Wege gehen und sich einen Deibel darum scheren, wie du damit fertig wirst.«

»Meinst du?« fragte sie zaghaft.

»Natürlich meine ich das. Kinder sind Leihgaben. Wir dürfen sie großziehen, uns mit ihnen herumärgern, wir dürfen sie lieben und Angst um sie haben, aber wenn wir uns endlich aneinander gewöhnt haben, ziehen sie aus, heiraten und kriegen selber welche. Und das ganze Spiel fängt von vorne an.«

»Wenn man es so sieht, hast du natürlich recht, Flori. Aber wenn ich mir vorstelle, daß ich sie vielleicht nie mehr wiedersehe...« Die Tränen rollten aufs neue.

Er nahm die alte Frau in die Arme und drückte sie an sich. »Darauf würde ich an deiner Stelle nicht hoffen! Sollte Urban wirklich Veterinärmedizin studieren, landet er sowieso an der Uni Hannover, und wie ich ihn kenne, hockt er dir dann mehr auf der Pelle, als dir lieb ist. Und für die anderen ist das doch auch kein Weg aus der Welt. Mich eingeschlossen! Ich rufe dann aber vorher an und bestelle Thüringer Klöße.«

»Um Himmels willen, der Kuchen! Ich muß ja noch den Kuchen backen!« Martha hatte in die Realität zurückgefunden. »Hoffentlich haben wir noch Quark im Haus. Die Frau Doktor ißt doch meine Käsesahnetorte so gerne.«

Kehraus

Um halb sechs klingelte der Wecker. Draußen war es noch dunkel, außerdem war schulfreier Samstag, und normalerweise hätte Tinchen sich in ihrem Bett herumgedreht und noch eine Runde geschlafen. Aber Professors kamen, deshalb hatte man aufzustehen und die letzten Vorbereitungen zum Empfang zu treffen. Sie schüttelte den sanft vor sich hinschnarchenden Florian. »Los, du Murmeltier, raus aus den Federn! Koffer packen, Möbel schleppen, Rasen mähen ... es gibt genug zu tun!«

»Fang schon mal an!« knurrte der so brutal Geweckte, gähnte ausgiebig, sah auf die Uhr und rollte sich wieder ins Deckbett.

»Ich stehe doch nicht mitten in der Nacht auf.«

Als Tinchen aus dem Bad kam, schlief er. Sie holte ein Stück Hundeschokolade, schob es vorsichtig unter sein Kopfkissen und rief Klausdieter. Alles Weitere erledigte der.

Martha war auch schon munter und schnitt Zwiebeln fürs Gulasch. Dabei heulte sie ausgiebig, woran nicht allein die Zwiebeln schuld waren, und weil sie vor lauter Tränen nichts mehr sehen konnte, schnitt sie sich in den Finger. Tinchen leistete Erste Hilfe, doch nachdem das dritte Pflaster durchgeblutet war, weckte sie Clemens. Der war schließlich für so was zuständig.

Der Herr cand. med. rückte mit seinem Köfferchen an, einer erweiterten Ausgabe des handelsüblichen Autoverbandkastens, diagnostizierte eine vermutliche Sehnenverletzung, deren Behandlung sowohl seine derzeitigen Fähigkeiten als auch sein Instrumentarium überstieg, forderte saubere Handtücher für Martha und für sich selbst ein sauberes Hemd. Nebenbei eröffnete er Tinchen, daß er Martha sofort in die chirurgische Ambulanz bringen müsse. In Steinhausen gebe es so etwas nicht, die nächstgelegene Unfallstation sei in Heidelberg, und dorthin werde er die Patientin jetzt fahren.

»Das kann man ambulant machen, aber wahrscheinlich kriegt sie einen Gips, also rechne besser nicht damit, daß sie heute hier mitmischt.« Marthas Proteste beachtete er nicht. »Davon habe ich nun wirklich mehr Ahnung als du, und wenn das nicht sofort behandelt wird, kann der Finger steif bleiben.«

»Aber ich muß doch noch die Torte machen! Gestern konnte ich nicht, weil wir keinen Quark mehr...«

»Dann backe ich eben eine, es muß ja nicht gerade Käsesahne sein«, beruhigte Tinchen das völlig aufgelöste Hausfaktotum.

»Am besten machst du die Biskuitrolle, die kannst du schon recht gut. Und vergiß nicht, die Butter darf nicht zu heiß sein, weil sonst...« Bevor sie weitere Ratschläge loswerden konnte, hatte Clemens sie ins Auto gesetzt und war abgefahren.

Tinchen sah sich in der Küche um. Mit dem Gulasch würde sie fertig werden, das war kein Problem, aber diese verflixte Torte! Ob man nicht besser eine kaufen sollte? Bäcker Schmerlich machte recht ordentliche, und wenn Melanie dazu noch einen Napfkuchen... Überhaupt sollte sie erst einmal die Kinder aus den Betten holen. Die mußten mit zupacken, sonst würde sie das alles bis zur Ankunft des Flugzeugs nie schaffen.

Eine halbe Stunde später saßen sie alle um den Frühstückstisch und teilten die Arbeit auf. Melanie sollte in der Küche helfen, Rüdiger würde einkaufen gehen und auf dem Rückweg den Mercedes durch die Waschanlage schicken, und Florian mußte sich zusammen mit Urban wohl oder übel um die Zimmer kümmern und dafür sorgen, daß sie einer ersten Besichtigung durch die heimkehrende Frau Doktor standhielten.

»Und bring von Schmerlichs eine möglichst dekorative Torte mit!« sagte Tinchen, nachdem sie Rüdiger Einkaufszettel und Geld gegeben hatte. »Marthchen ist nicht mehr zum Backen gekommen.«

»Das läßt du schön bleiben«, widersprach Urban, »*ich* werde das übernehmen.«

»Du??« kam es im Chor zurück.

»Jawoll! Ein Stubenkamerad von mir ist im Zivilleben Konditor. Mit dem und zwei anderen habe ich das Kuchenbüfett zusammengestellt, als die Tochter unseres Kommandeurs ihre Konfirmation gefeiert hat.«

»In der Kaserne?«

»Im Offizierskasino. Das machen die öfter. Ist ja viel billiger. Die Ordonnanzen kosten nichts, Geschirr ist alles da, die Köche werden abkommandiert zum freiwilligen Einsatz und kriegen einen Kasten Bier, nur die Zutaten bezahlt der Gastgeber, und da hat er auch noch seine preiswerten Bezugsquellen.«

»Und du glaubst wirklich, du kannst eine richtige Torte backen?«

So ganz traute Tinchen dem Herrn Gefreiten nicht über den Weg.

»Wenn sie nichts wird, bezahle ich die gekaufte aus eigener Tasche«, versprach Urban und scheuchte die Zweifler aus der Küche.

»Ich brauche nur eine Stunde, aber in dieser Zeit wünsche

ich nicht gestört zu werden. Kreative Tätigkeit erfordert höchste Konzentration.«

Tinchen staunte wirklich, als sie die beiden Obsttorten mit dem künstlerisch gestalteten Eiweißguß sah. »Wie hast du den bloß so gleichmäßig braun gekriegt?«

Er setzte seine Verschwörermiene auf. »Wenn du es nicht weitersagst – mit der Lötlampe!« Jetzt wußte sie wenigstens, weshalb er sich jegliche Hilfe verbeten hatte.

Oben wurde geräumt. Julias Kinderbett verschwand auf den Boden, das übrige Mobiliar kam wieder an seinen ursprünglichen Platz. Im Schlafzimmer zog Tinchen die Betten ab. »Wozu eigentlich? Wir könnten heute nacht noch darin schlafen. Gisela und Fabian benutzen doch sowieso getrennte Zimmer.«

»Vielleicht hat sich ihr Liebesleben wieder eingependelt. Amerika gilt doch nicht umsonst als das Land der unbegrenzten Möglichkeiten. Ist das hier mein Pullover?« Florian packte.

»Nein, der gehört Urban. Und der blaue da im Koffer ist Rüdigers.«

»Wie kommen die bloß alle in meinen Schrank?« Er drehte ein Paar olivgrüne Socken hin und her. »Die sehen mir eigentlich auch nach Bundeswehr aus. Weiß du was? Mach das lieber selber!« Er schloß die Schranktür. »Ich gehe inzwischen Blumen holen.«

»Kannst du nicht welche im Garten pflücken?«

»Um Himmels willen, die hat Herr Biermann alle gezählt.«

Florian überließ das Feld seiner Frau. Langsam reichte ihm das Theater um seine heimkehrende Verwandtschaft. Sechs Monate Abwesenheit, was bedeutete das schon? Das Haus stand ja noch, die Kinder lebten alle, sogar der Garten zeigte sich in beinahe alter Schönheit. Der neu eingesäte

Rasen war auch schon zu sehen – Rasen? Hatte Herr Biermann nicht gesagt, der müsse noch einmal geschnitten werden? Florian sah auf die Uhr. Halb elf. Wenn er gleich anfinge, könnte er um zwölf fertig sein, aber dann hatte die Friefhofsgärtnerei zu. In Steinhausen hielt man sich nicht so genau an die Ladenöffnungszeiten, samstags schon gar nicht. Und warum sollte überhaupt *er* schon wieder dieses verdammte Grünzeug mähen, das konnte auch ein anderer machen. Also begab sich Florian auf die Suche nach jemandem, dem er diese verhaßte Arbeit delegieren konnte.

Kurz darauf erschien Rüdiger grinsend im Schlafzimmer. »Du, Tinchen, dein Alter ist sauer.«

»Das ist er schon den ganzen Tag. Und warum diesmal?«

»Beinahe hätte er mir eine gescherbelt, bloß weil ich *ihm* mal fünf Mark fürs Rasenmähen angeboten habe.«

»Zum Billigtarif arbeitet er auch nicht«, lachte sie. »Komm, mach mal den Koffer zu! Die Kisten hier könntest du schon in die Garage bringen, wir wollen morgen gleich nach dem Frühstück abrauschen.«

»Warum diese Hektik? Die Kartons stören doch keinen. Außerdem habe ich jetzt keine Zeit, ich muß wenigstens meine Bude durchharken, sonst flippt Mutter aus. Die hofft doch, du hättest mir inzwischen Ordnung beigebracht.« Einen Moment druckste er herum, dann ging er auf Tinchen zu und nahm sie in den Arm. »Was ich noch sagen wollte – ihr beide wart ganz große Klasse! Dankeschön!« Als hätte er schon zu viel gesagt, stürzte er aus dem Zimmer.

Draußen knatterte der Rasenmäher. Sie lief zum Fenster. Urban, der liebenswerte, hilfsbereite, immer gutgelaunte Bengel mit dem vorlauten Mundwerk hatte sich mal wieder erbarmt. Er wird mir fehlen, dachte sie. Alle werden mir fehlen. Auch Melanie, die eigentlich erst in den letzten Wochen zutraulich geworden war, manchmal ihr Herz bei Tinchen ausgeschüttet und sie als Freundin und nicht mehr als Störenfried betrachtet hatte. Und Rüdiger natürlich, dieser halbfertige Mann mit dem Kindergemüt. Was hatte er noch gestern zu ihr gesagt? »Ich bin ja so froh, daß du mir zugeredet hast, die scheußliche Brille über Bord zu schmeißen. Jetzt weiß ich auch, warum diese Dinger Kontaktlinsen heißen! Sylvie hat endlich angebissen. Nächste Woche gehe ich mit ihr zu dem Open-air-Konzert nach Mannheim!«

Nach einem letzten Blick auf das makellos aufgeräumte Schlafzimmer schloß Tinchen die Tür. Schluß mit finnischer Birke, ab morgen würden sie wieder in Kiefer furniert schlafen.

Auf der Treppe kam ihr Florian entgegen. Stolz schwenkte er seine Blumen. »Sehen die nicht prächtig aus?«

Das fand Tinchen nun gar nicht. »Weiße Nelken? Wir gehen doch zu keiner Beerdigung.«

»Da bin ich mir nicht so sicher. Außerdem waren sie billig. Ich muß mich daran gewöhnen, daß ab morgen wieder der Rotstift regiert. Die Zeiten des gehobenen Lebensstandards sind vorbei.«

»Tut es dir leid?«

»Ja und nein. Natürlich trinke ich lieber Beaujolais statt Kellergeister, und Steak schmeckt auch besser als Buletten, aber sie werden dir jetzt wenigstens nicht mehr anbrennen«, schmunzelte er. »Kochen hast du wirklich prima gelernt. Andererseits bin ich froh, wieder in einen überschaubaren Haushalt zu kommen und Artikel über Briefmarkensammler zu redigieren statt Hemden zu bügeln. Das blaue habe ich übrigens weggeschmissen. Das Brandloch war doch ein bißchen zu groß.«

Sie gab ihm einen Kuß. »Jetzt fällt mir aber ein Stein vom Herzen. Ich hab' nämlich geglaubt, du würdest dich von diesem ganzen Luxus hier nur schwer trennen.«

»Irrtum! Den größten Luxus nehme ich ja wieder mit. Dich! Und jetzt zieh dich um, in einer halben Stunde müssen wir zum Flugplatz.«

»Ich sehe noch in der Küche nach, ob alles in Ordnung ist.« Da saß Marthchen und hielt anklagend ihre eingegipste Hand in die Höhe. »Richtig operiert haben sie und gesagt, daß ich den Arm schonen soll. In drei Wochen muß ich zum Nachsehen, dann geht es vielleicht mit einer Binde, haben sie gesagt. Bloß was ich bis dahin machen soll, haben sie nicht gesagt.«

»Schonen«, empfahl Tinchen. »Fahr nach Hannover.«

»Das wird der Frau Doktor aber gar nicht recht sein.«

»Es wird der Frau Doktor eben recht sein müssen. Und jetzt gehst du in dein Zimmer und legst dich noch ein bißchen hin. Vor zwei Uhr werden wir kaum zurück sein.«

Brummelnd ließ sich Martha aus der Tür schieben, und im selben Augenblick fiel Tinchen ein, daß noch keine Kartoffeln geschält waren. Sie überlegte gerade, ob Nudeln nicht den gleichen Zweck erfüllen würden, als Florian, frisch gestriegelt und den Duft von Tinchens Arpège verbreitend, die Küche betrat.

»Ein Glück, daß du schon fertig bist. Dann kannst du noch schnell die Kartoffeln schälen.«

»Wer? Ich? Für elf Personen??«

»Ich schicke dir Hilfe.« Sie lief von einem Zimmer zum anderen, fand aber deren Bewohner noch in den verschiedensten Stadien des Ankleidens. Melanie stand sogar erst unter der Dusche. Nur Urban war fast fertig. Er durchwühlte seinen Schrank nach einer Krawatte, fand aber nur den Bundeswehrschlips und warf ihn angeekelt wieder zurück.

»Hier, nimm das Tuch«, sagte Tinchen, zog ihren

Schal aus der Bluse und warf ihn Urban zu. »Und dann geh bitte sofort in die Küche. Florian ist schon unten.«

»Gibt es einen Abschiedstrunk?« Hoffnungsvoll machte er sich auf den Weg.

Als sie eine Viertelstunde später herunterkam, brach sie in schallendes Gelächter aus. Da saßen die drei Männer – Clemens hatte sich noch dazugesellt – um den Tisch, angetan mit der Sonntagsnachmittags-Ausgehkluft, und schälten um die Wette.

»Lach nicht so blöd«, sagte Florian, »auch beim Kartoffelschälen muß man korrekt angezogen sein. Sie haben Augen.« Dann hielt er Tinchen den Topf entgegen. »Reichen die?«

Aufgereiht wie die Orgelpfeifen standen sie auf der Aussichtsplattform und beobachteten die startenden und landenden Maschinen. Nur Rüdiger war unten geblieben, um im Viertelstundentakt die drei Groschengräber zu füttern. Damit war er hinreichend ausgelastet, denn natürlich hatten sie keine nebeneinanderliegenden Parkplätze gefunden.

Melanie hatte sich bei Florian eingehakt. »Vor einem halben Jahr haben wir auch hier gestanden, weißt du noch?«

»Und ob. Diesmal brauchst du aber kein Taschentuch, nein?«

»Und ob. Aber nicht zum Winken, sondern zum Heulen.«

»Deine Mutter wird gerührt sein.«

»Florian, du bist ein Esel! Die Wiedersehensfreude hält sich in Grenzen, zumindest was Mutter anbelangt. Aber mir wird ganz anders, wenn ich daran denke, daß ihr morgen so einfach wieder abhaut.«

»Doch nicht nach Amerika. Düsseldorf ist viel näher, und eine Luftmatratze zum Schlafen haben wir immer für dich.

Du mußt bloß vorher anrufen, soviel ich weiß, hat sie zur Zeit noch ein paar Löcher.«

»Es ist wirklich schade, daß ihr jetzt schon verschwindet«, bedauerte auch Urban, »wir hatten uns nämlich vorgenommen, euren zehnten Hochzeitstag ganz groß zu feiern.«

»Den neunten«, korrigierte Florian, »und was es dabei zu feiern gibt, möchte ich wissen. Zum Prahlen ist es noch zu früh und zum Jammern zu spät. Wartet lieber bis zur Silberhochzeit.«

Durch den Lautsprecher kam die Ansage, daß die Maschine aus New York gelandet war.

»Guckt mal, da hinten rollt sie!« Tinchen zeigte auf das glitzernde Flugzeug, das sich langsam näherte. »Ich glaube, wir sollten jetzt runtergehen.« Erst auf der Rolltreppe sah sie sich suchend um. »Wer von euch hat die Blumen?«

»Die liegen noch im Wagen!« Und schon sauste Florian die Treppe hinunter.

Rüdiger stopfte gerade einen weiteren Fünfer in die letzte Parkuhr.

»Jetzt habe ich bloß noch vier Stück.«

»Die reichen! Geh rauf, die Maschine ist da! Ich hole nur schnell das Begrüßungsgemüse.«

Als er keuchend zu der Barriere kam, durch die bereits die ersten Passagiere in die Halle tröpfelten, hielt er ein paar zerdrückte Stengel und mehrere abgebrochene Blüten in der Hand. »Da muß einer draufgesessen haben.« Er sah genauso geknickt aus wie der Strauß.

»Vorhin sind wir an einem Blumenladen vorbeigekommen«, erinnerte sich Clemens, »ich hole schnell neue. Bis die Regierung mit dem ganzen Gepäck durch den Zoll ist, dauert es sowieso noch eine Weile.« Er trabte ab, war aber gleich darauf wieder da. »Heute wegen Trauerfall geschlossen.«

Florian zog die eine noch unversehrte Nelke aus dem zerrupften Bukett und warf den Rest in den Papierkorb. Nach einem abschätzenden Blick auf die cellophanumhüllten, kräuselbandverzierten Sträuße der anderen Abholer zupfte er seinen mageren Stengel zurecht.

»In der Bescheidenheit zeigt sich erst der Meister. Der seriöse Mann schenkt nur eine einzige Blüte.«

»Wann ist man denn seriös?« fragte Tinchen.

»Wenn einem nichts anderes mehr einfällt. – Da kommen sie übrigens!«

Hocherhobenen Hauptes, die Nelke wie ein Schwert vor sich hertragend, schritt Florian seiner Schwägerin entgegen.

Evelyn Sanders

Evelyn Sanders versteht es unnachahmlich, das heitere Chaos des alltäglichen Familienlebens einzufangen.

01/13014

Bitte Einzelzimmer mit Bad
01/6865

Das mach' ich doch mit links
01/7669

Jeans und große Klappe
01/8184

Das hätt' ich vorher wissen müssen
01/8277

Radau im Reihenhaus
01/8650

Muß ich denn schon wieder verreisen?
01/9844

Schuld war nur die Badewanne
01/10522

Hotel Mama vorübergehend geschlossen
01/13014

HEYNE-TASCHENBÜCHER

Marian Keyes

»Herrlich unterhaltende,
lockere und freche
Frauenromane.
Ein spannender Lesespaß.«
FÜR SIE

Wassermelone
01/10742

Lucy Sullivan wird heiraten
01/13024
Auch im Heyne Hörbuch
als CD oder MC lieberbar

Rachel im Wunderland
01/13157

Pusteblume
01/13323
Auch im Heyne Hörbuch
als CD oder MC lieberbar

Sushi für Anfänger
01/13575

01/13024

HEYNE-TASCHENBÜCHER

Marte Cormann

Frauen-Power pur.

»Besser ein netter Typ an der Strippe als ein Ehemann auf der Flucht ...«

Der Club der grünen Witwen
01/10081

Frauen al dente
01/12281

Der Mann im Ohr
01/10988

Die Männerfängerin
01/13173

01/10988

HEYNE-TASCHENBÜCHER

Friederike Costa

Turbulent und sympathisch!
Herzerfrischend-freche
Frauenromane
der erfolgreichen Autorin.

Als Gott den Mann schuf,
hat sie nur geübt
01/10550

Besser immer einen
als einen immer
01/12277

Der Zaubermann
01/10987

Lügen, lästern, lieben!
01/13252

Zuviel Glück für eine Nacht
01/13544

01/13252

HEYNE-TASCHENBÜCHER

Olivia Goldsmith

»Ihre Romane sind geistreich, energiegeladen ... und manchmal auch bissig.«
Publishers Weekly

»Teuflisch amüsant!« *Für Sie*

01/13110

Der Club der Teufelinnen
01/9117

Die schönen Hyänen
01/9446

Die Rache der Frauen
01/9561

Der Bestseller
01/10506

Ein Ticket nach New York
01/10855

Typisch Mann
01/13110

HEYNE-TASCHENBÜCHER